Un ange en danger

———

Le mystère de Culpepper

JULIE MILLER

Un ange en danger

Traduction française de
CHRISTIANE COZZOLINO

BLACK ROSE

HARLEQUIN

Collection : BLACK ROSE

Titre original :
NANNY 911

Ce roman a déjà été publié en 2013

© 2011, Julie Miller.
© 2013, 2021, HarperCollins France pour la traduction française.

Ce livre est publié avec l'autorisation de HARLEQUIN BOOKS S.A.

Tous droits réservés, y compris le droit de reproduction de tout ou partie de l'ouvrage, sous quelque forme que ce soit.
Toute représentation ou reproduction, par quelque procédé que ce soit, constituerait une contrefaçon sanctionnée par les articles 425 et suivants du Code pénal.

Si vous achetez ce livre privé de tout ou partie de sa couverture, nous vous signalons qu'il est en vente irrégulière. Il est considéré comme « invendu » et l'éditeur comme l'auteur n'ont reçu aucun paiement pour ce livre « détérioré ».

Cette œuvre est une œuvre de fiction. Les noms propres, les personnages, les lieux, les intrigues, sont soit le fruit de l'imagination de l'auteur, soit utilisés dans le cadre d'une œuvre de fiction. Toute ressemblance avec des personnes réelles, vivantes ou décédées, des entreprises, des événements ou des lieux, serait une pure coïncidence.

Le visuel de couverture est reproduit avec l'autorisation de :
HARLEQUIN BOOKS S.A.

Tous droits réservés.

HARPERCOLLINS FRANCE
83-85, boulevard Vincent-Auriol, 75646 PARIS CEDEX 13
Service Lectrices — Tél. : 01 45 82 47 47 - www.harlequin.fr
ISBN 978-2-2804-6348-5 — ISSN 1950-2753

Composé et édité par HarperCollins France. Achevé d'imprimer en juin 2021.
par CPI Black Print - Barcelone - Espagne
Dépôt légal : juillet 2021.

Pour limiter l'empreinte environnementale de ses livres, HarperCollins France s'engage à n'utiliser que du papier fabriqué à partir de bois provenant de forêts gérées durablement et de manière responsable.

Prologue

Assis dans le siège passager à l'avant du 4x4, il était le seul à ne pas être déguisé en militaire.

— Attaquez le compte à rebours, ordonna-t-il.

Vêtu d'un uniforme camouflage factice et armé jusqu'aux dents, le conducteur mit aussitôt le pied au plancher, obligeant ses cinq passagers à se cramponner tandis que le véhicule bringuebalait dans les ornières, les broussailles et les sables du désert.

— Je suggère d'attendre que nous nous soyons éloignés.

— Et moi, je suggère que vous exécutiez mes ordres à la lettre. C'est pour ça que je vous paie, non ?

— Je suis aussi censé vous protéger. Nous sommes encore trop près. Cela pourrait être dangereux.

— Si j'ai fait tout ce voyage, c'est pour assister au spectacle. Ici, d'abord, puis là-bas ensuite. J'ai hâte de voir la tête qu'il fera quand il apprendra la nouvelle.

Lui d'habitude si arrogant, il l'imaginait complètement effondré, les yeux noyés de larmes et demandant grâce d'un ton humble. Cette pensée le rendait euphorique. A moins que ce ne soit cette éprouvante traversée du Kalahari qui ne lui brouille l'esprit… Agrippé d'une main à la poignée de la portière et de l'autre au tableau de bord, le chef se tourna vers le chauffeur.

— Allez-y, appuyez sur le bouton.

Conscient de son statut de subalterne, le conducteur renonça à discuter et sortit la minuscule télécommande de la poche poitrine de sa chemise. Il lança le compte à rebours mais continua à rouler, persuadé qu'il était de son devoir de les mettre tous à l'abri. Dommage que tout le monde n'ait pas à cœur de préserver la vie d'autrui…

— En terrain plat, la visibilité sera tout aussi bonne un kilomètre plus loin, déclara-t-il.

Ralentissant légèrement, il tendit à son chef une paire de jumelles conçues pour l'armée par Quinn Gallagher, justement, le propriétaire de l'usine qui rapetissait un peu plus à chaque tour de roue dans le rétroviseur latéral de la jeep.

— Tenez, prenez ça. Vous allez voir la sueur dégouliner sur leurs fronts quand ils vont se rendre compte qu'ils sont faits comme des rats.

— Vous êtes sûrs qu'il n'y a que les gardiens ?

— Je trouve assez drôle que quelqu'un comme vous, qui a tout planifié avec une cruauté absolument diabolique, prenne tant à cœur les dommages collatéraux.

— Quand c'est nécessaire, je n'hésite pas à tuer.

Il en avait tellement bavé que plus grand-chose ne le touchait. Contrairement à ce que semblait croire le chauffeur, il n'avait aucun état d'âme.

— Mais je préfère limiter le nombre de victimes, poursuivit-il. Parce que si trop de personnes extérieures sont impliquées, il risque de se fermer aussi hermétiquement que l'un de ses coffres-forts. Si je veux garder le contrôle de la situation, il faut que chaque étape se déroule scrupuleusement comme prévu.

Il en avait fait la dure expérience, tout manquement pouvait coûter très, très cher. Il avait retenu la leçon.

— C'est vous le chef.

— Je vous conseille de ne jamais l'oublier.

L'ennemi l'avait oublié. Et c'était pour cela que Quinn Gallagher devait payer.

— S'il croit que je vais le laisser bousiller ma vie, il se trompe. Je me vengerai de tout le mal qu'il m'a fait. Je connais son talon d'Achille. Je sais où frapper.

— Dans trente secondes, annonça le chauffeur.

— Arrêtez-vous.

Dès que la jeep se fut immobilisée, le chef regarda dans les jumelles.

— Cinq, quatre, trois, deux…

Il leva une main pour imposer le silence. Il voulait savourer sa première victoire en toute quiétude.

Il y eut tout d'abord un grondement sourd, un son grave et profond qui fit vibrer le sol longuement. Puis la première explosion eut lieu, suivie d'un éclair aveuglant. Après un court silence, où chacun attendit le cœur battant, un grand boum retentit.

Boum. Boum ! L'usine flambant neuve explosa dans une gerbe de flammes, d'acier et de verre, et une épaisse fumée noire s'éleva en lourdes volutes vers le ciel limpide du désert. En quelques secondes, il ne resta plus rien du nouveau site de production de Gallagher Security Systems, sinon quelques poutrelles tordues et des décombres fumants.

Le chef abaissa ses jumelles et sourit. Son commando avait fait du bon boulot. Il sentait la chaleur de l'incendie jusqu'ici.

Il jubilait intérieurement.

Sa vengeance ne faisait que commencer.

1

Sept jours avant le réveillon du jour de l'an.

— Quelqu'un m'en veut.

Quinn Gallagher toucha la branche de ses lunettes d'écaille, tic qu'il avait depuis l'enfance. Petit génie binoclard, il avait grandi sur un terrain de caravaning du Missouri et avait dû apprendre très vite à se protéger, et à protéger sa mère, des importuns. Il s'était sorti de la misère mais sa mère adorée n'était plus de ce monde. Jusqu'à ce que sa femme Valeska soit assassinée, presque trois ans plus tôt, il pensait n'avoir rien à craindre de personne.

Et voilà qu'à présent, on s'en prenait à ses employés. Trois d'entre eux étaient morts, très loin d'ici. Les bureaux étaient fermés pour les fêtes, tout son personnel parti en congés payés. Une équipe réduite de gardiens était restée pour assurer la sécurité du bâtiment, qu'une demi-douzaine de policiers était en train de fouiller de fond en comble. Ils portaient des uniformes de combat noirs, et les mêmes armes que les vigiles et les gardes du corps que son entreprise équipait.

Michael Cutler, capitaine de police et commandant des forces spéciales de Kansas City — le fameux SWAT —, les assistait souvent en qualité de consultant lorsque GSS concevait de nouvelles armes, des équipements de protection plus performants et des dispositifs de surveillance dernier cri. Michael était aussi l'un des rares hommes au monde en qui Quinn Gallagher avait toute confiance. Ce qu'il venait lui annoncer n'avait rien de surprenant, mais c'était troublant.

— Jusqu'ici, nous n'avons trouvé nulle part de trace d'effraction. Mes hommes passent en ce moment l'étage supérieur au peigne fin. Ce bâtiment est plus sécurisé que Fort Knox. Celui qui s'est introduit dans vos locaux ne peut être qu'un expert.

C'était un compliment, malgré tout. Un ennemi qui connaîtrait les technologies développées par GSS serait effectivement un adversaire redoutable. Le commandant du SWAT se tourna vers le cadeau de Noël posé sur le bureau de Quinn.

— Je ne voudrais pas que mes hommes ou moi-même vous empêchions de poursuivre votre réunion.

— Vous avez carte blanche pour aller et venir à votre guise, Michael. Merci.

Quinn resserra son nœud de cravate tout en arpentant nerveusement la pièce. Assis dans les canapés, les cadres de l'entreprise, tous tirés à quatre épingles, attendaient patiemment qu'il soit disposé à reprendre la discussion. Aucun d'eux ne s'était risqué à lui présenter ses condoléances ou à lui témoigner sa sympathie. Il ne les payait pas pour être ses amis. Il préférait garder ses distances. Après la mort de sa mère, puis celle de sa femme, il avait décidé de ne plus s'attacher à personne.

Les effusions n'auraient fait que nuire au bon déroulement de la réunion. Chacun en était conscient et se montrait donc parfaitement digne et réservé. Sans cesse de surveiller du coin de l'œil, à travers la paroi de verre

9

qui séparait son bureau du reste de l'étage, les allées et venues discrètes de Michael Cutler et de son équipe, Quinn reporta son attention sur les cadres qu'il avait réunis au pied levé.

Louis Nolan, directeur de l'exploitation et bras droit de Quinn, prit la parole.

— J'ai reçu un coup de téléphone de Nikolaï Titov, notre plus gros investisseur en Afrique. Il veut savoir ce qui s'est passé.

— Nous aussi, nous aimerions bien le savoir, répartit Quinn.

— L'usine n'était pas encore opérationnelle, poursuivit Louis. Nous étions en train d'embaucher des autochtones. Le but de la délocalisation était d'augmenter les profits mais avec cet attentat, GSS accuse un net recul sur les marchés financiers et fait beaucoup jaser dans la presse. Titov parle déjà de rouvrir et d'agrandir l'usine de St-Feodor. Pour éviter que les actionnaires ne nous laissent tomber et que ce regrettable incident n'ait des conséquences dramatiques, il vaudrait mieux que nous acceptions sa proposition.

Comme l'avait prévu Quinn, le chef de la sécurité, David Damiani, bondit sur ses pieds et riposta avec véhémence.

— Regrettable ? J'ai perdu trois employés dans cette explosion. Je veux bien que vous vous chargiez à ma place de prévenir leurs familles en cette veille de Noël.

— Je ne minimise pas les conséquences tragiques de cet attentat, répondit Louis sans se laisser démonter. Je souligne simplement le fait que l'expansion de GSS en Afrique du Sud semble ne pas plaire à tout le monde. Certes, cet attentat a été perpétré à des milliers de kilomètres d'ici, mais si nous ne réagissons pas très rapidement, nous courons tout droit à la catastrophe.

David se passa une main dans les cheveux, geste qui eut pour effet de dévoiler le Beretta planqué sous son bras gauche.

— La situation est *déjà* gravissime, Louis. Quelqu'un a réussi à s'introduire dans les locaux de GSS alors que nous possédons les meilleurs systèmes de protection au monde. Il pourrait donc faire de même ici, à Kansas City.

— Messieurs, intervint Elise Brown d'un ton lénifiant.

Quinn savait que son assistante de direction allait mettre tout le monde d'accord.

— Nous sommes tous navrés d'avoir dû interrompre nos vacances et d'apprendre que trois de nos collègues ont été tués dans l'attentat qui a détruit notre nouvelle usine, mais je crains que nous ne soyons à côté de la plaque. Quinn a dit que quelqu'un lui en voulait. A *lui*, pas à GSS.

Elle se tourna vers lui et demanda confirmation.

— C'est exact, dit-il en considérant d'un œil morne le paquet-cadeau qu'il avait trouvé ce matin sur son bureau.

Les sucres d'orge qui ornaient le paquet, enveloppé de papier rouge vif, étaient la friandise préférée de sa fille. La rage le prit et un court instant, il se sentit aussi démuni que quand il était petit et n'avait pas encore appris à clouer le bec des gosses qui le harcelaient et à tenir à distance les hommes qui pensaient sa mère sans défense.

Tandis que Michael Cutler manipulait avec précaution le paquet indésirable, Quinn détourna les yeux et regarda dehors. Construit en périphérie de la ville, le siège de GSS se trouvait tout près de l'aéroport international de Kansas City. En contemplant le parking quasi désert, l'autoroute et les champs environnants, il se sentit tellement déprimé que les immenses baies vitrées, le luxueux dallage de marbre et les tapis persans lui parurent étrangement

11

froids et stériles. Naïvement, il avait cru qu'en quittant le terrain de caravaning, il s'était définitivement débarrassé des voyous et des sales types. Mais deux jours après la destruction de son usine sud-africaine, force lui était d'admettre qu'il avait toujours autant d'ennemis et que ceux-ci étaient aujourd'hui encore plus cruels et plus difficiles à cerner.

Au fil des années, il ne s'était bien sûr pas fait que des amis. A quarante ans, il avait gagné et perdu des sommes d'argent colossales. Mais maintenant qu'il était l'un des leaders mondiaux sur le marché de la sécurité, sa fortune et sa notoriété étaient telles qu'il fallait être inconscient — ou complètement cinglé — pour s'en prendre à lui.

A en juger par le message qu'il avait reçu ce matin, il avait affaire à un cinglé.

— Quoi ? Maintenant ? J'arrive tout de suite, souffla alors Elise au téléphone.

Alerté par le ton de sa voix, Quinn se tourna vers elle. Elle le fixa un bref instant, puis baissa la tête.

— Je vous prie de m'excuser.

— Madame.

Un policier du SWAT, bâti comme une armoire à glace et tenant dans ses mains un des lecteurs optiques fabriqués par Quinn, s'effaça pour laisser Elise gagner son bureau. Le colosse, qui s'appelait Trip, s'installa devant l'ordinateur et l'interrogea longuement afin de déterminer si, oui ou non, on avait piraté les codes de sécurité permettant d'accéder à l'immeuble et aux bureaux.

Les hommes de Michael arrivèrent à la queue leu leu. Quinn salua d'un hochement de tête le sergent Rafe Delgado, qu'il avait eu l'occasion de rencontrer au cours de l'enquête qui avait permis l'arrestation du meurtrier de sa femme. Rafe se présenta à David Damiani et le prit à part pour s'entretenir avec lui des circonstances dans lesquelles l'intrusion avait pu avoir lieu.

Un policier râblé, brun et bouclé, déclara :

— Murdock et moi n'avons rien trouvé, mon capitaine. Tous les accès sont archi-sécurisés. Un vrai tombeau. Mis à part ce bureau et les combles, nous avons regardé partout. Vous voulez qu'on monte dans les combles ?

— Je veux que Murdock jette un coup d'œil aux caméras de surveillance. Et vous, Taylor, allez voir là-haut. Mais faites gaffe.

— Oui, mon capitaine.

Taylor et son fusil Benelli disparurent, et presque aussitôt un autre membre de l'équipe de choc du capitaine Cutler fit son entrée. Ce policier-là ne se distinguait pas par sa carrure ou sa musculature. Quinn regarda la jeune femme comme s'il s'était agi d'une bête curieuse. Il ne savait pas si ce qui l'étonnait le plus était sa magnifique queue-de-cheval blonde ou le fusil à lunette qu'elle portait à l'épaule.

— Capitaine ? dit-elle.

— Faites le tour, Murdock. S'il n'y a rien ici non plus, je me demande bien par où est passé notre intrus.

Michael Cutler désigna les caméras, aux deux extrémités de la pièce. Après avoir dévisagé chacune des personnes présentes, Murdock s'avança d'un pas décidé vers la caméra qui se trouvait au-dessus du bar.

Quinn la regarda escalader lestement le comptoir et contourner un pilier afin de se placer juste en face de la caméra. Son agilité, ou peut-être plutôt ses longues jambes et ses jolies fesses, avaient quelque chose de fascinant.

Agacé, Quinn jura entre ses dents. Ce n'était pas le moment de rêvasser. La seule fille au monde qui devait le préoccuper aujourd'hui, c'était la sienne.

13

En boutonnant sa veste, il s'approcha du capitaine Cutler, debout près du bureau.

— Vous l'avez lu ?

Le message que Michael avait sous les yeux, Quinn le connaissait par cœur. Il le récita afin que ses employés et les autres policiers en connaissent les termes exacts.

— « Je ne plaisante pas. J'espère que vous l'avez compris. C'est votre fille qui paiera si vous ne faites pas ce que je vous dis avant le 31 décembre, minuit. Des instructions vous seront données prochainement par SMS. »

Michael glissa la lettre dans un sac à mise sous scellés. La pièce à conviction serait examinée par les techniciens de la police scientifique de Kansas City.

— Avez-vous reçu un SMS ?

— Non, pas encore. Et je préfère ça. J'aime mieux avoir un plan bien établi avant qu'il ne reprenne contact.

— Vous connaissez-vous des ennemis ?

— On risque d'y passer la journée si on commence à dresser la liste des gens qui ont une dent contre Quinn, lança Louis Nolan en s'extirpant du canapé pour venir rejoindre les deux hommes. Entre les employés qui ont été virés…

— Jamais sans raison valable, précisa Quinn.

— … les concurrents à qui nous faisons de l'ombre, les actionnaires qui rêvent de se remplir les poches, sans parler des amoureuses éconduites…

Quinn secoua la tête.

— Depuis Val, il n'y a eu personne.

— Avec toutes les femmes qui vous courent après, ce ne sont pourtant pas les occasions qui ont manqué, dit Louis d'un ton paternaliste. Un veuf milliardaire est un bon parti.

— Celui qui a fait le coup était forcément bien informé.

Il connaissait les plans du bâtiment, ainsi que mon emploi du temps, et possédait les codes d'accès de l'immeuble et de l'usine en Afrique du Sud. Cet ennemi-là n'est pas n'importe qui. Je serais très curieux de savoir son nom.

Mais comme l'avait fait très justement remarquer Louis, la liste des ennemis potentiels étant longue. Ils n'étaient pas près de démasquer le coupable.

Quinn avait su écarter la concurrence, négocier avec l'étranger et garder la tête haute lorsque ses produits étaient âprement critiqués dans les journaux. Il n'avait rien d'un va-t-en-guerre. Les armes de pointe et les équipements de sécurité qu'il avait fait breveter n'avaient pas pour but de militariser la police de Kansas City ou des autres villes dans lesquelles ils étaient vendus. De la simple alarme domestique au gilet pare-balles en kevlar, tout ce que sa firme concevait et fabriquait était censé assurer la sécurité des gens. La vocation de Quinn était de protéger les autres.

Il avait failli une fois, en ne pouvant empêcher sa femme Valeska de se faire tuer par un psychopathe au fond de leur jardin. Depuis, il avait rasé la villa et construit à la place une véritable forteresse, encore plus sécurisée que la Maison-Blanche. Et rien ni personne, il s'en était fait la promesse, ne pourrait plus faire de mal à ceux qu'il aimait.

C'était parce que sa fille de trois ans était désormais ce qu'il avait de plus cher au monde qu'il n'avait pas hésité à faire appel à la brigade d'élite du KCPD et à rappeler au bureau ses plus proches collaborateurs la veille de Noël.

— Ce bâtiment étant plus sécurisé que la salle des coffres d'une banque, comment a-t-on pu entrer dans mon bureau et déposer ce paquet sans que personne ne voie rien et, plus étonnant encore, sans que les caméras de surveillance n'enregistrent quoi que ce soit d'anormal ?

Trip Jones, le grand balèze équipé d'un lecteur optique, se leva et contourna le bureau, David Damiani sur ses talons.

— Rien ici ne semble avoir été trafiqué, mon capitaine. D'après les informations recueillies sur la carte magnétique, personne d'autre que M. Gallagher n'a pénétré dans ce bureau au cours des dernières vingt-quatre heures. S'il n'y a pas eu d'effraction, l'intrus est entré par un autre moyen.

L'agent spécial Murdock descendit de l'armoire métallique sur laquelle elle avait grimpé pour examiner la seconde caméra.

— Les caméras n'ont apparemment pas été trafiquées, dit-elle.

Trip hocha la tête.

— Cela ne prouve rien. Il est très facile de supprimer ou de modifier les enregistrements.

David Damiani réagit encore une fois au quart de tour.

— Dois-je comprendre que vous accusez un de mes hommes d'avoir déposé ce paquet ?

— Personne n'accuse personne, s'empressa de répondre Michael Cutler, soucieux de calmer le jeu. A ce stade, nous devons nous contenter de collecter le maximum de renseignements afin de pouvoir faire face à une nouvelle agression.

— Cela me semble être une très bonne idée, admit Quinn. David, je compte sur vous pour briefer Michael et son équipe.

Le chef de la sécurité ne l'entendait pas de cette oreille.

— Voyons, Quinn, vous n'y pensez pas ! protesta-t-il. Il y a dans mes bureaux des équipements classés top secret.

16

Michael Cutler ne renonça pas pour autant.

— Vous avez décidé d'entraver le cours de la justice ?

— Il n'entrave rien du tout, répliqua Quinn, irrité par ces querelles qui les ralentissaient. David, faites ce qu'on vous demande. Laissez Trip aller où bon lui semble. A vous deux, vous allez peut-être découvrir quelque chose que les vigiles n'ont pas vu.

— Entendu.

L'attention de Quinn fut soudain attirée par le manège de Murdock, qui examinait minutieusement, à présent, l'encadrement chromé de la baie vitrée.

Louis Nolan l'avait rejointe. Réunis à la racine du nez, ses sourcils poivre et sel formaient une ligne continue au-dessus de ses yeux plissés.

— Pour passer par là, il a fallu descendre du toit en rappel et faire un trou dans la vitre.

Acquiesçant d'un signe de tête, elle passa la main le long de l'encadrement.

— C'est faisable. Moi, je peux le faire.

— A condition de ne pas avoir le vertige, dit Louis.

— Je ne connais pas la peur du vide, déclara la jeune femme.

— Et la peur tout court non plus, je parie ?

L'agent spécial rougit. Elle portait un gilet pare-balles et de grosses bottes de cuir, elle avait un Glock dans un holster sanglé autour de sa cuisse droite et un fusil à l'épaule, elle escaladait les meubles avec une facilité déconcertante, mais dès qu'un homme faisait mine de la draguer, elle se troublait comme une première communiante.

Quinn s'interposa. Louis choisissait mal son moment pour jouer les jolis cœurs. Et lui, pour s'amuser à observer les gens.

— Si quelqu'un était entré par la fenêtre, cela se verrait

17

forcément, dit-il. Outre le fait qu'il s'agit bien entendu de verre Securit, réputé incassable, et qu'avec la condensation due au froid glacial votre monte-en-l'air n'aurait pas pu trouver de prise, il est totalement impossible de remplacer ce type de fenêtre en l'espace d'une nuit.

La jeune femme fixa sur lui ses grands yeux vert tendre. Les propos qu'il lui tenait semblaient l'intéresser davantage que le badinage de Louis.

— Hormis l'escalier qui jouxte les ascenseurs, y a-t-il un autre moyen d'accéder au toit ?

— Non, pas que je sache.

Elle leva les yeux.

— Quel type de conduits passe dans votre plafond ?

L'agent spécial Murdock était décidément une drôle de fille. Elle ne ressemblait en rien à la douce et féminine Elise, son assistante de direction. Ou aux pin-up avec qui il sortait quelquefois.

— Des conduits standard, je suppose. Mais les dalles sont munies de capteurs qui contrôlent l'ouverture et la fermeture des grilles d'aération.

Michael Cutler avait l'air de penser qu'elle tenait peut-être une piste. Il considéra à son tour la grille d'aération, au-dessus du bureau de Quinn.

— Murdock, faites redescendre Taylor et allez jeter un coup d'œil à ce plafond. Il semblerait que vous n'ayez pas protégé tous les accès, Quinn. Notre intrus a très bien pu faire descendre le paquet à travers cette ouverture sans pénétrer lui-même dans le bureau.

— Et si c'était moins compliqué que ça ? répliqua la jeune femme. Celui qui a déposé ce paquet est peut-être quelqu'un de la maison. Cela expliquerait que sa présence dans votre bureau n'ait pas paru suspecte aux vigiles qui ont examiné les enregistrements vidéo.

18

Quinn se hérissa.

— Nous formons une grande famille. J'ai toute confiance en mes employés.

— C'est bien là tout le problème, riposta l'agent Murdock. Vous faites peut-être un peu trop confiance aux gens.

— Allez-y, Randy.

Devant l'insistance de son supérieur, elle finit par se décider à sortir.

— Tout de suite, mon capitaine. Je monte dans les combles.

Dès qu'elle eut quitté la pièce, Louis parut se désintéresser de l'enquête.

— Si vous avez besoin de moi, je suis dans mon bureau, dit-il en se dirigeant vers la porte. Et surtout, prévenez-moi dès qu'il y a du nouveau.

Quinn se tourna vers Michael.

— Randy ?

— Elle s'appelle Miranda, expliqua le commandant du SWAT en secouant la tête, comme s'il en avait assez qu'on lui pose des questions au sujet de la jeune femme. Elle manque un peu de tact, je le reconnais, mais croyez-moi, c'est une dure à cuire. Jusque-là, elle n'a failli dans aucune des missions que je lui ai confiées.

— Tant que vous ne lui demandez pas d'être diplomate…

— C'est un de mes meilleurs éléments, même si elle a un peu trop tendance à foncer. Au tir, elle est imbattable. Une vraie championne.

— Vous avez l'air de l'apprécier.

— Si ce n'était pas le cas, je ne l'aurais pas prise dans mon équipe.

— Quinn ? fit son assistante d'une voix tendue en frappant à la porte.

— Qu'y a-t-il, Elise ?

Quand il la vit hésiter sur le pas de la porte, puis se tripoter les cheveux, il comprit que ce qu'elle avait à lui dire risquait de ne pas lui plaire.

— La nounou a eu vent de la menace proférée contre Fiona et veut démissionner.

Il rajusta ses lunettes, et lança rageusement :

— Encore ! Combien va-t-il falloir en essayer avant d'en trouver une qui fasse l'affaire ?

— Elle a peur, Quinn.

— Un garde du corps veille en permanence sur Fiona.

— Oui, mais pas sur la nounou. Il faut la comprendre, Quinn. C'est normal qu'elle pense aussi à elle.

On ne pouvait plus compter sur personne. C'était la quatrième nounou qu'il embauchait cette année. La première, il l'avait virée parce qu'elle buvait pendant ses heures de travail, la deuxième, parce qu'elle s'était crue autorisée à donner des fessées à sa fille, et la troisième, parce qu'elle avait cherché à vendre des photos de l'enfant à un magazine.

— Dites-lui que je suis prêt à doubler son salaire si elle reste.

— C'est-à-dire que… commença Elise.

— Papa ! l'interrompit la fillette en déboulant dans le bureau.

— Salut, ma puce.

Quinn se baissa et Fiona se jeta dans ses bras. Il la souleva et l'embrassa sur la joue tandis qu'elle s'agrippait à son cou.

— Comment va ma petite princesse, aujourd'hui ?

— Bien.

Après s'être débarrassée des gants accrochés aux manches de son manteau, Fiona brandit sa poupée de chiffon, doudou qu'elle traînait depuis sa naissance et qui avait été maintes fois rafistolé. Elle montra le sparadrap collé sur le genou de la poupée, avança une lippe boudeuse et déclara :

— Zulie a bobo.

Quinn fit un bisou à la poupée. Il était presque certain que sous son pantalon de velours côtelé, Fiona avait au genou le même sparadrap. Maria, la nounou, avait pris le temps d'habiller chaudement la fillette et de lui faire une jolie queue-de-cheval avant de partir.

— La voilà guérie, ta Julie, décréta-t-il en reposant l'enfant par terre, après avoir appliqué un baiser sonore sur sa joue rebondie.

Il lui retira son bonnet et son manteau et lui indiqua la caisse à jouets dissimulée derrière le bar, dans le coin cuisine, au fond de la pièce.

— Va jouer, ma chérie. J'ai des choses à dire à Elise.

— D'accord, papa.

Il attendit qu'elle ait vidé le contenu du coffre, à la recherche de son jouet préféré, pour se tourner vers son assistante.

— La nounou a débarqué ici sans prévenir, expliqua spontanément Elise sans qu'il ait besoin de lui poser la question. Elle a déposé Fiona dans le hall et elle est partie. J'ai bien essayé de la retenir mais elle n'a rien voulu entendre.

Stressé et complètement dépassé par les événements, Quinn eut besoin de se mettre à l'aise. Il déboutonna sa veste, dégrafa son col de chemise et desserra son nœud de cravate. Puis il alla s'assurer que la fillette ne risquait rien. Munie d'un stéthoscope et d'un thermomètre en plastique, elle jouait au docteur avec sa poupée.

Il revint en se frottant pensivement le menton. Il avait besoin de réfléchir. Il avait besoin de savoir.

— Pouvez-vous la garder, Elise ? J'ai du travail. Je ne partirai pas tant que je n'aurai pas tiré cette histoire au clair.

Visiblement embarrassée, Elise ouvrit et ferma deux fois la bouche avant de se décider à dire quelque chose.

— C'est bien pour vous rendre service. Mais il ne faudrait pas que cela dure trop longtemps parce que mes parents sont venus pour les fêtes. Je suis censée confectionner avec ma mère des feuilletés pour le réveillon et ce soir, je dois les accompagner à la messe de minuit. De plus, je ne suis pas à même de la protéger. Si cette menace est sérieuse...

Elle l'était. Il n'avait aucun doute là-dessus. Il y avait déjà eu trois morts dans le Kalahari.

— A la maison, vous seriez en sécurité. J'ai des gardiens et même une chambre forte.

— Et mes parents, vous en faites quoi ?

Elise avait raison. Il ne pouvait pas lui demander de chambouler tous ses plans. Elle avait le droit d'avoir une vie.

— Oui, bien sûr. J'aurais tellement voulu épargner à Fiona un nouveau changement... Elle est déjà bien assez perturbée comme ça. Mais je comprends que vous ayez autre chose à faire.

Dans la poche intérieure de sa veste, son téléphone se mit à vibrer. Machinalement, il jeta un coup d'œil à sa fille pour vérifier qu'elle était toujours là. Puis il sortit son mobile.

— Un message ? demanda Michael, aussi tendu que lui.

Il acquiesça en lisant le SMS tant attendu.

— C'est bien ça.

— Qu'est-ce qu'il dit ? s'enquit Elise.

Quinn lut à haute voix le message, qui empruntait la forme d'une comptine.

— « Mary, Mary, espèce de chipie, as-tu bien compté tes sous ? Tes pièces d'argent et billets blancs pour 2,5 millions tu transféreras sur le compte 0009357 : 348821173309. Fais-le avant minuit. Faute de quoi ta fille entendra parler de moi. »

— Qu'est-ce que c'est que ce délire ? dit Michael.

— C'est une comptine, dit Elise, au cas où ils ne l'auraient pas compris.

— Ma mère s'appelait Mary, dit Quinn. J'ai créé une fondation à laquelle j'ai donné son nom. Il est clair que ce salaud veut m'extorquer 2 millions et demi de dollars.

Le rire clair de Fiona fusa. S'il lui arrivait quelque chose… Quinn ne voulait même pas y penser.

— Et il les aura, ajouta-t-il.

— C'est la dernière chose à faire, dit Michael en lui prenant le téléphone des mains.

Le capitaine appela Trip par talkie-walkie pour qu'il vienne les aider à découvrir l'origine du message.

— Je n'ai pas le choix, Michael. Comment pourrais-je tenir tête à un ennemi que je ne connais pas ? Si nous n'arrivons pas à savoir qui est l'auteur de ces menaces, je n'ai aucun moyen de l'empêcher de me nuire. Je ne peux que lui obéir… Elise, appelez ma banque. Il ne faudrait surtout pas qu'elle ferme avant que j'arrive.

— Tout de suite, monsieur.

Elle s'empressa de regagner son bureau pour téléphoner. De son côté, Michael recopiait le SMS.

— Et si vous n'aviez pas compris la signification de ce message ?

— Allons, Michael, il est parfaitement clair. Nous n'avons pas affaire à un idiot.

23

Michael montra le sac des pièces à conviction.

— Dans le premier message, l'ultimatum était fixé au 31 décembre. Cela nous laissait un peu de temps. Il doit être aux abois pour vouloir accélérer les choses.

— En effet. Tant que Fiona ne risque rien, je peux le faire marcher jusqu'à ce que nous arrivions à le coincer…

Il y eut soudain un bruit au-dessus de leurs têtes. La grille d'aération s'ouvrit toute grande et, sans crier gare, Miranda Murdock se laissa glisser jusqu'au bureau de Quinn, sur lequel elle posa ses gros godillots de cuir noir. Elle s'était débarrassée de son fusil et de son gilet pare-balles. Son uniforme et ses cheveux étaient pleins de poussière. Elle se brossa vaguement d'un revers de main.

— Je pense savoir comment il est entré, annonça-t-elle en sautant à bas du bureau. Contrairement à ce qu'on croyait au départ, il n'est pas passé par la porte. Cela suppose bien sûr qu'il ait désactivé les capteurs le temps d'entrer et de ressortir, et trafiqué les enregistrements vidéo.

Elle se tut brusquement et se mit à fixer quelque chose d'un air ahuri. Intrigué, Quinn chercha des yeux ce qu'elle avait bien pu voir de si étonnant.

Fiona. Plantée au milieu du bureau, sa poupée pendant au bout de son bras, la fillette regardait la jeune femme avec des yeux ronds comme des billes, se demandant sans doute si elle était un ange tombé du ciel.

— Salut, dit Miranda avec un sourire.

Fiona fronçait les sourcils, l'air préoccupé.

— T'es tombée ?

L'agent spécial du SWAT regarda la grille d'aération, restée grande ouverte.

— Euh, non. En fait, je me suis faufilée. J'ai atterri sur le bureau et sauté par terre.

Elle retira de ses cheveux une grosse toile d'araignée,

jeta un regard ennuyé à Quinn et à son supérieur, et pointa un doigt sur la fillette.

— N'essaie surtout pas d'en faire autant. C'est bien trop dangereux. Moi, je suis grande et j'ai l'habitude.

Mais Fiona n'écoutait déjà plus. En la voyant s'avancer vers Miranda et lui tendre sa poupée, Quinn serra machinalement les poings.

— Zulie est tombée.

— Ah, oui, je vois ça. Si tu ne veux pas te faire mal, toi aussi, il ne faut pas que tu t'amuses à sortir par le plafond.

Fiona la contemplait, bouche bée.

Rassuré, Quinn se détendit peu à peu. Apparemment, Miranda savait s'y prendre avec les jeunes enfants.

— Mais je suis sûre que ta poupée, Julie si j'ai bien compris, ne fait pas de bêtises. Elle doit rester sagement avec toi et ne pas essayer de grimper partout.

D'évidence déroutée par la fascination qu'elle exerçait sur la fillette, la jeune femme se tourna vers son supérieur.

— Capitaine ?

Mais d'un hochement de tête, Michael lui signifia qu'elle devait aller jusqu'au bout de sa démonstration.

— Si vous arrivez à ressortir par là, je demanderai à Trip de vérifier les capteurs, dit-il.

L'agent spécial ne se le fit pas dire deux fois. Elle sauta sur le bureau et, à la force des bras, se hissa jusqu'à l'ouverture, à travers laquelle elle disparut de nouveau.

— Elle est… très spéciale, commenta Quinn.

— Comme je le disais tout à l'heure, Murdock est une fonceuse. Elle n'aura de cesse qu'elle sera acquittée de sa mission.

Cette remarque donna à Quinn une idée. Se trompant rarement sur les gens, il savait qu'il pouvait se fier à son instinct ; mais, par précaution, il préféra sonder le capitaine.

25

— Michael, j'ai encore un service à vous demander. Mais cela va dépendre du degré de confiance que vous accordez à Miranda Murdock.

— Depuis que je collabore avec vous, vous m'avez fourni les meilleurs équipements qu'on puisse trouver sur le marché. Votre gilet pare-balles m'a même sauvé la vie, une fois. Alors demandez-moi tout ce que vous voulez.

— Dans ce cas, j'ai une proposition à vous faire, dit Quinn en prenant sa fille dans ses bras, laquelle avait les yeux rivés sur la grille d'aération que le bel ange blond venait de refermer. *Nous* avons une proposition à vous faire.

2

Retenant son souffle, et réprimant une furieuse envie de cligner des yeux, Miranda pressa la détente de son Glock 9 millimètres et tira cinq balles dans la poitrine de la cible de papier. Pour faire bonne mesure, elle visa la tête et tira une dernière balle.

— *Vous ne devriez pas rester seule à Noël, lui avait conseillé le Dr Kate Kilpatrick.*

Soucieuse de son bien-être, la psychologue de la police lui prodiguait toujours mille conseils lorsqu'elle la recevait en consultation.

— *Si votre frère est toujours en Afghanistan…*

— *Il y est toujours.*

— *Alors vous devriez peut-être faire du bénévolat auprès des plus démunis, visiter des malades ou inviter un ami à déjeuner.*

Facile à dire, mais qui, parmi ses amis, était libre le 25 décembre à déjeuner ? Ses collègues de travail vivaient tous en couple, et la plupart avaient des enfants. Bien sûr, ils se seraient volontiers dévoués pour tenir compagnie à la « seule femme de l'équipe ». Mais Miranda ne voulait surtout pas de leur pitié.

27

Tout en retirant son casque, elle appuya sur un bouton pour ramener la cible jusqu'à elle et vérifier son score. Au lieu de suivre les conseils du Dr Kilpatrick, elle était venue s'entraîner au sous-sol du commissariat de la quatrième circonscription du KCPD.

Elle n'arrêtait pas de penser à tous ces trucs très personnels dont le Dr Kilpatrick voulait qu'elle parle au cours de leurs séances. Quand elle en sortait, elle était vidée et désorientée. Miranda Murdock évoluait dans un monde d'hommes. Son frère, John, ancien sapeur-pompier au KCPD qui avait rempilé comme marine quand l'amour de sa vie avait épousé quelqu'un d'autre, lui avait appris que lorsqu'on exerçait un métier difficile — c'était son cas au sein du SWAT —, on n'avait pas le droit de flancher. Ses quatre collègues triés sur le volet, de même que ses concitoyens, comptaient sur elle pour accomplir son devoir. C'était tout ce qui importait.

Pas question de se laisser aller.

Satisfaite de constater qu'elle avait obtenu le score maximum, Miranda repoussa la cible et vida son chargeur des balles à blanc qui y restaient.

— *Eh bien, qu'en dites-vous ? avait demandé le Dr Kilpatrick après un long silence gênant.*

— *Je me disais que je n'étais certainement pas la seule à n'avoir rien de prévu pour Noël. A quelques heures du réveillon, vous semblez n'avoir vous-même rien de mieux à faire qu'à me recevoir en consultation.*

Aïe ! A peine les avait-elle prononcées qu'elle avait regretté ces paroles. De quoi se mêlait-elle ? Mais la thérapeute ne s'offusqua pas.

— *Vous voilà de nouveau en train de détourner la conversation, avait-elle fait remarquer avec un petit sourire. Vous faites cela très bien. Je pourrais écrire un article sur vos nombreuses dérobades. Sur cette tendance que vous avez à vous préoccuper des autres plutôt que de chercher à avoir une vie plus épanouie. Et à vous réfugier dans le travail et dans le sport à outrance pour éviter de vous pencher sur vos états d'âme.*

Impossible de rien lui cacher, avait songé Miranda, qui en voulait à la psy de l'avoir aussi facilement percée à jour.

— Pourriez-vous me dire ce que vous faites dans votre cabinet à quelques heures du réveillon ? avait-elle insisté, d'un ton qu'elle avait voulu cependant le moins agressif possible.

— Je suis là parce que j'avais rendez-vous avec vous.

— Désolée de vous retenir, docteur, s'était-elle excusée en s'extirpant de son fauteuil. Nous pourrions peut-être abréger, non ?

— Asseyez-vous, Miranda.

Il y avait une telle bienveillance dans le regard du Dr Kilpatrick qu'elle s'était rassise sans broncher.

— Vous comptez tout autant que n'importe lequel de vos collègues, vous savez.

— Ah oui ? Je suis pourtant considérée par mes pairs comme la dernière roue du carrosse, le sous-fifre de service.

— N'importe quoi ! Vous êtes un tireur d'élite et à ce titre, vous avez reçu la même formation que les autres membres de l'équipe. Si le SWAT Team 1 est si efficace, c'est justement parce que l'équipe est soudée. Vous êtes comme les cinq doigts de la main.

Miranda rechargea son Glock, avec de vraies balles cette fois, et s'assura de son bon fonctionnement avant de le glisser dans son holster, fixé à sa cuisse droite.

En prenant sa douche, quelques instants plus tard, elle repensa de nouveau à ce qui s'était dit dans le cabinet du Dr Kilpatrick.

La psychologue avait une patience d'ange. Les silences de Miranda ne la dérangeaient pas. Elle attendait. Mais à un moment, stressée par ce silence interminable, Miranda avait fini par lâcher :

— Holden Kincaid revient dans l'équipe.

— Kincaid ? Lequel ? J'en connais plusieurs dans la police.

— Celui que j'ai remplacé quand il est parti en congé paternité. Il est très proche des autres membres du SWAT.

La confidence n'avait eu au départ d'autre but que de briser le silence, mais Miranda avait continué sur sa lancée.

— Je ne peux pas rivaliser avec lui, même si, objectivement, je suis meilleure que lui. Si, comme je le pense, le capitaine Cutler et les autres considèrent que j'ai pris sa place, la cohésion de l'équipe en souffre et le SWAT risque d'être moins efficace. J'ai l'impression d'être une usurpatrice. Mais si je demande une mutation ou si on me met sur la touche parce que Kincaid a plus la cote que moi…

Elle ferma le robinet d'eau chaude et frissonna. Il faisait frisquet dans le vestiaire mais sa chair de poule, elle la devait moins à la température ambiante qu'au souvenir de la question que la psychologue, d'une perspicacité redoutable, lui avait alors posée.

— Ces problèmes de mauvaise estime de soi remontent à l'été dernier, lorsque vous avez été agressée par ce tueur en série, n'est-ce pas ?

— Il n'en avait pas après moi, mais après la petite

amie du sergent Delgado, parce qu'il craignait qu'elle ne le reconnaisse.

— J'ai lu le rapport de Delgado. Il a dit que sans vous, celle qui est maintenant sa femme aurait été tuée. Vous avez réussi à maîtriser le psychopathe jusqu'à l'arrivée de vos collègues.

— Je ne l'ai pas vraiment maîtrisé puisqu'il m'est tombé dessus et m'a assommée.

— C'est là que le travail en équipe prend tout son sens. Vos coéquipiers sont venus à la rescousse et ont fini le travail. Si vous êtes cinq, ce n'est pas pour rien. Vous êtes censés vous épauler les uns les autres. Quand l'un flanche, les autres sont là. Cela peut arriver à tout le monde de ne pas être au mieux de sa forme. Personne ne vous en veut d'avoir ce jour-là failli en partie à votre mission.

Ce ton indulgent, ce discours l'invitant à ne pas se montrer trop dure envers elle-même l'avaient encore plus fait douter d'elle.

— Vous savez bien qu'on n'a pas le droit à l'erreur, quand on est une femme. Je dois être la meilleure. Si je suis incapable de me montrer à la hauteur lorsque l'équipe compte sur moi, pourquoi diable le capitaine Cutler me garderait-il dans l'équipe ?

La psychologue griffonna quelques mots sur son bloc-notes puis se pencha vers elle.

— Le SWAT Team 1 vous tient lieu de famille, n'est-ce pas ? C'est pourquoi vous êtes aussi exigeante avec vous-même. Vous ne voulez surtout pas perdre cette famille de substitution.

En plein dans le mille ! Cette psychologue était vraiment pénible. Pas étonnant que la séance l'ait contrariée. Le

Dr Kilpatrick lui avait fait prendre conscience d'une chose qu'elle avait soigneusement refoulée jusque-là.

Ses parents étant morts tous les deux, et son frère aîné se trouvant en Afghanistan, elle n'avait personne sur place. Absolument personne. Toute sa vie tournait autour de son travail au sein du SWAT, la fameuse brigade d'élite de la police de Kansas City. Elle n'existait qu'à travers ce travail. Lui seul la motivait et était source de satisfactions. Son rôle au sein de l'équipe lui donnait un sentiment d'appartenance. Si sa vie professionnelle se mettait elle aussi à aller de travers, Miranda n'avait plus qu'à se flinguer. Le fait d'être en congé exacerbait bien sûr cette solitude à laquelle elle essayait d'habitude de ne pas trop penser.

Et dire qu'elle était allée raconter tout ça au Dr Kilpatrick !

— Aïe !

La jeune femme comprit deux choses : qu'elle devait se brosser les cheveux moins énergiquement et qu'il était urgent qu'elle se ressaisisse. Si elle voulait garder son poste, il fallait qu'elle ait du cran et arrête de se complaire dans ses jérémiades de bonne femme qui lui ressemblaient si peu. Il fallait qu'elle recouvre son sang-froid.

Mais il ne suffisait pas de le dire.

— Allez, Murdock, bouge-toi les fesses, se gronda-t-elle.

En hâte, elle se fit une queue-de-cheval, enfila ses vêtements civils et s'emmitoufla dans sa parka. Il faisait nuit lorsqu'elle sortit du commissariat pour rejoindre le parking souterrain où elle avait laissé sa voiture. Elle marchait vite, les mains dans ses poches, en rentrant les épaules pour mieux lutter contre le vent glacial. Au passage clouté, elle profita que le feu était vert pour regarder l'heure sur son portable. Super. Un soir de réveillon, tous les restaurants où elle avait l'habitude d'aller acheter des plats à emporter seraient fermés. Qu'y avait-il dans son congélateur ? Opterait-elle pour un plat préparé qu'elle réchaufferait au micro-ondes ou se contenterait-elle d'un bol de céréales ? Pourquoi n'avait-elle pas pris ses précautions et fait des courses quand tout était encore ouvert ?

Le feu passa au rouge. Enjambant un tas de neige grisâtre, elle s'empressa de traverser la rue. Outre qu'il lui manquait, il y avait un autre inconvénient au fait que John soit au Moyen-Orient. Son frère était un vrai cordon-bleu. Si elle n'avait jamais appris à cuisiner, c'était parce qu'il adorait lui mitonner de bons petits plats. A Noël, l'an dernier, ils avaient fait un véritable festin. Rien que de penser au fondant au chocolat que John avait confectionné pour l'occasion, elle en avait l'eau à la bouche.

Du coup, son bol de céréales ne lui faisait plus du tout envie.

Elle entra dans le parking et descendit quatre à quatre les marches jusqu'au niveau 2, où elle avait garé son pick-up rouge ce matin, bien avant que le SWAT ne se rende dans les locaux de Gallagher Security Systems. Tandis qu'elle se repassait les événements de la matinée en vitesse rapide, son esprit fit un arrêt sur image sur le patron de GSS.

Elle le revit distribuant des ordres dans son luxueux bureau directorial. Son costume sur-mesure et sa manière de s'exprimer, concise et directe, trahissaient l'homme riche et puissant ; mais cette mèche rebelle qui lui tombait sur le front et ses lunettes à monture d'écaille lui donnaient un petit air à la fois sérieux et gamin, un peu à la Clark Kent. Lesdites lunettes n'étaient d'ailleurs pas son seul point commun avec le superhéros, car contre toute attente, sous sa veste de costume, Quinn Gallagher cachait des pectoraux impressionnants. Lorsqu'il avait pris sa fille dans ses bras, elle les avait vus tendre l'étoffe et tirer sur les coutures.

Elle se demanda s'il savait qu'il ressemblait à Superman. Cette pensée la fit sourire.

— Qu'y a-t-il de si drôle ?

Malgré elle, elle sursauta. L'homme baraqué qui l'avait interpellée sortait de son véhicule, garé presque en face du sien. A son survêtement noir, elle sut tout de suite qu'il travaillait comme elle au KCPD, mais lorsqu'elle le reconnut, elle dut se faire violence pour ne pas tourner les talons et grimper dans sa voiture. Pourquoi fallait-il qu'elle tombe sur lui maintenant ?

— Salut, se contenta-t-elle de grommeler.

Holden Kincaid la dévisageait d'un drôle d'air. Elle s'empressa de faire disparaître de son visage ce sourire idiot qui avait intrigué son collègue.

— Je rêvassais. Je pensais à Superman.

— Vous êtes Murdock, n'est-ce pas ?

Il tendit un index autoritaire vers son chien, un magnifique malamute d'Alaska gris argent, qui tournait en rond à l'arrière du pick-up.

— Rex, assis.

Le chien obéit tandis que son maître s'approchait d'elle.

— Holden Kincaid, dit-il en lui offrant une poignée de main.

— Je sais qui vous êtes, inspecteur Kincaid.

Il était cordial, aussi n'avait-elle aucune raison de lui tourner le dos. Son retour la préoccupait énormément car elle ne savait pas ce qu'elle deviendrait lorsqu'il reprendrait le travail, mais elle ne voulait surtout pas avoir l'air de s'avouer vaincue. D'autant plus que ce n'était pas ce soir, à en juger par sa tenue, qu'il allait la chasser de son poste.

— Vous allez courir ? s'enquit-elle poliment.

— On en vient. Rex adore la neige. On en profite.

« Continue sur ce ton-là. Donne-lui l'impression d'être à l'aise. »

— Y compris le soir du réveillon ? s'étonna-t-elle.

Le rire tonitruant de Kincaid produisit de la buée dans l'air glacé.

— Lisa a décrété qu'il fallait que je sorte une heure ou deux. Je ne sais pas ce qu'elle mijote, mais je les soupçonne, mon fils et elle, de vouloir jouer les Père Noël. Alors j'ai pris le chien et je suis parti courir. Je vais maintenant faire un tour à la salle de musculation. J'ai encore une petite demi-heure à tuer.

Ce type était décidément plutôt sympa. Il avait une femme, un fils, et même un chien. Elle, elle n'avait rien...

— Eh bien, je vous souhaite une bonne soirée.

— Merci, Murdock. Vous savez, je suis content de vous avoir croisée.

Ils étaient rivaux, ni l'un ni l'autre ne pouvait l'ignorer, mais Kincaid s'efforçait visiblement d'arrondir les angles entre eux. Elle serait bien inspirée d'en faire autant. Pour se donner une contenance, elle souleva sa queue-de-cheval, coincée sous le col de sa parka.

— Euh, oui, cela devait arriver un jour ou l'autre. Vous allez reprendre le travail et moi, je... je suis là presque tout le temps.

— D'après le capitaine Cutler, vous êtes accro au boulot, dit Kincaid en souriant.

Miranda éprouva le besoin de se justifier.

— J'aime l'action et les montées d'adrénaline, ainsi que le sentiment d'urgence que nous donnent certaines missions. Je me sens utile. Je suis dans mon élément.

— Je partage votre point de vue. Je suis content d'être

à la maison et de passer du temps avec ma femme et le petit, mais j'ai vraiment hâte de reprendre le travail.

Tiens donc ! Holden Kincaid et elle semblaient faits pour s'entendre. Ils auraient pu être copains, s'il ne convoitait pas son poste, poste qu'elle-même lui avait piqué.

Balayant du regard le parking presque vide, elle tenta une nouvelle fois de prendre congé.

— Bon, eh bien, euh... joyeux Noël.

Sur ce, elle tourna les talons. Mais, comme elle ouvrait la portière de sa voiture, Kincaid la rappela.

— Ecoutez, Murdock, je veux juste que vous sachiez que j'aurais préféré que ça se passe autrement.

Elle se retourna vivement.

— Que *quoi* se passe autrement ?

Son mobile sonna dans sa poche mais elle était si occupée à essayer de comprendre pourquoi Kincaid avait cet air contrit qu'elle ne songea pas à prendre l'appel.

— Vous devriez répondre. C'est peut-être le capitaine Cutler, dit Kincaid en s'éloignant.

Un doute horrible l'assaillit. Et si le hasard n'était pour rien dans cette rencontre avec Holden Kincaid ?

Elle se saisit de son téléphone. En voyant le nom de son chef s'afficher sur l'écran, le sens du devoir prit le dessus : cela pouvait être une urgence. Elle grimpa dans sa Toyota, referma la portière et répondit.

— Oui, capitaine ?

Kincaid lui fit un signe de la main et s'enfonça dans l'ombre du parking à petites foulées.

— Vous n'êtes pas en train de réveillonner, au moins ?

Au ton de son chef, elle comprit qu'il n'y avait rien de grave. Aussi prit-elle le temps de démarrer et d'allumer le chauffage avant de poursuivre la conversation.

— Non, pas du tout. Que se passe-t-il ?

— Un événement survenu dans le courant de la journée chez Gallagher Security Systems m'oblige à faire appel à vous.

— Un événement ?

Le commandant semblait hésiter. Puis il étouffa un juron et se décida à cracher le morceau.

— J'ai discuté de votre planning de la semaine avec le sergent Wheeler et découvert que vous vous étiez portée volontaire pour remplacer ceux de vos collègues qui souhaitaient passer les fêtes en famille.

Il l'appelait le soir du réveillon de Noël pour lui parler du planning ?

— Tout est arrangé, lui dit-elle. Mais rassurez-vous : je ne serai pas payée en heures supplémentaires. Je récupérerai ces jours de congé à un autre moment.

— Ce geste vous honore mais je me suis permis de vous libérer toute la semaine prochaine. Holden Kincaid est d'accord pour vous remplacer, de manière à ne pas avoir à chambouler tous les plannings. L'équipe étant de service cette semaine, en cas d'intervention, il vous remplacerait là aussi.

Sentant un long frisson glacé lui parcourir l'échine, Miranda fixa dans son rétroviseur le pick-up noir. « J'aurais préféré que ça se passe autrement. » Tout devenait clair. Kincaid savait déjà qu'il allait la remplacer. Pas encore au sein du SWAT, certes, mais cela expliquait son air contrit. Michael Cutler s'était débrouillé pour se débarrasser d'elle.

Assis à l'arrière du véhicule, le chien gris la regardait avec des yeux tristes. Lui aussi devait savoir que son maître était venu pour lui prendre sa place.

Les doigts crispés sur le volant, elle soupira, découragée. Depuis son faux pas de l'été dernier, elle redoutait d'être rétrogradée. Ses craintes étaient bel et bien fondées, elle en avait la preuve aujourd'hui. Qu'allait-elle devenir si on la privait de ce travail qu'elle adorait ? Si on la virait de cette équipe qui lui tenait lieu de famille, comme l'avait souligné le Dr Kilpatrick ? « Allons, secoue-toi ! » Seule une fille gnangnan resterait là à se lamenter sur son sort. N'empêche qu'elle se sentait trahie, qu'elle se trouvait nulle, et qu'elle était très triste d'avoir perdu son boulot.

— Randy ? Vous êtes toujours là ?

S'arrachant à ses sombres pensées, elle répondit d'un ton qu'elle espérait posé :

— Je vous écoute, mon capitaine. Pourquoi m'empêchez-vous de travailler pendant les fêtes ?

— De patrouiller, Randy, pas de travailler, rectifia-t-il. Puisque que vous ne partez pas pendant les fêtes, je vous confie une mission très spéciale pour laquelle toute heure supplémentaire *sera* payée comme telle.

L'argent était présentement le cadet de ses soucis.

— Que va faire l'équipe chez Gallagher Security Systems ?

— Pas l'équipe, Randy. Seulement vous.

— Pourquoi Holden ne se charge-t-il pas de cette mission plutôt que de me remplacer ?

— Parce que vous semblez plus à même que lui de la remplir. Ecoutez, si vous acceptez, ce serait comme un service que vous me rendriez. Pouvez-vous passer demain matin chez Quinn pour que nous en discutions ? Vous n'avez pas besoin de venir très tôt, surtout si vous réveillonnez ce soir.

Elle aurait même pu passer ce soir. Avaler un bol de céréales ne lui prendrait que quelques minutes. Quoi qu'il en soit, étant donné la position délicate dans laquelle elle se trouvait, maintenant que Holden Kincaid revenait, si elle voulait rester dans l'équipe, elle avait intérêt à ne pas contrarier son chef.

— D'accord. Vous pouvez compter sur moi.

Elle nota l'adresse de la villa sur un bout de papier et promit de passer à midi. De quelle mission pouvait-il bien s'agir ? s'interrogeait-elle. Pourquoi la lui confier à elle plutôt qu'à Kincaid ? Parce qu'il était surqualifié pour ce genre de travail et qu'elle, au contraire, ferait très bien l'affaire ?

Arrête un peu, Murdock. Elle fit taire la petite voix perfide qui passait son temps à lui saper le moral et, après avoir pris congé de Cutler, elle rempocha son téléphone.

Elle avait peut-être bien fait, finalement, de consulter le Dr Kilpatrick. Si celle-ci ne l'avait pas rassurée sur sa valeur, sans doute serait-elle au trente-sixième dessous, après cette nouvelle contrariété.

Elle passa la marche arrière et recula. Avant de quitter le parking, elle jeta un coup d'œil autour d'elle. Pendant les fêtes, le KCPD tournait au ralenti, avec un personnel réduit. Mais ceux de ses collègues qui étaient de service ce soir avaient dû se garer ailleurs car excepté elle et le malamute de Kincaid, qui la regarda passer sans broncher, il n'y avait personne.

Personne ici dans le parking. Personne non plus chez elle. Et par-dessus le marché, son chef l'isolait du reste de l'équipe pour l'envoyer faire Dieu sait quoi.

On aurait pu penser qu'à force, elle s'était habituée à la solitude.

Il n'en était rien.

La solitude lui sortait par les yeux.

3

Six jours avant le réveillon du jour de l'an.

Que faisait-elle dans ce quartier résidentiel huppé de la périphérie de Kansas City le jour de Noël ?

Les rues étaient larges et arborées, les maisons immenses et cossues, et les jardins ressemblaient à des parcs. Son deux-pièces tiendrait probablement tout entier dans le garage d'une de ces villas. Peut-être même qu'il tiendrait dans le cagibi.

Pour Miranda, le dépaysement était total.

Elle vérifia pour la énième fois l'adresse que lui avait donnée Cutler et s'engagea dans l'allée qui conduisait à la propriété de Quinn Gallagher. Contrairement aux autres villas, celle-ci n'était pas visible de la rue. Il fallait arriver au portail, lequel était surmonté de caméras de surveillance, pour l'apercevoir. Elle se pencha sur son volant pour tenter de voir à travers les barreaux de fer forgé. Derrière cette première grille se cachait un autre portail, en acier, celui-là plus défensif que décoratif. Elle découvrit aussi que si on ne voyait pas la maison depuis la rue, ce n'était pas parce qu'elle était plus petite que ses voisines, mais parce qu'elle était entourée d'un haut mur de briques.

D'apparence un peu austère malgré sa façade blanche et construite sur plusieurs niveaux dans un style très contemporain, elle avait des allures de forteresse avec ce ruisseau qui en faisait le tour et semblait tenir lieu de douves. Seules les guirlandes multicolores et les branches de houx qui décoraient les nombreuses fenêtres apportaient un peu de fantaisie à cette impressionnante bâtisse. La vaste pelouse, qui s'étendait de part et d'autre de l'allée, était recouverte d'une épaisse couche de neige immaculée. Il était quasi impossible d'approcher de la maison sans se faire remarquer. Cette demeure devait être l'œuvre d'un architecte avant-gardiste ou, plus vraisemblablement, d'un homme obsédé par la sécurité.

Face à cet étrange bunker, Miranda songea à un roman qu'elle avait lu, adolescente, et qui s'intitulait *Forteresse de solitude*. Puis elle repensa à la ressemblance frappante de son propriétaire avec le superhéros de sa jeunesse et se demanda si Quinn Gallagher la cultivait.

A moins qu'elle ne soit la seule dans cette ville à remarquer que le P-DG de Gallagher Security Systems était un sosie de Superman…

Perplexe, elle baissa sa vitre pour presser le bouton de l'Interphone. En se penchant, elle remarqua une grosse BMW noire stationnée dans la rue, un peu plus bas. Dans ce quartier, il n'était pas rare de voir de luxueuses berlines conduites par des chauffeurs. Elles avaient souvent les vitres teintées afin de préserver l'anonymat des passagers.

Mais un jour de Noël, alors que les rues étaient désertes, cette BMW avait quelque chose d'insolite.

Peut-être que ses passagers n'étaient pas du coin et s'étaient perdus. Ils avaient très bien pu s'arrêter pour consulter une carte ou un GPS…

— Oui ? fit une voix dans l'Interphone, mettant fin à ses supputations.

Il semblerait qu'ici, on ne sache pas dire bonjour, constata à part soi Miranda.

— Inspecteur Murdock du KCPD, annonça-t-elle sans préambule. J'ai rendez-vous avec le capitaine Cutler et avec M. Gallagher.

— Ils vous attendent.

Un claquement métallique, puis un bruit de moteur et enfin d'engrenages frottant l'un contre l'autre se firent entendre. Elle remonta sa vitre et attendit patiemment que le lourd portail se soit ouvert.

Elle aurait dû enclencher la première et entrer dans la propriété mais, prise d'un pressentiment qu'elle n'était pas du genre à ignorer, elle jeta un coup d'œil dans son rétroviseur.

Habituée à être seule, elle avait développé une espèce de sixième sens qui l'avertissait immédiatement d'une présence dans les parages. Elle chercha du regard la BMW noire.

Ils n'étaient pas du tout perdus.

Ils la surveillaient.

Ou surveillaient la propriété de Gallagher.

Lorsqu'elle se retourna, intriguée par ce qui se tramait dans cette voiture, elle aperçut — avant qu'on ne remonte précipitamment la vitre arrière — une crinière argentée et des yeux clairs qui regardaient dans sa direction.

La BMW démarra alors brusquement, tourna un peu plus loin et disparut.

Miranda avait cependant eu le temps de noter le numéro d'immatriculation sur son bloc-notes.

— Alors, vous venez ? s'impatienta une voix dans

l'Interphone. Avancez pour que nous puissions refermer le portail.

— Oui, tout de suite.

Elle fourra le calepin dans la poche de sa parka et avança doucement vers le pont tout enluminé qui enjambait le ruisseau gelé. Cette étrange BMW et son mystérieux passager étaient probablement sans importance…

Mais un membre du SWAT ne laissait jamais rien au hasard.

— Du baby-sitting ?

Plongé dans de savants calculs, Quinn finit de taper sur son ordinateur portable les chiffres qu'il venait de trouver avant de rajuster ses lunettes et de lever les yeux vers la jeune femme blonde tout en jambes assise en face de son bureau, à côté de son vieux pote Michael Cutler. S'était-il mal exprimé ?

En voyant une ombre passer dans les yeux vert d'eau de l'agent Murdock, il comprit que sa proposition l'avait désagréablement surprise. Si elle commençait à faire des histoires, cela ne pourrait pas marcher… Mais cette femme ne pouvait pas être une enquiquineuse ; sinon, Michael ne l'aurait pas prise dans son équipe et il ne la lui aurait pas recommandée.

— Il ne s'agit pas *simplement* de baby-sitting, mademoiselle Murdock.

— *Inspecteur* Murdock, corrigea-t-elle.

— Je vous prie de m'excuser, *inspecteur*.

Elle commençait vraiment à l'énerver. Hélas, il n'avait pas le choix.

— Je vous engage pour protéger ma fille jusqu'à ce qu'elle et moi nous sentions de nouveau en sécurité.

— Un instant, s'il vous plaît. Vous ne pouvez pas me débaucher du KCPD.

Quinn renonça à lui expliquer qu'il s'était arrangé avec son chef et prit le temps de détailler sa tenue vestimentaire et son allure générale. Si le col montant de son uniforme noir ne mettait pas en valeur ses pommettes hautes et naturellement rosées, ses longs cheveux lisses, retenus en une simple queue-de-cheval, étaient d'un joli blond miellé, avec des mèches plus claires autour du visage.

Une petite voix irritante le rappela à l'ordre. Il reluquait les femmes, maintenant ? Sa femme était morte depuis trois ans, peu après la naissance de Fiona. En janvier dernier, il s'était enfin décidé à retirer son alliance, mais il n'était pas sûr d'être prêt à s'engager dans une nouvelle relation. Avec qui, d'ailleurs ? En tout cas, pas avec cette espèce de garçon manqué à l'esprit de contradiction.

Bref.

Fixant le blason brodé sur la poche poitrine de son uniforme de combat, il secoua la tête.

— Je ne veux pas que vous soyez habillée comme ça quand vous êtes avec Fiona.

— En tant que membre du SWAT, j'ai le droit de porter cet uniforme.

— Certes, mais moi, en tant que donateur en faveur des veuves et des orphelins du KCPD, j'ai le droit de vous interdire de le porter quand vous êtes avec ma fille. Cela l'effraierait inutilement. Elle aime les couleurs vives, ajouta-t-il. Avez-vous dans vos placards quelque chose qui pourrait faire l'affaire ?

— Un jean vert pomme ? Devrais-je aussi peindre mon fusil en rose fuchsia ?

Le sang lui était monté aux joues. Chez elle, cela ne

traduisait certainement pas de l'embarras, plutôt de la colère.

Quinn se tourna vers son ami.

— Michael ?

Cette conversation avait déjà bien assez duré. Il n'avait pas que ça à faire. Plusieurs heures après avoir transféré la somme demandée sur un compte anonyme en Suisse, il avait reçu une nouvelle menace par SMS. On le sommait de revoir la conception d'un système de fermeture à distance qu'il avait mis au point il y a quelques années. Comme plus aucun des clients de GSS n'utilisait ce système, trop ancien, cela n'aurait aucune incidence pour personne, mais Quinn ne voyait pas pourquoi la personne qui avait pris contact avec lui tenait à ce qu'il obtempère sans délai. Faute de quoi, Fiona recevrait un nouveau cadeau avant la fin de la journée.

Faites ce qu'on vous dit ou c'est Fiona qui paiera.

S'il voulait revoir la conception de ce fichu système avant 17 heures, il fallait absolument qu'il arrive à convaincre Miranda Murdock d'accepter sa proposition.

Michael Cutler avait lu le second SMS. Il saurait peut-être raisonner l'Inspecteur la Terreur.

— L'affaire est très sérieuse, Randy. La police se doit d'intervenir. Quinn et Fiona ont reçu des menaces qui nous obligent à les protéger. Compte tenu des relations de GSS avec le KCPD, le préfet de police a demandé que nous détachions des policiers pour veiller sur Quinn et sa fille vingt-quatre heures sur vingt-quatre et sept jours sur sept jusqu'à ce que tout soit rentré dans l'ordre.

— Y compris le 31 décembre, précisa Quinn. Jour et nuit jusqu'au 1er janvier. Ensuite…

Il eut un pincement de cœur en pensant à sa petite

princesse qui jouait dans la salle de séjour, juste à côté. Pourvu que d'ici là, il arrive à neutraliser ce salaud qui lui en voulait à mort... Il aurait préféré que celui-ci s'en prenne à lui directement et ne mêle pas Fiona à ce compte à rebours complètement dingue, mais ce cinglé devait savoir que le seul moyen d'obtenir de lui tout ce qu'il voulait était de menacer l'amour de sa vie.

Il sentit les yeux vert clair de la jeune femme posés sur lui tandis qu'il contemplait sa fille. La petite s'amusait avec des autocollants. Elle en avait mis partout : sur sa robe de velours prune, sur les meubles et sur les murs.

— Très bien, je me charge de superviser les opérations, déclara enfin l'inspecteur Murdock.

Quinn crut percevoir une certaine douceur dans sa voix. Mais lorsqu'il la regarda, elle se détourna et s'adressa à Michael.

— Je suis prête à surveiller la maison et à épauler les gardiens. Nous pourrions commencer par en mettre un au portail. Les caméras de surveillance ne suffisent pas. Telles qu'elles sont placées, la personne qui est devant les écrans de contrôle n'avait aucune chance de repérer la BMW noire qui était garée un peu plus bas et surveillait la propriété quand je suis arrivée.

— Quoi ? s'exclama Quinn, dont le stress monta en flèche. Une voiture surveillait la propriété ?

— Je n'ai pas réussi à voir combien il y avait de personnes à l'intérieur, mais l'un des passagers, assis à l'arrière, était un homme d'un certain âge. Quand ils ont vu que je les avais repérés, ils sont partis. J'ai relevé le numéro de la plaque d'immatriculation, ajouta Miranda à l'intention de son supérieur. Je peux interroger le fichier, si vous voulez.

46

— Je m'en occupe, dit Michael en prenant le papier qu'elle venait de sortir de sa poche.

Mais Quinn avait déjà composé le numéro de David Damiani, responsable de la sécurité chez GSS.

— David, pourriez-vous interroger le fichier des immatriculations ? Il me faut l'identité du propriétaire d'une BMW noire immatriculée…

Il se tourna vers l'inspecteur Murdock, qui lui passa le papier.

— … dans le Missouri. C3K-49F. Ce n'est pas un de vos gars, je suppose ?

— Non, dans une BM, certainement pas.

— Envoyez immédiatement quelqu'un pour faire le guet devant le portail. Cette BMW a été vue tout à l'heure en train de surveiller la propriété.

— Bien, patron. Hansen est l'homme qu'il vous faut. Je viendrai moi-même faire un tour en début d'après-midi.

Quinn raccrocha, puis souleva ses lunettes un bref instant pour se frotter la racine du nez car il sentait poindre une migraine. Il fixa ensuite celle qui semblait, tout compte fait, être exactement la personne dont il avait besoin.

— Vous comprenez maintenant pourquoi il faut que vous fassiez partie de mon personnel toute cette semaine. La sécurité de ma fille étant en jeu, je ne peux me permettre la moindre négligence.

— Vous voulez que je vienne en taupe et fasse semblant d'être la nounou de votre fille ?

— Je veux que vous soyez sa nounou. Autrement dit, que vous ne la quittiez pas d'une semelle, que vous la preniez entièrement en charge et bien entendu, que vous veilliez à sa sécurité.

Elle se mit à gigoter sur son siège.

— La sécurité rapprochée, c'est tout à fait dans mes

cordes. J'ai pas mal d'expérience, ayant accompli plusieurs missions en tant que garde du corps.

Quinn secoua la tête.

— Ce n'est pas d'un simple garde du corps que j'ai besoin. Fiona n'a que trois ans. Si quelqu'un qu'elle ne connaît pas lui demande de se plaquer contre le mur ou de se coucher par terre, elle ne le fera pas, c'est évident. Il faut qu'elle ait confiance en la personne et qu'elle s'entende bien avec elle. Je ne veux pas que la fraction de seconde nécessaire à l'un de mes agents de sécurité pour réagir et la mettre à l'abri soit la fraction de seconde qui lui coûte la vie.

Quinn se leva pour donner plus de poids à ses propos et prendre congé de ses interlocuteurs.

— Il me faut une nounou.

La jeune femme se leva à son tour afin de lui parler d'égal à égal.

— En ce cas, il faut que vous engagiez quelqu'un en plus de moi. Je ne suis pas compétente en la matière. Je ne connais rien aux enfants.

Pourquoi diable Michael la lui avait-il recommandée ? se demanda Quinn, exaspéré. Il aurait mieux fait de s'abstenir.

— Comment savez-vous que vous n'êtes pas compétente, si vous n'avez jamais été en contact avec des enfants ? répliqua Cutler en se levant également.

Quinn abonda dans ce sens.

— Je n'ai pas le temps d'apprendre à l'un de mes agents à sympathiser avec une fillette de trois ans. Je n'ai pas non plus le temps de former une nounou aux techniques de protection que vous, vous maîtrisez parfaitement.

Il vit les épaules de la jeune femme s'affaisser, mais très vite, elle corrigea sa posture.

— Entendu, monsieur Gallagher. Vous avez votre nounou. Il faut que je passe chez moi pour prendre des affaires. Je suppose, dit-elle en s'adressant à son supérieur, que je peux utiliser mon équipement et mes armes de service ?

Michael acquiesça.

— Oui, bien sûr, et en cas de besoin, le SWAT sera là pour vous donner un coup de main.

— Merci, capitaine.

Elle ramassa ses gants et son bonnet sur le bureau et récupéra sa parka, qu'elle avait posée sur le dossier de sa chaise.

— A mon retour, j'aimerais rencontrer tous vos agents de sécurité. Il est important que je sache à quoi ils ressemblent et que je connaisse leurs noms. Il faudrait aussi que je fasse le tour de la propriété car il n'y a pas plus traîtres que les portes dérobées et les entrées réservées au personnel. J'aurai enfin besoin des combinaisons de toutes les serrures de sûreté ou des clés de tout ce qui n'est pas libre d'accès.

— Je m'en occupe, dit Quinn en prenant son téléphone pour rappeler David. Il faudrait que vous soyez revenue avant 19 heures. Fiona se couche à 20 heures, y compris le week-end et pendant les vacances. En période de fêtes, c'est encore plus important de respecter cet horaire parce qu'elle est très excitée.

L'agent Murdock hocha la tête et cacha sa jolie chevelure sous son bonnet.

— Ne vous dérangez pas, je trouverai la sortie toute seule. Assurez-vous simplement que le portail se referme bien derrière moi.

Elle se tourna vers Fiona, occupée à dessiner, à plat ventre par terre, et la considéra un instant. Elle avait l'air un peu incrédule et pas vraiment rassurée. Puis elle se dirigea vers la porte d'entrée.

— Michael, dit Quinn, tout attendri de voir sa fille s'évertuer à faire tenir un crayon dans la main de sa poupée pour qu'elle puisse elle aussi dessiner, vous êtes sûr que l'inspecteur Murdock sera une bonne nounou pour Fiona ?

En homme avisé, Michael choisit ses mots avec soin.

— Ce qui est sûr, c'est qu'avec elle, votre fille ne risque rien.

4

Il y avait un truc qui clochait.

Miranda éteignit ses phares et sortit de son pick-up juste après avoir franchi les grilles de la propriété. Le bonnet enfoncé jusqu'aux oreilles, elle rentra sa queue-de-cheval dans sa parka de manière à ce que rien ne puisse être réfléchi par les spots qui surmontaient les caméras de surveillance. Puis elle se glissa lestement entre les grilles avant qu'elles ne se referment derrière elle et s'enfonça dans la nuit noire.

Planquée derrière un majestueux chêne des marais, elle scruta les alentours. La voiture était revenue. Enfin, *une* berline noire était stationnée dans la rue, à moins de deux cents mètres du portail. En l'absence de réverbères dans ce secteur, impossible de savoir si c'était la même voiture que tout à l'heure.

Où était le gardien ? Quinn Gallagher avait pourtant bien donné l'ordre à son chef de la sécurité d'envoyer un de ses hommes au portail…

Comme à sa première visite, elle avait dû appuyer sur un bouton et donner son nom dans l'Interphone. Mais, même si elle faisait à présent partie du personnel, elle aurait dû être contrôlée.

Elle inspira à fond, puis expira lentement afin de ne pas produire de buée, car elle ne tenait pas à se faire

51

repérer. Très maîtresse d'elle-même, comme au stand de tir la veille, elle tira son revolver du holster fixé à la ceinture de son jean.

La règle numéro 1 était la reconnaissance. Il fallait localiser l'ennemi, l'identifier, et chercher à connaître ses intentions. Avant d'agir, il était indispensable de réfléchir à un plan.

Ce protocole, elle l'avait suivi scrupuleusement le jour où le Tueur de Jolies Dames l'avait assommée et laissée pour morte. Et cependant elle ne l'avait pas vu arriver, si bien qu'elle n'avait pas eu le temps de dégainer son arme ou de lui sauter dessus. Elle s'était battue avec lui mais, sonnée par le coup qu'il lui avait asséné sur la tête, elle s'était évanouie et le type s'était enfui. Cet échec, elle n'était pas près de l'oublier.

Et ce soir, forcément, elle se sentait moins sûre d'elle. Mais puisque le capitaine Cutler, le sergent Delgado et les autres n'étaient pas là, elle était bien obligée d'y aller. Cutler et Gallagher comptaient sur elle. Il fallait qu'elle tire la situation au clair.

Sans trop s'éloigner des arbres, elle s'avança discrètement vers sa cible. La neige absorbait le bruit de ses pas. Lorsqu'elle fut tout près, elle se baissa et, tenant son Glock à deux mains, continua à progresser en veillant à rester dans l'angle mort du rétroviseur. Elle avait troqué son pantalon d'uniforme contre un jean mais elle avait gardé ses bottes. A cause du sel de déneigement qui s'était collé sous ses épaisses semelles, le trottoir dégagé crissait sous ses pas.

Par chance, dans la voiture, la radio était à fond. Amateurs de rock, les occupants de la berline ne risquaient pas de l'entendre avec un tel boucan. Ils étaient deux, apparemment. Le conducteur et un passager, assis à l'avant. La configuration n'était pas la même qu'à midi, mais si l'un d'eux avait les cheveux blancs, ils allaient devoir répondre à un certain nombre de questions.

— KCPD ! Sortez immédiatement de ce véhicule ! ordonna Miranda en soulevant la poignée de la portière côté passager. Mains sur la tête. Descendez !

La musique tonitruante ne fut soudain plus qu'un bruit de fond dans sa tête tandis qu'elle jetait un coup d'œil à l'intérieur du véhicule.

— Bon sang ! Qu'est-ce que c'est que ce bazar ?

Les deux hommes portaient l'uniforme des agents de sécurité de GSS et tous deux étaient avachis dans leurs sièges.

Miranda retira prestement son gant et glissa deux doigts dans le cou du passager pour vérifier son pouls. Il était faible mais régulier. Ouf !

Comme elle se penchait pour éteindre la radio et couper le contact, elle remarqua que le conducteur avait renversé du café sur son pantalon, et que le passager tenait entre ses doigts un gobelet encore à moitié plein. Le café dégoulinait, goutte à goutte, à ses pieds.

Une décharge d'adrénaline la parcourut. Les deux hommes avaient manifestement été drogués. Pourquoi ? Elle leva les yeux vers le portail. Et si le danger était *déjà* à l'intérieur ? Quinn Gallagher et sa fille étaient peut-être entre les mains de l'ennemi.

Zut de zut ! Elle ne pourrait rien faire seule. Elle avait besoin de renfort. Il fallait qu'elle donne l'alerte.

— Eh, vous ? dit-elle en secouant sans ménagement le passager groggy.

Il était brun, et le conducteur blond.

— Réveillez-vous ! lui intima-t-elle en lui tapotant la joue.

Il grogna et se carra dans son siège, sa tête ballottant contre l'appui-tête, mais n'ouvrit pas les yeux. La rue était déserte. Pas une voiture. Pas un piéton. Et aucune lumière hormis les guirlandes lumineuses décorant quelques-unes des allées voisines. Miranda était seule, une fois de plus.

Elle respirait vite et son cœur battait à coups redoublés dans sa poitrine. Elle n'avait rien vu non plus quand le Tueur de Jolies Dames l'avait agressée. *Stop !* Il était hors de question qu'elle se laisse déstabiliser par des pensées négatives. Elle devait faire preuve de sang-froid.

— Réfléchis, Murdock. Réfléchis, nom d'un chien !

Elle essaya de réveiller le conducteur mais les deux hommes étaient complètement K.O. Machinalement, elle porta la main à son épaule, dans l'idée d'utiliser sa radio pour appeler à la rescousse. Puis elle se souvint qu'elle était en civil. Pour appeler, elle devait utiliser son mobile. Mais quel numéro appeler ? Le 911 ? Ou directement le capitaine Cutler ? Elle n'avait pas le téléphone de Gallagher, ni celui de son chef de la sécurité.

Son regard tomba sur la radio encastrée dans le tableau de bord. Comment n'y avait-elle pas pensé plus tôt ? Les agents devaient être reliés au commissariat central.

Lorsqu'elle poussa le conducteur endormi pour accéder à la radio, quelque chose tomba de la poche intérieure de son manteau.

Elle ramassa l'objet et se figea. Une main de glace lui étreignit le cœur comme un étau.

C'était une poupée. Dans le genre de celles dont on use dans les rituels vaudous. En plus petit et plus rudimentaire, c'était la copie conforme de la poupée de chiffon que Fiona Gallagher traînait partout avec elle.

Mais celle-ci portait une défroque rouge et gluante,

à la place des yeux, elle avait deux entailles dessinées au feutre.

Une poupée morte.

Miranda sortit du vêtement de la poupée un bout de papier plié en quatre et tout taché. Elle le déplia et lut ce qui était écrit dessus. Son sang ne fit qu'un tour.

« Vous n'avez aucune chance de m'échapper. Je vous tiens, Gallagher, et si vous ne réparez pas, votre fille mourra. »

Sûrement pas ! Tant que Miranda Murdock veillait sur elle, la fillette ne risquait rien.

Elle replia le papier et le remit là où elle l'avait trouvé, puis elle acheva de pousser le conducteur groggy pour accéder à la radio. Elle n'avait pas l'habitude de s'en servir et elle batailla quelques instants avant de parvenir à régler l'engin sur le bon canal, mais dès qu'une voix lui demanda sèchement de s'identifier, elle sortit le grand jeu.

— Je suis Miranda Murdock, du KCPD, et j'ai besoin de renfort de toute urgence. Les deux gars qui étaient censés surveiller le portail ne sont pas en très grande forme. Il faut qu'un des chefs vienne voir ça. Je crois que cela vaut le déplacement. Et puis, vous devriez peut-être appeler une ambulance.

— Nous ne saurons ce qu'ils ont versé dans le café que quand nous l'aurons fait analyser par un laboratoire, déclara Quinn. Mais ça, c'est de toute évidence de la gélatine. Et du colorant alimentaire.

Il jeta ses gants en latex dans la corbeille à papier derrière son bureau, et se retint de jeter aussi la poupée répugnante.

— La gélatine a été dissoute non pas dans de l'eau mais dans de la mélasse, afin de rester gluante, ajouta-t-il. C'est comme ça que les gosses fabriquent du faux sang.

— Sauf que là, nous n'avons pas affaire à des gosses, fit remarquer Miranda en se plaçant entre David Damiani, chef de la sécurité de GSS, et Michael Cutler, son propre patron. C'est vraiment très pervers de menacer les gens ainsi.

— C'est surtout très efficace, dit Quinn.

Détournant les yeux des jolies rondeurs de la jeune femme, il considéra David, trapu et fougueux, puis Michael, à la silhouette élancée et au regard pénétrant, avant de revenir à Miranda, qui affichait un air sombre. Etait-elle inquiète ? Furieuse ? Effrayée ? Difficile à dire.

Il se croyait pourtant perspicace, et assez fin psychologue. Là, par exemple, il devinait, rien qu'en le regardant, que David était vexé de ne pas être parvenu à empêcher l'agression, et qu'il en faisait une affaire personnelle. Michael, quant à lui, cogitait ferme, passant en revue différents plans, élaborant un scénario qui ferait le moins possible de dégâts collatéraux.

Mais Miranda ? Elle était pour lui un mystère absolu. Elle ne mâchait pas ses mots et savait se servir de son arme. Du cran, elle en avait sans aucun doute autant que n'importe quel homme dans la pièce. Le composé complexe d'émotions qui, tour à tour, assombrissait et illuminait ses yeux verts trahissait cependant une étrange vulnérabilité. En jean et pull marron tout simple, elle n'était pas spécialement à son avantage, mais son corps à lui ne s'y était pas trompé. Dès qu'elle était entrée, qu'elle avait retiré son bonnet et secoué sa queue-de-cheval, dès qu'elle s'était débarrassée de sa parka et l'avait négligemment jetée sur le dossier d'un fauteuil, Quinn s'était senti troublé. Cette femme le captivait.

Miranda Murdock constituait une énigme déconcertante qu'il brûlait de percer à jour.

La fascination qu'elle exerçait sur lui était cependant très mal venue.

Le compte à rebours a commencé.

Le SMS reçu ce matin, tandis qu'il regardait Fiona déballer ses cadeaux, était parfaitement clair.

— En menaçant ma fille, mon ennemi sait très bien ce qu'il fait, dit-il en s'arrachant à sa rêverie et en tournant résolument le dos à la jeune femme. Fiona est mon talon d'Achille. Mais *pourquoi* le fait-il ? A qui ai-je bien pu nuire ? Quel mal ai-je fait ? Je lui ai versé la somme demandée sans discuter.

— Sur un compte en Suisse dont nous recherchons activement le titulaire, intervint David. Cela n'a rien donné pour l'instant. Nous sommes tombés sur une société bidon, la Fédération universelle des champions de karting.

— *FUCK ?* fit Miranda. L'acronyme n'a pas été choisi au hasard.

David la toisa d'un air méprisant.

— L'enquête continue. Nous n'avons pas renoncé.

— Avez-vous trouvé la provenance des SMS ?

Cette question acheva de mettre David de mauvaise humeur.

— Des téléphones portables jetables. Jamais deux fois le même. Impossible d'en tirer quoi que ce soit.

— Il est évident que quelqu'un m'en veut, reprit Quinn pour couper court aux chamailleries des deux experts de la sécurité. J'ai passé l'après-midi à mettre à jour ce vieux brevet qui n'est quasiment plus utilisé et je l'ai envoyé sur la boîte e-mail dont on m'a donné l'adresse. Avant demain midi, je dois lancer une simulation pour prouver qu'il fonctionne. J'ai chargé deux techniciens du laboratoire de GSS de suivre sa trace. On verra bien.

Il se laissa tomber dans un canapé de cuir noir mais se releva aussitôt, incapable de rester en place. Il s'était rarement senti impuissant et il avait horreur de ça.

— Le pire, c'est que je ne sais même pas ce que je suis censé « réparer » avant la fin de l'année.

— Cela pourrait être tellement de choses, dit Michael.

Aux problèmes auxquels Quinn devait faire face s'ajoutait la culpabilité, car il avait empêché son ami de réveillonner avec sa femme et ses enfants. Homme de cœur, Michael était venu sans rechigner.

— Quand on est aussi riche que vous, on fait forcément des jaloux autour de soi. Un concurrent qui s'estime lésé, un employé persuadé d'avoir été licencié sans raison, ou encore quelqu'un qui revendique la paternité d'un brevet que vous auriez déposé…

— Je vous rappelle que je suis parti de rien et que j'ai travaillé dur pour arriver là où j'en suis maintenant.

Michael haussa les épaules.

— Ce n'est pas forcément le raisonnement que fait le cinglé que nous recherchons. Du reste, s'il vous en veut, il ne réfléchit pas. Tout ce qu'il — ou elle — voit, c'est que vous lui avez fait du tort.

— Ce type pourrait donc être un malade mental ?

Personne ne réfuta cette éventualité. Quinn se passa les doigts dans les cheveux en jurant entre ses dents.

— Pourrait-il s'agir d'une vengeance personnelle ? demanda David.

Quinn s'immobilisa près de la cheminée et contempla un instant les photos de famille posées sur le manteau de marbre blanc. Sa mère et lui avaient connu des temps difficiles. Aujourd'hui, il avait tout ce qu'il voulait. Mais à quoi bon ? Une seule chose comptait pour lui.

— En dehors de Fiona, je n'ai personne dans ma vie.

— Et Valeska ?

Quinn lança à David un regard aigu.

— Mon ex-femme s'est fait sa place toute seule dans l'entreprise. Elle a été élue vice-présidente avant même que nous soyons mariés. Si quelqu'un y trouve à redire…

Sans doute conscient d'avoir mis le doigt sur un point sensible, David évita son regard pendant quelques secondes. Mais l'ancien militaire n'était pas du genre à se dérober. Il s'avança d'un air déterminé vers la cheminée.

— Et si c'était le père de Valeska, Vasily Gordeeva ? Il a passé des années en prison comme dissident politique. Réfugiée aux USA, sa famille était censée être en lieu sûr. Peut-être vous rend-il responsable du meurtre de sa fille ?

— Trois ans après les faits ?

Quinn secoua la tête.

— Le Tueur de Jolies Dames a assassiné ma femme dans le jardin de notre maison et sous les yeux de notre fille, assise dans sa poussette. Je crois que j'ai déjà bien assez payé comme ça, non ?

En voyant Miranda réprimer une exclamation de surprise, il se souvint que tout le monde n'était pas au courant des détails du meurtre. Elle détourna pudiquement les yeux lorsqu'il voulut s'excuser d'un regard d'avoir été aussi brutal.

— Je n'ai jamais vu mon beau-père, reprit-il d'un ton neutre.

Les voyous qui le brutalisaient autrefois lui avaient appris à se caparaçonner contre la colère et la frustration.

— Val a grandi aux Etats-Unis, loin de lui. Lorsque

59

je me rendais à St-Feodor pour affaires, elle ne venait jamais avec moi. Ce n'était pas prudent pour elle de retourner dans son pays. En fait, Vasily connaissait à peine sa fille. Pourquoi me rendrait-il responsable du meurtre ? Cela n'a pas de sens. Entre-temps, l'usine de St-Feodor a fermé. Hormis quelques actionnaires avec lesquels je suis resté en contact — actionnaires qui, soit dit en passant, se sont enrichis grâce à GSS —, je n'ai plus aucun lien avec ce pays.

Le fait que Miranda consente à le regarder de nouveau en face lui procura un étrange soulagement.

— Votre beau-père est toujours en prison ? s'enquit-elle.

— Au Lukinbourg, un pays d'Europe de l'Est, expliqua Quinn en regagnant son bureau, il a été accusé d'avoir tenté de renverser le pouvoir en place. Je n'en sais pas beaucoup plus. Pour ne pas mettre sa famille en danger, il a coupé les ponts. Sa femme et sa fille ont fini par émigrer aux Etats-Unis. Valeska ne parlait quasiment jamais de son père.

— Quelle histoire ! Cela mérite d'être creusé.

— Les problèmes de Vasily Gordeeva sont le cadet de mes soucis. *Mon* ennemi court toujours. C'est sur lui que j'aimerais qu'on se concentre à présent.

— Sauf votre respect, monsieur, votre ennemi pourrait être n'importe qui et n'importe où. Nous devons explorer toutes les pistes.

Pourquoi le prenait-elle de haut ?

— Cela n'a rien à voir avec la politique, contra Quinn. Il s'agit plus vraisemblablement d'une vengeance. A moins que ce ne soit une histoire d'argent. Ou les deux à la fois, allez savoir. Je suppose que je vais recevoir d'autres instructions demain, et qu'il me faudra accomplir une nouvelle tâche. Cela risque d'être comme ça chaque jour jusqu'au réveillon. Si on veut avoir une chance d'arrêter ce cinglé, il vaudrait mieux qu'on s'y mette sans tarder, vous ne croyez pas ?

Les mains sur les hanches, la jeune femme riva son regard au sien et rétorqua :

— Ce n'est sûrement pas ce genre de questions qui va faire avancer les choses.

Il ouvrit la bouche pour répondre mais pour la première fois de sa vie, les mots lui firent défaut. Il dut s'éloigner de la jeune femme pour recouvrer l'usage de la parole.

— Michael, vous n'apprenez pas à vos subalternes à respecter une certaine hiérarchie ?

— Je leur apprends aussi à réfléchir vite et bien.

Exit les béni-oui-oui !

— A quel genre de questions pensez-vous, Randy ? lança Michael.

— Pourquoi avoir drogué les vigiles ? Pourquoi ne pas les avoir carrément tués ? Ils n'ont pas hésité à tuer quand ils ont fait sauter l'usine implantée dans le Kalahari. Les vigiles sont susceptibles de les reconnaître, pourquoi ont-ils pris ce risque en les laissant en vie ?

Elle avait raison. Comment se faisait-il qu'il n'y ait pas pensé ? Et pourquoi la perspicacité dont elle venait de faire preuve l'étonnait-elle à ce point ? Son incapacité à mieux la cerner l'exaspérait au plus haut point. Elle était agressive et en même temps, elle manquait d'assurance. Apparemment faite pour l'action, elle était aussi une femme de tête.

Michael, heureusement, ne se posait pas autant de questions.

— On peut raisonnablement en conclure que ce café leur a été servi par quelqu'un qu'ils connaissaient et dont ils n'avaient aucune raison de se méfier, ou par quelqu'un qu'ils n'ont pas vu.

David protesta avec véhémence.

— Si vous insinuez par là que c'est l'un de mes hommes qui a fait le coup…

— Interrogez-les, ordonna Quinn.

— … alors que je les ai tous recrutés moi-même et très soigneusement sélectionnés !

— Faites ce que je vous dis, Damiani. Sans discuter.

Il ne le payait pas pour qu'il s'envoie des fleurs. La vie de sa fille, la sienne, et son entreprise étaient menacées. Son chef de la sécurité n'avait pas l'air d'en être conscient.

Michael se montra un peu plus diplomate.

— S'ils s'en sont pris aux vigiles en faction devant la grille, c'est parce qu'ils n'ont pas réussi à pénétrer dans la propriété. Il n'y a aucune faille dans la sécurité.

Pas étonnant qu'il soit l'un des meilleurs négociateurs du KCPD, songea Quinn, admiratif.

Radouci, David exhala un profond soupir.

— N'empêche que s'ils ont berné aussi facilement les deux vigiles, ils sont capables de trouver une combine pour entrer. Il vaudrait mieux que je m'assure qu'il n'y a pas une brebis galeuse dans mon équipe.

— Renforçons les contrôles de sécurité, dit Quinn. David, je veux que vous demandiez à deux ou trois de vos meilleurs éléments de s'en occuper.

— Papa ?

De concert, ils tournèrent tous les quatre la tête vers le vestibule, d'où provenait la petite voix enfantine. Fiona serrait sa poupée de chiffon contre sa poitrine. Ses grands yeux bleus fixés sur son père, elle demanda :

— Pourquoi t'es en colère ?

Quinn fusilla du regard l'agent de sécurité qui était

censé garder la fillette. Cet incapable n'avait pas été fichu de faire en sorte que la petite reste dans sa chambre le temps du débriefing.

— Elle tenait absolument à ce que nous descendions, dit-il en guise d'excuse.

Quinn l'aurait bien envoyé au diable, mais c'est d'une voix parfaitement maîtrisée qu'il le congédia, avant de prendre la fillette dans ses bras. Il se tourna de manière à ce que la fillette ne voie pas la poupée ensanglantée posée sur le bureau.

— Que viens-tu faire ici, mon ange ? Je te croyais dans ta chambre, devant le film que le père Noël t'a apporté.

— C'est Zulie, dit-elle en brandissant sa poupée. Elle veut encore des gâteaux.

— Elle en a déjà eu beaucoup. Et toi aussi, d'ailleurs.

La fillette bâilla. Quinn jeta un coup d'œil à sa montre. Il adorait passer du temps avec sa fille mais il avait malheureusement autre chose à faire. Il devait la protéger et pour cela, il lui fallait changer tous les codes de sécurité de la villa et revoir entièrement le plan d'action avec David Damiani et Michael.

Il appliqua une bise sonore sur la joue veloutée de l'enfant, puis la tendit sans façon à sa nouvelle nounou.

— Il est presque 20 heures. Fiona devrait déjà être au lit.

— Eh, mais attendez…

Quinn crut qu'elle allait refuser tout net.

— Nous n'avons même pas fini le débriefing. Quel plan d'action allons-nous adopter ? Comment serai-je au courant des nouvelles mesures de sécurité si je ne suis pas là pour en discuter avec vous ? Je ne connais même pas les anciennes.

Mais tout en rouspétant, elle prit la fillette dans ses bras et la cala sur une de ses hanches.

63

— Je ne sais pas même pas où est sa chambre, dit-elle, l'air désemparé.

— Fiona va vous guider.

A ces mots, la fillette, toute fière de ses prérogatives, s'empressa de glisser à terre et de prendre Miranda par la main.

— Viens, dit-elle en entraînant la jeune femme. C'est par là.

Avant de quitter la pièce, Miranda jeta à Quinn un drôle de regard. Il ne l'avait encore jamais vue aussi peu sûre d'elle.

Un court instant, regrettant de l'avoir chargée de protéger sa fille, il fut tenté de leur courir après. Mais que risquaient-elles, là-haut, dans la chambre de la fillette ?

Ignorant le mauvais pressentiment qui le taraudait depuis quelques heures, et dont il n'arrivait pas à préciser la cause, il se tourna de nouveau vers les deux hommes, qui n'avaient pas bronché.

— Avons-nous la moindre piste sur l'identité de celui ou de ceux qui ont drogué les gardiens et déposé dans la voiture cet ignoble message ?

— Non, aucune, répondit David. Tout ce que je peux dire, c'est que Holmes et Rowley étaient bien venus faire leur rapport moins de trente minutes plus tôt.

— Dorénavant, c'est toutes les quinze minutes qu'il faudra que les gardiens viennent rendre des comptes. Regardez les enregistrements des caméras de surveillance. Il faut qu'on sache quand ils ont bu ce café, s'ils ont intercepté quelqu'un à la grille, ou si quelqu'un s'est approché de leur voiture.

Quinn retira ses lunettes et se frotta les yeux.

— Qui est derrière tout ça ? Il y a d'abord eu l'explosion de notre toute nouvelle implantation en Afrique, puis une intrusion au siège même, ici, à Kansas City, et enfin cet incident à la grille de mon domicile. L'étau se resserre dangereusement.

— Puis-je vous livrer le fond de ma pensée ?

Quinn chaussa ses lunettes et regarda le chef de la sécurité.

— Oui, bien sûr.

— Cette histoire de poupée vous a bouleversé. Je comprends aisément que, sachant votre fille en danger, vous ne soyez plus en mesure de raisonner clairement. Mais j'attire votre attention sur le fait que Calamity Jane a la gâchette facile. Elle a braqué son arme sur mes hommes.

— Ils étaient dans les vapes.

— Dans le cas contraire, cela aurait fait un sacré grabuge. J'aime mieux ne pas imaginer le carnage.

Il souleva sa veste, dévoilant le holster fixé à sa ceinture, et fit mine de dégainer son revolver.

— Etes-vous sûr de vouloir confier votre fille à quelqu'un comme elle ?

— Dans la mesure où *elle* a donné l'alerte, et que vos hommes se sont fait avoir comme des bleus, oui, j'en suis sûr.

5

Comme elle s'apprêtait à border Fiona dans son joli lit à baldaquin, Miranda eut un instant d'hésitation.

— Ça ne te serre pas un peu ? demanda-t-elle en désignant l'encolure de pyjama de la fillette.

Elle avait passé un temps fou à explorer la chambre hyper-sécurisée de l'enfant — la penderie donnait accès à une chambre forte —, si bien qu'au moment de lui enfiler son pyjama, une espèce de combi-short rose plein de frous-frous, de volants et de rubans de satin, elle s'était tellement dépêchée qu'elle le lui avait mis devant derrière.

Zut de zut !

— Il doit se fermer sur le devant, dit-elle avec un petit sourire navré. On va arranger ça. Tu veux bien te relever ?

Pour les débutantes comme elle, les fabricants de vêtements pour enfants devraient songer à joindre des modes d'emploi, songea-t-elle en aidant Fiona, ravie de la diversion, à enlever son pyjama et à le remettre à l'endroit.

Elle le lui boutonna et vérifia, en passant un doigt dans l'encolure, qu'il y avait de la marge.

— Parfait. Au lit, et pour de bon cette fois !

Avec un petit gloussement qui amusa Miranda, la fillette se laissa tomber sur les fesses et se glissa docilement sous les couvertures.

— Bonne nuit, Fiona.

Mais une petite main agrippa la couverture qu'elle s'apprêtait à remonter sous le menton de sa protégée. Ronds comme des billes, les yeux bleus de la fillette la fixaient d'un air de reproche qui lui rappela étrangement un autre Gallagher, non moins critique à son égard.

— Et mes dents ? On a oublié de les brosser.

Non, mais quelle andouille ! Où donc avait-elle la tête ?

Les règles d'hygiène étaient les mêmes pour les petits que pour les grands. Miranda s'en voulait d'avoir omis un rituel aussi élémentaire.

— On va réparer cet oubli tout de suite. Les dentistes gagnent déjà bien assez d'argent comme ça.

La fillette n'était pas en âge d'apprécier ce genre de plaisanterie. La voyant perplexe, Miranda haussa les épaules.

— Où est ta brosse à dents, ma puce ?

Agrippant l'un des montants du lit, Fiona enjamba la barrière de sécurité et sauta à terre. Puis elle attrapa sa poupée d'une main, glissa l'autre dans celle de Miranda et se dirigea vers la salle de bains attenante.

Miranda la regarda faire. Prenant son rôle d'instructrice très au sérieux, la fillette lui montra en quoi consistait le rituel du brossage de dents. Elle commença par grimper sur un marchepied pour allumer la lumière de la salle de bains. Juchée sur un autre rehausseur placé devant le lavabo, elle s'appliqua ensuite à remplir d'eau un gobelet en plastique. Puis elle déposa sur la brosse un long ruban de dentifrice.

Miranda arqua un sourcil en apercevant son reflet dans le miroir. *Mission en vue. Guider la brosse à dents. Veiller à ce que la petite ne se l'enfonce pas dans le gosier.*

Le brossage terminé, après que Miranda eut débarbouillé Fiona, qui s'était mis du dentifrice tout autour de la bouche, et nettoyé le lavabo, elle voulut recoucher la fillette, persuadée d'en avoir enfin terminé. Elle avait remarqué la veilleuse, branchée dans la prise qui se trouvait près de la porte de la salle de bains ; aussi demanda-t-elle avant d'éteindre le plafonnier :

— Tu n'as pas peur, si j'éteins la lumière ?

Deux yeux bleus braqués droit sur elle la regardaient comme si elle venait de commettre le pire des crimes.

— Qu'y a-t-il ? demanda Miranda.

— Et mon histoire ?

— Tu as besoin d'une histoire avant de t'endormir ?

La fillette opina vigoureusement du chef.

Résignée, Miranda se dirigea vers la bibliothèque blanche nichée entre les deux fenêtres. Entre les albums illustrés, les livres de contes, les imagiers et les abécédaires, elle ne savait que choisir.

— Tu lis quoi, d'habitude ?

Fiona pouffa.

— Ze sais pas lire.

— Oui, bien sûr, mais que veux-tu que *moi*, je te lise ?

Miranda se sentait complètement nulle mais, bien loin de la vexer, ce rire cristallin qui fusait spontanément à chacune de ses bévues contribuait au contraire à la mettre à l'aise. Aucun risque qu'elle traumatise la fillette.

— Que veux-tu que nous lisions toutes les deux ?

— Le livre avec la princesse en rose !

Il y avait cinq histoires de princesse différentes mais Miranda finit par trouver la bonne.

Assise auprès du lit dans un confortable rocking-chair, elle se lança dans la lecture des aventures de la princesse en rose. A la troisième page, Fiona, debout sur son lit, tournoyait comme l'héroïne dans sa robe de bal. A la cinquième, la fillette et elle grognaient de concert comme le dragon qui menaçait de dévorer toutes les fleurs du royaume.

Endossant le rôle du prince, Miranda se leva pour se battre à l'épée avec l'un des montants du lit. Elle guerroyait avec énergie, encouragée par Fiona qui riait et grognait de plus belle, lorsque, soudain, elle s'aperçut qu'on l'observait. La haute silhouette de Quinn Gallagher se découpait dans l'encadrement de la porte. Les bras croisés sur la poitrine, il suivait la scène, impassible derrière ses lunettes.

— Houlà !

Miranda s'empressa de reposer dans le coffre à jouets le balai qui lui servait d'épée et de refermer le livre. Elle se sentait aussi honteuse qu'une petite fille invitée à une soirée pyjama à qui on viendrait demander de faire moins de bruit. Elle serrait le livre contre elle un peu comme elle l'aurait fait d'un bouclier.

— Fiona m'a réclamé une histoire, se justifia-t-elle d'une voix qu'elle aurait voulue plus assurée.

— Une histoire, oui, pas une reconstitution scénique !

— Nous faisions un peu les fofolles. Vous ne voyez pas d'inconvénient à ce que votre fille s'amuse un peu, j'imagine ?

Il ne bougea pas. Roulées jusqu'aux coudes, les manches de sa chemise laissaient voir des muscles saillants. Il n'était sans doute pas le genre d'homme à se lâcher de temps en temps.

— Juste avant de la coucher, il vaudrait mieux lui proposer des activités plus calmes, qui favorisent l'endormissement.

Loïs Lane, la petite amie de Superman, était vraiment nulle, songea Miranda. Clark Kent, en revanche, était supercanon...

« Ressaisis-toi, Murdock. » Il commençait à se faire tard, soit, et son dévouement était sans limites, mais elle était là pour veiller sur Fiona et rendre service à son chef, pas pour fantasmer sur le père acariâtre de la gamine.

Elle poussa un soupir excédé et alla reposer le livre sur l'étagère.

— Quand je vous disais que je n'étais pas faite pour ça…

— Allez, au dodo ! dit Quinn en prenant sa fille dans ses bras pour la remettre au lit. Papa va te border.

— Le dragon grogne très, très fort ! s'exclama la fillette, encore tout excitée. Il est méchant. Grrr, grrr, fit-elle, toutes griffes dehors. Mais le prince et la princesse savent se défendre.

Imitant à la perfection la charge héroïque de Miranda, Fiona balança un coup de poing dans la poitrine de son père.

— Moi aussi, dit Quinn en attrapant le poing fermé de sa fille avant de l'embrasser et de le glisser sous les couvertures. Et à la fin, le dragon se réconcilie avec le prince et la princesse. Ils ont un beau jardin et tout finit bien.

— Randy la raconte mieux que toi.

— C'est une histoire que tu devrais peut-être lire dans la journée plutôt que le soir avant de te coucher.

— J'ai pas sommeil.

Ces mots furent aussitôt démentis par un grand bâillement. Fiona se tourna sur le côté, le visage tout contre sa poupée.

— Bonne nuit, papa. Bonne nuit, Randy.

Miranda sourit malgré elle. La gratitude de la fillette lui faisait chaud au cœur.

— Bonne nuit, Fiona.

Une fois dans le couloir, alors qu'elle n'était plus qu'à deux pas de la porte de sa chambre, Miranda sentit une poigne vigoureuse lui attraper le bras. Instinctivement, elle se dégagea et fit volte-face… pour se retrouver quasiment nez à nez avec Quinn. Elle fut contrainte de se plaquer contre le mur. Son holster, fixé à la ceinture de son pantalon, s'enfonçait dans ses côtes, mais elle se garda bien de broncher. Repousser d'un coup d'épaule ou, pire, d'un coup de genou dans le bas-ventre le meilleur ami de son chef n'aurait pas été une bonne idée.

Une main à plat sur le mur, juste au-dessus de sa tête, Quinn se pencha vers elle.

— Que ce soit bien clair, dit-il d'un ton cassant. Vous n'avez pas à discuter mes ordres devant mes employés ou devant ma fille. Sachez qu'ici, le planning est immuable. Ce n'est pas vous qui allez venir tout chambouler. Le respect des horaires et du train-train est une question de sécurité.

— Vous ne seriez pas un peu psychorigide, par hasard ?

— Pour qui vous prenez-vous pour me faire la morale ? Restez à votre place, et tout ira bien.

Ils parlaient à voix basse, chuchotaient presque, afin que personne ne puisse surprendre leur différend.

— Je suis ici pour protéger votre fille, pas pour me faire brutaliser, répliqua Miranda sans se démonter.

— Brutaliser ? Vous ne croyez pas que vous y allez un peu fort ?

— Vous êtes riche et puissant, et rien ni personne ne vous résiste. Qui oserait vous contredire ?

De près, ses yeux étaient d'un bleu vraiment hallucinant. Les verres de ses lunettes n'altéraient en rien leur couleur incroyable.

— Voilà pourquoi ce compte à rebours complètement

dingue a réussi à se mettre en place malgré vos merveilleuses mesures de sécurité. Vous êtes peut-être très intelligent, mais vous n'avez pas pensé à tout, monsieur Gallagher. Il y a manifestement des choses qui vous échappent.

— Etes-vous toujours aussi casse-pieds, inspecteur Murdock ?

— Presque toujours.

Le silence retomba tandis qu'ils s'observaient, tels deux adversaires dans un combat de boxe. Sauf que l'hostilité initiale s'était muée en autre chose de beaucoup plus troublant. A chaque inspiration, leurs poitrines se touchaient presque. Il était si près d'elle qu'elle sentait l'odeur poivrée de son after-shave et la chaleur qui émanait de son corps. Elle ne pensait plus à son holster. Quinn fixait sa bouche et elle ne pouvait détacher le regard de ses yeux bleus.

C'était fou. *Elle* était folle. Ils venaient d'avoir une prise de bec et voilà qu'elle se surprenait à avoir envie qu'il l'embrasse.

Elle agrippa la moulure sur le mur derrière elle, pour éviter que sa main n'aille repousser cette mèche de cheveux rebelle qui barrait le front de Quinn. Si elle le touchait, elle était perdue.

— Vous êtes envahissant, dit-elle dans un souffle.

— C'est vrai, admit-il avec une bonne dose d'arrogance, car il ne fit pas mine de s'écarter. Je n'arrive pas à vous cerner, Miranda.

— Je suis différente des autres femmes, concéda-t-elle.

Cet aveu suffit à faire resurgir en elle ses vieilles inhibitions. Mais lorsqu'elle baissa les yeux et se mit à fixer ses chaussures, Quinn lui prit le menton entre le pouce et l'index et l'obligea à relever la tête.

— D'une manière ou d'une autre, je vous percerai à jour.

Cela sonnait comme un serment. Elle ne sut quoi répondre. Elle n'avait pas l'habitude des enfants et ne savait pas très bien s'y prendre avec eux, mais avec les hommes qui lui faisaient la cour, c'était encore pire. Elle se sentait vraiment nulle.

— Papa ? fit une petite voix.

Quinn la lâcha aussitôt et s'écarta, emportant ce parfum si grisant.

— Cela n'aurait jamais dû arriver, dit-il en passant la main dans ses cheveux ébouriffés.

Miranda croisa frileusement les bras sur sa poitrine.

— Il n'est rien arrivé, rétorqua-t-elle.

A strictement parler, il ne s'était rien passé.

Mais Quinn secoua la tête. Il savait aussi bien qu'elle que l'attirance qu'ils ressentaient l'un pour l'autre ne pourrait désormais plus être ignorée. Elle comprenait cependant qu'il cherche à s'y dérober. Il avait des priorités, et flirter avec elle n'en était évidemment pas une.

— Je vais voir Fiona. Je n'en ai pas pour longtemps. David Damiani et les vigiles qui sont de service ce soir vous attendent dans la salle de contrôle. David va vous donner une carte magnétique et tous les codes d'accès. Il va aussi vous parler des chambres fortes et de la manière de les utiliser.

Fiona appela de nouveau. Quinn fit un pas vers la chambre de sa fille.

— La salle de contrôle se trouve au sous-sol, précisa-t-il. Je vous y rejoins dès que possible.

— Quinn ?

— Faites ce que je vous dis, Miranda. Sans discuter.

— Ce n'était pas mon intention. Je voulais juste que vous sachiez que je vais essayer de m'améliorer avec Fiona. Sur internet, on doit trouver des conseils destinés

73

aux nounous. Sinon, j'irai emprunter quelques ouvrages à la bibliothèque.

Il eut ce drôle de froncement de sourcils qui la laissait toujours perplexe.

— Vous vous en sortez très bien. Fiona semble ravie. Il y a longtemps que je ne l'avais pas entendue rire d'aussi bon cœur. C'est moi qui ne suis jamais content et trouve à redire à tout, ou presque tout. Mais en ce moment, je suis tellement...

Il s'interrompit et soupira. Elle n'était pas la seule à manquer d'estime de soi.

— Il faut absolument qu'on arrête le salaud qui ose s'en prendre à ma fille.

— On va l'arrêter, déclara Miranda sans trop savoir si c'était l'inspecteur de police, ou la femme, qui parlait. Comme dit le capitaine Cutler, il faut faire confiance à l'équipe, ajouta-t-elle avec un sourire. Chacun doit s'acquitter au mieux de sa mission. Moi la première. Fiona ne risque rien. Vous pouvez compter sur moi.

Du fond du cœur elle espérait que, cette fois, elle ne serait pas le maillon faible de l'équipe.

Il appuya sur le bouton et l'image de la femme blonde en uniforme noir disparut de l'écran de l'ordinateur.

Voilà qui devenait très intéressant. Qui aurait imaginé que GSS, le grand spécialiste en matière de sécurité, serait un jour amené à demander une aide extérieure pour protéger son propre P-D. G et la fille de celui-ci ?

Il devait crever de trouille, le grand patron de Gallagher Security Systems, et cette pensée était à elle seule une grande source de satisfaction.

Certes, la présence de cette femme censée veiller sur

la gamine risquait de leur rendre la tâche plus difficile. Mais elle n'empêcherait rien. Oh que non ! Le nombre de victimes serait juste un peu plus grand.

Tous ces morts, du désert du Kalahari jusqu'à Kansas City, dans le Missouri, allaient immanquablement finir par nuire à la réputation de Quinn Gallagher. Si le fondateur de GSS n'était pas fichu de protéger sa propre famille et ses employés, comment ses clients pourraient-ils lui accorder leur confiance ? C'était la banqueroute assurée.

Carrément jubilatoire, cette autre pensée le fit sourire.

En s'en prenant à sa fille, ils savaient ce qu'ils faisaient. Elle était ce que Gallagher avait de plus précieux au monde. Elle était par conséquent celle qui allait payer pour ce que son père avait fait.

Pour devenir leader dans son domaine, Gallagher n'avait pas hésité à sacrifier tout ce qui risquait d'entraver son ambition. Des cœurs avaient été brisés. Des rêves avaient volé en éclats. Il n'avait pas protégé les siens comme il l'aurait dû. Son succès avait entraîné de nombreux dommages collatéraux. Il était grand temps de lui reprendre une partie, et même la totalité, de ce qu'il possédait.

Le chef se carra dans son fauteuil et passa un coup de téléphone à l'homme qui lui avait réclamé la coquette somme de deux millions et demi de dollars pour que son équipe finisse le travail. Deux millions et demi de dollars étaient une broutille pour Quinn Gallagher. Ils avaient l'intention de lui prendre infiniment plus. Ils allaient le saigner à blanc, le grand P-DG de GSS.

— Allô ? fit l'homme à l'autre bout du fil.

— Tout est prêt ?

Comme l'homme hésitait, le chef comprit qu'il y avait quelque chose qui clochait.

— Qu'y a-t-il ?

— Nous n'avons pas pu déposer la poupée à l'endroit prévu, mais Gallagher l'a bien récupérée.

L'essentiel était qu'il la trouve. Cette poupée ensanglantée n'avait d'autre but que de le déstabiliser. Quinn Gallagher prétendait tout prévoir et tout anticiper. Mais la tuile qui allait lui tomber dessus incessamment, il n'allait pas la voir arriver.

— Et le reste ?

— On s'en occupe. Grâce à l'e-mail qu'il nous a envoyé, on a réussi à pirater son ordinateur, conformément à votre plan.

D'abord, son entreprise. Puis sa fille. Rien de ce qui lui appartenait ne serait épargné.

— Dès qu'il utilisera le faux logiciel, nous aurons accès au contenu de son ordinateur. L'entreprise sera alors entre nos mains. Vous pouvez envoyer le message suivant quand vous voulez.

— Parfait.

Le moment était venu de passer à la vitesse supérieure.

6

Cinq jours avant le réveillon du jour de l'an.

— Salut, John, lança Miranda. Désolée de te réveiller aussi tôt.

L'image de son frère, en tenue de camouflage, se stabilisa sur son écran.

— Joyeux Noël, mon grand.

— Joyeux Noël à toi aussi, Randy. Je t'oblige à veiller tard.

— Ne t'en fais pas pour ça. Je suis de service, de toute façon.

— En pyjama ? Qu'as-tu fait de ton arme ?

Miranda se pelotonna dans son fauteuil et sourit. Avoir pour employeur un expert en technologie présentait quelques avantages. Gallagher était déroutant et avait des idées bien arrêtées, mais il était riche et possédait un système informatique très haut de gamme qu'elle n'avait pas hésité, en ce soir de Noël, à utiliser à des fins personnelles. La communication par satellite avec son frère n'avait jamais été aussi bonne.

— Je t'expliquerai. C'est une longue histoire. Mais toi, raconte-moi un peu ce que tu as fait pour le réveillon.

John était blond, lui aussi, mais d'un blond qui tirait

sur le châtain. Ses yeux, en revanche, étaient du même vert que les siens.

— Rien de spécial, si ce n'est me remplir la panse. Ils sortent le grand jeu pour l'occasion. Il y avait de la dinde, du gigot d'agneau, des pommes dauphine, du saumon fumé, des patates douces, quatre ou cinq sortes de gâteaux et des glaces à satiété.

— Arrête ! Je grossis rien qu'à t'écouter.

John avait comme d'habitude un ton enjoué, mais Miranda ne put s'empêcher de remarquer ses traits tirés.

— Tu as l'air fatigué.

— Je viens de rentrer du front.

A cause du décalage horaire entre les Etats-Unis et la région du Moyen-Orient où son unité de marines était postée, elle le tirait toujours du lit lorsqu'elle l'appelait sur Skype pour prendre des nouvelles. Mais ce n'était pas le manque de sommeil qui lui creusait les joues. Il avait vraiment mauvaise mine.

— Qu'est-ce qui ne va pas, John ? Je te rappelle que j'ai vingt-huit ans et que je ne suis plus une enfant à qui on cache certaines choses par égard pour son jeune âge. Tu peux tout me dire, tu sais.

Il détourna brièvement les yeux puis s'efforça de sourire.

— J'allais oublier de te remercier pour le colis. Les boissons énergisantes et les livres sont une super bonne idée. Je suis moins sûr d'avoir l'usage des chaussettes vert et rouge, mais on ne sait jamais.

— N'essaie pas de détourner la conversation, dit Miranda, de plus en plus inquiète. C'est si dur que ça, là-bas ?

Elle était très proche de son grand frère. Elle avait treize ans et lui à peine vingt lorsque leurs parents étaient morts dans un accident de voiture. John et elle n'avaient pas de secrets l'un pour l'autre.

— Je suis dans une zone de combat. Ce n'est pas facile.

— John…

— Ce que tu peux être têtue. Et le pire, c'est que je finis toujours par céder.

Une profonde affliction se peignit sur ses traits. Le cœur serré, Miranda se demandait ce qu'il allait lui annoncer.

— Mon meilleur ami a été tué dans une escarmouche. J'ai écrit à ses parents. Tu n'imagines pas à quel point ça a été dur.

— Oh, John, je suis navrée.

Elle était si loin, et se sentait si impuissante face à son chagrin. Elle n'était décidément bonne à rien… Refoulant les larmes qui lui brûlaient les yeux, elle esquissa un sourire.

— Que puis-je faire, dis-moi ?

John haussa les épaules.

— Si tu veux me distraire, raconte-moi ce que tu as fait à Noël.

— J'ai travaillé.

— Et moi qui voulais de la distraction ! Quand je rentrerai, j'irai dire deux mots à ton capitaine. J'espère que tu as des projets un peu plus exaltants pour le 31 décembre.

— Non, pas vraiment. Il est fort probable que je travaillerai aussi pendant les fêtes de fin d'année.

John secoua la tête.

— Les malfrats n'ont vraiment aucune pitié. Ils ne peuvent pas observer une trêve et vous laisser réveillonner en paix ?

— J'essaie de m'attirer les bonnes grâces du capitaine Cutler. Dans cette optique, j'ai accepté une mission auprès d'un de ses amis, un certain Quinn Gallagher.

Elle montra les ordinateurs et les écrans derrière elle.

— C'est ce qui explique que, pour une fois, la communication soit aussi bonne. M. Gallagher m'autorise à utiliser le matériel de la salle de contrôle de sa villa.

— Je comprends, maintenant, pourquoi tu as l'air d'être assise dans un bunker. Il y a des bouches d'aération partout, je suppose. Je me trompe ?

— Avec toute cette électronique, il en faut pas mal, en effet, répondit Miranda en levant la tête. Celle qui se trouve juste au-dessus de moi, et communique avec le rez-de-chaussée, est vraiment gigantesque.

— Je serais sûrement mieux là-bas, avec toi, que sous cette horrible tente.

— C'est dommage que tu n'aies pas pu venir pour les fêtes. Cette année, je n'ai pas eu droit à mon gâteau de Noël préféré.

Le rire de John rassura un peu Miranda. Le moral de son frère n'était pas si mauvais que cela, finalement.

— Tu en baves, toi aussi, j'ai l'impression. Non ?

— Se colleter avec Quinn Gallagher n'est pas très marrant, figure-toi.

Elle frémit en repensant à la manière dont il l'avait prise entre quatre yeux dans le couloir du premier étage, et remonta ses genoux sous son menton afin de dissimuler le trouble que ce souvenir avait fait naître en elle. Il ne fallait pas que John s'aperçoive qu'elle en pinçait pour son nouveau patron.

— Il ressemble un peu à un superhéros — une espèce de doux dingue passionné par ce qu'il fait et persuadé d'avoir toujours raison. Je ne sais pas encore vraiment quoi penser de lui.

— Un superhéros ? s'esclaffa John. Je savais bien que j'aurais dû t'inciter davantage à lire les romans de

Jane Austen et des sœurs Brontë plutôt que ces histoires fantastiques que tu dévorais à l'adolescence. Tu parles du fondateur de GSS, n'est-ce pas ?

— Tu as entendu parler de lui ?

John toucha le col de son uniforme de capitaine.

— GSS ne fabrique pas des gilets pare-balles exclusivement pour la police.

— J'imagine que notre armée a droit aux meilleurs équipements possible. Sa maison, ici à Kansas City, est une véritable forteresse. J'ai dû apprendre en un temps record à utiliser les codes d'accès, les détecteurs de mouvement, les chambres fortes, et à déclencher le blindage automatique des portes et des fenêtres en cas d'attaque. La propriété tout entière est une sorte de villa témoin pour tout ce qui concerne la sécurité. Tout ce qui existe en la matière y est mis en œuvre.

— En quoi consiste ta mission ?

— Quinn a reçu des menaces. Il s'agit de les protéger, lui et son adorable petite fille.

Malgré ses insuffisances criantes, la fillette semblait bien l'aimer.

— En fait, j'ai été embauchée comme nounou.

John pouffa.

— Toi ? Tu n'as vraiment pas le profil. Ce pauvre Gallagher sait-il que tu es incapable de te faire cuire un œuf, que tu n'as jamais changé une couche de ta vie, et que… ?

— T'as pas bientôt fini ? gronda-t-elle avec un sourire. Je suis censée protéger la petite. J'ai essayé d'expliquer à Quinn que je n'étais pas très à mon aise dans ce rôle de nounou, mais la seule chose qu'il a vue, lui, c'est que je répondais au critère numéro un.

— Lequel ?

— La disponibilité.

Le rire grave de John retentit de nouveau.

— Et la mère, elle fait quoi dans l'histoire ?

— Quinn est veuf. Pourquoi ?

— Parce que son prénom te vient aux lèvres toutes les trente secondes. Il y a du coup de foudre dans l'air, on dirait.

Bien qu'au sous-sol de la maison, il fasse plutôt frisquet, Miranda eut brusquement chaud.

— Pas du tout ! se récria-t-elle. Tu nous vois ensemble, lui et moi ? Avec tout ce qui nous sépare, ça paraît complètement…

Tout à coup, John disparut de l'écran. De grandes tables le remplacèrent, chargées de matériel électronique. Il y avait des câbles et des boutons partout, et la silhouette floue d'une personne, dont le visage était hors champ. Cette image parasite persista quelques secondes et Miranda s'apprêtait à protester lorsque soudain, John reparut, avec en toile de fond la paroi de sa tente kaki.

— Nous avons été coupés. Les vingt minutes auxquelles nous avons droit ne sont pourtant pas déjà écoulées, si ?

Miranda déplia ses jambes et posa ses pieds par terre.

— Tu as vu, toi aussi ?

Tout comme elle, il s'était redressé sur sa chaise.

— Oui, c'est bizarre. Une autre image s'est brusquement substituée à la tienne. Je ne sais pas où c'était.

— Ça fait un drôle d'effet.

— Pour établir cette communication, Dieu sait combien de satellites nous avons mis à contribution. Pas étonnant qu'il y ait parfois un peu de cafouillage.

— Oui, bien sûr. Mais quand le signal se perd, l'écran ne devrait-il pas simplement devenir noir ? Il va falloir que je signale cet incident.

— Je te sens inquiète, Randy. Que se passe-t-il ?

— On n'est jamais assez prudent. Je l'ai appris à mes dépens.

C'était le comportement étrange d'un suspect à l'égard du témoin que le SWAT avait pour mission de protéger qui avait détourné son attention et permis au Tueur de Jolies Dames de l'attaquer par surprise. Et si ce problème de connexion était une ruse du même genre ?

— Tu te souviens de ce qui s'est passé avec le TJD ?

— Oui. Il t'a assommée et tu es persuadée depuis d'avoir manqué à ton devoir. Ce type est mort, Randy. Il n'a rien à voir avec ce qui n'est de toute évidence qu'un simple bug informatique.

— N'empêche que j'ai failli tout faire foirer. J'ai perdu toute confiance en moi. Je remets en question le moindre de mes jugements. Je ne veux pas qu'il arrive malheur à cette petite fille mais je ne suis pas sûre d'être la plus à même de la protéger.

— Qu'est-ce que tu racontes ? Il n'y a pas mieux entraîné que toi. Pas plus consciencieux. Tu es intelligente, Randy, et tu as de bonnes intuitions. N'oublie pas que c'est moi qui t'ai appris à te défendre. Et que de nous deux, *je* suis le plus exposé. J'espère que je ne vais pas recevoir un télégramme m'annonçant qu'il est arrivé quelque chose à ma petite sœur.

Miranda sentit son cœur bondir dans sa poitrine.

— Merci, John. Tu trouves toujours les mots qu'il faut. Je te promets de faire attention, mais cette promesse, je veux que tu me la fasses aussi.

— D'accord.

— Promets-le-moi mieux que ça.

Il se pencha vers elle et leva la main droite comme pour prêter serment.

— Je te jure de faire attention. Et maintenant, petite sœur, je te laisse à tes occupations.

Ils touchèrent leurs écrans respectifs à défaut de pouvoir s'embrasser. C'était mieux que rien.

— Je t'aime, John.

— Moi aussi, Randy.

Emue, Miranda garda un long moment la main sur l'écran. Puis elle se secoua et alla voir si quelqu'un était encore debout à cette heure indue.

— Que venez-vous faire ici ?

Il ne l'avait pas entendue monter mais dès qu'elle avait atteint le palier, Quinn avait senti sa présence. Ses antennes étaient en alerte maximum.

— Que se passe-t-il ? demanda-t-il en refermant tout doucement la porte de la chambre de Fiona, qui dormait paisiblement.

Miranda se précipita vers lui, ses grands yeux verts remplis d'anxiété.

— Tout va bien ?

— Elle dort.

Il rabattit les pans de sa robe de chambre sur son torse nu et le pantalon de molleton qui lui servait de pyjama.

— Moi, en revanche, je n'arrive pas à fermer l'œil. Je n'arrête pas de penser que si je relâche un seul instant ma vigilance, que si je la perds de vue ne serait-ce qu'une seconde…

— Je suis là pour veiller sur elle, autant que je sache. Si vous voulez, dit-elle en désignant la porte de sa chambre, je peux aller chercher ma couette et m'installer par terre. J'ai fait beaucoup de camping quand j'étais petite. Ce n'est vraiment pas un problème.

Quinn secoua la tête. Lui aussi avait songé à faire le guet devant la porte, mais il y avait renoncé car il ne voulait pas inquiéter Fiona. La fillette ne se rendait pas compte qu'elle était en danger, mais si elle se réveillait pendant la nuit et découvrait qu'elle faisait l'objet d'une surveillance accrue, elle comprendrait vite, maligne comme elle l'était, qu'il y avait quelque chose d'anormal. Quinn pouvait gérer sa propre peur, mais il perdrait les pédales si sa fille se mettait à paniquer.

— Elle ne risque rien, dit-il. Mais vous savez ce que c'est. Les parents se font toujours du souci pour leurs enfants.

— Vous me faites penser à mon frère. Fiona a de la chance d'avoir quelqu'un qui la surveille comme le lait sur le feu.

Elle lui sourit. Il sourit à son tour.

— Vous avez pu parler à votre frère ?

— Oui, je vous remercie.

Dans la lumière tamisée du couloir, Miranda lui parut anormalement petite. Tout à l'heure, il lui avait semblé qu'elle lui arrivait à peu près au nez. Il l'examina de la tête aux pieds et s'aperçut qu'elle était en chaussettes. Elle n'avait pas non plus pris la peine d'enfiler une robe de chambre par-dessus son pyjama de flanelle à carreaux rouges et blancs. Dans cette tenue, sans son uniforme du SWAT, son arme et son air farouche, elle avait l'air si jeune qu'elle aurait presque réussi à l'attendrir.

— Rien n'aurait pu me faire plus plaisir que cet échange sur Skype avec John, ajouta-t-elle avec gratitude.

Mais elle avait cessé de sourire et paraissait soudain préoccupée.

— Qu'y a-t-il ?

Un gros soupir lui souleva les épaules.

— C'est bizarre. Nous avons brusquement été coupés et une image est apparue sur l'écran, comme si quelqu'un s'amusait à zapper d'une chaîne à l'autre sur un poste de télé. J'en ai parlé au vigile de faction, O'Brien, mais j'ai l'impression qu'il s'y connaît encore moins que moi en informatique.

— Bizarre, en effet. Je vais jeter un coup d'œil.

Mieux valait ne rien laisser au hasard. Et puisqu'il était debout, autant descendre voir ce qui se passait. Miranda le suivit dans son bureau, où il s'empressa d'allumer l'ordinateur central. L'un après l'autre, il entra les codes d'accès au serveur qui commandait toute l'activité électronique de la maison.

Derrière lui, appuyée contre le dossier de son fauteuil de cuir, Miranda regardait par-dessus son épaule ce qui se passait sur l'écran.

— Vous savez comment faire ? s'enquit-elle.

— Je me débrouille. En fait, c'est moi qui ai conçu ce système, dit-il tout en consultant l'historique des dernières connexions. Figurez-vous que n'est pas en jouant les jolis cœurs que je suis devenu millionnaire.

— Non, ça ne risque pas.

Quoi ? Quinn cessa de taper sur son clavier et se retourna.

Une main sur la bouche, Miranda, rouge de confusion, ne savait plus comment rattraper sa bévue.

— Ce n'est pas ce que je voulais dire, bredouilla-t-elle en s'écartant du fauteuil. Avec votre carrure, vos biceps et tout le reste, vous n'avez rien d'un joli cœur. Sous vos lunettes d'intello, vous cachez bien votre jeu.

Les mains tendues, elle l'implora d'abréger son supplice.

— Vous ressemblez à Clark Kent, mais au fond de vous-même, vous êtes…

Plutôt que de continuer à s'enfoncer, elle préféra se

taire. Les bras croisés sur sa poitrine, elle contemplait ses pieds.

Cette femme serait toujours pour lui une énigme. Une chose, cependant, ressortait de ses propos décousus : elle le trouvait à son goût. Depuis la mort de sa femme, c'était la première fois qu'il était sensible à ce genre de flatteries. De plus, il était content de savoir qu'il n'était pas le seul à s'efforcer de résister à des pulsions pour le moins mal venues.

Il sourit et reprit ses recherches.

— Je me sens plus proche de Batman, confia-t-il.

Le rire de la jeune femme le troubla plus que de raison. Si ses prises de bec avec Miranda Murdock étaient stimulantes, cet échange cordial, presque complice, n'était pas déplaisant non plus. Il y avait si longtemps qu'il ne s'était pas senti dans cet état d'esprit.

— Tous les ordinateurs de la maison sont reliés à un serveur qui est lui-même connecté à l'ordinateur central de GSS. Je vérifie que tout va bien là-bas aussi et qu'il n'y a pas eu de…

Qu'est-ce que c'était que ça ?

Quinn retira ses lunettes et s'approcha de l'écran pour s'assurer qu'il ne rêvait pas. Bon sang ! Ce fumier avait plus d'un tour dans son sac.

Il se rassit dans son fauteuil et pianota sur son clavier.

— Venez voir, dit-il.

Miranda tendit le bras vers l'écran.

— C'est ce que j'ai vu. John aussi l'a vu. Pendant deux ou trois secondes.

— Cette image-là ?

La salle informatique de GSS était sous leurs yeux.

— Oui. Sauf qu'il y avait quelqu'un dans la pièce. Je

ne saurais dire s'il s'agissait d'un homme ou d'une femme. On ne voyait pas son visage. Juste une silhouette en blanc.

Quinn remit ses lunettes et décrocha son téléphone. Il était tard mais il s'en fichait. Compte tenu des salaires qu'il leur versait, il pouvait se permettre, en cas d'urgence, de réveiller ses employés à n'importe quelle heure du jour et de la nuit.

Les yeux rivés sur l'image qui s'affichait sur son écran, il attendit que quelqu'un décroche.

— Allô ? fit une voix ensommeillée.

— Ozzie ? C'est Quinn à l'appareil. J'aimerais que vous fassiez un diagnostic de notre système informatique. Je serai au labo demain à la première heure. Je pense que quelqu'un s'est introduit dans notre système.

— Un pirate, vous voulez dire ? C'est impossible.

A sa voix, il devina qu'Ozzie Chang s'était dressé sur son séant.

— Il y a au moins eu une tentative de piratage. Il faut que vous alliez voir ce qu'il en est. Que vous évaluiez les dégâts de toute urgence. Faites-vous aider, au besoin.

— J'y vais tout de suite, patron.

Après avoir raccroché, Quinn prit Miranda par le coude et la raccompagna jusqu'à la porte.

— J'ai encore quelques coups de téléphone à passer. Vous feriez mieux d'aller dormir un peu. Il va bientôt faire jour et je tiens à ce que vous soyez en forme pour Fiona.

Sur le seuil de la porte, elle pivota sur ses chaussettes.

— C'est grave ?

Quinn haussa les épaules.

— Ce n'est pas la première fois qu'on essaie de nous pirater. L'espionnage industriel a toujours existé.

Restait à savoir si la totalité des pare-feu, mots de

passe et codes de sécurité de leur système informatique avaient été grillés.

— Il faut que je sache quels programmes ont été hackés.

— Vous pensez que cela a un rapport avec les menaces ?

— Pour l'instant, c'est difficile à dire. Il pourrait s'agir d'une manœuvre de diversion. A moins que les menaces à l'encontre de ma fille ne soient elles-mêmes un moyen de détourner mon attention pendant qu'on nous pirate. Mais cela n'a peut-être rien à voir. Nous en saurons plus quand nous nous serons penchés sur la question.

Comme il la poussait gentiment dehors, elle se retourna de nouveau.

— Monsieur Gallagher, je…

— Appelez-moi Quinn. Etant donné que nous allons travailler ensemble et même vivre sous le même toit pendant quelque temps, autant nous appeler par nos prénoms.

— En ce cas, appelez-moi Randy.

— Non, dit-il en laissant volontairement son regard s'attarder sur les seins de la jeune femme, qui pointaient avec insolence sous le haut de son pyjama.

Il contempla aussi ses fesses rondes moulées par l'étoffe souple de son pantalon.

— Je préfère vous appeler Miranda. Ça ne vous ennuie pas ?

— Personne ne m'appelle…

Elle s'interrompit et esquissa un de ces sourires irrésistibles dont elle semblait être une spécialiste. Avant la fin de la semaine, il l'aurait embrassée ; Quinn le sentait. Ce serait complètement idiot de sa part et il espérait pouvoir résister à la tentation, mais l'attirance qui existait entre eux risquait d'être plus forte que lui. Lorsqu'il vit le bout de sa langue humecter ses lèvres charnues, une flambée de désir lui incendia les reins et il se sut perdu.

— Allons-y pour Miranda, dit-elle.

— Merci de m'avoir prévenu du bug informatique.

Il effleura le dessus de sa main, intrigué par la douceur de sa peau si peu en accord avec le reste de sa personne, puis il la prit carrément dans la sienne et la serra.

— Bonne nuit, Miranda.

— Bonne nuit, Quinn, dit-elle en lui serrant la main à son tour. Ne vous en faites pas pour Fiona. Vaquez à vos occupations et laissez-moi faire mon travail. Je vais rester avec elle.

L'inévitable ne pouvant être évité plus longtemps, Quinn voulut d'abord s'assurer qu'il ne s'était pas mépris sur l'intérêt que la jeune femme semblait lui porter. Inclinant la tête, il posa ses lèvres sur les siennes. Elles étaient chaudes, douces, et aussi agréables à goûter qu'elles l'étaient à regarder.

Miranda les lui offrit sans la moindre retenue ; et même, pour l'embrasser plus à son aise, elle se haussa sur la pointe des pieds en s'appuyant des deux poings sur son torse.

Il s'amusa à lui titiller la lèvre inférieure, à la lécher doucement. Avide d'approfondir leur baiser, il inclina un peu plus la tête. Elle fit aussitôt de même et du bout de la langue, lui caressa les lèvres à son tour. Lorsqu'il reprit la direction des opérations, elle poussa un petit gémissement qui l'incita à continuer.

Leurs mains et leurs lèvres étaient en contact, mais cela n'allait pas plus loin. C'était juste un baiser. Un simple baiser entre deux personnes qui s'apprécient et sont attirées l'une par l'autre.

Mais Quinn sentait que la petite flamme qui brûlait en lui risquait de l'embraser tout entier s'il n'y prenait garde. Ce baiser était dangereux, qu'il le veuille ou non, car il libérait ses instincts les plus triviaux et l'obligeait à se repositionner vis-à-vis de Miranda, ce qu'il était totalement incapable de faire à l'heure présente.

Il allait pourtant bien falloir qu'il recouvre ses esprits. Or contrôler sa libido, qui le poussait à lui défaire sa queue-de-cheval et à enfouir ses doigts dans son opulente chevelure, n'avait rien d'évident. Il brûlait de la plaquer contre l'encadrement de la porte pour la dévorer de baisers, il ne désirait rien tant que sentir son corps mince et ferme épouser le sien, il rêvait de prendre en coupe ses jolies fesses afin de la hisser jusqu'à son propre centre névralgique.

Mais Quinn ne fit rien de tout cela. Il mit brusquement fin à ce baiser insensé et posa son front contre celui de la jeune femme, dont le souffle haletant lui caressait la joue.

Levant vers lui un regard chaviré, elle murmura :

— Pourquoi m'avez-vous embrassée ?

Et voilà qu'elle recommençait à être désagréable. Il lui sourit.

— Pourquoi vous êtes-vous laissé embrasser ?

Il recula d'un pas et lui lâcha la main. Ce n'était pas le moment de chercher à savoir jusqu'où ils auraient pu aller. Il avait mieux à faire qu'à satisfaire ses pulsions. Et elle aussi.

— Le devoir nous appelle, dit-il en la poussant dans le couloir et en refermant résolument la porte sur la tentation.

7

Quatre jours avant le réveillon du jour de l'an.

Assise à la table du petit déjeuner, Miranda regardait Fiona pignocher dans son bol de céréales aux fruits et nourrir paresseusement sa chère Julie. Les pétales de blé finissaient presque tous sur ses genoux ou sur le sol, sa poupée n'ayant pas plus d'appétit qu'elle.

Miranda avait eu le temps de boire son café, d'avaler son muesli et de laver son bol et sa cuiller. Elle s'était servi un second café et rassise à table. Mais elle commençait à perdre patience et se demandait *quand* la fillette en aurait assez de ses céréales, ou plutôt assez de jouer avec.

Comme elle l'observait, elle remarqua que Fiona était d'un tempérament rieur. Un rien l'amusait. Ses yeux étaient du même bleu roi que ceux de son père mais elle n'avait pas du tout le même regard.

Tout bien considéré, Quinn Gallagher lui évoquait davantage Jekyll et Hyde que le superhéros auquel il ressemblait physiquement. Il était autoritaire, arrogant, et ne supportait pas qu'on le contredise ; intelligent, têtu, et exigeant ; mais cela ne l'empêchait pas de se faire un sang d'encre pour sa fille chérie. L'armée et la police se fournissant chez lui, il avait de très nombreuses relations, sans parler de ses nombreux collaborateurs et employés ; dans son bureau ultramoderne et derrière les hauts murs d'enceinte de sa propriété, Quinn était pourtant un homme seul.

Seule, Miranda l'était aussi, depuis que son frère se trouvait en mission à l'étranger. Avec ses collègues de travail, elle n'avait pas réussi à nouer des liens. Non seulement elle était nouvelle dans l'équipe, mais elle était en outre desservie par le fait qu'elle était une femme et que, contrairement à ses collègues, elle n'était ni mariée ni en passe de fonder une famille. Entre les missions, les entraînements et tout le reste, son travail l'accaparait tellement qu'elle n'avait pas non plus eu l'occasion de se faire des amies, excepté la femme du sergent Delgado, Josie. Or, récemment, Josie avait eu un deuxième enfant, pris un nouveau mari et changé de travail. Miranda ne voulait pas s'imposer et risquer de gâcher le lien privilégié qu'elle avait avec elle. Quant aux aventures sentimentales, elle préférait les éviter car jusque-là, elles avaient toujours mal tourné.

Quinn Gallagher était seul parce qu'après avoir perdu la femme qu'il adorait, il craignait de s'attacher de nouveau. Il était seul parce que, comme Miranda, il était rejeté par son entourage. Sa position sociale, sa richesse rendaient les gens méfiants.

La nuit dernière, dans la pénombre de son bureau, leurs deux solitudes s'étaient pourtant rejointes. Ils avaient su partager un vrai moment d'intimité, scellé par un baiser qu'elle n'était pas près d'oublier.

Une céréale violette rebondit sur la table et atterrit juste à côté d'elle. Machinalement, Miranda la ramassa et la glissa entre ses lèvres, qui gardaient l'empreinte de celles de Quinn.

Sans doute n'y avait-il pas de quoi se faire tout un film ; dans le fond, il ne s'agissait que d'un baiser. C'était à peine s'ils s'étaient touchés. Non que l'envie lui ait manqué de glisser la main à l'intérieur de sa robe de chambre pour sentir sous ses doigts la chaleur de sa peau, qui irradiait à travers le tissu.

Mais l'un ni l'autre n'avaient osé la moindre caresse. Par timidité ou crainte de se faire rembarrer.

N'empêche que jamais personne avant Quinn ne l'avait embrassée comme cela. La tendresse, la fougue, la ferveur qu'il avait mises dans ce baiser étaient pour elle totalement nouvelles. Si bien que ce matin, dans cette cuisine inondée de soleil, elle le sentait encore sur ses lèvres.

Elle s'était complètement abandonnée, faisant preuve d'une désinvolture en désaccord total avec la personnalité de son employeur et la nature de la mission qui lui avait été confiée. Quinn était loin d'être un faible. Seule une volonté de fer lui avait permis de dompter sa fougue. Si cette volonté avait flanché ne serait-ce qu'un instant, Miranda se serait probablement laissée embraser par le feu du désir.

Le souvenir de ce baiser la rendait toute fébrile et lui faisait ressentir un manque dont elle n'avait jamais souffert jusqu'à présent. Une soif de caresses, de baisers, de sensualité.

L'arrivée impromptue de Quinn la tira brutalement de ses pensées. Il portait un manteau noir par-dessus son costume.

— Je vais au bureau. Mon informaticien m'attend. Nous avons pas mal de choses à régler.

Le seul son de sa voix raviva l'émoi de la veille. Se sentant rougir, elle s'empressa de boire une gorgée de café tiédasse pour masquer son trouble. Retirant ses gants de cuir noir et les jetant négligemment sur le comptoir, Quinn demanda en regardant sa fille d'un air désapprobateur :

— Qu'est-ce qu'elle fabrique ?

— Elle prend son petit déjeuner.

— Elle en met partout.

Miranda se leva pour riposter. Elle l'avait bien compris, le reproche s'adressait à elle.

— Oui, mais je préfère attendre qu'elle ait fini pour tout nettoyer.

Drôle de type, décidément ! Où était passé l'homme solitaire qui l'avait embrassée avec tant d'ardeur ? Il était redevenu le grand patron de GSS, celui qui donnait des ordres et prenait les gens de haut. Du père angoissé, de l'amant passionné, il ne restait rien.

Il prit Fiona dans ses bras, l'enleva de son rehausseur et l'assit sur une chaise propre pour épousseter les débris de céréales sur son pyjama.

— Je suis sûr qu'elle a fini depuis au moins vingt minutes. Prenez une lavette dans le tiroir près de l'évier et débarbouillez-la.

Pendant que Miranda s'exécutait, Fiona montra à son père ses doigts, sur lesquels elle s'amusait à enfiler de petits anneaux de blé soufflé.

— T'as vu toutes les bagues que z'ai, papa ?

— Oui, mon cœur. Il y en a beaucoup.

Il grignota une céréale sur l'un des doigts de sa fille, qui se mit à glousser de plaisir. Puis une autre, et encore une autre. Fiona se tordait de rire et lorsqu'il eut tout mangé, elle l'attrapa par le cou pour lui faire un gros câlin.

Dieu qu'il était bel homme quand il souriait ! songea rêveusement Miranda. Et plus du tout intimidant. Mais lorsqu'il lui prit la lavette des mains, elle le sentit froid et distant.

— Vous n'y connaissez vraiment rien à l'éducation des enfants, je me trompe ?

Blessée par cette critique injuste, Miranda se hérissa. Elle l'avait bien prévenu, avant d'accepter sa proposition, qu'elle n'avait pas l'étoffe d'une nounou.

— Si je suis provisoirement détachée du KCPD, ce n'est pas pour mes compétences pédagogiques.

Il leva les yeux au ciel.

— J'espère que vous êtes armée ?

— Oui, bien sûr. J'ai toujours mon Glock sur moi et quand la petite est dans les parages, j'y fais particulièrement attention.

— Bien.

— Zulie ? dit Fiona en tendant la main vers sa poupée, qui était restée sur la chaise souillée.

Quinn tamponna le visage de la poupée, qu'il passa à Fiona, tout en donnant à Miranda la lavette, assortie de quelques conseils.

— Fiona a un petit estomac. Donnez-lui moins à manger et plus souvent. Quand vous voyez qu'elle commence à chipoter et à jouer avec la nourriture, c'est qu'elle n'a plus faim. Pas la peine d'insister.

— D'accord. J'en prends bonne note.

Contre toute attente, le Dr Jekyll avait refait surface, finalement. Miranda le préférait nettement à l'abominable Mr Hyde.

— Manger proprement, ça s'apprend.

Etait-ce encore une critique ? Ou juste de l'humour ? L'état de la cuisine laissait en effet à désirer.

— Ne vous en faites pas pour la saleté. Je vais tout nettoyer.

— Veillez à habiller Fiona bien chaudement. J'aimerais qu'elle aille prendre un peu l'air.

Comme il tournait les talons, la jeune femme se sentit soudain désemparée.

— A quoi joue-t-elle quand elle est dehors ?

Quinn lui jeta ce regard bizarre qu'elle avait tant de mal à interpréter.

— Il y a trente centimètres de neige. A quoi peut-on jouer, à votre avis ?

— O.K. Je vais me débrouiller.

Ouf ! Enfin une tâche qui était dans ses cordes. Faire un bonhomme de neige lui semblait bien moins compliqué que de coucher la fillette.

Une céréale craqua sous la semelle de Quinn lorsqu'il s'avança vers le comptoir pour récupérer ses gants.

En sortant de sa poche ses clés de voiture, il lui fit ses dernières recommandations.

— N'oubliez pas de passer prendre un talkie-walkie dans la salle de contrôle et de prévenir les agents de sécurité quand vous sortez et quand vous revenez. Vous avez bien noté les codes d'accès et pris une carte magnétique ?

— Oui, j'ai tout ce qu'il faut, répondit Miranda en tapotant la poche arrière de son jean.

Elle se demanda si le regard de Quinn s'était appesanti sur la partie de son anatomie qu'elle venait de toucher. Comme il tripotait le bord de ses lunettes, elle ne voyait pas ses yeux.

— Je pense rentrer assez tôt. Sauf si ce fichu brevet qu'on a modifié pose un problème particulier. Normalement, il ne devrait pas. On a jusqu'à midi pour finir de le mettre au point.

A mots couverts, il venait de lui rappeler la raison de sa présence chez lui.

— Que se passe-t-il si vous n'arrivez pas à tenir le délai ?

97

Quinn regarda sa fille, qui avait retiré l'un de ses chaussons et s'amusait maintenant à ramasser avec ses orteils les céréales tombées par terre. Il se pencha et l'embrassa sur le sommet du crâne.

— Dans la mesure où on va le tenir, la question ne se pose pas.

Accroupie derrière le rempart de neige qu'elle avait construit avec Fiona, Miranda avait l'impression d'être retombée en enfance. L'intérêt de leur partie de cache-cache résidait moins dans le choix judicieux d'une cachette, car elles se cachaient chaque fois au même endroit, que dans la joie de partager un bon moment.

Le rire de la fillette lui mettait du baume au cœur. Fiona n'était pas difficile à contenter. Le bonhomme de neige était mal proportionné et le rempart tout de travers, mais aux yeux de l'enfant, ils valaient n'importe quelle œuvre d'art. Leurs conversations allaient à l'essentiel et peu importait qu'elles soient émaillées de mots déformés ou inventés : Fiona et elle finissaient toujours par se comprendre. Et, malgré son omniprésente Julie et son goût prononcé pour le rose — du pompon qui ornait le haut de son bonnet jusqu'à ses après-ski, Fiona était tout de rose vêtue —, la fillette avait beaucoup du garçon manqué.

Miranda retint son souffle lorsque le craquement des pas de Fiona se rapprocha, puis les halètements qu'elle poussait en passant par-dessus le rempart. Elle rentra la tête dans les épaules car la fillette allait forcément lui tomber dessus.

— Te voilà ! Ze t'ai trouvée.

Elle roula sur elle-même et, assise dans la neige, prit l'enfant sur ses genoux.

— Oui, tu es drôlement forte.

Dans un élan de tendresse, elle serra Fiona contre elle et plaqua une bise sur sa joue rose et froide. La fillette lui tendit alors sa poupée, qu'elle embrassa aussi.

La fraîcheur de Fiona, sa joie de vivre communicative la rendaient très attachante. Miranda avait vite été conquise. Jouer dans la neige avec elle lui avait fait un bien fou. Il y avait longtemps qu'elle ne s'était pas autant amusée.

Mais ce n'était pas une raison pour oublier ses responsabilités. Relevant la manche de sa parka, elle jeta un coup d'œil à sa montre. Cela faisait une heure que Fiona et elle s'ébattaient dans la neige. Elle l'avait bien couverte — dans sa combinaison de ski et son anorak, la fillette faisait un peu Bibendum — mais mieux valait rentrer avant qu'elle n'attrape froid. De plus, l'estomac de Miranda commençait à gargouiller.

Pour éviter toute protestation de la part de l'enfant, elle eut recours à une ruse qui avait déjà fait ses preuves plusieurs fois au cours de la matinée. Retirant son gant, elle toucha la joue de la poupée et déclara :

— Julie a l'air complètement gelée. Et si nous allions lui faire avaler une bonne soupe pour la réchauffer ?

Fiona effleura le visage de la poupée du bout de ses moufles roses.

— Zulie est toute zelée.

— Rentrons vite, alors.

Renfilant son gant, Miranda se leva. Elle brossa son jean plein de neige du revers de la main, puis entreprit de brosser les vêtements de Fiona, qui fit de même avec sa poupée.

Comme elle allait la prendre par la main pour rentrer, un brusque éclat de lumière, aperçu du coin de l'œil, la fit se retourner. Son regard balaya le jardin enneigé, le

99

ruisseau, le haut mur d'enceinte de la propriété, la cime des arbres qui se trouvaient derrière. Rien.

— Bizarre, murmura-t-elle.

Peut-être était-ce simplement le reflet du soleil sur la neige, ou sur un pare-brise de voiture, garée de l'autre côté du mur ? Perplexe, elle attendit encore quelques secondes mais ne remarqua rien d'anormal. Fiona, qui s'impatientait, la tirait vers la maison. Main dans la main, elles se dirigèrent vers l'entrée de derrière, et le petit vestibule qui servait d'antichambre dans la cuisine.

C'est alors qu'elle vit de nouveau le flash dans la vitre de la porte.

Elle fit volte-face et vit quelque chose bouger au loin. Sans chercher à comprendre, elle attrapa Fiona, la cala sur sa hanche droite et continua à avancer vers la maison, tout en sortant de sa poche le talkie-walkie que les hommes de David Damiani lui avaient donné.

Compacte, la neige freinait sa progression, mais l'allée, qui avait été dégagée, n'était plus très loin. Fiona n'arrêtait pas de gigoter. Elle voulait descendre. D'un seul bras, Miranda avait du mal à la tenir.

— Holmes ? dit-elle en appuyant sur le bouton d'appel. Vous êtes là ? C'est l'inspecteur Murdock.

— Je vous écoute, Murdock, répondit l'agent de sécurité en poste dans la salle de contrôle. Que se passe-t-il ?

— J'ai vu une lumière, ou un reflet, juste au-dessus du mur nord, à l'ouest du portail. On aurait dit le flash d'un appareil photo. Ou quelqu'un qui se servirait d'un miroir pour envoyer des signaux.

Fiona se tortillait comme un ver.

— Reste tranquille, ma puce.

Mais la fillette, pleine de vie, avait tellement envie de courir dans la neige qu'elle finit par lui échapper.

— Fiona, où vas-tu ?

Miranda n'eut d'autre choix que de repartir dans la direction opposée pour lui courir après.

— A l'ouest du portail, vous dites ?

Il était sourd, ou quoi ? Holmes était l'un des deux agents qu'elle avait trouvés groggy dans leur voiture, le jour de Noël. Elle l'avait vu une fois depuis, mais ne le connaissait pas vraiment. Il devait être un peu dur d'oreille.

— Oui, à une trentaine de mètres. Mais je ne saurais dire si la lumière que j'ai vue venait du haut du mur ou de l'un des arbres qui se trouvent derrière.

Au moment où elle prononçait ces mots, quelque chose bougea au même endroit et il y eut un nouveau flash. Bon sang ! Un enfoiré était en train de les épier. Si seulement elle avait eu une paire de jumelles…

— Je viens de la voir de nouveau. Vous voulez que j'aille jeter un coup d'œil ?

— Rowley va aller voir ce qui se passe.

— Il a intérêt à se dépêcher s'il ne veut pas arriver après la bataille. Le type est en train de ficher le camp. Terminé.

Fiona était retournée jusqu'au rempart et l'escaladait.

— Fiona, viens ici !

— Zulie veut se cacher.

— Non, on a assez joué. Il va falloir que tu m'écoutes, maintenant.

Comme Miranda s'apprêtait à l'attraper à bras-le-corps pour la faire descendre du rempart, la fillette plongea la tête la première dans la neige.

A cinquante mètres à peine, un homme apparut en haut du mur.

Une décharge d'adrénaline avertit Miranda du danger. Sur le qui-vive, elle suivit l'homme des yeux. A cette distance, elle ne distinguait malheureusement pas les traits de son visage. Que pouvait-il bien faire là-haut ? Cherchait-il à s'introduire dans la propriété ?

Après s'être assurée que Fiona ne risquait rien, cachée derrière le rempart et à moitié enfouie dans la neige, elle décida de foncer, tête baissée.

— Julie et toi, vous ne bougez pas d'ici. Jusqu'à ce que je revienne vous chercher, vous restez bien cachées.

L'homme semblait avoir beaucoup de mal à se tenir debout sur le mur. Il devait glisser à cause de la neige. Mais quelle idée, aussi, de grimper là-haut…

Miranda souleva sa parka et dégaina son revolver. Le canon pointé vers le sol, elle courut jusqu'à l'allée, traversa le ruisseau et se posta près du dernier pylône du pont qui reliait les deux rives. Levant son arme et visant l'homme, elle cria :

— KCPD ! Vous êtes coupable de violation de propriété ! Les mains en l'air !

A la seule force de ses bras, l'intrus avait réussi à se hisser de nouveau sur le mur. A califourchon, il était sur le point de sauter de l'autre côté lorsqu'une branche de lierre se prit dans ses vêtements et le gêna dans ses mouvements. Il jura d'une voix grave, étouffée.

— KCPD ! cria-t-elle encore.

Elle sortit son talkie-walkie et le mit en marche.

— Holmes ! Il est en train de filer. Holmes, Rowley ? Répondez, bon sang ! Y a-t-il quelqu'un pour l'intercepter ?

Miranda s'élança vers le mur lorsqu'elle vit que l'homme avait réussi à se libérer du lierre et s'apprêtait à sauter de l'autre côté. Ce qu'il portait autour du cou — vraisemblablement un appareil photo — heurta le mur et dégringola le long du lierre. Comprenant que l'homme allait s'échapper, elle faillit se lancer à sa poursuite, mais c'eût été peine perdue car il avait déjà disparu. Son revolver à bout de bras pointé vers le ciel, elle tira en l'air un coup de semonce.

— KCPD ! Je vous ordonne de vous arrêter.

La déflagration fut suivie d'un cri aigu juste derrière elle. Baissant son arme, Miranda se retourna. Effrayée par le coup de feu, Fiona éclata en sanglots.

— Qu'est-ce que tu fais là, ma puce ? demanda Miranda en se baissant pour la prendre dans ses bras.

Zut ! Elle venait encore de faire une boulette.

Blottie contre elle, Fiona braillait tant qu'elle pouvait.

— Ne pleure pas, c'est fini. Pourquoi n'es-tu pas restée cachée, comme je te l'avais demandé ?

Pourquoi fallait-il qu'elle n'ait *plus* envie de jouer à cache-cache juste au moment où cela aurait bien arrangé Miranda qu'elle reste à l'abri derrière le rempart ?

La fillette dans ses bras, elle se releva et, tout en la berçant doucement contre elle, elle lui expliqua :

— Ce que tu as entendu, c'est un coup de feu. Ça fait beaucoup de bruit et c'est très dangereux. C'est pourquoi il ne faut jamais jouer avec un revolver.

Redoublant de pleurs déchirants, Fiona s'agrippait si fort à son cou qu'elle l'étranglait à moitié. Miranda ne savait plus quoi faire pour la consoler.

— Tu as peur que je sois blessée, c'est ça ? Je n'ai rien, ma puce. Tout va bien.

Mais que fichaient les hommes de Damiani ?

— Pourquoi personne ne me répond ? cria-t-elle.

— Qui a tiré ? fit Holmes dans le talkie-walkie. Dois-je déclencher le verrouillage automatique ?

— Quoi ?

Il y eut un grand fracas métallique du côté du portail,

suivi d'une espèce de bourdonnement continu, comme si des milliers de grillons avaient envahi la propriété.

— Non !

Ils étaient en train de fermer le portail d'acier trempé et les volets métalliques qui protégeaient toutes les issues de la maison.

— Fiona sera bloquée dehors et exposée à tous les dangers si vous fermez tout. Qu'attendez-vous pour courir après le type qui était sur le mur ?

Il y eut un nouveau bang tandis qu'ils rouvraient le portail d'acier puis elle entendit des branches craquer de l'autre côté du mur, un choc sourd et quelqu'un jurer comme un charretier. Quelques secondes plus tard, une portière claqua et une voiture démarra sur les chapeaux de roue.

Comme Miranda se dirigeait vers le lierre, son talkie-walkie se mit à grésiller.

— Il a filé, annonça Rowley. Le type s'est blessé en tombant mais je n'ai pas réussi à l'attraper. La voiture a déboulé de nulle part et est repartie à toute vitesse.

— Vous avez pu relever la plaque d'immatriculation ?

— En partie seulement. Tout s'est passé tellement vite… Je n'ai que les premiers chiffres.

Bercée par les cahots de la marche dans la poudreuse, Fiona s'était un peu calmée. Elle pleurnichait et reniflait dans le cou de Miranda.

— C'était une BMW noire, continua Rowley, mais pas celle que vous avez vue l'autre fois. Ce n'est pas le même numéro.

Miranda ne voyait pas ce qui se passait dans la rue mais elle ne faisait qu'à moitié confiance à Rowley. N'eût été Fiona, elle aurait escaladé le mur et tenté de rattraper la BMW. Elle aurait tiré dans les pneus. Car autant qu'elle puisse en juger, Quinn avait embauché des incapables. Ils s'étaient laissés droguer, n'avaient pas été fichus d'arrêter le suspect et avaient failli les enfermer dehors, Fiona et elle.

Arrivée devant le mur, elle s'arrêta pour sécher les larmes de l'enfant.

— Je peux te poser par terre, maintenant ?

La fillette secoua la tête en s'accrochant à son cou comme une moule à son rocher.

— Tu veux bien m'aider ? demanda alors Miranda, qui venait d'avoir une idée. Il va falloir que tu grimpes au mur, expliqua-t-elle d'un ton solennel.

Cessant aussitôt de pleurnicher, Fiona se décolla d'elle.

— Je savais que je pouvais compter sur toi, dit Miranda avec un sourire. Est-ce que tu peux attraper l'appareil photo qui s'est pris dans le lierre ?

Fiona hocha vigoureusement la tête. Miranda la hissa sur ses épaules et la souleva, en la tenant fermement par les chevilles.

— Tu y arrives ?

Agile, la fillette tendit le bras et décrocha l'appareil photo, qui tomba dans la neige.

Lorsque Miranda la fit redescendre, Fiona affichait un beau sourire sur son visage maculé de larmes.

— Z'ai grimpé, claironna-t-elle, toute fière.

Miranda s'accroupit pour la serrer dans ses bras.

— Bravo, ma puce. Tu es une vraie championne.

Puis elle ramassa l'appareil. C'était un vieux polaroïd. Avec précaution, elle tira la photo qui était coincée dedans et la secoua pour faire tomber la neige. A cause de l'humidité, la photo était toute tachée, mais Fiona et elle étaient parfaitement reconnaissables. On les voyait en train de jouer.

Le type avait dû les épier pendant un bon moment. Comment se faisait-il que le vigile en faction au portail ne l'ait pas remarqué ?

— Murdock ? appela alors Rowley dans le talkie-walkie. Vous êtes là ? Tout va bien pour Fiona et vous ?

Elle pressa sur le bouton pour parler à son tour.

— Oui, tout va bien. Prévenez immédiatement le capitaine Cutler et votre chef, Damiani, que le suspect a pris des photos. Et demandez-leur leurs instructions.

— J'ai déjà eu Damiani au téléphone. Dites, Murdock ?

— Oui ?

— Ça ne sert à rien de paniquer, vous savez.

Paniquer ? fulmina *in petto* Miranda. Ce demeuré lui reprochait de paniquer face à l'intrus ?

— Il y a un moyen d'entrer dans la maison même quand elle est entièrement verrouillée, ajouta Rowley. Un interrupteur de dérogation manuel a été installé sur les fenêtres de l'étage. En cas d'incendie, les occupants de la maison doivent pouvoir sortir, d'où ce dispositif. Les volets d'acier sont montés sur une charnière flexible qu'il suffit d'enfoncer à l'aide d'une pointe quelconque pour les faire remonter.

— O.K. C'est noté.

Il aurait été judicieux de l'informer de l'existence de ce dispositif *avant* de déclencher la fermeture automatique des volets. Ne faisaient-ils pas tous partie de la même équipe, unie pour protéger Quinn et sa fille ?

— Terminé, dit Miranda en soupirant intérieurement.

Passant autour de son cou la courroie du polaroïd, elle reprit Fiona dans ses bras et se remit en route. Mais elle se sentait abattue, en proie à son sempiternel complexe d'infériorité. Avait-elle le droit de critiquer les agents de sécurité de Gallagher ?

Après tout, l'intrus avait eu le temps de prendre plusieurs photos avant qu'elle ne remarque le flash.

— Ça marche impec, patron, déclara Ozzie Chang en lançant l'impression avant de se carrer dans son fauteuil. Du moins en théorie. Je ne comprends toujours pas pourquoi vous vous intéressez à ces anciens modèles de verrouillage électronique. Ils sont obsolètes depuis longtemps, et tous ces codes sources aussi, ajouta-t-il en inscrivant quelques points de référence sur la sortie papier.

Quinn pressa l'épaule toute frêle de Chang et jeta un coup d'œil à la pendule. 11 h 32. Il était dans les temps. Il allait maintenant falloir qu'il s'isole un petit moment afin d'envoyer le document à l'adresse e-mail qu'on lui avait indiquée.

— Merci, Oz. C'est juste que je suis un peu nostalgique, improvisa-t-il, car il ne voyait pas l'utilité de mêler son informaticien à ce jeu terrible auquel il était contraint bien malgré lui de participer. Je me demandais si cela ne vaudrait pas le coup de ressortir ces vieux modèles.

— Oui, mais pourquoi à Noël ? Je suis moi-même un bourreau de travail mais là, vous me battez à plates coutures. J'avais pris ma journée pour disputer en ligne une partie géante de « Zombie Apocalypse » avec mes potes virtuels.

Drôle de façon de fêter Noël ! songea Quinn. Il était pressé de récupérer le document pour pouvoir l'envoyer avant midi, mais après le service que venait de lui rendre Ozzie, un minimum de conversation s'imposait.

— Et alors ? Vous avez gagné ?

— Je leur ai fichu la raclée de leur vie !

Quinn soupira en repoussant machinalement ses

lunettes sur son nez. Avait-il connu un jour cette joie de vivre et cette insouciance ? Sa jeunesse, il l'avait passée à travailler pour aider sa mère à joindre les deux bouts. A essayer de tenir à distance les petits voyous qui lui cherchaient des noises puis, un peu plus tard, à les snober. Occasionnellement, l'intello à lunettes qu'il était avait fait le coup de poing pour se défendre, et défendre sa mère qui n'avait pas toujours de bonnes fréquentations.

Les fêtes, il ne les passait pas à jouer à des jeux vidéo. La corne qu'il avait dans les mains, ce n'était pas en passant ses journées sur une console de jeux qu'il l'attrapait.

Ozzie avait bien de la chance. Et Quinn se réjouissait d'avoir dans son équipe un garçon aussi passionné et plein de vie.

— Vous pouvez m'envoyer le document par e-mail ?

Le jeune homme fit pivoter son fauteuil.

— Tout de suite, patron, dit-il en pianotant sur son clavier. Voilà, c'est fait. Autre chose ?

Quinn passa sa carte dans le lecteur magnétique et tapa son code pour sortir du labo. Puis il se retourna et répondit :

— Oui. Rentrez chez vous. Appelez vos parents ou vos amis. Et prenez du bon temps. Je ne veux pas vous revoir avant le 2 janvier. Une prime vous sera versée sur votre prochaine fiche de paie.

— C'est gentil.

— Je vous laisse fermer la boutique ?

— D'accord. Joyeuses fêtes, monsieur.

— A vous aussi, Ozzie.

Sans attendre que la porte se referme derrière lui, Quinn fonça vers les ascenseurs, entra dans l'une des cabines et monta au dernier étage.

Bientôt, il s'asseyait devant l'ordinateur de son bureau

et ouvrait sa messagerie pour récupérer l'e-mail envoyé par Ozzie. Alors, tandis qu'un mauvais pressentiment s'emparait de lui, il transféra le document à l'adresse qui lui avait été communiquée et attendit.

Il ne voyait pas comment le fait de réactualiser les caractéristiques techniques d'un vieux système de sécurité pouvait donner satisfaction à son ennemi. Il avait l'impression que celui-ci avait simplement cherché à l'occuper, à détourner son attention. Mais aussi inepte que la tâche lui paraisse, il ne pouvait faire autrement qu'obéir aux ordres de ce salopard. La sécurité de sa fille était en jeu.

Son téléphone vibra dans sa poche. Avant de le prendre, il inspira à fond pour se calmer. On était à quatre jours du réveillon du jour de l'an. Pour avoir souvent eu affaire, dans sa vie professionnelle, à des jaloux et à des empêcheurs de tourner en rond, il savait l'affrontement inévitable.

Il lut le texto sur l'écran de son mobile.

Bien joué, monsieur G. Votre fille a gagné le droit de vivre un jour de plus. Je reprendrai contact avec vous demain. Et mon message, soyez-en sûr, sera sans aucune ambiguïté.

8

Trois jours avant le réveillon du jour de l'an.

Louis Nolan arpentait nerveusement le coin salon du bureau de Quinn. De profonds sillons creusaient son large front.

— Si nos actionnaires ne nous font plus confiance, surtout au début d'une nouvelle année fiscale, notre chiffre d'affaires risque de chuter. Ce sont des milliers de dollars qui sont en jeu, Quinn. Il a fait le voyage exprès. La moindre des choses serait de le recevoir et de le laisser s'exprimer.

— Il tombe mal, Louis. Je suis très occupé, répondit Quinn en levant les yeux du document que lui avait remis Ozzie Chang.

Il s'était fait avoir comme un bleu. Comment avait-il pu être aussi aveugle ? Cela sautait pourtant aux yeux. Les milliers de lignes de code que contenait ce programme expliquaient pourquoi on avait exigé de lui un tel travail, et pourquoi on lui avait fixé cet ultimatum de hier midi. Sans le savoir, Ozzie et lui avaient permis à un hacker de pirater le système de GSS.

Impossible de mesurer, au vu de ce seul document, l'étendue des dégâts. Le premier soin de Quinn avait été de s'assurer que les codes de sécurité de ses clients n'avaient pas été piratés, et donc d'écarter tout risque potentiel de cambriolages en série. Il allait maintenant falloir passer au crible l'intégralité du système de GSS et les ordinateurs de tous les salariés de l'entreprise pour vérifier qu'aucun d'entre eux n'avait fait l'objet d'une intrusion.

Tout cela était sa faute. Il avait été tellement préoccupé par l'attentat dans le Kalahari, les menaces qu'il avait reçues et les photos que ce type louche avait prises de sa fille qu'il était bêtement tombé dans le piège. En lançant, sur *ses* ordres, ce programme de simulation, Ozzie avait ouvert une brèche dans le système. Quinn devait à présent trouver un moyen de remonter jusqu'à la source afin d'éliminer tout nouveau risque d'intrusion.

Je reprendrai contact avec vous demain. Et mon message, soyez-en sûr, sera sans aucune ambiguïté.

Ce message n'allait sans doute pas tarder à arriver. Dans cette attente, Quinn préférait prendre ses précautions. S'il arrivait à identifier la cible dans le système de GSS, peut-être parviendrait-il à couper l'herbe sous le pied de cette ordure.

— C'est le moment pour mes collaborateurs de me montrer ce dont ils sont capables. Je vous laisse vous charger de Titov.

Il reporta son attention sur Fiona, qui jouait dans un coin de la pièce. Elle s'amusait à ausculter Miranda à l'aide d'un stéthoscope en plastique, et à lui coller des pansements partout. Il avait fait appel à une équipe de choc pour protéger sa fille. Il avait lui-même créé et commercialisé la meilleure technologie au monde en matière de sécurité. Et malgré tout, il tremblait à l'idée qu'il puisse arriver quelque chose à Fiona.

Louis tapa sur le bureau de Quinn au moment où celui-ci se replongeait dans le document qu'il avait en main.

— J'ai tout fait pour essayer de le convaincre, mais Nikolaï ne veut rien entendre. C'est à vous, et à vous seul, qu'il veut parler.

— Voyons, Louis, c'est ridicule. Vous le connaissez tellement mieux que moi. Après la fermeture de notre usine du Lukinbourg, c'est vous qui avez réussi à le convaincre de nous laisser ses capitaux.

Quinn ne céderait pas. Peu lui importait de déplaire à un gros investisseur, même s'il était de surcroît très influent sur le marché européen. Tout ce qui comptait pour l'instant, c'était de protéger sa fille. Tant qu'il ne saurait pas si ces actes de piratage étaient liés aux menaces proférées contre Fiona et lui, ou s'ils n'étaient destinés qu'à détourner son attention et à rendre sa fille plus vulnérable, Quinn ne laisserait personne lui dicter sa conduite. Il tenta de nouveau de convaincre son directeur de la production.

— Vous êtes mon bras droit, Louis. Je suis sûr que vous pouvez vous occuper de Nikolaï Titov.

— Je sais que je suis votre bras droit et que vous vous êtes souvent reposé sur moi quand vos problèmes personnels vous accaparaient. J'ai pris en main la direction de l'usine après le meurtre de Valeska et plus tard, je vous ai aidé à surmonter la crise économique. Aujourd'hui, je peux concevoir que vous vous inquiétiez pour Fiona.

Les sourcils broussailleux de Louis se rejoignirent au-dessus de la racine de son nez tandis qu'il ajoutait d'un ton presque suppliant :

— Mais justement, c'est à elle que je pense quand je me permets d'insister. De la bonne marche de l'entreprise dépend son avenir. Tout ce que je vous demande, c'est de recevoir celui qui est actuellement l'un de nos plus gros partenaires économiques et de le rassurer. Cela ne vous prendra pas plus de dix minutes et me permettra à moi de sauver le marché européen de la catastrophe.

Louis savait de quoi il parlait. Il avait pour mission de veiller à conserver, quoi qu'il arrive, l'entreprise en bonne santé. Cela tombait vraiment mal, mais Quinn n'était pas buté au point de refuser d'écouter son directeur de la production.

— Vous savez, Louis, venant de quelqu'un d'autre, une telle insistance me mettrait en rogne. Mais je me rends bien compte que je n'arrive plus à mettre les choses en perspective. Alors allons-y. Dix minutes.

Il glissa le tirage papier dans le premier tiroir de son bureau et appela son assistante.

— Elise ? Faites entrer M. Titov et ses associés dans mon bureau.

— Tout de suite, monsieur.

Repoussant son fauteuil, Quinn se leva, redescendit ses manches de chemise et remit ses boutons de manchette. Il fit le tour de son bureau pour prendre sa veste sur l'un des canapés et tout en l'enfilant, il rejoignit Fiona et Miranda. Il boutonna son col et resserra sa cravate avant de s'accroupir à côté de sa fille.

— Coucou, ma chérie. Papa a un rendez-vous important. Miranda et toi pourriez aller faire un tour dans la salle du personnel et prendre un petit goûter. Tu te souviens où elle se trouve ?

Fiona sourit jusqu'aux oreilles.

— C'est là où il y a la machine à soda.

— Exactement. Il y a effectivement un distributeur de boissons.

Se tournant vers Miranda qui, à genoux, était en train

de décoller tous les bouts de sparadrap dont Fiona l'avait recouverte, il ajouta :

— Veillez à ce qu'elle boive du jus de fruit. Après les ascenseurs, longez le couloir jusqu'au bout.

— Je sais où se trouve la salle du personnel. Lorsque nous avons fouillé les locaux, le 24 décembre, je l'ai repérée.

Elle se leva et demanda d'un air soucieux :

— Un problème ?

Quinn mit sa fille debout avant de se redresser à son tour.

— Non. La routine.

Lorsqu'il confia la main de sa fille à Miranda, ses doigts effleurèrent ceux de la jeune femme. Il les retira vite, comme sous l'effet d'une décharge électrique. C'est après lui avoir pris la main qu'il avait perdu la tête, l'avant-veille. Or il fallait qu'il ait les idées claires s'il voulait en finir au plus vite avec Titov pour pouvoir se pencher de nouveau sur ce très préoccupant problème de piratage informatique.

Mais en gentleman qu'il était, il ne pouvait tout de même pas laisser la jeune femme partir avec un pansement vert fluo collé sur l'épaule. Pour enlever le sparadrap, il dut s'approcher, et c'est alors qu'il vit la bosse que faisait son revolver, caché par son pull. Parfait. Elle n'était pas là pour le troubler ou l'exciter mais pour protéger sa fille. Cette arme n'avait rien à faire dans l'entourage immédiat d'une enfant de trois ans, mais cela valait sans doute mieux que de laisser la petite sans défense face au danger qui la menaçait.

— Et surtout, ne la quittez pas des yeux, recommanda-t-il.

— Soyez tranquille.

— Par ici, messieurs.

La porte du bureau s'ouvrit sur Elise Brown, son assistante, qui avait faussé compagnie à ses parents, en visite chez elle, pour venir travailler ce matin. En la voyant, Quinn eut presque l'impression que c'était un jour comme un autre. Depuis plus de soixante-douze heures, il vivait dans un stress permanent — entre les énigmes à résoudre, la fascination que Miranda exerçait sur lui et son obsession à vouloir protéger sa fille, il ne faisait plus surface. Dans son tailleur chic, Elise, souriante et efficace, le ramenait à sa routine et le rassurait.

Nikolaï Titov et deux de ses associés entrèrent à leur tour. D'un geste de la main, Elise les invita à prendre place dans les fauteuils et les canapés.

— Asseyez-vous et mettez-vous à l'aise.

Comme Nikolaï lui présentait son comptable et un analyste financier lukinbourgeois, Fiona déboula dans la pièce.

— Zulie ! s'exclama la fillette en zigzaguant entre eux pour aller récupérer sa poupée dans le coffre à jouets.

— Excusez-nous, messieurs, dit Miranda, qui attendait sur le pas de la porte. Nous avons oublié quelque chose.

— Fiona ne se sépare jamais de sa poupée. Elle l'a eue à sa naissance. C'est sa mère qui la lui avait confectionnée, expliqua Quinn en passant une main dans les boucles brunes de la fillette lorsqu'elle se faufila de nouveau entre leurs jambes pour rejoindre Miranda.

Amusé, Nikolaï Titov se baissa et prit l'enfant dans ses bras. Quinn fit un pas en avant, prêt à intervenir, mais Louis posa une main sur son avant-bras. La petite ne risquait rien, il ne fallait pas qu'il s'en fasse. Du coin de l'œil, Quinn remarqua cependant que, comme lui, Miranda s'était instinctivement rapprochée de Titov.

— Comme elle est mignonne, dit celui-ci avec un

sourire attendri. C'est fou ce qu'elle ressemble à sa maman. C'est tout le portrait de Valeska.

Touché par sa remarque et par sa gentillesse, Quinn acquiesça d'un signe de tête. Depuis combien de temps Titov et lui ne s'étaient-ils pas vus ? Il se souvenait qu'ils avaient dîné ensemble sur la Plazza. C'était avant la naissance de Fiona. Val était enceinte. Cela faisait donc un bail, en effet. Pas étonnant que Louis craigne une fuite des capitaux lukinbourgeois.

— Par chance, Fiona ressemble au plus beau de ses deux parents.

Fiona tira sur la barbichette poivre et sel de Nikolaï.

— T'es un papy ?

— Hélas non. Je n'ai jamais eu d'enfants, répondit-il avant de lui faire un gros bisou sur la joue.

Contrairement aux autres, Miranda n'eut pas l'air de trouver cela drôle du tout. Elle s'approcha de Titov et lui enleva la fillette des bras.

— N'empêche que sa vivacité d'esprit et sa curiosité, c'est de son père qu'elle les tient, déclara-t-elle avec un grand sourire qui s'adressait à tous, et non à Quinn en particulier. Nous allons vous laisser discuter affaires. Fiona et moi avons tout un tas de choses à découvrir.

Lorsqu'il croisa son regard, Quinn fut surpris d'y lire une pointe d'inquiétude. En la voyant jeter un coup d'œil à la porte puis le fixer de nouveau, il comprit.

— Je vous prie de m'excuser un instant, messieurs. Elise ? Auriez-vous la gentillesse de servir un peu de café à nos invités ?

— Bien sûr. Monsieur Titov, puis-je…

Elise prit les choses en main tandis qu'il se dirigeait vers la porte, où l'attendait Miranda.

— Que se passe-t-il ? demanda-t-il tout bas.

D'une pichenette sur le devant de son épaule, la jeune femme rejeta sa queue-de-cheval dans son dos.

— Le soi-disant comptable de M. Titov porte un revolver à la cheville.

Quoi ? Un homme armé se trouvait dans son bureau ? Quinn fut tenté de se retourner pour vérifier les dires de Miranda, mais la raison l'emporta.

— Pas de panique ! chuchota-t-il, autant pour sa propre gouverne qu'à l'attention de la jeune femme. Il n'est pas le premier riche industriel à engager un garde du corps.

— Je vais tout de même prévenir M. Damiani et lui demander d'avoir l'œil sur ces trois lascars, répartit-elle en fronçant les sourcils. Ils ne me disent rien qui vaille.

— Prenez bien soin de Fiona. Et ne vous aventurez pas trop loin, ajouta-t-il bien fort, de manière à ce que tout le monde entende.

Miranda avait reposé la fillette par terre mais elle la tenait fermement par la main. Il se sentit un peu rassuré.

— Nous restons dans les parages, promit-elle.

Il tripota ses lunettes et prit une grande inspiration avant d'aller rejoindre ses invités. Ils ne devaient pas s'apercevoir de sa défiance. Quinn n'avait aucune envie de s'entretenir avec eux, mais Titov étant l'un des principaux actionnaires de GSS, il méritait un minimum d'égards. Dans dix minutes, dès qu'il aurait fait comprendre à son hôte à quel point l'entreprise avait besoin de lui, Quinn retrouverait Fiona. Et Miranda.

En gagnant d'un pas nonchalant le centre de la pièce, il lorgna discrètement la cheville du comptable. Effectivement, il était armé. Les deux autres l'étaient-ils aussi ?

— Après vingt heures de vol, vous devez être fatigué, Nikolaï, lança-t-il de son ton le plus affable. Buvez votre café tranquillement. Nous aurons tout le temps de discuter après. Vous vous souvenez d'Elise, mon assistante ?

— Oui, bien sûr, répondit l'homme d'affaires. Elle est toujours aussi belle. N'est-ce pas, Quinn ?

Quoi ? Euh, oui, Elise était une belle femme, en effet. Intelligente. Pleine de ressources. Dévouée. Mais pour lui, elle était avant tout son assistante, et une vraie bénédiction pour l'entreprise. Cela faisait maintenant dix ans qu'elle travaillait pour lui. Et elle, au moins, il la comprenait. Ce n'était pas comme Miranda…

— Merci, monsieur Titov, c'est très gentil, dit Elise, visiblement sous le charme de leur invité. Si vous avez besoin de quoi que ce soit d'autre…

Comme elle lui tendait une tasse dans une soucoupe, Nikolaï se renfrogna.

— Vous ne restez pas pour assister à la réunion, mademoiselle Brown ?

— Je ne sais pas. Qu'en pensez-vous, Quinn ?

Qu'est-ce que c'était que ce cirque ? Nikolaï avait-il l'intention de lui souffler son assistante de direction ? Ou était-ce simplement qu'il avait un faible pour les brunes ? Quinn n'avait aucune raison de mettre en doute la loyauté d'Elise. Mais dans la mesure où elle était au courant de tout un tas de choses concernant l'entreprise, il voyait d'un mauvais œil les manœuvres de Titov pour s'attirer ses bonnes grâces.

— Je ne vois pas d'inconvénient à ce que vous restiez, répondit-il.

Peut-être Louis avait-il raison. Il avait intérêt à caresser ses invités dans le sens du poil s'il ne voulait pas qu'une autre menace s'abatte sur tout ce qu'il avait construit. Refusant le café que lui offrait Elise, Quinn alla se camper près de la fenêtre. Il n'avait pas envie de s'asseoir.

— Vos vacances se sont bien passées ? s'enquit poliment Elise en prenant place dans le canapé, à côté de Nikolaï.

Celui-ci but une gorgée de café et soupira.

— Avec toutes ces histoires, je n'ai pas vraiment le cœur à m'amuser.

— Qu'est-ce qui ne va pas, monsieur Titov ?

— Appelez-moi Nikolaï.

Quinn regarda le paysage enneigé, la tour de contrôle de l'aéroport et les hôtels de luxe qui se profilaient au loin.

— Vous auriez dû appeler au lieu de sauter dans le premier avion et de faire tout le voyage, fit-il remarquer.

— Il y a urgence. Je n'aime pas les rumeurs qui circulent en Europe.

— Que raconte-t-on à St-Feodor ? intervint Louis.

Au bruit que fit sa tasse lorsqu'il la reposa violemment dans sa sous-tasse, Quinn comprit que Nikolaï était en train de perdre son sang-froid. Dans la vitre, il le vit se lever et marcher à son tour vers la fenêtre.

— On raconte que l'usine implantée dans le Kalahari a été détruite. Est-ce l'œuvre de terroristes ?

— Impossible pour l'instant de se prononcer là-dessus. S'il s'agit d'un attentat, il n'a pas été revendiqué.

— J'ai mis un million de dollars dans ce projet et je vous en avais promis dix de plus. Nous étions censés fabriquer des avions pour l'armée. Et tout est parti en fumée.

— Mon assurance prendra tout en charge. Vous serez intégralement remboursé.

— Et les bénéfices que j'escomptais ? Qui va me rembourser les millions que vous m'avez fait miroiter ?

Les mains dans les poches de son pantalon, Quinn se tourna vers Titov et déclara d'un ton égal :

— Il est très regrettable que trois employés soient

morts dans l'explosion de l'usine. Pour le reste, il n'y a pas lieu de s'inquiéter. GSS s'en remettra.

— Mais quand ? lança Titov en pointant un doigt dodu vers le menton de Quinn. Si l'usine n'est pas reconstruite rapidement, si elle n'est pas très vite opérationnelle, je ne vous cache pas qu'au Lukinbourg, mes investisseurs risquent d'être très, très déçus.

Baissant la voix, il ajouta :

— Or c'est le genre de personnes qu'il vaut mieux ne pas décevoir, si vous voyez ce que je veux dire.

Voilà qui expliquait peut-être la présence du comptable armé. Nikolaï avait-il reçu des menaces, lui aussi ?

Quinn acquiesça d'un vague hochement de tête et se détourna. La main à plat sur la vitre froide, il s'efforçait de garder son calme, de rester imperturbable, alors que tout en lui le poussait à envoyer promener Titov pour retourner à son ordinateur et traquer cet ennemi invisible qui semblait avoir juré sa perte.

— Reconstruire l'usine et la rendre opérationnelle ne peut pas se faire en un claquement de doigts. Ce n'est pas une question de quelques jours ni même de quelques semaines.

Comme il prononçait ces mots, par association d'idées, il repensa à l'ultimatum que lui avait fixé son ennemi. Plus que trois jours. *Il va falloir réparer.* Avait-il fait du tort à quelqu'un ? Lésé un concurrent en donnant le feu vert pour l'implantation de cette usine dans le Kalahari ? *Allez-vous enfin m'écouter ?* Mais pourquoi ce salopard ne s'était-il pas contenté de détruire l'usine ? Pourquoi s'en prenait-il à sa fille au lieu d'exiger simplement plus d'argent ?

Comme Titov venait justement de le faire. Ce fichu ultimatum fixé au 31 décembre l'obsédait tellement qu'il en arrivait à soupçonner son visiteur, or celui-ci n'avait probablement rien à voir avec tout cela.

Mais *qui*, bon sang, *qui* pouvait lui vouloir du mal ?

Sa frustration dut filtrer dans sa voix lorsqu'il reprit la parole.

— Qui qu'ils soient, ceux qui ont fait sauter l'usine n'ont pas fait les choses à moitié. Il faut la reconstruire entièrement. Cela prendra des mois.

— Des résultats étaient attendus dans les mois qui viennent, rappela Nikolaï d'un ton qu'il semblait avoir bien du mal à maîtriser. Et vous m'annoncez maintenant qu'il va falloir patienter un an ou plus pour espérer toucher quelque chose.

— Vous connaissiez les risques.

Les rejoignant à la fenêtre, Louis s'évertua à jouer les pacificateurs.

— Sachez, Nikolaï, que vos investisseurs ne sont pas les seuls à avoir perdu de l'argent. Nous sommes quelques-uns, ici à GSS, à avoir mis nos économies dans le projet. Pour nous aussi, c'est un coup dur, croyez-moi.

— J'ai une solution, monsieur Nolan.

Mais c'est à Quinn que Nikolaï s'adressait.

— Vous n'avez qu'à rouvrir l'usine de St-Feodor et y transférer la fabrication des drones. Les bâtiments et les chaînes de montage sont toujours là. Nous avons des lignes de chemin de fer et même un petit aéroport à proximité. Il y a tout ce qu'il faut.

— Nous avons fermé l'usine de St-Feodor parce qu'elle était devenue trop petite. Y faire fabriquer les drones impliquerait de la rééquiper, ce qui entraînerait des frais considérables qui…

— … seraient compensés par le fait que l'usine est

prête à l'emploi. Sans compter que vous trouverez sur place une main-d'œuvre compétente et bon marché.

Nikolaï avait dû préparer son argumentaire dans l'avion.

— Beaucoup des anciens salariés de l'usine sont au chômage, poursuivit-il. Je pense pouvoir convaincre mes investisseurs de vous confier leurs capitaux s'ils savent que ceux-ci sont injectés dans l'économie de leur propre pays.

Les dix minutes étaient écoulées et ils avaient même réussi à se réconcilier. Quinn considéra qu'il avait tenu son engagement.

— Je vais y réfléchir, Nikolaï. Mais je suis actuellement confronté à un problème que je dois régler en priorité. Je vous rappellerai après le nouvel an. Louis pourrait peut-être faire un saut au Lukinbourg pour s'assurer que l'usine est opérationnelle et pour discuter plus avant du projet.

Elise, qui avait compris, au discret hochement de tête qu'il lui avait adressé, que l'entretien était terminé, commençait déjà à raccompagner les trois hommes vers la sortie.

— Il pourra emmener mon assistante, au besoin.

Sur le pas de la porte, Elise et Nikolaï échangèrent un regard. Quinn eut la surprise — et Elise le plaisir — de voir Nikolaï prendre la main de la jeune femme pour la lui baiser cérémonieusement.

— J'en serai ravi, dit-il.

— Je m'en fais déjà une joie, dit Elise en rougissant.

Nikolaï offrit une poignée de main à Quinn.

— Ne tardez pas trop, mon ami. Les investisseurs dont je vous parlais ne sont pas particulièrement patients.

La moralité douteuse de certains desdits investisseurs était également la cause de la fermeture de l'usine de St-Feodor. Mais Quinn n'avait ni le temps ni l'envie de soulever ce problème.

Il s'apprêtait à serrer la main de Nikolaï lorsque les portes de l'ascenseur qui se trouvait non loin du bureau de son assistante s'ouvrirent sur un David Damiani de toute évidence paniqué.

— Quinn, vous êtes là ! dit-il en le rejoignant au pas de charge.

— Qu'est-ce qui se… ?

— Je ne pouvais pas prendre le risque de vous appeler sur votre portable. Il faut évacuer l'immeuble, déclara Damiani sans ambages.

Fou d'inquiétude, Quinn se demanda si Miranda entendrait, dans la salle du personnel, l'agitation qu'allait provoquer cette annonce. Allait-elle dégainer son arme ? Et mettre Fiona à l'abri ?

— Je vous demande à tous d'éteindre vos téléphones portables, reprit le chef de la sécurité. Si vous devez appeler, utilisez la ligne fixe.

Bousculant les trois hommes, un peu interloqués, il se précipita vers le bureau de Quinn.

— Avez-vous lu vos mails ? Ces hommes doivent quitter immédiatement les lieux.

— David, que se passe-t-il, bon sang ?

— Nous vérifions toute l'activité informatique depuis ce… bug, hier.

David alluma l'ordinateur et fit signe à Quinn de passer derrière le bureau pour qu'il tape son mot de passe et accède à ses fichiers.

— Tous les téléphones sont éteints ? lança-t-il à la cantonade.

A l'exception d'Elise, l'une après l'autre, toutes les personnes présentes dans la pièce obéirent.

— Le mien est dans mon sac, sur mon bureau, dit la jeune femme.

— Allez le chercher, ordonna David.

— Quinn ? appela Miranda, qui sortait à son tour de l'ascenseur.

David se tourna aussitôt vers l'assistante de direction.

— Elise, dites à la nounou d'éteindre son téléphone.

A travers les parois de verre de son bureau, Quinn, catastrophé, vit Miranda arriver en courant. Elle tenait son téléphone dans une main et Fiona dans l'autre.

— Regardez, dit David en pianotant sur le clavier de l'ordinateur.

Il sélectionna un e-mail, l'ouvrit, et tourna l'écran pour que Quinn le voie mieux.

— En fouillant un peu, Ozzie Chang est tombé là-dessus.

— Ozzie ? s'étonna Quinn. Mais il devait prendre des congés.

— Peu importe. Regardez, insista David en posant son doigt sur l'écran.

— Quelle ordure !

Le cauchemar continuait. La menace se resserrait. Inexorablement.

Le message promis était une photo, d'une netteté à vous faire froid dans le dos, du laboratoire informatique de GSS. Sauf que la mallette ouverte qui se trouvait sur la table et contenait des fils, un minuteur et du C-4, n'avait strictement rien à faire là. Le cliché était accompagné d'une légende qui disait :

Vous voyez ? J'ai la mainmise sur tout ce qui vous appartient. Il va falloir réparer. Tic, tac. Tic, tac…

— Réparer quoi ?

Quinn resta quelques secondes interdit, puis une montée d'adrénaline le submergea et fit battre son cœur à coups redoublés.

— Qu'attendez-vous de moi, bon sang ? s'écria-t-il

avant de faire volte-face et d'ajouter, à l'attention de ceux qui l'entouraient : Vite, il faut sortir. Il y a une bombe dans le bâtiment. Dehors tout le monde !

— C'est la même image que celle j'ai vue quand j'étais en communication sur Skype avec mon frère, intervint Miranda.

— Qu'attendez-vous pour sortir ? dit-il à la jeune femme, qui fixait tranquillement l'écran. Vous êtes censée protéger ma fille. Fichez-moi le camp tout de suite !

— Ne vous inquiétez pas pour Fiona. Je l'ai confiée à Elise. Elle ne risque rien.

Elle prit le téléphone filaire sur le bureau de Quinn et se tourna vers Damiani.

— Pour l'évacuation, prenez les escaliers. On ne sait jamais, l'ascenseur pourrait avoir été trafiqué. En dehors de nous, ici au dernier étage, y a-t-il d'autres personnes dans l'immeuble ?

— Monsieur ? protesta David, qui se sentait dépossédé de ses prérogatives de chef de la sécurité.

Quinn prit le téléphone des mains de Miranda, le donna à David, puis attrapa la jeune femme par le bras et la poussa sans ménagement vers la porte.

— Allez vous occuper de ma fille.

Elle se dégagea d'une secousse et retourna au bureau.

— Vous plaisantez, j'espère ? J'ai été formée pour gérer ce genre de situation, alors vous allez m'écouter et faire ce que je vous dis. Sortez rejoindre Fiona pendant que je me charge de la bombe.

S'adressant à David, elle répéta sa question :

— Y a-t-il encore quelqu'un dans l'immeuble ?

— Non. Toutes les personnes qui se sont présentées à l'accueil en arrivant ont été prévenues. Pendant les fêtes, les bureaux sont quasi déserts mais pour plus de prudence, j'ai demandé à mes hommes de vérifier étage par étage que personne n'a été oublié.

— Avez-vous appelé la police ?

— J'ai eu le capitaine Cutler. Son équipe est en route. La police locale est en train de faire évacuer les commerces et les habitations autour de l'immeuble.

Elle se saisit de nouveau du téléphone et composa un numéro.

— Où se trouve le labo ? demanda-t-elle.

— Au quatrième étage, répondit David.

A l'autre bout de la ligne, son interlocuteur répondit.

— Murdock à l'appareil, annonça-t-elle. Je suis au siège de GSS, monsieur.

Sans doute parlait-elle à Michael Cutler. Elle était concentrée et prenait visiblement son rôle à cœur.

— Peut-on imprimer cette image ? dit-elle en tendant un doigt vers l'écran.

David lança l'impression pendant que l'*inspecteur* Murdock répondait à son chef.

— Neuf personnes sont actuellement au dernier étage, dit-elle en tendant le cou vers la cloison de verre. Quatre hommes, une femme et une fillette descendent par l'escalier nord-est.

Quinn fulminait dans son coin.

— Et Fiona ?

— Vous n'avez pas l'impression qu'en m'occupant de cette bombe, je la protège plus efficacement qu'en lui tenant la main ?

— Et si cette bombe était factice et que le but de la manœuvre était de la faire sortir pour la kidnapper ?

Miranda regarda David. Devinant ce qu'elle avait en tête, il jura entre ses dents.

126

— Je regrette, mais la protection de la gamine n'entre pas dans mes attributions.

Bien que remonté contre la jeune femme, Quinn prit la décision qui s'imposait.

— Vos attributions, c'est à moi de les définir. Je veux que vous vous assuriez que Fiona ne risque rien.

— Cela m'ennuie de vous laisser ici.

— Nous descendons dans un instant. Je ne veux pas avoir d'autres morts sur la conscience. Occupez-vous de ma fille. Mettez-la en lieu sûr. Allez-y, David, c'est un ordre.

— O.K., mais ne laissez pas Calamity Jane bousiller nos protocoles. Si vous n'êtes pas sorti dans quinze minutes, je remonte vous chercher.

Si quelqu'un avait réussi à s'introduire dans les locaux de GSS pour y placer une bombe, les protocoles étaient déjà bel et bien fichus. Quinn avait d'ailleurs sa petite idée là-dessus. Un intrus n'aurait pas pu aussi facilement griller tous les systèmes de sécurité qu'il avait conçus et installés. Tout cela sentait le coup monté de l'intérieur. Mais l'heure n'était pas à la spéculation. Des vies étaient en danger. Il fallait agir. Et vite.

David parti, Quinn sortit la feuille de l'imprimante et se pencha sur la photo de la bombe. Miranda le fusilla du regard.

— Vous devriez descendre aussi, dit-elle.

— Si vous restez, je reste.

Changeant complètement d'attitude, elle se remit à parler au téléphone.

— Non, monsieur, je ne peux pas.

Elle ferma les yeux et pinça les lèvres.

— Mon uniforme est resté dans mon pick-up, garé devant la propriété. Je suis venue avec Quinn et sa fille. Sur moi, je n'ai que mon arme de poing.

— Miranda ?

— Mais…

Quinn ignorait la teneur des propos que son supérieur lui tenait, mais la jeune femme parut soudain beaucoup moins sûre d'elle.

— Compris, mon capitaine. Oui, c'est entendu. Terminé.

Elle raccrocha.

— Le capitaine Cutler sera ici dans dix minutes. Il ne veut voir personne dans le bâtiment quand il arrivera. Dites-moi, Quinn, vous n'auriez pas un gilet pare-balles à me prêter, par hasard ?

— Suivez-moi.

Il la prit par la main et la fit sortir du bureau à toute vitesse. Il était content de se sentir enfin utile.

— GSS en fabrique, dit-il en ouvrant la réserve qui se trouvait à côté de la salle du personnel.

Il repoussa un premier carton portant l'inscription *Masques à gaz*, puis un autre étiqueté *Fusées éclairantes*, avant de tomber sur le bon. Il en sortit deux gilets.

— Nous en gardons toujours quelques échantillons. Nos représentants s'en servent pour leurs démonstrations.

— Un seul suffira.

— Je vous accompagne.

Il retira veste et cravate et passa le gilet.

— Je parie que Michael vous a ordonné de quitter l'immeuble immédiatement, mais que vous en avez décidé autrement, et que vous ne sortirez pas avant d'avoir jeté un coup d'œil à cette bombe.

Elle ne chercha pas à nier. Après avoir fermé les bandes velcro sous ses bras, elle s'assura que le gilet ne l'empêchait pas de dégainer.

— Cette bombe, il faut que je voie à quoi elle ressemble

exactement si je veux pouvoir la décrire à l'équipe de déminage quand elle arrivera. Que faites-vous encore ici ?

Comme elle courait vers l'escalier, Quinn s'élança derrière elle.

— L'équipe de déminage, c'est moi.

Elle pila net sur le palier et Quinn lui rentra dedans. Le contact des fesses rondes de la jeune femme contre ses cuisses le déstabilisa un bref instant.

— Vous pensez pouvoir la désamorcer ? demanda-t-elle en se retournant vers lui.

— La moitié des composants électroniques qu'on voit sur la photo sortent d'ici. Il y a donc de grandes chances pour que j'arrive à neutraliser l'engin avant l'arrivée des démineurs du KCPD.

D'une main posée à plat sur son torse, Miranda le repoussa.

— On ne peut pas prendre le risque que vous n'y arriviez pas.

— Là-dessus, je vous rejoins complètement.

— La règle numéro 2 consiste à examiner de près la menace. Etant donné que je suis de la police, cette tâche me revient de droit.

Elle lui prit le menton et ajouta :

— La règle numéro 1 est de protéger les civils. Vous, Fiona, et tous les autres. Il faut donc que vous sortiez. Je ne veux pas que vous vous mettiez en danger.

Quinn prit sa main dans la sienne. Il voyait à son regard qu'elle était très inquiète. Il l'était autant qu'elle. Pour Fiona et pour elle.

— Cet immeuble m'appartient. Je suis seul maître à bord. Quant à Fiona, vous n'avez pas l'impression qu'en m'occupant de cette bombe, je la protège plus efficacement qu'en lui tenant la main ?

Elle ouvrit de grands yeux, d'évidence surprise qu'il lui ressorte mot pour mot les paroles qu'elle avait prononcées quelques minutes plus tôt pour lui clouer le bec.

Se penchant vers elle, il déposa un baiser sur ses lèvres, histoire de se faire pardonner son impudence.

Bien décidé à arriver à ses fins, mais las de discutailler, il eut recours à une tactique plus subtile.

— Savez-vous où se trouve le labo ? demanda-t-il ingénument.

— Au quatrième étage. Je n'ai pas besoin d'escorte. Allez-vous-en.

— Et le code d'accès, vous le connaissez ?

Elle poussa un soupir résigné.

— D'accord, vous avez gagné. Je vous suis.

9

Tandis que d'une main, Miranda fixait à son col la radio que le sergent Rafe Delgado avait prise à son intention dans le fourgon du SWAT, elle plaçait de l'autre l'écouteur au creux de son oreille. Puis elle en vérifia le bon fonctionnement.

— Capitaine Cutler, ici Murdock. Vous m'entendez ?

— Je vous reçois cinq sur cinq, Murdock. Décrivez-moi ce que voyez.

Elle s'empressa de retourner dans le laboratoire informatique d'un blanc aseptisé où Quinn et le sergent examinaient la mallette contenant la bombe avec des torches — le courant avait été coupé dans tout l'immeuble pour plus de sécurité. Rafe, le spécialiste des engins explosifs de la brigade, portait un équipement de protection qui le recouvrait de la tête aux pieds. Quinn, en revanche, n'avait même pas de casque. Et au lieu d'être sur son nez, ses lunettes traînaient sur le plan de travail, à côté de la mallette, ce qui l'obligeait à se pencher encore plus sur la bombe s'il voulait y voir quelque chose.

Mais de tout cela, le capitaine s'en fichait. Ces détails n'étaient pas ce qu'il attendait d'elle. Déglutissant pour se débarrasser de la boule qui s'était formée dans sa gorge, Miranda s'efforça de recouvrer son sang-froid et ses réflexes de superflic.

— Rafe et M. Gallagher pensent pouvoir neutraliser la bombe. Ils sont en train de retirer les percuteurs des blocs de C-4.

Elle s'approcha plus près pour jeter un coup d'œil par-dessus l'épaule de Quinn.

— En fait, j'ai l'impression qu'ils essaient de désolidariser l'engin explosif de la mallette qui le contient. Mais il est fixé par plusieurs points d'ancrage, ce qui complique la tâche car il faut faire sauter ces fixations les unes après les autres. Cela prend du temps, or nous n'en avons plus beaucoup. Il reste exactement…

Elle se pencha un peu plus pour lire les chiffres qui défilaient à toute allure sur le cadran de l'horloge digitale.

— Dix-sept minutes. Dans le meilleur des cas. Car la bombe peut exploser à tout moment. Une fausse manœuvre et boum.

— Mettons-nous bien d'accord, dit le capitaine Cutler d'une voix plus forte afin que tous trois l'entendent. Je veux que dans quinze minutes tout le monde soit sorti. Sans exception.

— Mon capitaine, dit Rafe en tapotant son micro pour prendre part à la conversation. Je peux retirer la moitié du C-4 sans toucher à rien d'autre et sans grand danger. Mais si Gallagher ne réussit pas à désamorcer la bombe, elle en contiendra encore suffisamment pour faire sauter le labo. Je préférerais qu'on apporte le caisson.

— Bien reçu.

Le caisson en question était une sorte de coffre métallique aux parois très épaisses conçues pour absorber le choc produit par une explosion. Ainsi, personne, en théorie, ne pouvait être blessé. Mais une explosion n'était jamais anodine et comportait malgré tout un risque potentiel pour tous ceux qui se trouvaient à proximité.

Le capitaine appela un autre membre de l'équipe.

— Et vous, Trip, où en êtes-vous ?

La voix grave de Trip Jones se fit entendre.

— Je me trouve actuellement dans la cage d'escalier, au niveau du neuvième étage. Il n'y a plus personne au-dessus. Je n'ai rien trouvé pour l'instant, ni suspect, ni bombe.

— Bien reçu. Continuez vos recherches.

Le capitaine Cutler ne perdait pas de temps en palabres inutiles. Il savait son équipe soudée et parfaitement entraînée.

— Taylor, c'est à vous. Quelle est votre position ?

Alex Taylor prit la parole à son tour.

— Je suis au troisième étage, en train de descendre. Entre le troisième et le sixième, rien à signaler.

— Murdock, je vais avoir besoin de vous.

— A vos ordres, mon capitaine, dit Miranda, tout ouïe.

— Je veux que vous alliez vérifier les deux étages restants.

— J'y vais tout de suite.

Comme elle s'apprêtait à quitter le laboratoire, Rafe se redressa et lui tendit sa lampe torche.

— Tiens, prends ça.

— Merci, sergent.

Il sortit d'une de ses poches une torche plus petite, qu'il coinça entre ses dents afin de libérer ses mains. Puis, tandis que Miranda vérifiait le mécanisme de son arme, il ouvrit le sac qu'il avait apporté et commença à y entasser les blocs de C-4 extraits de la mallette.

Depuis la fourgonnette qui lui servait de poste de commandement, le capitaine Cutler continuait à leur donner ses instructions.

— Taylor, rejoignez-moi immédiatement. Il faut que

vous veniez chercher le caisson et que vous l'apportiez au sergent Delgado.

— Bien reçu. Terminé.

Miranda se dirigeait vers la porte lorsque la voix posée de Quinn, derrière elle, la pétrifia.

— On s'apprête maintenant à couper le fil bleu. Trois, deux, un...

La jeune femme retenait son souffle. Elle entendit le petit cliquetis. Rien ne se passa. Soulagée, elle se remit en route.

— Ça va aller, tous les deux ? demanda-t-elle avant de sortir.

— Une seconde, dit Quinn en remettant ses lunettes et en se redressant.

Il vrilla son regard perçant dans celui de la jeune femme.

— Pouvez-vous demander de nouveau des nouvelles de ma fille ?

Tout en opinant, elle rétablit la communication radio avec le capitaine Cutler.

— Une petite question, mon capitaine. Savez-vous où est Fiona Gallagher ?

— Elle est là, avec moi, dans la fourgonnette. Avec Elise Brown.

Il pouffa, ce qui était très inhabituel chez lui.

— Je lui ai donné un vieux talkie-walkie pour l'occuper. Elle s'amuse à me singer et à répéter quasiment tout ce que je dis. Quinn n'a pas de souci à se faire. Elle est sage comme une image.

— Merci, mon capitaine. Terminé.

Elle n'avait pas quitté Quinn des yeux.

— Fiona est avec le capitaine. Elle va bien. J'irai la voir dès que possible.

— Soyez prudente, dit Quinn.

Miranda sourit.

— Vous aussi. Essayez de ne pas sauter.

Sur ce, elle sortit et descendit au second. A cet étage, les bureaux étaient plus petits et plus nombreux. Elle supposa qu'on réservait ceux du haut aux ingénieurs et aux cadres tandis que les simples employés se partageaient ceux des étages inférieurs. Sa torche dans une main, arme au poing, elle parcourut l'un après l'autre tous les couloirs en ouvrant chaque porte sur son passage. Avant de sortir sur le palier, elle vérifia que la voie était libre. La cage d'escalier était bien vide.

— Rien non plus au second étage, déclara-t-elle.

Elle descendit au premier et, sans prêter attention à ce qui se disait dans son oreillette, elle poursuivit son inspection.

— KCPD, annonçait-elle chaque fois qu'elle entrait dans un bureau.

Elle allait jeter un coup d'œil derrière les bureaux, ouvrait les placards et ressortait. Les sapins de Noël et les décorations de Hanouka, la fête des lumières juive, elle ne les voyait même pas. Elle se fichait pas mal du style du bureau dans lequel elle se trouvait : design, vieillot, de bric et de broc, peu lui importait, tant qu'il n'y avait pas de bombes, de cadavres ou de suspects embusqués dans un coin.

Elle faisait son travail le plus consciencieusement possible. Elle était concentrée sur sa mission.

Jusqu'à ce que la voix de son capitaine résonne très clairement dans ses oreilles.

— Kincaid, vous êtes en position dominante. Avez-vous repéré quelqu'un qui aurait l'air de s'intéresser à ce qui se passe en bas ?

Miranda se figea juste derrière la réception de GSS.

135

En position dominante. En langage codé, cela faisait référence à l'endroit où s'était posté le tireur d'élite pour atteindre sa cible sans faire de dommages collatéraux ou pour fournir à son équipe des renseignements susceptibles de l'aider dans sa mission. C'était *son* travail. Et Holden Kincaid le faisait à sa place.

« C'est parce que tu es nulle.

L'équipe te perçoit comme un boulet.

Elle n'a pas besoin de toi. »

— La ferme ! ordonna-t-elle à la voix perfide qui la dénigrait dans sa tête.

Elle avait le même insigne, les mêmes qualifications que lorsqu'elle avait été recrutée pour intégrer le SWAT. Sans l'attaque surprise du TJD, elle ne se serait peut-être jamais rendu compte qu'elle n'était pas à la hauteur. A moins que ce jour-là, elle ne se soit rendue coupable que d'une simple défaillance ?

— Murdock ? fit le capitaine d'un ton perplexe.

Zut ! Son micro était allumé.

— Rien, mon capitaine. Tout va bien. RAS.

— C'est le cirque habituel, reprit Holden Kincaid. Les médias, les badauds, tout le monde se bouscule pour voir ce qui se passe. Le boulevard circulaire est complètement bouché. A l'ouest et au sud, en revanche, c'est dégagé. Tiens ! Il y a une voiture noire garée devant l'entreprise de transport routier qui se trouve au nord, à environ huit cents mètres. Bien en dehors du périmètre de sécurité. Je crois pouvoir distinguer trois personnes à l'intérieur.

Une voiture noire ?

— Arrivez-vous à lire la plaque d'immatriculation ? demanda-t-elle.

Holden devait essayer de régler ses jumelles parce qu'il se passa plusieurs secondes avant qu'il ne leur donne, un à un, les chiffres de la plaque. Tout comme Miranda, le capitaine Cutler les reconnut immédiatement.

— Les trois premiers chiffres correspondent bien à ceux qui ont été relevés sur la plaque de la voiture dans laquelle s'est engouffré l'individu suspect qui s'était hissé sur le mur de la propriété de Quinn pour prendre des photos.

Miranda se souvenait aussi du nom qui figurait sur le contrat de location. C'était la seconde BMW noire qu'un certain Alex Moztek avait prise chez un loueur de l'aéroport.

Heureusement que Quinn n'était pas équipé d'une radio, car s'il apprenait que le suspect était dans le coin, Dieu seul savait comment il réagirait. Il manipulait assez de C-4 pour envoyer *ad patres* tous ceux qui se trouvaient encore dans l'immeuble, lui y compris. A la moindre fausse manœuvre, quatre hommes au moins risquaient d'y laisser la vie.

Le besoin de faire elle aussi quelque chose pour mettre fin à ce cauchemar la galvanisa.

— Je vais aller voir, annonça-t-elle dans sa radio.

— Il faut que vous sortiez par la porte est, et que vous passiez par le parking, si vous ne voulez pas vous faire repérer, lui conseilla obligeamment Holden.

— Bien reçu, dit-elle de mauvaise grâce.

Le capitaine Cutler eut comme toujours le dernier mot.

— Il reste cinq minutes avant l'évacuation totale de l'immeuble et je compte sur vous pour répondre à l'appel, alors faites vite.

— Oui, mon capitaine, dit Miranda avant de s'élancer vers la sortie qui donnait sur le parking.

Le vent glacial qui lui mordit les joues lui fit regretter d'avoir laissé sa parka dans le bureau de Quinn. Mais elle n'avait évidemment pas le temps de remonter les neuf étages pour aller la chercher. Elle ne voulait pas non plus prendre le risque que la BMW passe de nouveau à travers les mailles du filet.

La tête rentrée dans les épaules, elle longea le bâtiment au pas de course pour se réchauffer. Puis elle traversa le parking. Réfléchi par la neige qui couvrait les hauteurs environnantes, le soleil l'éblouissait et l'obligeait à plisser les yeux. Elle n'y voyait pas grand-chose.

— Vous foncez droit sur eux, lui indiqua Holden.

Elle supposa qu'il se trouvait sur le toit d'un des bâtiments vers lesquels elle se dirigeait.

— Si vous contournez l'entreprise de transport routier — le bâtiment jaune — continua Holden, vous leur tomberez dessus par-derrière.

— Bien reçu.

Grâce à ses grosses bottes, elle n'avait pas froid aux pieds, mais elle ne sentait plus ses mains, totalement engourdies. Elle serra les dents, bien décidée à aller jusqu'au bout. Si elle arrivait à démasquer les hommes qui se trouvaient dans la BMW, peut-être Quinn Gallagher et sa fille seraient-ils enfin hors de danger. Elle était censée les protéger et il était capital que cette fois, elle se montre à la hauteur et prouve à tout le monde — elle y compris — qu'elle n'avait pas usurpé sa place au sein du SWAT.

— Kincaid, descendez immédiatement pour épauler Murdock, ordonna le capitaine Cutler.

Parvenu à l'angle du bâtiment, Miranda s'arrêta et s'adossa au mur de brique. Super, se dit-elle avec amertume. Son remplaçant potentiel allait lui couper l'herbe sous le pied. Elle avait bien besoin de ça. Pourquoi Cutler ne lui faisait-il pas confiance ? En son for intérieur, elle savait que le bon fonctionnement du SWAT reposait sur un travail d'équipe, mais le besoin qu'elle avait de montrer de quoi elle était capable l'obnubilait.

Une fois de plus, elle s'efforça de neutraliser les doutes qui l'assaillaient et de se concentrer sur des pensées plus positives. Elle songea à la fillette qui lui avait été confiée et à son père qui risquait sa vie pour essayer de désamorcer cette fichue bombe et les mettre tous à l'abri. Ses doigts se refermèrent sur la crosse de son Glock tandis qu'elle inspirait un grand coup. Puis elle hocha brièvement la tête pour signaler à Kincaid qu'elle était prête, et contourna à toute vitesse le bâtiment.

Repérant tout de suite la BMW, elle se faufila entre les semi-remorques garés sur la route juste derrière. S'assurant d'un bref coup d'œil qu'elle se trouvait bien dans l'angle mort du rétroviseur de la berline, elle s'approcha discrètement de sa cible. Le panache de fumée qui s'échappait du pot d'échappement indiquait que le moteur du véhicule tournait. Les occupants de la BM étaient-ils de simples badauds qui préféraient rester au chaud ou des salauds qui décamperaient dès que la bombe qu'ils avaient posée aurait explosé ?

Soudain, la voix du sergent Delgado résonna dans son oreillette.

— La bombe est dans le caisson. Quinn a réussi à diminuer la charge de C-4. Nous n'avons plus qu'à aller la faire exploser dehors, là où elle ne risque pas de faire de dégâts.

— Le parking est désert, dit le capitaine. SWAT 1, quelles sont vos positions respectives ?

Avant de donner l'ordre de faire exploser la bombe, le capitaine devait s'assurer que toute son équipe était à l'abri.

Du plus gradé au moins gradé, l'un après l'autre, tous ses hommes répondirent.

— Delgado, au premier étage. Je sors de l'immeuble.

— Jones, entrée nord. Aucun civil à proximité de l'endroit où aura lieu l'explosion.

— Taylor, sur le point de quitter le bâtiment. Gallagher est avec nous.

Miranda ouvrit la bouche pour prendre la parole mais une autre voix la devança.

— Kincaid, au nord de GSS. Je me dirige vers Murdock en planque derrière la cible.

Miranda soupira. Faisait-elle, oui ou non, partie de l'équipe ?

— Murdock ? fit le capitaine, comme s'il avait lu dans ses pensées.

— Je vous écoute, dit-elle d'une voix sans timbre car sa confiance en soi avait de nouveau pris une claque.

Mais de quoi se plaignait-elle ? Peut-être devrait-elle se réjouir que le capitaine ait bien voulu la faire participer à l'opération. Haut les cœurs !

— Je ne suis plus qu'à vingt mètres de la voiture, chuchota-t-elle. Deux hommes sont assis à l'avant. Il y en a un troisième à l'arrière. Je vais voir de quoi il retourne.

Bien décidée à se passer de Kincaid, qui allait pourtant arriver d'une seconde à l'autre, et à affronter seule le danger, elle contourna le véhicule, pliée en deux. Elle voulait jeter un coup d'œil par la fenêtre entrouverte.

Le passager assis à l'arrière observait la fourgonnette du SWAT et l'effervescence qui s'était formée autour de GSS. Il allait finir par la voir, forcément, mais en attendant, elle en profita pour le détailler. Il avait les cheveux gris, des traits anguleux et il était barbu. En plus âgé et plus négligé, il lui fit penser à Nikolaï Titov. Mais lorsqu'il

140

tourna la tête vers elle, elle vit qu'il avait les yeux clairs, contrairement à Nikolaï.

— KCPD, dit-elle. Je vais vous demander de sortir de la voiture. J'ai quelques questions à vous poser. C'est un ordre.

L'homme donna un coup de poing dans le siège conducteur et hurla quelque chose dans une langue étrangère. Sa vitre remonta. Simultanément, celle du conducteur descendit et une main apparut. Armée.

Tout en embrayant, le conducteur de la BM tira deux balles dans la direction de Miranda. Le moteur s'emballa et les pneus arrière se mirent à patiner sur l'asphalte mouillé.

Miranda visa la voiture, qui bondit en avant. Sa première balle pulvérisa le rétroviseur latéral, côté conducteur. Au bout de quelques mètres, la BM opéra un demi-tour sur les chapeaux de roue.

— Murdock, attention !

Elle resta là où elle était et tira de nouveau. Cette fois, c'est le phare droit qui partit en éclats. La vitre côté passager s'ouvrit et une main armée en sortit. Miranda entendait les trois hommes baragouiner mais elle ne comprenait pas ce qu'ils disaient. S'adressaient-ils à elle ou se parlaient-ils entre eux ?

En tout cas, ils lui tiraient dessus.

Les balles pleuvaient autour d'elle.

— Ça va péter !

L'avertissement dans son oreillette la déconcentra une fraction de seconde. La balle qu'elle tira ricocha sur le pare-chocs.

La voiture prenait de la vitesse.

— Murdock, dégagez !

Boum ! La déflagration assourdie de la bombe à l'intérieur du caisson fit vibrer l'air glacial.

— Quinn ?

Pourvu qu'il se soit mis à l'abri ! songea-t-elle.

— Murdock, dégagez ! répéta Holden Kincaid tandis que la BMW fonçait droit sur elle, tous pneus hurlants.

Elle leva son arme. Mais la voiture arrivait à toute vitesse. Elle n'avait plus le temps de tirer.

La chaleur du moteur irradia jusqu'à elle lorsqu'au dernier moment, elle bondit sur le côté pour éviter de se faire écraser. Elle se reçut sur la hanche et roula dans la neige jusque dans le fossé, en contrebas de la route, au fond duquel l'eau avait gelé. La glace craqua sous son poids lorsque enfin, elle s'immobilisa, les genoux et le coude écorchés.

Deux coups de feu retentirent. Dans sa chute, elle avait perdu son Glock et son oreillette. Tant bien que mal, elle se mit à quatre pattes. Dans son champ de vision, il n'y avait que de la neige, de l'herbe gelée et des détritus. Mais cette vision n'eut pas le temps de la déprimer : deux mains puissantes la saisirent sous les bras.

— Vous n'avez pas froid aux yeux, vous ! dit Kincaid en la tirant jusqu'à la route et en la faisant s'asseoir sur le bord du talus. Mais je le savais déjà. Cutler m'avait prévenu que vous étiez une dure à cuire.

— Hein ?

Elle cligna des yeux plusieurs fois et respira à fond pour reprendre ses esprits et dissiper la nausée provoquée par ses galipettes.

Holden Kincaid s'était agenouillé devant elle.

— Etes-vous blessée ? demanda-t-il en lui tâtant les bras et les jambes.

— Aïe !

Elle avait dû s'amocher sérieusement le bras, mais grâce au gilet pare-balles, le pire avait été évité.

— Ça va, dit-elle. Je suis entière.

Sa joue la brûlait, aussi. Elle supposa que la cause en était le froid, ou l'eau glacée du fossé.

— Combien de doigts voyez-vous ? s'enquit Kincaid en lui agitant sa main sous le nez.

Elle repoussa ses trois doigts levés.

— Un certain nombre. Où est mon revolver ?

Holden lui tendit son arme et l'aida à se relever. Il voulut la soutenir mais d'un geste, elle lui fit comprendre qu'elle tenait sur ses jambes et n'avait pas besoin de lui. Elle regarda autour d'elle et comprit, avant même que Kincaid ne parle dans sa radio, que la BMW leur avait une fois de plus filé sous le nez.

— La voiture est partie, mon capitaine. Il vaudrait mieux appeler une ambulance. Murdock a l'air d'aller pas trop mal mais seul un médecin pourra confirmer qu'elle n'a rien.

Kincaid couvrit son micro de sa main gantée.

— Etes-vous capable de marcher ?

Elle repoussa sa main et se haussa sur la pointe des pieds pour parler dans le micro.

— Pas besoin d'ambulance. Je suis un peu égratignée mais ça va.

Kincaid sourit.

— J'en conclus qu'elle est capable de marcher. On arrive, mon capitaine.

Par certains côtés, Holden Kincaid lui rappelait un peu son frère. Comme John, il était grand et d'un caractère plutôt enjoué. Il était pince-sans-rire. Miranda eut du mal à réprimer le sourire qui lui vint aux lèvres. Elle n'était pas censée trouver Kincaid sympathique. Il était son rival.

Et puis, un autre homme monopolisait toutes ses pensées. Un séduisant père de famille qui l'avait embrassée malgré les circonstances et qui avait tenu à rester avec elle alors qu'une bombe risquait à tout moment d'exploser. Un homme dont le visage s'était imposé à elle lorsque la voiture avait failli l'écraser.

— Tout le monde s'en est sorti ? demanda-t-elle.

— Si vous parlez de la bombe, oui. Tout danger est écarté et il n'y a pas eu de blessés, répondit Holden tandis qu'ils rejoignaient le reste de l'équipe. En fait, vous êtes la seule à avoir écopé.

Maladroitement, car ses mains tremblaient, elle essuya son revolver boueux et le rangea dans son holster. Elle avait manqué sa cible, roulé dans un fossé et pour couronner le tout, c'était son remplaçant qui la ramenait au poste de commandement. Tandis que Quinn et le sergent Delgado s'occupaient de la bombe, que le capitaine Cutler et l'assistante de Quinn prenaient soin de Fiona, elle n'avait rien trouvé de mieux que de se vautrer dans la boue gelée et de laisser les suspects lui tirer dessus avant de prendre la poudre d'escampette.

« Bien joué, Murdock. Tu as gagné le gros lot ! »

Quinn essayait de se concentrer sur ce que disait Michael au cours de la séance de débriefing qui se tenait dans son bureau, mais il n'arrivait pas à détourner les yeux de l'estafilade que Miranda avait à la joue. Trip Jones avait coupé la manche de son pull et de son chemisier et appliqué un pansement compressif sur la plaie qu'elle s'était faite au bras, mais elle avait encore des brins d'herbe gelée dans les cheveux, de la boue sur ses vêtements, et sa joue saignait.

Cette entreprise étant la *sienne*, c'était *lui* qui était visé et personne d'autre. S'il avait su que Miranda joue-rait les têtes brûlées, il aurait insisté pour qu'elle reste avec Fiona dans le fourgon du SWAT. Il l'aurait gardée

144

à l'œil pendant que Rafe et lui démontaient cette bombe et faisaient exploser à l'extérieur ce qu'il en restait. Il se serait débrouillé pour qu'il ne lui arrive rien de fâcheux.

N'empêche que s'il l'avait engagée, c'était justement parce qu'elle n'avait pas peur des bombes, des gangsters et des coups de feu. Parce qu'elle savait garder son sang-froid en toutes circonstances. A tel point qu'elle était capable de lui tenir tête même quand une bombe risquait de faire sauter le bâtiment dans lequel ils se trouvaient. Et que moins d'une demi-heure après qu'ils avaient réussi à neutraliser ladite bombe, et que la mystérieuse BMW avait pris la fuite, elle trouvait encore la force et le courage, malgré ses blessures, de participer à la séance de débriefing.

Voilà ce que soufflait en lui la voix de la raison. Mais son cœur, lui, tenait un tout autre discours. Quinn ne supportait pas de savoir Miranda en sang. Il ne supportait pas qu'elle souffre.

— J'ai pu voir le visage de l'homme qui était assis à l'arrière de la voiture, dit-elle.

Michael accueillit cette information avec une satisfaction évidente.

— Tant mieux. On va pouvoir dresser un portrait-robot de cet individu. Ce serait bien de le faire aujourd'hui.

— Oui, dès que possible. Pendant que le souvenir est frais.

— Vous dites qu'ils parlaient une langue étrangère. Savez-vous laquelle ?

Pour qu'on ne voie pas que ses mains tremblaient comme des feuilles, remarqua Quinn, elle les croisa.

— Le russe, peut-être. Une langue slave, en tout cas. Mais dans le feu de l'action, je n'ai pas fait très attention.

Tous les hommes présents ici semblaient oublier que

Miranda était une femme et qu'elle n'était probablement pas aussi endurante que ses homologues masculins. Quinn ne s'était jamais considéré comme particulièrement galant mais il lui sembla naturel, et comme relevant du simple bon sens, de retirer sa veste et de la poser sur les épaules de la jeune femme. La gratitude de Miranda, qui ne s'attendait visiblement pas à un tel geste, s'exprima moins dans son « merci » un peu machinal que dans le regard qu'elle maintint sur lui tandis qu'il se dirigeait vers l'évier du bar pour humecter des serviettes en papier.

Assise à sa petite table, Fiona jouait dans le coin cuisine avec le talkie-walkie que lui avait donné Michael.

— Bien reçu ! dit-elle avec enjouement dans le micro avant de coller l'appareil à l'oreille de sa poupée.

La gravité de la situation et le danger auquel elle venait d'échapper lui passaient au-dessus de la tête. Absorbée par son jeu, elle ne prêtait aucune attention à la conversation des adultes autour d'elle.

— Murdock, terminé, dit la fillette.

Quinn sourit intérieurement. Sur lui aussi la nounou exerçait une certaine fascination. Il n'en montrait rien, bien sûr, mais il sentait qu'il était en train d'en tomber amoureux. Il n'arrivait pas à détacher les yeux de son éraflure à la joue, de sa chevelure emmêlée, de son menton qui tremblotait tandis qu'elle répondait consciencieusement aux questions de son chef.

Lorsqu'il revint vers elle et la vit assise là, dans son bureau, emmitouflée dans sa veste, au milieu de tous ces hommes, il se sentit un peu rassuré et éprouva avec moins d'acuité ce besoin viscéral, irrépressible, de la protéger. Il se jucha sur le bras du canapé dans lequel elle était assise.

— Laissez-moi faire, dit-il en tamponnant avec les

serviettes humides son visage maculé de boue. Les passagers de la BMW parlaient-ils la même langue que Nikolaï Titov ?

Lorsqu'il effleura son égratignure, elle serra les dents.

— Plus ou moins. Quand Titov s'est entretenu avec ses associés, je n'ai pas non plus vraiment prêté attention à la langue qu'ils parlaient.

Refusant une fois de plus son aide, elle lui prit les serviettes des mains et les posa délicatement sur sa blessure. Puis elle se tourna vers Michael.

— L'homme que j'ai vu de près n'était pas Nikolaï Titov, déclara-t-elle, mais il lui ressemblait.

— A propos, dit Michael, où sont passés Titov et ses acolytes ?

— Aucune idée, répondit Quinn à qui la question s'adressait plus spécifiquement. Quand David est venu nous prévenir qu'il allait falloir évacuer l'immeuble, je n'ai plus pensé qu'à la bombe et à mettre Fiona et les autres à l'abri. Je ne sais pas ce qu'ils sont devenus.

Quinn s'avisa soudain qu'Elise le fixait et qu'elle semblait soucieuse. Lorsqu'il croisa son regard par-dessus la table basse, elle détourna vite les yeux et s'approcha de David Damiani, adossé au bureau de Quinn.

— Ils sont partis, dit-elle. Avec Louis, juste après que David nous a tous fait sortir. Je suppose qu'il les a ramenés à leur hôtel. Voulez-vous que je vérifie qu'ils s'y trouvent bien encore ?

— Oui, s'il vous plaît, répondit Michael en faisant signe à Holden Kincaid d'accompagner Elise.

C'était curieux que Titov et ses employés aient filé aussi vite. Quinn aurait pensé qu'ils chercheraient à reprendre les pourparlers et à le convaincre de rouvrir l'usine de St-Feodor. Cela dit, peut-être avaient-ils préféré fuir la meute de journalistes qui avaient encerclé l'immeuble, de crainte qu'on ne les prenne pour des terroristes et qu'on ne leur mette l'attentat sur le dos…

Quinn s'interrogeait sur l'étrange coïncidence entre la visite inopinée de Titov et la présence de ces malfrats planqués dans leur BMW à proximité de GSS lorsque Rafe Delgado tendit à Michael une copie de l'e-mail que Miranda avait imprimé.

— Voici la photo et le message qui ont déclenché l'alerte à la bombe. Mais qui a découvert la mallette ? Qui a été le premier à la voir ? Est-ce vous, Quinn ?

S'extirpant du fauteuil où il avait finalement pris place, David répondit :

— Je vais tout vous expliquer. C'est Ozzie Chang, un de nos informaticiens, qui a découvert l'e-mail et m'a aussitôt prévenu. Il était un peu plus de midi quand je me suis rendu au labo. J'ai appelé le 911 et ordonné l'évacuation immédiate de tout l'immeuble.

— Où était Ozzie ? demanda Quinn en se levant à son tour. Il n'était pas censé travailler aujourd'hui.

David secoua la tête.

— Quand il m'a prévenu, il était dans son bureau.

— Il vous a appelé après avoir reçu l'email ? Et pas parce qu'il avait découvert la bombe ?

— C'est cela, confirma David avant de se raidir, de jurer entre ses dents et de demander d'un ton incrédule : Vous le soupçonnez d'avoir lui-même posé cette bombe ?

— Je n'accuse personne pour l'instant, mais il est clair qu'en cette période de fêtes, alors que les bureaux sont quasiment déserts, il est facile pour quelqu'un qui s'y connaît un peu de s'introduire discrètement dans les lieux.

Quinn ne voyait pas très bien comment un intrus avait pu déjouer les systèmes de sécurité de GSS, mais il refusait encore d'admettre que, selon toute vraisemblance, le coupable se trouvait parmi son personnel. Ozzie, il le savait, pouvait très facilement pirater à distance lesdits systèmes de sécurité. Mais *pourquoi* aurait-il fait une chose pareille ?

— Il y a quelque chose qui m'échappe, insista Quinn. Hier, Ozzie est revenu pour me donner un coup de main, mais il était entendu qu'il prendrait quelques jours de repos. Que faisait-il donc ici ?

Miranda, qui s'était levée aussi, resserra frileusement sur sa poitrine les pans de la veste qu'il lui avait prêtée.

— Ozzie serait-il capable de fabriquer une bombe ? demanda-t-elle.

— Capable, oui, sans doute, admit Quinn, toujours aussi sceptique. La question est de savoir dans quel but il l'aurait fait.

— L'appât du gain pourrait être un mobile, suggéra David. Que ne ferait-on pas pour deux millions et demi de dollars ?

— La somme avait déjà été versée. Pourquoi aurait-il pris le risque de faire d'autres victimes et d'énormes dégâts matériels ?

— Peut-être cherchait-il simplement à brouiller les pistes.

Quinn se passa une main dans les cheveux et se massa la nuque afin de dissiper la migraine qu'il sentait poindre.

— Pour moi, il s'agit d'une espèce de vengeance. Ce n'est pas à mon argent qu'on en veut, mais à moi et à ce qui m'importe.

— N'empêche que cet informaticien reste le suspect numéro un, s'obstina David.

Les mains sur les hanches, il gonfla le torse.

— Il y a autre chose, patron. Celui qui a posé cette

bombe avait le code d'accès du laboratoire. Il n'y a aucun signe d'effraction.

— C'est peut-être ça que cherchait le hacker. Le code d'accès du laboratoire, fit remarquer Miranda.

— A moins qu'Ozzie ne l'ait composé lui-même, répliqua David, qui ne démordait pas de son idée.

Quinn hocha la tête. L'idée qu'il pût y avoir un traître parmi son personnel l'insupportait, mais le raisonnement de David se tenait.

Michael Cutler se leva et appela ses hommes.

— Taylor. Trip. Prenez Kincaid au passage et allez me chercher cet Ozzie Chang. Et confions à deux ou trois inspecteurs le soin de fouiller dans ses comptes. Monsieur Damiani, pourriez-vous nous trouver son adresse ?

— Je peux même vous y emmener.

David sortit, les policiers en uniforme sur ses talons.

— Rafe et moi allons faire en sorte que votre assistante, la petite, sa nounou et vous-même regagniez vos domiciles sans encombre.

Le SWAT entrait de nouveau en action.

— De deux choses l'une : soit Chang a vu la bombe et menti à votre chef de la sécurité, soit quelqu'un s'est introduit dans le labo après son départ. Mais en ce cas, il faut qu'on l'interroge pour savoir à quel moment exactement a pu se produire cette intrusion.

— Dans tous les cas, Ozzie va devoir rendre des comptes, car sa loyauté envers GSS et moi-même est désormais sujette à caution, dit Quinn avec un soupir.

Il était d'accord avec l'analyse de Michael et prêt à faire face à toute éventualité. Il gagna la kitchenette et prit Fiona dans ses bras.

Miranda s'empressa de rassembler leurs manteaux et vint au-devant de lui.

— J'ai l'impression que quand la police aura mis la main sur lui, Ozzie va avoir droit à un interrogatoire serré…

— Un interrogatoire, répartit Quinn qui avait l'intention d'accompagner Michael et ses hommes, que je vais moi-même lui faire passer.

— J'ai une longueur d'avance sur toi, Quinn Gallagher.

Assis dans sa voiture, l'homme se mit à rire. Il jubilait de voir le grand industriel, le businessman qui pensait avoir toujours réponse à tout et pouvoir tout contrôler grâce à son intelligence, son argent ou son entregent, incapable de gérer la situation.

— Celui qui commande, maintenant, c'est moi.

La fillette aurait été si facile à enlever pendant que le grand patron de Gallagher Security Systems jouait les héros. Comme prévu, Gallagher s'était senti obligé de désamorcer lui-même la bombe lorsqu'il s'était aperçu que les pièces qui avaient permis de la fabriquer sortaient de sa propre usine. Quinn était le genre d'homme qui prenait ses responsabilités, faisait attention à son entourage, et n'hésitait pas à aider ceux qui avaient besoin de lui dès lors qu'il estimait cette aide méritée.

Il avait l'âme d'un leader, d'un chevalier toujours prêt à prendre fait et cause pour les plus faibles — dans tous les domaines de sa vie, aussi bien professionnel que personnel. Tous, à l'exception d'un seul.

Et c'était cette unique erreur, cet oubli — cet exemple patent de la négligence de Quinn Gallagher à l'égard d'un proche — qui expliquait sa présence ici.

La douleur qui lui vrilla le cœur fit se recroqueviller l'homme derrière son volant. Personne ne devrait passer par une épreuve aussi terrible. Personne ne devrait se sentir aussi impuissant — et avoir l'impression que, quoi qu'on fasse pour attirer l'attention et mériter des éloges, on n'en fera jamais assez.

Il n'y avait désormais plus qu'une seule chose à faire : traiter Quinn Gallagher exactement de la même manière. A son tour d'en baver !

Les événements de ce début de journée s'étant déroulés comme prévu, l'homme reprit contenance. A présent, tout le monde pliait bagage. On raccompagnait les gens chez eux. On avait eu chaud, mais le pire avait été évité. Quinn allait regagner sa propriété et s'isoler pour réfléchir et se repasser en boucle chaque événement, chaque incident et grosse frayeur de ces quatre derniers jours en se demandant ce qui avait bien pu déraper, qui il avait bien pu froisser et à quel moment il avait bien pu faire quelque chose de mal. Pour se sortir du pétrin, il pensait naïvement qu'il lui suffisait de s'entourer des bonnes personnes et de cogiter longuement.

C'était jouissif de le voir patauger et s'énerver tout seul — de voir le grand Quinn Gallagher confronté à un problème insoluble.

Cette journée aurait pu lui réserver encore bien d'autres surprises. Le cambriolage de sa villa, par exemple. Ou bien la destruction irrémédiable du réseau informatique de GSS. Ou encore la perte de vies humaines. Notamment de celle qui comptait le plus à ses yeux.

Mais pour cela, il était trop tôt. Le jeu avait certaines règles qu'on se devait de respecter et un certain planning — calqué sur celui du calvaire de l'homme. Sinon, la satisfaction qu'il attendait depuis si longtemps de cette vengeance programmée avec soin ne serait pas vraiment complète.

152

Or il fallait qu'elle le soit. C'était la seule réparation possible.

Sans se préoccuper des policiers qui continuaient à surveiller les abords de GSS, l'homme appela sur son portable le numéro préenregistré du factotum qu'il avait engagé pour exécuter ses ordres.

— C'est fait ? demanda-t-il.

— Oui, patron.

— Parfait, dit l'homme en prenant sur le tableau de bord un mobile jetable neuf, qu'il sortit prestement de son emballage. On va donc pouvoir passer à la suite. J'envoie immédiatement un nouveau SMS.

10

— A-t-il de la famille ? demanda Michael Cutler.

Quinn avait les yeux qui lui piquaient lorsqu'il les détourna du trou qu'une balle avait fait dans le front d'Ozzie Chang. Son corps sans vie gisait sur le sol, dans l'entrée de son appartement.

— Ses parents habitent à San Francisco. Il vaudrait mieux que je les appelle.

— Laissez ce soin à la police, lui conseilla Michael en s'aidant de ses mains pour se relever.

Il venait de passer plusieurs minutes accroupi près de la mare de sang qui maculait le plancher de bois brut.

— Vous devriez ramener Fiona et Randy à la maison. Vous avez tous besoin de repos.

— Je ne pourrai pas me reposer tant que je ne saurai pas qui a fait ça, Michael.

Quinn serra rageusement les poings et ajouta :

— C'est injuste. Ozzie venait de terminer ses études. Quand l'usine du Kalahari a explosé, les gardiens n'ont pas su ce qui leur arrivait. On surveille ma maison et on photographie ma fille à son insu. On tire sur Miranda. Cela ne peut pas continuer comme ça. Il faut que je démasque le coupable et mette définitivement fin à ses agissements.

Il se passa une main dans les cheveux. La frustration le faisait presque bafouiller.

— Cela ne peut pas durer, Michael. Je ne vais pas laisser ce cinglé me nuire sans réagir. Mais que faire pour l'arrêter ? Moi qui ai toujours des solutions à tout, je me sens complètement désemparé.

— A quoi bon battre votre coulpe ? Détendez-vous, mon vieux, dit Michael en prenant Quinn par le bras et en l'entraînant vers la porte. Ce type cherche à vous déstabiliser et à vous faire souffrir. Montrez-lui que vous tenez le coup.

— J'aimerais bien, mais il frappe fort, Michael, vraiment très fort.

Une pensée abominable lui traversa l'esprit. Réprimant un haut-le-cœur, il se retourna pour contempler de nouveau le carnage.

— Ça aurait pu être Fiona, murmura-t-il en sondant le regard impavide de Michael, avec qui il ressentait le besoin irrépressible de partager sa détresse. *Jamais*, dit-il d'un ton farouche, jamais je ne laisserai personne faire du mal à ma fille.

Il contourna le corps pour aller jeter un coup d'œil dans le salon, meublé de manière assez spartiate. Il y avait un canapé à moitié défoncé, un fauteuil inclinable qui paraissait neuf, et un mur entièrement occupé par du matériel électronique — diverses consoles de jeu, un immense écran de télévision et deux ou trois unités centrales. En une vingtaine d'années, Ozzie n'avait pas eu le temps de s'encombrer. Pourtant, hier encore, Quinn enviait le jeune homme.

Ozzie Chang était dynamique, plein d'entrain et promis à un brillant avenir. Quinn l'avait fait revenir au bureau pendant les fêtes. Ce coup de main avait valu au jeune informaticien de se faire descendre d'une balle dans la tête.

A moins que cette balle n'ait été sa rétribution pour avoir rendu service à quelqu'un d'autre ?

Quinn frotta son menton, qu'un soupçon de barbe ombrait.

— De combien de temps disposons-nous avant que les flics et la police scientifique ne débarquent et ne nous demandent des comptes ?

La colère et le chagrin le galvanisaient. Il voulait profiter de ce regain d'énergie pour essayer d'élucider le meurtre d'Ozzie.

— Oz connaissait le meurtrier, sinon il n'aurait pas ouvert sa porte. Ou du moins le croyait-il inoffensif. Il n'y a aucun signe de lutte.

— Quinn…

— D'après vous, Michael, a-t-il été supprimé par ceux qui l'auraient payé pour pirater GSS et poser cette bombe ?

— Vous pensez que Chang vous a piraté ? Que c'était un indicateur ?

— Tout porte à croire qu'il y a effectivement eu un indicateur. Maintenant, dit Quinn en s'efforçant de garder son calme et d'être le plus clair possible, Ozzie n'a peut-être rien fait d'autre que tomber malencontreusement sur des choses qu'il aurait mieux valu qu'il ne voie pas. Il a pu découvrir quelque chose dans les ordinateurs, ou surprendre la personne qui a posé la bombe. Auquel cas, cette stupide vengeance aurait fait une victime de plus.

Ozzie était-il un traître, ou bien un ami qui avait été pris entre deux feux ?

Ces deux options lui déplaisaient profondément.

Quinn fixa de nouveau Michael droit dans les yeux.

— Je n'arrête pas de cogiter, de me demander qui peut m'en vouloir à ce point. Des suspects, il y en a un paquet. Cela pourrait être l'homme qui vivait avec ma mère quand j'étais adolescent, et que j'ai fini un jour par mettre à la porte parce qu'il la battait. Cela pourrait être aussi un de mes nombreux concurrents. J'ai racheté plusieurs entreprises et j'en ai mis un certain nombre d'autres en faillite.

— Quinn, arrêtez. Vous vous raccrochez à des chimères.

— Il faut bien que je me raccroche à quelque chose ! Je ne supporte pas de me sentir impuissant. J'ai horreur de ça.

— Je sais. Je n'ai aucun mal à me mettre à votre place. Avant notre mariage, Jillian a eu affaire à un cinglé qui passait son temps à la suivre. Un jour, il l'a enlevée. Puis il l'a attachée et lui a collé un revolver sur la tempe. J'ai…

Quinn vit une ombre passer sur le visage impassible de Michael.

— Il y avait longtemps que je n'avais pas eu aussi peur. J'étais tellement paniqué que j'ai complètement perdu mes moyens et qu'elle a failli se faire tuer.

Il détourna les yeux, avala sa salive puis riva son regard à celui de Quinn.

— Vous et moi avons beaucoup en commun, vous savez. Les gangsters n'auront pas le dessus. Mais vous n'êtes pas en mesure de livrer bataille maintenant. Vous êtes à bout de nerfs. Et très en colère. Ce n'est pas ici que vous allez pouvoir réfléchir efficacement. Il faut que vous rentriez chez vous et que vous vous reposiez.

Tout en parlant, Michael s'était dirigé vers la porte. Il l'ouvrit toute grande. Quinn regarda le corps de Chang, à leurs pieds.

— Et que je laisse le salaud qui a fait ça continuer à se venger de moi et à faire d'innocentes victimes ?

— Ce qu'il faut que vous vous disiez, c'est que dormir

quelques heures vous aidera à y voir plus clair et à démasquer le coupable.

Michael parlait rarement de l'homme qui avait harcelé et enlevé sa femme. Lui qui était toujours si posé semblait très secoué. Quinn acquit alors la conviction que Michael comprenait parfaitement ce qu'il ressentait.

Il en conclut également qu'il finirait lui aussi par sortir victorieux de cette épreuve. A condition qu'il garde la tête froide.

— Je risque de devoir supporter caprices et pleurnicheries toute la soirée si je ne rentre pas coucher Fiona…

— N'oubliez pas non plus que je vous ai confié un de mes agents spéciaux. Randy est plus fragile qu'elle ne le paraît au premier abord. Il faut que vous preniez soin d'elle.

Quinn regarda dehors. Devant l'immeuble, Miranda montait la garde près de la voiture dans laquelle dormait Fiona. D'un regard aiguisé, elle surveillait les environs en faisant les cent pas sur le trottoir. Mais l'hématome sur sa joue commençait à bleuir et elle serrait ses bras croisés sur sa poitrine comme si elle grelottait de froid.

Le besoin de la protéger qu'il avait ressenti cet après-midi, lorsqu'ils étaient tous réunis dans son bureau, s'imposa de nouveau à lui. Il fallait *aussi* qu'il prenne soin de Miranda. Mais le laisserait-elle faire ?

— D'accord, dit-il enfin. Je rentre.

Michael avait sans doute raison. Reposé, il serait plus efficace. Il tendit la main au capitaine de police pour le remercier de tout ce que lui et son équipe avaient fait jusque-là.

— Appelez-moi s'il y a du nouveau.

— Je n'y manquerai pas.

— Mon capitaine ? appela Trip Jones depuis la salle de

séjour. Venez voir ce que j'ai découvert dans l'ordinateur de Chang. Cela va vous intéresser.

Quinn, qui s'apprêtait à sortir, revint sur ses pas.

Les mots affichés sur l'écran étaient en lettres capitales et en gras. Mais ce qui sautait aux yeux, c'était la menace qu'ils contenaient.

J'AI UNE LONGUEUR D'AVANCE SUR VOUS. J'AI FAIT EN SORTE QUE M. CHANG NE PUISSE JAMAIS PARLER DU PETIT SERVICE QU'IL M'A RENDU. COMME VOUS LE VOYEZ, JE VOUS POURSUIS JUSQUE SUR VOTRE LIEU DE TRAVAIL. J'EXIGE QUE VOUS DÉPOSIEZ DE NOUVEAU 2,5 MILLIONS DE DOLLARS SUR MON COMPTE EN SUISSE, FAUTE DE QUOI C'EST CHEZ VOUS QUE J'IRAI LA PROCHAINE FOIS.

— Vous vous en sortez, David ?

Les images qui apparaissaient sur les multiples moniteurs du poste de contrôle perdirent soudain de leur netteté.

Epuisé, Quinn retira ses lunettes et passa une main sur son visage, s'attardant un instant sur ses yeux fatigués puis sur sa mâchoire de plus en plus râpeuse.

— Oui, monsieur.

David Damiani avait dénoué sa cravate et enlevé sa veste. La tasse de café posée devant lui était presque vide.

— Entre les gardiens en faction devant le portail, les flics à qui Cutler a demandé de patrouiller autour de la propriété, moi au poste de surveillance, et Murdock à l'étage, nous ne risquons strictement rien. Je surveille toutes les entrées à la fois. Ce type a beau être malin, nous ne pourrons pas ne pas le voir s'il réussit à rentrer malgré tout.

Quinn remit ses lunettes pour regarder les écrans. Il savait que David se sentait bafoué par les événements de ces derniers jours. Des gardiens avaient été tués. D'autres drogués. Une bombe avait été posée au siège de GSS. Si Quinn avait fait appel à Michael Cutler et au SWAT pour épauler sa propre équipe de sécurité, ce n'était pas parce qu'il n'avait pas confiance en David et en ses hommes, mais parce qu'il préférait prendre trop de précautions plutôt que pas assez dès lors qu'il s'agissait de protéger Fiona.

Traquer un ennemi inconnu et jusqu'à présent invisible était une tâche particulièrement difficile. Voire impossible, si le chef de la sécurité n'était pas là pour diriger les opérations.

— Je vous remercie d'avoir accepté de venir travailler ce soir, dit Quinn. J'ai bien conscience que vous avez d'autres priorités et que...

— L'une de mes priorités est de vous protéger, monsieur. Sans vous, GSS n'existe plus.

David haussa ses larges épaules et sourit.

— Je me retrouverais au chômage s'il vous arrivait quelque chose.

Quinn réussit à rire. Il se leva et fit signe à David de ne pas bouger.

— Merci, dit-il en lui donnant une poignée de main. Je vais me coucher. Si vous avez besoin de quoi que ce soit...

— Ça va aller, ne vous inquiétez pas. Bonne nuit, monsieur.

— Bonne nuit, David.

Quinn remonta au rez-de-chaussée et vérifia que les fenêtres étaient bien toutes fermées et que la caméra du hall d'entrée fonctionnait correctement. Ces contrôles, David les avait effectués moins d'une heure plus tôt mais, deux précautions valant mieux qu'une, Quinn passa aussi en revue la porte d'entrée, la porte du garage et celle du vestibule. Puis il emprunta l'escalier moquetté qui conduisait aux chambres.

Il avait hâte de se coucher et de s'autoriser quelques heures de sommeil, mais lorsqu'il vit que la porte de la chambre de Fiona était ouverte, et la lumière allumée, il ne put s'empêcher d'aller voir ce qui se passait.

La scène qu'il découvrit le fit sourire. Il n'était visiblement pas le seul à être exténué.

Fiona s'était endormie sur les genoux de Miranda, assise dans le rocking-chair. Blottie contre la poitrine de la jeune femme, qui s'était mise en pyjama, elle dormait la bouche entrouverte, dans un état d'abandon total.

Mais le plus attendrissant, c'était le contraste des cheveux bruns et bouclés de la fillette avec ceux de sa nounou, qui avait défait sa queue-de-cheval. Le livre qu'elles avaient lu était tombé par terre. Sa joue reposant sur le crâne de Fiona, Miranda dormait aussi.

Michael avait recommandé à Quinn de veiller sur l'une et l'autre, mais c'était une recommandation inutile. Soudain ragaillardi par le charmant tableau qu'il avait sous les yeux, oubliant qu'un instant plus tôt il se traînait dans l'escalier et n'aspirait qu'à se mettre au lit, Quinn entra à pas de loup dans la chambre. Il ramassa le livre, le posa sur la table de chevet, puis passa une main sous les genoux de Miranda et l'autre dans son dos.

La manœuvre réveilla la jeune femme.

— Il vaudrait mieux que…

— Chut, laissez-moi faire, dit Quinn en les soulevant toutes les deux du fauteuil. Vous la tenez ?

Elle acquiesça ; puis, de sa main libre, elle aida Quinn à défaire le lit, dans lequel il les glissa tout doucement.

— Elle a l'air tellement bien, blottie contre vous.

Il rabattit sur elles le drap et la couette et les borda.

— Ce serait vraiment dommage de la réveiller, murmura-t-il avant de se pencher sur l'enfant pour l'embrasser.

— Je vais rester avec elle, promit Miranda en écartant d'un geste tendre les cheveux qui recouvraient la joue de la fillette.

Penché au-dessus du lit, Quinn eut un instant d'hésitation. D'un geste semblable à celui qu'elle venait elle-même de faire, il écarta de la joue meurtrie de Miranda une mèche de cheveux encore humide de la douche qu'elle avait prise un peu plus tôt. Sous ses paupières lourdes, ses yeux verts, pleins de sommeil, le fixaient tandis qu'il l'embrassait sur la tempe, elle aussi.

— Bonne nuit, Miranda.

Mais une main sortit subrepticement de sous la couette et s'empara de sa mâchoire, qu'elle positionna de manière à ce que leurs lèvres se rencontrent. Il ne se fit pas prier pour l'embrasser sur la bouche, comme elle le réclamait. Elle accueillit son baiser avec fougue. S'appuyant d'une main sur la tête de lit, il se pencha un peu plus pour savourer pleinement cette bouche sensuelle et gourmande. Torride, leur baiser alluma un brasier dans sa poitrine et dans son ventre. Son sang se mit à bouillonner dans ses veines comme de la lave en fusion. Malgré la fatigue, son corps réagit au quart de tour, témoignant d'une virilité et d'une vigueur intactes. Mais il était tard, et la présence de sa fille dans le lit l'empêchait d'assouvir les pulsions que la belle ensorceleuse avait fait naître en lui.

C'est donc à la fois troublé et frustré qu'il s'écarta. La jeune femme le fixant toujours aussi intensément, il ne put la repousser complètement. Il était comme prisonnier de ses yeux verts au regard insondable. Il avait voulu que Miranda noue des liens avec sa fille, et elle l'avait fait. Mais incidemment, lui aussi avait noué des liens avec elle. Elle caressa sa mâchoire du bout du doigt, effleura ses lèvres, cligna des paupières et sourit.

— Bonne nuit, Quinn, dit-elle d'une voix tout endormie.

Lorsque ses yeux se fermèrent pour de bon, il la laissa enfin. Il remit le livre à sa place, sur l'une des étagères de la bibliothèque, éteignit la lampe de chevet et se dirigea vers la porte.

Mais il n'arrivait pas à s'en aller.

Les deux seuls êtres qui comptaient vraiment pour lui dormaient ensemble dans ce lit. Même avec des gardiens plein la maison, des caméras de surveillance dans tous les coins, et une arme à portée de la main, il craignait pour leur vie. Sa propre chambre se trouvait à l'autre bout du couloir. Savoir Fiona et Miranda si loin de lui l'empêcherait de dormir.

Se fiant à son intuition, Quinn retira ses chaussures et s'installa dans le rocking-chair. Fiona et Miranda ne risquaient rien. Il veillerait toute la nuit sur leur sommeil.

Mais après avoir somnolé par à-coups une trentaine de minutes, il se releva. Son fauteuil avait beau se trouver près du lit, Quinn se sentait terriblement seul.

Il comprit que la seule chose à faire était de se coucher à côté de Miranda et Fiona. Alors il enleva sa ceinture, sortit sa chemise de son pantalon et s'allongea sur le lit double tout contre Miranda, qui dormait profondément.

Les fesses de la jeune femme s'encastraient parfaitement dans le creux de son ventre. Il enfouit son nez dans ses longs cheveux blonds qui sentaient bon la noix de coco. Dans son sommeil, Miranda se blottit encore plus étroitement contre lui. Elle était chaude, douce et désirable. Elle était la femme idéale, celle qu'il avait toujours rêvé de rencontrer.

Fort de cette pensée, il passa un bras autour d'elle et s'abandonna enfin au sommeil.

11

Deux jours avant le réveillon du jour de l'an.

Miranda essuya les doigts collants de Fiona et tint la chaise pendant que la fillette en descendait pour aller reprendre sa poupée, assise à l'autre bout de la table.

Après avoir englouti le bout de sandwich au beurre de cacahuète que l'enfant avait laissé dans son assiette, Miranda débarrassa la table et mit bols, assiettes et couverts dans le lave-vaisselle. Fiona avait fait des progrès fulgurants en l'espace de deux jours et ne transformait plus la cuisine en porcherie à chaque repas. Miranda espérait que Quinn accepterait de commander des pizzas pour le dîner parce que la cuisinière était en congé jusqu'au 2 janvier et que les placards ne contenaient pas grand-chose.

Elle envisagea d'appeler son frère pour qu'il lui donne une recette, mais les marines n'apprécieraient peut-être pas qu'elle le dérange aussi souvent. Et John se moquerait sûrement d'elle. C'était tout juste si elle était capable de faire une omelette.

N'empêche qu'en matière d'éducation, elle ne se débrouillait finalement pas si mal. Grâce à elle, Fiona avait appris à manger proprement. Cette petite victoire, associée au fait que Miranda avait moins mal au bras et qu'elle avait très bien dormi, la rendait toute guillerette, ce matin. Elle se sentait à la hauteur de la mission que son chef lui avait confiée. Et si elle ne s'était jamais jusque-là considérée comme une maîtresse de maison exemplaire, depuis qu'elle s'était réveillée au côté qu'un homme qu'elle ne laissait manifestement pas indifférent, et d'une petite fille adorable, elle avait envie de se lancer dans les tâches domestiques et de jouer à la parfaite petite épouse.

Ce matin, pour la première fois depuis des mois, elle ne s'était pas sentie seule au réveil. Certes, deux personnes partageaient sa couche, mais leur présence n'expliquait pas à elle seule cette merveilleuse sensation de bien-être. Sentir le corps de Quinn blotti contre le sien, sentir la main qu'il avait posée d'autorité sur son ventre, puis ses lèvres sensuelles sur la peau délicate de sa nuque, l'avait remplie d'aise.

— Bonjour, avait-il murmuré.

— Bonjour. Bien dormi ?

Elle avait deviné qu'il hochait la tête car sa barbe dure lui avait râpé la nuque un peu comme une langue de chat.

— Il y avait des années que je n'avais pas aussi bien dormi, avait-il répondu en la serrant encore plus étroitement contre lui.

Elle avait senti qu'il levait la tête, sans doute pour jeter un coup d'œil à Fiona, qui dormait à poings fermés.

— Ce sont de vrais petits anges quand ils dorment, vous ne trouvez pas ? avait-il demandé.

Ayant entremêlé ses doigts à ceux de Quinn, Miranda s'était secrètement extasiée devant leur évidente complicité : leurs mains s'accordaient si bien, leurs corps s'imbriquaient parfaitement l'un dans l'autre, leurs pensées concordaient… Elle était heureuse, se sentait dans son élément, et aurait voulu que ces instants de plénitude et de bonheur absolu durent toujours. Et si ce n'était qu'un rêve, elle espérait ne jamais se réveiller.

— Zulie et moi, on va t'aider.

Rappelée à la réalité de cette matinée hivernale, Miranda fut bien obligée de descendre de son petit nuage. Fiona tirait sur la manche de sa polaire. Quinn s'était cloîtré dans son bureau juste après le petit déjeuner et depuis, elle ne l'avait pas revu. Fiona, qui avait du mal à rester assise plus de cinq minutes d'affilée, était presque constamment pendue à ses basques. La fillette se déclarait toujours prête à l'aider, quelle que que soit la tâche à exécuter. Remplir le lave-vaisselle était une de ses corvées préférées.

— D'accord. Pose Julie un peu plus loin pour ne pas risquer de la mouiller.

La fillette lâcha aussitôt sa poupée et s'approcha de l'évier pour prendre le verre dans lequel Miranda avait bu son jus d'orange. D'un mouvement vif, Miranda ressortit du lave-vaisselle le verre en plastique de l'enfant et le substitua à l'autre, potentiellement dangereux.

Les manches relevées jusqu'aux coudes, elles étaient toutes deux agenouillées devant le lave-vaisselle, en train de déposer la pastille de détergent dans le compartiment prévu à cet effet, lorsque Quinn fit irruption dans la cuisine.

— Il y a quelqu'un ? demanda-t-il.

Il ne pouvait pas les voir. Elles étaient cachées par le comptoir.

— Nous sommes là, répondit Miranda en se relevant.

Machinalement, elle voulut mettre en marche le lave-vaisselle, mais Fiona repoussa sa main.

— C'est moi qui appuie !

— D'accord mais ne te trompe pas de bouton. C'est celui-ci.

L'air très concentré, Fiona pressa le bouton. Un large

sourire lui vint aux lèvres lorsque le cycle de lavage démarra.

— T'as vu, papa ? s'écria la fillette tout excitée en étreignant la jambe de son père et en se démanchant le cou pour le regarder. Z'ai passé la vaisselle sous l'eau et Randy m'a aidée.

Miranda sourit, amusée par tant d'enthousiasme.

— Bravo, ma chérie. Je suis fier de toi. Tu sais quoi ? Tu devrais monter dans ta chambre et aider Julie à essayer les beaux vêtements qu'elle a eus pour Noël. Il faut que je parle à Miranda. Mais ce ne sera pas très long. Tu veux bien ?

— D'accord.

Quinn regarda la fillette pousser la porte battante puis écouta le bruit de ses pas menus dans l'escalier. Miranda en profita pour l'observer à la dérobée. Il avait des moutons accrochés aux manches de son pull bleu marine et les genoux de son pantalon de velours étaient tout poussiéreux. Lorsqu'il se retourna vers elle, elle retira la toile d'araignée qu'il avait dans les cheveux et poussa l'audace jusqu'à remettre en place la mèche de cheveux qui s'obstinait à lui tomber sur le front.

— Où êtes-vous donc allé traîner pour vous mettre dans cet état ?

Il repoussa ses lunettes sur son nez, sacrifiant une fois de plus à ce tic d'intello qu'elle trouvait irrésistible.

— Je suis monté au grenier et j'ai fouillé dans les affaires de Val.

Aïe. La défunte épouse. Rien de tel qu'une allusion à la femme qu'il avait aimée et avec qui il avait fondé une famille pour faire voler en éclats les rêves de vie conjugale que Miranda caressait secrètement ce matin.

168

Elle était la nounou. La garde du corps. Et non la future madame Gallagher.

— Vous cherchiez quelque chose ? demanda-t-elle d'un ton aussi sérieux que le sien.

Il déplia une feuille de papier, découvrant un portrait-robot réalisé par ordinateur.

— Voilà à quoi ressemble, d'après la description que vous en avez faite, l'homme assis à l'arrière de la BMW noire. Michael l'a faxé ce matin depuis le commissariat.

Puis il posa sur le comptoir, à côté de la feuille, une vieille photo en noir et blanc.

— Cet homme est-il celui qui était dans la voiture qui a essayé de vous écraser ? s'enquit-il en posant le doigt sur la photo.

Miranda la prit. Le dessin, elle n'avait pas besoin de le regarder. Les yeux clairs et le visage décharné de l'individu qui aboyait ses ordres aux passagers assis à l'avant de la voiture lancée sur elle étaient gravés dans sa mémoire.

Elle scruta les traits d'un homme en maillot de bain, brun et bouclé, sportif à en juger par son torse musclé, et qui devait avoir entre vingt-cinq et trente ans. Mais son regard, qui fixait l'objectif, n'avait pas changé.

— Avec des cheveux gris, quelques rides et, disons, vingt kilos en moins, oui, c'est tout à fait lui. Qui est-ce ? fit-elle, intriguée, en reposant la photo sur le comptoir.

— Vasily Gordeeva. Mon beau-père.

Ce coup de tonnerre fut suivi d'un long, interminable silence. Miranda ne tenait plus en place. Libre à Quinn de rester planté devant cette photo aussi longtemps que ça lui chanterait, et de la fixer pensivement sans rien dire. Elle, il fallait qu'elle bouge.

Coulant un œil vers la cafetière, et humant la bonne odeur du délicieux breuvage, elle sortit une tasse du placard et se servit. Puis elle brandit la cafetière sous le nez de Quinn, qui consentit à lever brièvement les yeux et à hocher la tête.

Lorsqu'elle revint au comptoir et lui tendit sa tasse, il lui parut moins hermétique.

— Merci, dit-il.

Miranda tenait sa tasse à deux mains pour se réchauffer.

— Vous ne vous entendiez pas avec votre belle-famille ?

— Je n'ai jamais rencontré mon beau-père, lâcha-t-il avant de boire une gorgée de café. Val avait une dizaine d'années lorsqu'elle a quitté le Lukinbourg. Après leur départ, ni sa mère ni elle n'ont plus eu de rapports avec lui.

Elle devinait maintenant les pensées qui avaient dû lui traverser l'esprit en regardant la photo.

— Pourquoi votre beau-père vous espionnerait-il ?

— Et pourquoi surtout chercherait-il à faire du mal à sa petite-fille ? Il ne l'a jamais vue.

— Mais, d'ailleurs… comment pourrait-il faire une chose pareille ? Je le croyais en prison.

— Moi aussi.

Posant sa tasse sur le comptoir, Miranda mit côte à côte le portrait-robot et la photo.

— Entre le solide gaillard qui pose devant l'objectif et le monsieur grisonnant que j'ai vu à l'arrière de la BMW, il y a quand même un monde, fit-elle remarquer.

— Un « monsieur » ne poserait pas des bombes et ne tirerait pas sur vous.

— Certes, mais je vous rappelle que ce n'est pas lui qui a tiré.

— Piètre consolation.

Elle aimait bien quand il se moquait d'elle. Loin de se décourager, elle continua à chercher une explication logique.

— Si ça se trouve, il est malade. Cela expliquerait qu'il n'ait pas purgé sa peine jusqu'au bout. Il ne serait pas le premier à bénéficier d'une libération anticipée pour cause de mauvaise santé.

Quinn se passa une main dans les cheveux, et se retrouva de nouveau tout ébouriffé.

— Admettons. Mais cela ne nous dit toujours pas pourquoi il s'en prendrait à moi. Il ne doit pas manquer d'argent. J'imagine qu'il a dû payer grassement la personne qui lui a permis de quitter le pays, et peut-être même de sortir de prison. Sans parler des BMW qu'il a louées ici.

— Les trois hommes étaient très bien habillés.

— Il a bien fallu aussi qu'il paie ses sbires.

— Il a été emprisonné comme dissident politique, d'après ce que j'ai compris. Vous confirmez ?

Quinn ramassa les tasses et les mit dans l'évier.

— En fait, il a été condamné pour avoir collecté des fonds en faveur d'un candidat à la présidence qui se révéla faire partie de la mafia lukinbourgeoise. D'après Val, le type a remporté les élections. Mais peu de temps après, il y a eu une révolution. Le gouvernement corrompu a été renversé et Vasily jeté en prison.

— Et ni votre femme ni vous n'avez jamais été impliqués dans ces histoires ?

Quinn secoua la tête.

— Val avait honte des mauvaises fréquentations de son père. C'est à cause de ses accointances avec la mafia que sa mère et elle ont dû quitter le pays lorsque la révolution a éclaté. Une fois ici, et devenues citoyennes américaines, elles ont coupé tout contact avec lui.

Super. Ils tenaient enfin un suspect, mais celui-ci n'avait pas de mobile, apparemment.

Perplexes, ils regardaient tous deux la photo et le portrait-robot de Vasily Gordeeva.

— J'étais en train de me dire…, commença Miranda en tripotant sa queue-de-cheval, comme si elle avait besoin de ce geste pour préciser sa pensée.

— Que quoi ?

— Que nous devrions décrypter le message reçu hier, quand nous étions chez ce pauvre Ozzie Chang.

Quinn lui prit la queue-de-cheval des mains et la remit délicatement à sa place.

— Et si on s'accordait quelques heures de répit ? proposa-t-il d'une voix enjôleuse.

La main de Quinn dans son dos lui faisait un bien fou, mais Miranda se ressaisit et c'est plus déterminée que jamais qu'elle se tourna vers lui.

— Il vous a menacé de venir ici, n'est-ce pas ?

— Oui. Dans son dernier message, il réclame plus d'argent et dit qu'autrement, il viendra chez moi.

Miranda regarda Quinn avec des yeux étrécis.

— Il est déjà venu, non ?

— En effet, répondit Quinn qui semblait abattu, si peu habitué qu'il était à sécher devant une énigme.

— Rappelez-vous les hommes qui surveillaient la maison. Et le type qui prenait des photos de Fiona.

Miranda prit ses mains dans les siennes et les serra.

— S'il est déjà venu, ce message n'a aucun sens.

Quinn en arriva aux mêmes conclusions qu'elle.

— Nous avons affaire non pas à *un* mais à *deux* ennemis. Il est possible, mais pas certain, qu'ils aient un rapport l'un avec l'autre.

— Vous voyez de qui il s'agit ?

— Peut-être.

Se penchant sur leurs mains jointes, il lui embrassa les doigts. Il avait repris du poil de la bête.

Il se dirigea vers la porte.

— Un coup de fil à mon beau-père s'impose.

— Vous pourriez confectionner des sablés.

Occupation parfaite pour un après-midi d'hiver, mais Miranda aurait préféré aller s'entraîner au stand de tir du KCPD. Elle se débrouillait tellement mieux avec un revolver qu'avec un rouleau à pâtisserie.

Le jour déclinant déjà, il était hors de question d'aller jouer dehors avec Fiona, même si le jardin et l'extérieur de la maison étaient très bien éclairés. Or il fallait bien occuper la fillette. La nounou précédente, ou celle d'avant — la panique dans laquelle l'avait plongée la suggestion de Quinn lui avait fait oublier les détails —, avait eu la riche idée d'enseigner à Fiona les rudiments de la pâtisserie, lui confiant le soin de découper la pâte à l'aide d'un emporte-pièce, puis de décorer les sablés avec des raisins secs ou des pépites de chocolat.

Le problème, c'était qu'en la matière, ces tâches étaient à peu près les seules que Miranda ait elle-même jamais accomplies.

C'est donc avec une certaine appréhension qu'elle sortit du four le résultat de leurs efforts conjugués. Patatras : les sablés étaient brûlés sur les bords et manquaient de cuisson au milieu. Debout devant la table, qu'elle n'atteignait que grâce au marchepied sur lequel elle était juchée, Fiona attendait de pouvoir décorer leurs chefs-d'œuvre. Miranda jeta un énième coup d'œil à la photo qui illustrait la recette, dans le livre de cuisine, comme pour s'assurer que les sablés qui se trouvaient sur la plaque qu'elle tenait entre ses deux maniques n'étaient pas des palets de hockey.

Si Miranda était un peu dépitée, Fiona, elle, semblait ravie et très impatiente d'exercer ses talents de décoratrice. Faisant contre mauvaise fortune bon cœur, Miranda s'empressa de faire glisser les biscuits sur une grille afin qu'ils refroidissent plus vite.

— Vas-y, ma puce, tu peux les décorer, dit-elle un instant plus tard en déposant quelques sablés sur l'assiette que Fiona avait devant elle. Applique-toi bien. Il faut qu'ils soient beaux.

Tandis que la fillette s'en donnait à cœur joie avec le sucre coloré, les pépites de chocolat et les raisins secs, Miranda s'occupa de la seconde fournée, qu'elle espérait moins calamiteuse. Elle contrôla la température du four à deux reprises avant de glisser la plaque de biscuits, qu'elle avait essayé cette fois de faire un peu moins épais.

Plus qu'à attendre.

Quinn arriva au moment où elle se redressait, dubitative.

— Mmm, ça sent drôlement bon dans cette cuisine !

— Papa ! Regarde ce qu'on a fait.

Miranda découvrit avec surprise qu'elle était elle aussi très impatiente de voir ce que penserait Quinn de leurs exploits. Tout excitée, Fiona sauta à bas de son marchepied et se rua vers son père, laissant derrière elle de grandes traînées vertes et rouges de sucre fantaisie.

Autant avouer tout de suite que cet atelier pâtisserie était un vrai désastre, décida Miranda en posant ses maniques sur le comptoir.

— Nous allons en avoir pour un bon moment à nettoyer tout ce bazar, dit-elle. Quant au résultat, je crains qu'il ne laisse quelque peu à désirer.

— Ah bon ?

Quinn prit Fiona dans ses bras et mordit à belles dents dans le sablé que sa fille lui avait fourré d'autorité dans la bouche.

Miranda guettait anxieusement sa réaction. Elle comprit très vite qu'il éprouvait quelques difficultés à avaler.

— Je vois, dit-il. Puis-je avoir un verre de lait ?

— Oui, tout de suite.

Il assit Fiona au bout du comptoir et pour lui faire plaisir, se força héroïquement à finir le sablé, qui lui restait visiblement en travers de la gorge. Décochant un clin d'œil à sa fille, qu'il ne voulait surtout pas décevoir, il fit passer le biscuit avec un demi-verre de lait. Puis il posa trois sablés sur une assiette en plastique et chargea Fiona d'une mission.

Dès que la fillette fut partie, fière comme Artaban, il appuya sur le bouton de l'Interphone afin de prévenir les hommes qui se trouvaient dans la salle de contrôle.

— David ?

— Oui ? répondit le chef de la sécurité, sur le qui-vive.

Sa voix était presque inaudible tant il y avait de parasites sur la ligne.

— Rien de grave, David. Je voulais juste vous prévenir de l'arrivée de ma fille. Elle vous apporte des sablés.

L'air consterné qu'il prit à ce moment-là fit rire Miranda.

— Soyez sympa : goûtez-en au moins un avant de la renvoyer. N'oubliez pas que je vous paie très généreusement.

— Euh, oui, d'accord… Je vais surveiller son arrivée. Damiani, terminé.

Lorsqu'il revint au comptoir pour finir son verre de lait d'un trait, Quinn riait aussi.

— Je crains que vous ne fassiez une piètre pâtissière, dit-il en secouant la tête. Mais je connais quelqu'un que cette expérience a beaucoup amusé.

— Moi aussi, je me suis amusée. Je ne suis pas particulièrement fière du résultat, je l'avoue, mais cela a été une expérience intéressante, comparable à celles qu'on faisait au lycée, pendant les travaux pratiques de chimie.

Miranda ramassa les saladiers et le gobelet mesureur qui étaient restés sur le plan de travail et les mit dans l'évier.

— Que vous a dit Elise Brown, au téléphone ? demanda-t-elle. A-t-elle eu des nouvelles de Nikolaï Titov ?

Quinn lui apporta des couverts sales à laver avec le reste.

— Oui, je crois qu'il l'a invitée à dîner. Je me demande si Titov n'essaie pas de me voler ma plus précieuse collaboratrice. Mais il est possible que je me trompe et qu'ils aient eu un coup de foudre réciproque.

— Vraiment ?

Miranda entreprit de laver à la main la vaisselle. Elle fit couler l'eau et versa un peu de détergent sur une éponge.

— Je n'en jurerais pas, parce que dans ce domaine non plus je ne suis pas une championne, mais il m'a semblé qu'Elise avait un faible pour vous. Hier, j'ai eu l'impression qu'elle n'appréciait pas beaucoup que vous me prêtiez votre veste et que vous vous occupiez de moi.

— Et vous, au moins, vous avez remarqué que je cherchais à être gentil avec vous ?

— Bien sûr ! Qu'est-ce que vous croyez ? Je remarque tout un tas de choses, figurez-vous.

Les câlins qu'il faisait à sa fille. Ce drôle de tic qu'il avait, et qui consistait à hausser un sourcil quand il se moquait d'elle. Son sens de la repartie. La douceur de ses doigts et de ses lèvres quand il la touchait. L'attirance qui les poussait irrésistiblement l'un vers l'autre dès qu'ils étaient dans la même pièce. Comme en ce moment.

Derrière elle, Quinn se racla la gorge, comme s'il avait encore un morceau de sablé coincé dedans. Elle-même n'en avait pas mangé, mais elle n'en avait pas moins du mal à respirer.

— Je vais le faire, dit-il en tendant le menton vers le pansement qu'elle avait au bras.

Il remonta prestement ses manches et plongea ses mains dans l'eau savonneuse.

— Elise s'est toujours fait un devoir de veiller sur moi. En elle, je sens la mère poule plus que l'amoureuse transie. C'est elle qui traite à ma place avec les clients ou les autres salariés de l'entreprise quand je suis pris par autre chose... Il semblerait qu'elle ait réussi à ramener Titov à de meilleurs sentiments à l'égard de GSS. En tout cas pour l'instant. Elle a des qualités relationnelles exceptionnelles qu'en tant qu'homme d'affaires je ne peux évidemment qu'apprécier.

— C'est aussi une très jolie femme.

Sous prétexte de donner un coup d'éponge sur le comptoir, Miranda s'écarta de Quinn. Elle avait besoin d'avoir les idées claires.

— Vous êtes la seconde personne à me le dire cette semaine. C'est vrai, je suppose. Mais pour tout vous dire, ce n'est pas mon genre.

L'alarme du four sonna. Miranda l'ouvrit et en sortit les sablés, qu'elle mit aussitôt à refroidir sur la grille. Ceux-là, au moins, n'étaient pas brûlés. Elle était si contente d'avoir fait des progrès qu'elle poussa l'audace jusqu'à demander :

— Vous avez un genre ?

Lorsqu'elle se retourna, elle se retrouva nez à nez avec lui. Posant ses mains savonneuses sur le comptoir, il l'emprisonna entre ses bras. Elle sentait son souffle sur son visage et ses cuisses musclées plaquées contre les siennes.

177

— Oui, et vous le savez bien.

Son regard vibrant de désir la troubla. De même que la mèche de cheveux noirs qui lui était de nouveau tombée sur le front, et le mouvement souple de ses larges épaules lorsqu'il se pencha vers elle.

Et l'odeur virile de sa peau, qui sentait bon le savon et les épices.

Et la pression douce de son index sur son visage.

— Moi ? fit-elle dans un souffle.

Il lui montra son doigt, dont le bout était tout blanc.

Elle toucha sa joue en feu. Oh, non ! Elle avait de la farine plein la figure.

Au lieu de répondre à la question qu'elle lui avait posée, il baissa les yeux sur son sein gauche copieusement saupoudré de farine. S'il était attiré par les incapables, elle avait ses chances !

Elle essayait d'en rire, mais elle n'avait pas le cœur à plaisanter.

Quinn non plus n'était pas d'humeur joviale. Il la fixait d'un air sérieux et résolu, avec des yeux brillants de convoitise.

Elle retint son souffle lorsqu'il passa son doigt sur la traînée de farine, s'attardant délibérément sur la courbe voluptueuse de son sein qui, dans sa gangue de satin, palpitait sous l'épaisse polaire.

Miranda sentit que son cœur s'emballait et que ses tétons se raidissaient dans l'attente d'une caresse qui les engloberait eux aussi.

Elle vit la bouche de Quinn qui s'approchait lentement de la sienne, ses lèvres qui s'écartaient déjà.

— Vous, dit-il tout contre son oreille.

Sa voix rauque lui donna des frissons. Elle ferma les yeux et il l'embrassa. La serra dans ses bras. La pressa contre lui. Il darda sa langue dans sa bouche avec une fougue égale à la force de son désir.

Nouant ses bras autour de son cou, frottant contre son torse puissant ses seins avides de caresses, Miranda se haussa sur la pointe des pieds pour profiter au maximum de tout ce qu'il lui offrait.

— Quinn, gémit-elle, éperdue de désir.

Elle enfouit ses doigts dans ses cheveux bruns, prit son visage entre ses mains, caressa son cou, défit le bouton de son col et glissa ses doigts sous l'étoffe un peu raide de sa chemise pour sentir la chaleur et la douceur de sa peau.

— Quinn...

— Oui, je sais, murmura-t-il. Moi aussi, j'en ai très envie.

Il la souleva et l'assit sur le bord du comptoir, puis il s'avança entre ses cuisses ouvertes pour lui faire sentir combien il la désirait.

Pantelante, Miranda noua ses jambes autour de ses hanches et se plaqua contre lui. Elle ne savait plus très bien ce qu'elle faisait. Seul son instinct la guidait. Une petite voix essayait vainement de lui rappeler les raisons pour lesquelles il aurait mieux valu qu'ils arrêtent. Ils n'étaient pas seuls dans la maison. Fiona allait revenir d'une minute à l'autre. Sans compter que Quinn était son patron. Mais un patron terriblement sexy. Un patron auquel elle était incapable de résister.

— Avons-nous perdu la tête ? demanda-t-elle.

— Oui, complètement, admit-il en passant sous sa polaire des mains impatientes. C'est de la folie.

Il commença par lui caresser le dos puis, d'un geste brusque, il lui remonta sa polaire sous le menton pour avoir plus facilement accès à sa gorge.

— C'est de la folie, répéta-t-il en enfouissant son visage entre ses seins.

Il se mit à les embrasser fébrilement, à agacer entre ses lèvres expertes ses mamelons durcis, à les lécher, à les mordre. Elle tremblait et gémissait sous la torture que lui infligeait sa bouche insatiable.

— Je n'ai jamais rien connu d'aussi fort, avoua-t-elle.

Il glissa ses mains sous ses fesses pour la caresser là aussi et lui donner un avant-goût de ce qu'il lui aurait fait si son jean et son string ne l'en avaient empêché.

— J'ai encore un peu de mal à vous cerner, dit-il.

Agrippée à ses épaules, Miranda haletait dans son cou.

— Est-ce si important que cela ?

— C'est…

Le hurlement assourdissant d'une alarme interrompit Quinn. Miranda se raidit contre lui. Les signaux lumineux de la porte du vestibule clignotaient tous à la fois. Pendant plusieurs secondes qui lui parurent durer une éternité, Miranda ne put penser à rien d'autre qu'aux battements frénétiques de son pouls dans ses oreilles.

Quelque part dans la maison, Fiona poussa alors un cri terrifiant.

— C'est ce vacarme, dit Miranda tandis que Quinn s'écartait d'elle, complètement paniqué.

— Fiona !

— Ce tintamarre a dû lui faire peur.

Miranda bondit sur ses pieds. Ils remirent de l'ordre dans leurs vêtements et se précipitèrent vers la porte, oubliant instantanément leurs désirs inassouvis. Fiona avait besoin d'eux. Ils ne pouvaient pas la faire attendre.

Quinn la vit avant elle. Debout dans l'entrée, la fillette criait et pleurait. Il la prit dans ses bras et la serra contre lui pour la réconforter.

— Calme-toi, mon cœur. Papa est là. Tu n'as rien à craindre.

A peine avait-il prononcé ces mots que les signaux lumineux de la porte d'entrée se mirent eux aussi à clignoter furieusement tandis que l'alarme leur perçait de nouveau les tympans.

Miranda aurait fait n'importe quoi pour que cela s'arrête tant la détresse de la fillette, terrorisée, la bouleversait.

— N'aie pas peur, ma puce, dit-elle en caressant la joue de l'enfant. Papa ne va pas te laisser, et je suis là, moi aussi.

Mais ce n'était pas le moment de s'inquiéter de la frayeur de la petite fille. Elle avait un certain nombre de tâches à accomplir. Posant une main sur l'épaule de Quinn, elle déclara :

— Il faut que nous rejoignions immédiatement l'une des chambres fortes.

Il acquiesça, et obtempéra aussitôt sans discuter. Serrant sa fille dans ses bras, il se dirigea vers l'escalier, suivi de Miranda qui, son arme au poing, assurait l'arrière-garde.

Un bruit de cavalcade dans l'escalier qui conduisait à la salle de contrôle retentit brusquement derrière eux.

— Continuez d'avancer, ordonna Miranda en poussant Quinn dans le dos.

Puis elle fit volte-face et, brandissant son Glock à deux mains, revint sur ses pas pour affronter le danger.

Soudain, elle vit le canon d'un fusil apparaître au coin du hall d'entrée. Se réfugiant dans l'embrasure de la porte, elle se mit en position de tir et cria :

— KCPD ! Ne bougez plus !

— Stop !

Mains en l'air, un homme en uniforme sombre débula dans le hall. Un autre homme faillit lui tomber dessus.

181

Pointant son arme vers le ciel, ce dernier s'empressa lui aussi de lever les mains en l'air.

— Murdock ?

— Holmes ? Rowley ?

Pourquoi ces deux abrutis cavalaient-ils dans toute la maison, armés de fusils d'assaut ? Elle cessa de les viser mais ne baissa pas sa garde.

— Mais qu'est-ce que vous fabriquez ? demanda-t-elle.

— La BM noire est revenue, l'informa Holmes. Avec trois hommes à l'intérieur.

— Elle est là ?

— Deux de vos collègues du SWAT les ont interpellés au portail et sont en train de les amener.

L'alarme se tut enfin et David Damiani émergea du sous-sol. Il parlait dans son talkie-walkie.

— Assurez-vous de leur avoir bien pris toutes leurs armes. Vérifiez qu'ils n'aient pas des holsters de cheville, des couteaux, ou d'autres armes planquées sur eux.

— Bien reçu.

Miranda reconnut la voix du sergent Delgado.

— Quinn ! se mit à beugler David en poussant Rowley, qui encombrait le passage, et en fusillant la jeune femme du regard. Un vrai danger public ! marmonna-t-il, les yeux rivés sur le revolver qu'elle avait toujours dans les mains.

Il fit signe à ses hommes de le suivre et ajouta, plus fort, pour que tout le monde l'entende :

— Calamity Jane, ici présente, a failli tirer sur mes gars.

— Quoi ?

Folle de rage, Miranda se retourna vers Quinn, qui était redescendu, sa fille dans les bras. Damiani ne manquait pas de toupet ! N'avait-elle pas été chargée d'assurer la sécurité de Fiona Gallagher ? Ne pouvait-on pas la laisser

182

s'acquitter seule de sa mission ? Ne pouvait-on pas lui faire confiance ?

— Pas de panique, Miranda. Je sais qui sont les trois hommes de la BMW.

Fiona s'était un peu calmée. De temps à autre, un sanglot lui soulevait la poitrine.

— Damiani, ajouta Quinn, dites à vos hommes de rengainer leurs armes en présence de ma fille.

David fit signe à ses hommes d'obéir.

Quinn vint se planter juste devant son chef de la sécurité et le regarda droit dans les yeux.

— Et ne vous avisez pas de parler encore une fois à Miranda sur ce ton parce que vous aurez affaire à moi.

— Je suis assez grande pour me défendre, s'indigna mollement Miranda, touchée par son intervention et en même temps, vexée qu'il ne la croie pas capable de tenir tête à Damiani.

— C'est de ma faute, admit Quinn. J'ai eu tort de penser naïvement qu'ils s'en iraient.

La voix du sergent Delgado se fit de nouveau entendre dans la radio.

— Nous sommes prêts à entrer.

— Allez vous poster devant la porte, ordonna David à ses hommes.

— Qu'est-ce que c'est que cette histoire ? demanda Miranda. En cas d'intrusion, on est censé vous faire sortir d'ici, Fiona et vous.

— Rengainez votre arme, répliqua Quinn d'un ton sec.

Elle ouvrit la bouche pour protester, n'appréciant pas du tout qu'il l'envoie promener. Mais elle se ravisa. Très bien. Il ne s'était rien passé entre eux, tout à l'heure dans la cuisine. Et leur tendre complicité de la nuit dernière, qu'ils avaient passée blottis l'un contre l'autre, ne comptait

183

pas non plus. Elle n'était pour lui rien de plus qu'une employée. La nounou. Elle devait obéir aux ordres de Quinn Gallagher comme n'importe qui d'autre dans cette maison.

S'il voulait un flic, elle pouvait en être un. Elle rangea son arme dans son holster.

— J'attends toujours qu'on m'explique pourquoi l'alarme s'est déclenchée, dit-elle.

— Emmenez Fiona dans sa chambre.

Ce n'était pas la réponse qu'elle espérait. Mais lorsqu'il lui tendit la fillette, elle la prit sans faire d'histoires.

— Quinn ?

— Je ne pensais pas qu'il viendrait ici.

— Qui ?

— Ils sont là, monsieur, annonça Holmes.

— Ouvrez la porte, dit David, la main sur son Beretta. Tout doucement.

Résignée à jouer la nounou, et à protéger Fiona Gallagher comme on le lui avait demandé, même si son père ne lui rendait pas la tâche facile, Miranda monta avec la fillette. Elle s'arrêta au milieu de l'escalier lorsque la porte d'entrée s'ouvrit sur Rafe Delgado. Il avait tout un fatras d'armes confisquées dans les poches de son gilet pare-balles.

Les mains croisées au-dessus de la tête, deux hommes portant des costumes et des manteaux entrèrent derrière lui. L'un d'eux boitait. Holden Kincaid apparut ensuite. Il tenait par le coude un homme aux cheveux blancs qui semblait mal en point.

Le vieillard attendit qu'on ait verrouillé la porte pour lever la tête. Miranda fut frappée par la couleur de ses yeux, d'un gris très clair. Elle le reconnut immédiatement. D'instinct, elle tourna Fiona vers le mur afin que les suspects ne puissent pas la voir. Mais elle n'arrivait pas à détourner les yeux du vieillard, visiblement malade.

— C'est lui, dit-elle. C'est l'homme que j'ai vu dans la BMW noire qui était garée devant la propriété.

Vasily Gordeeva.

— Serait-il possible de la voir? demanda-t-il d'une voix empreinte de tristesse et avec un accent étranger à couper au couteau. J'aimerais tant voir ma petite-fille.

12

Un jour avant le réveillon du jour de l'an.

— Mais enfin, pourquoi vouliez-vous lui faire du mal ? Elle est votre chair et votre sang.

Quinn avait passé une bonne partie de la nuit dans son bureau, à discuter avec Vasily Gordeeva des événements qui avaient marqué la vie du Lukinbourgeois. Et, accessoirement, à éviter les regards furibonds que lui lançait de temps à autre Miranda du fond de son canapé. Enveloppée dans un plaid et serrant sa poupée dans ses bras, Fiona dormait paisiblement sur les genoux de la jeune femme, qui n'osait pas bouger. Les deux « cousins éloignés » de Vasily avaient accepté de s'installer dans la cuisine, où ils avaient pu boire un café et manger quelque chose en parlant football avec David Damiani et les deux autres hommes chargés de les surveiller. Pendant ce temps, Rafe Delgado et Holden Kincaid patientaient dans le hall d'entrée, attendant le moment où ils pourraient raccompagner Vasily et ses acolytes à l'aéroport.

Détachant son regard des photos de famille encadrées qui trônaient sur la cheminée, Quinn se retourna vers son beau-père.

— Je peux comprendre que vous vouliez vous venger

de moi. Si Val a été tuée, c'est sans doute parce que ma réussite avait fait d'elle une cible. Mais Fiona…

— Jamais je ne ferai le moindre mal à ma petite-fille. Je suis venu en Amérique exprès pour elle. Elle est désormais ma seule famille. Je voulais la voir avant que ce satané cancer m'emporte.

Assis à l'autre extrémité du canapé dans lequel se trouvait Miranda, Vasily toucha du bout des doigts le plaid qui recouvrait Fiona. C'était à peine s'il avait la force de se tenir assis. Il semblait bien inoffensif pour son pays, après ces presque vingt années passées à l'ombre.

— Je regrette sincèrement que Valeska ne soit plus là au moment où je sors enfin de prison. J'ai lu les journaux, vous savez. J'ai bien compris que le Tueur de Jolies Dames tenait ma fille — votre femme — pour responsable de ses échecs. Je ne vous reproche rien.

Il caressait la frange du plaid. Fiona continuait à dormir.

— Mais je suis consterné d'apprendre que vous me soupçonnez d'avoir voulu faire du mal à Fiona.

— Quelqu'un l'a menacée.

Vasily frotta pensivement son menton.

— Ça pourrait être Nikolaï.

— Nikolaï Titov ? Mais pourquoi ? Il est l'un de mes partenaires commerciaux. En dehors du travail, nous ne nous fréquentons pas.

— Tout cela, c'est peut-être bien ma faute, déclara Vasily. Quand j'ai recouvré la liberté, j'ai demandé à mes associés de recueillir un maximum de renseignements sur ma fille et sur vous. Les choix que j'ai faits quand j'étais plus jeune m'ont privé de ma famille. J'avais de l'argent et du pouvoir. Mais toutes ces années d'emprisonnement m'ont fait comprendre qu'en réalité, je n'avais rien. Avant de mourir, je voulais renouer avec les miens.

— Je suis désolé de vous savoir en si mauvaise santé, Vasily. Mais vous et vos *associés* n'êtes pas des gens que j'ai très envie de voir traîner autour de ma fille.

Quinn prit place dans le fauteuil, en face du canapé.

— Mais parlez-moi un peu de Nikolaï, dit-il.

— Il est possible que mes investigations vous aient mis dans son collimateur.

— Comment cela ? Je lui ai fait gagner des millions de dollars. Pourquoi m'en voudrait-il au point de s'en prendre à Fiona ?

Vasily secoua la tête d'un air affligé.

— Comme je vous le disais il y a un instant, l'argent ne fait pas tout. Il y a dans la vie des choses bien plus précieuses.

— Oui mais, pardon d'insister, pourquoi Nikolaï m'en voudrait-il ?

Le vieil homme contempla longuement sa petite-fille endormie. Lorsqu'il leva les yeux vers Quinn, son regard était vif et perçant ; on n'y lisait plus aucune trace de mélancolie.

— Vous n'êtes pas au courant pour le fils de Nikolaï ?

— Je ne savais même pas qu'il avait un fils.

— Nos journaux sont moins lus en Amérique que les vôtres ne le sont chez nous, j'imagine.

Vasily s'extirpa lentement du canapé. Puis il rajusta son nœud de cravate et s'approcha de la cheminée pour regarder les photos posées dessus.

— J'ai entendu dire de source sûre que Nikolaï Titov ne faisait pas que fabriquer des munitions dans votre usine de St-Feodor.

— Cela ne m'étonne pas plus que ça. La production a toujours été faible par rapport à la taille des infrastructures. C'est d'ailleurs l'une des raisons qui nous ont amenés à fermer l'usine, bien que nous n'ayons jamais eu aucune preuve. A quelle sorte de commerce illicite se livrait donc Titov ? Au trafic de drogue ?

— Il s'était entendu avec des trafiquants d'armes qui cachaient leurs marchandises au milieu des cargaisons de munitions. Les douaniers n'y voyaient que du feu.

Quinn passa sa rage sur les bras du fauteuil, qu'il bourra de coups de poing. Non seulement ce salaud trafiquait dans son dos, mais voilà maintenant qu'il s'en prenait à sa fille ! Et il avait eu le culot de se présenter devant lui ! Et d'inviter son assistante à dîner !

— Le temps presse, Vasily. Venez-en à l'essentiel. Pourquoi Titov m'a-t-il fixé cet ultimatum m'obligeant à « réparer » ? Ça n'a aucun sens. *Que* suis-je censé réparer ?

Vasily passa un doigt sur la photo de Valeska portant dans ses bras Fiona bébé.

— Lorsque l'usine a fermé, les hommes avec lesquels il travaillait lui ont reproché de leur avoir fait perdre cinq millions de dollars. Ils ont kidnappé son fils et ont exigé qu'ils leur rendent cette somme s'il voulait revoir son fils vivant.

— Cinq millions de dollars ? dit Quinn en se levant et en rejoignant Vasily près de la cheminée.

C'était exactement la somme qu'on lui avait extorquée.

— Titov leur a remis les cinq millions qu'il m'a obligé à lui verser et en échange, il a récupéré son fils, c'est ça ?

— Non, pas vraiment.

— Qu'est-il arrivé au fils de Nikolaï ? intervint Miranda.

D'un hochement de tête, Vasily la félicita pour sa perspicacité.

— L'usine a fermé il y a plus d'un an, Quinn. Nikolaï n'a pas été en mesure de rembourser sa dette. Au bout de sept jours, son fils a été exécuté.

Miranda regarda Quinn avec des yeux horrifiés.

— Entre Noël et le jour de l'an, il y a sept jours, dit-elle. Ce sont ces sept jours cauchemardesques que Titov a vécus l'an dernier, après le kidnapping de son fils, qu'il s'efforce de reproduire à l'identique. La bombe, les menaces, et tout le reste, font sans doute partie des représailles dont il a lui-même été victime à ce moment-là.

— Ozzie Chang était l'indicateur dont il avait besoin pour s'en prendre à GSS et faire pression sur moi.

Miranda souleva avec précaution la tête de Fiona pour prendre son téléphone dans sa poche.

— Il faut prévenir le KCPD et le FBI. Ils vont lancer un avis de recherche contre Titov.

— Quel salaud ! lança Quinn en se dirigeant vers son téléphone pour appeler Elise Brown.

A sa connaissance, elle était la dernière personne à avoir vu Titov à Kansas City. Il leur restait vingt-quatre heures pour le retrouver et l'arrêter avant qu'il ne fasse subir à Fiona le même sort qu'à Ozzie Chang et qu'aux gardiens de l'usine du Kalahari.

— Alors que mes activités ont toujours été parfaitement légales, que lui trempait dans le trafic d'armes et utilisait mon usine comme couverture, il ose me reprocher d'être responsable de la mort de son fils ?

Vasily Gordeeva était bien le seul dans la pièce à comprendre le désir de vengeance de Titov.

— Œil pour œil. Enfant pour enfant, dit-il doctement.

Sous le soleil, la neige, d'une blancheur éclatante, obligeait Quinn à plisser des yeux tandis qu'il regardait l'avion qui ramenait Vasily et ses acolytes au Lukinbourg décoller de l'aéroport international de Kansas City.

Pendant ce temps, dans le hall, les agents du FBI qui avaient escorté les trois hommes parlaient dans leurs téléphones portables.

Lorsque l'appareil ne fut plus qu'un point minuscule dans le ciel limpide, Quinn se détourna.

Dans un élan de compassion envers un homme qui se savait condamné, il avait fait don à Vasily, juste avant son départ, de la photo de Valeska et Fiona qui se trouvait sur la cheminée. Très ému, Vasily l'avait embrassé sur les deux joues et lui avait juré qu'il n'oublierait pas les heures merveilleuses qu'il venait de passer en compagnie de sa petite-fille.

Tant mieux. Cela le consolait un peu des bouderies de Miranda, qui lui battait froid depuis que l'alarme avait mis brutalement fin à leur partie de jambes en l'air dans la cuisine. Avec toutes ces émotions, Quinn avait le plus grand mal à se concentrer. Mais il y avait au moins une chose dont il était sûr : aussi impatients qu'ils soient l'un et l'autre de se lancer dans cette aventure, coucher avec la jeune femme aurait été une grave erreur. Il ne savait plus très bien où il en était ; la peur qu'il avait de perdre Fiona était aussi grande que son désir pour Miranda. Sans parler de la colère qu'il éprouvait à l'égard de Titov et, dans une moindre mesure, à l'égard de Vasily, qui s'était mis dans la tête de retrouver sa petite-fille. Si Vasily ne lui en avait pas indirectement donné l'idée, Titov n'aurait peut-être jamais ourdi cette vengeance complètement dingue.

Oui, compte tenu du maelstrom émotionnel dans lequel il se débattait, Quinn estimait déraisonnable de démarrer une relation avec Miranda.

D'autant plus qu'il voulait que la jeune femme se

concentre sur sa mission de protection. La sécurité de Fiona devait rester sa priorité. Les vexations, les quiproquos, les pulsions qui pouvaient surgir entre eux étaient secondaires. Et elles le demeureraient tant que ce cauchemar ne serait pas terminé, et que sa fille ne serait pas définitivement hors de danger.

En échange de la photo, il avait fait promettre quelque chose à Vasily.

En conséquence de quoi, même s'il avait rencontré une femme exceptionnelle, une femme absolument merveilleuse, et assez folle pour s'éprendre de lui, il devait la laisser partir. Car sa fille passait en premier. Il souffrait comme un damné et s'en voulait de faire de la peine à la jeune femme, mais il n'avait pas le choix.

Le mystère des BMW noires avait été résolu. Vasily s'était excusé d'avoir essayé de s'introduire dans la propriété et pour ce faire, d'avoir dû droguer les gardiens en faction devant le portail. Il promit à Miranda qu'il punirait comme ils le méritaient ses hommes pour lui avoir tiré dessus et avoir tenté de l'écraser.

Apparemment, il n'avait rien à voir avec le mystérieux colis, la poupée ensanglantée et la bombe.

L'homme qui était à l'origine de ces actes courait toujours.

Damiani et Cie étaient en alerte maximum. Les systèmes de sécurité avaient tous été vérifiés à maintes reprises. L'équipe de choc de Michael, le SWAT Team 1, montait la garde autour de la propriété. Et Miranda ne quittait pas Fiona d'une semelle.

Il ne pouvait rien arriver à sa fille.

Quinn allait devoir décevoir son ennemi. Titov pouvait exiger de lui tout l'argent qu'il voudrait, il paierait sans discuter ; mais jamais, au grand jamais, il ne consentirait à « réparer ». En aucun cas il ne sacrifierait Fiona pour venger Titov de la perte de son fils.

Maintenant, il fallait qu'il rentre et s'occupe de sa fille jusqu'à ce que tout danger soit écarté.

Toujours au téléphone, les deux agents du FBI interrompirent leur conversation.

— Vous en êtes sûr ? demanda l'un d'eux. Il n'y a vraiment aucune trace de lui nulle part ? Il n'a pas embarqué dans un avion ou un bateau ? Il n'a pas passé la frontière ?

Quinn sentit un grand froid l'envahir.

— Il n'a pourtant pas pu se volatiliser. Titov est forcément quelque part.

— S'il a quitté le pays, dit l'autre homme à Quinn en éteignant son téléphone, c'est sous un faux nom. Nous n'avons pas réussi à le démasquer.

Il prit Quinn par le bras et l'entraîna vers sa voiture, garée devant le terminal.

— Nous allons devoir vous mettre en lieu sûr, monsieur Gallagher.

— Contentez-vous de me ramener chez moi.

Quand son collègue les eut rejoints et que l'agent eut démarré, Quinn appela à son domicile.

C'est David Damiani qui lui répondit.

— Oui, patron ?

— Ne quittez pas ma fille des yeux un seul instant. Prévenez Miranda, Michael Cutler et vos hommes. Les fédéraux n'arrivent pas à mettre la main sur Titov. Il peut être n'importe où.

24 mn avant minuit, le soir du réveillon du jour de l'an.

A la première explosion, Miranda crut que des fêtards

193

dans le voisinage s'amusaient à tirer des feux d'artifice ; un soir de réveillon, c'était une pratique somme toute assez courante. Ouvrant un œil pour s'assurer que Fiona ne s'était pas réveillée, elle en profita pour regarder l'heure. Elle se demanda alors si cet affreux cauchemar prendrait *vraiment* fin dans vingt-quatre minutes — ou, si Nikolaï Titov estimait qu'il n'y avait pas eu réparation, si au contraire la nouvelle année serait le début d'un cauchemar encore plus terrible.

Elle se renfonça dans son rocking-chair, bougea les orteils coincés dans ses bottes, et remonta frileusement le plaid sous son menton avant de s'assoupir de nouveau. Pourquoi était-elle aussi somnolente ? Elle se sentait groggy comme un boxeur après un mauvais match. Certes, elle s'était souvent couchée tard, ces derniers temps, et toutes ces péripéties l'avaient épuisée, mais elle était l'ultime ligne de défense entre Fiona et la menace que Titov faisait peser sur elle. Il fallait donc qu'elle se secoue.

Elle se redressa d'un coup lorsqu'un second boum retentit. Ce mouvement brusque eut pour effet de déclencher le flipper qui s'était logé dans son crâne.

— Bon sang ! Qu'est-ce qui me vaut cette migraine ?

Et cette odeur qu'elle venait seulement de remarquer — de vagues relents de soufre, d'où diable venait-elle ? Une espèce de brume jaunâtre filtrait sous la porte. Oh, mon Dieu ! Elle était victime d'une attaque chimique. Un somnifère en suspension dans l'air était tout doucement en train de l'endormir.

— Miranda ?

Elle reconnut la voix de Quinn, qui l'appelait depuis le couloir. Il frappa deux coups à la porte puis elle entendit le bruit mat d'un corps qui s'écroulait lourdement sur la moquette.

— Quinn ?

Elle se leva et alla jusqu'au lit en titubant pour vérifier que Fiona respirait encore. Ouf ! Le gaz n'était pas un poison fulgurant.

Miranda avait les jambes en coton et ses pieds étaient lourds comme du plomb. Elle dût s'agripper aux montants du lit pour arriver à en faire le tour. Quinn semblait en mauvaise posture, dans le couloir. Si elle s'évanouissait elle aussi, ils étaient fichus. Faisant demi-tour, elle se dirigea vers les fenêtres, de part et d'autre de la bibliothèque.

— Miranda ?

La porte s'ouvrit brusquement et Quinn s'affala par terre. Il ne portait que ses lunettes et le vieux pantalon de jogging qui lui servait de pyjama. Il referma vite la porte et se servit de sa robe de chambre pour en calfeutrer le bas.

— Le gaz… vient… d'en bas. Fiona… ça va ?

— Vite, de l'air.

En tombant contre l'étagère, Miranda cogna son bras blessé. La douleur lancinante qui se propagea jusqu'au bout de ses doigts la tira de sa torpeur.

— Il faut qu'on ouvre une fenêtre.

— Fiona ?

Quinn rampait sur le sol moquetté en direction du lit de sa fille.

Miranda souleva le loquet de la première fenêtre et essaya de l'ouvrir. Mais elle était trop faible. Ses genoux se dérobèrent sous elle. Ils étaient perdus. Elle ne pouvait plus rien pour eux. Plus rien du tout.

Allongée par terre, elle était sur le point de perdre connaissance lorsqu'une voix forte la rappela à l'ordre.

— Miranda !

Quinn avait besoin d'elle.

— Allez-y, mon cœur, ouvrez cette fenêtre et sauvez Fiona.

Oui. Elle n'allait pas laisser tomber ceux qui comptaient sur elle.

S'agrippant à la bibliothèque, elle réussit à s'accroupir tant bien que mal et à saisir le rebord de la fenêtre. Il fallait maintenant qu'elle se relève, mais ses jambes refusaient obstinément de la porter. Et la fenêtre était impossible à ouvrir.

Puisant dans sa seule volonté la force de se mettre debout, elle prit appui sur les étagères qui, l'une après l'autre, lui permirent de se redresser complètement. Lorsqu'elle atteignit celle du haut, elle tâtonna jusqu'à ce que ses doigts tombent sur son Glock.

Tic, tac, soufflait en elle une petite voix cruelle. Le temps presse.

De l'air. Il leur fallait de l'air. Ils allaient s'évanouir. Et peut-être même mourir.

Ses jambes étaient en guimauve, et sa vue toute brouillée, mais ses mains, à force d'entraînement, connaissaient les gestes par cœur. Comme gouvernée par un pilote automatique, Miranda sortit le revolver de son étui, le prit bien en main, mit son doigt sur la détente. Elle le leva et tira trois balles dans la fenêtre, qui vola en éclats.

Une grande bouffée d'air frais s'engouffra dans la pièce. Respirant à pleins poumons, Miranda commença à recouvrer ses esprits. Elle rangea son revolver dans la poche arrière de son jean et alla ouvrir la seconde fenêtre.

Un autre boum retentit. Elle tendit l'oreille. Cela venait de la maison. La torpeur qui l'avait envahie se dissipant très vite, elle identifia sans mal l'origine de ces bruits.

Il s'agissait de coups de feu.

Aïe. Les choses se gâtaient.

Elles se gâtaient d'autant plus qu'en tirant dans la fenêtre, elle venait de faire savoir à l'intrus qu'elle *aussi* était armée.

Il allait falloir faire vite.

— Quinn ? Quinn, réveillez-vous !

Etendu de tout son long sur la moquette, il ne bougeait plus. Elle s'agenouilla à côté de lui, le mit sur le dos et posa une main sur sa poitrine.

Dieu merci, son cœur battait.

— Quinn ?

Elle lui tapota les joues, s'efforça de le faire revenir à lui.

— Quinn, je vous en prie. Il faut que nous sortions d'ici. Quelqu'un s'est introduit dans la maison.

Rien. Pas moyen de le réveiller.

Elle se leva et le tira par le bras, mais elle ne réussit qu'à le tourner sur le côté. Il était trop lourd ; jamais elle n'arriverait à le traîner hors de la chambre. Surtout que loin des fenêtres, elle respirait le gaz asphyxiant et sentait de nouveau ses forces l'abandonner.

— Je vais revenir vous chercher.

Elle se pencha et posa un baiser sur ses lèvres.

— Le devoir avant tout, d'accord ? Je vais faire sortir Fiona. Pendant ce temps, il va falloir que vous vous réveilliez. O.K. ?

Il marmonna quelque chose.

— Qu'est-ce que vous dites ? demanda-t-elle en se penchant davantage.

— Partez. Sauvez-la.

— Promis. Ne vous inquiétez pas pour elle.

Quelqu'un marchait au sous-sol, dans la salle de contrôle. Elle l'entendait aller et venir. Comment Titov ou l'un de ses hommes avait-il pu s'introduire dans la

197

maison — malgré les gardiens, les portails, les policiers, les combinaisons des serrures de sûreté ?

— Viens par ici, ma chérie, dit Miranda en enveloppant la fillette dans le plaid qu'elle avait pris sur le rocking-chair.

Elle porta Fiona jusqu'à la fenêtre ouverte et ouvrit du pied la moustiquaire qui donnait sous la véranda du haut.

Les pas s'étaient rapprochés. L'intrus était monté au rez-de-chaussée et se trouvait maintenant dans le hall d'entrée. Pour se déplacer aussi vite sans ressentir les effets du gaz, il devait porter un masque.

— Quinn ! Il arrive ! lança-t-elle à voix basse en se retournant.

A quatre pattes, Quinn tentait désespérément de se relever.

— Allez-y.

— Il a un revolver.

Ayant réussi à se mettre debout, Quinn prit appui sur l'un des montants du lit.

— La commande centralisée des dispositifs de sécurité a dû être déconnectée, dit-il en se traînant jusqu'au montant suivant. Plus rien ne fonctionne. Ni les lumières, ni les alarmes.

En effet. Un silence de mort régnait dans la maison. Et dehors, c'était pareil. Elle avait tiré trois balles dans une des fenêtres de la façade et personne n'avait bougé. Il y avait pourtant presque autant de gardiens dans la propriété qu'à Fort Knox. Ceux qui se trouvaient en faction au portail auraient dû débouler lorsque la fenêtre avait volé en éclats. Mais rien ne s'était passé comme prévu. Toutes les précautions prises par Quinn n'avaient apparemment servi à rien.

Brusquement, elle comprit ce qu'il avait en tête.

198

— Non, vous venez avec moi. Une fois dehors, nous appellerons du renfort.

L'intrus était en train de monter.

Galvanisée par la peur, Miranda avait retrouvé sa lucidité. Son cerveau fonctionnait à présent à trois cents à l'heure.

— Suivez-moi, dit-elle. Nous allons courir jusqu'au portail. Nous trouverons bien un moyen de passer par-dessus. Laissez tomber votre système de sécurité.

— Je peux le réparer.

La jeune femme revint sur ses pas et décréta :

— En ce cas, je reste avec vous.

Mais Quinn n'était pas d'accord. La poussant vers la fenêtre, il se pencha pour embrasser Fiona.

— Non, je veux que vous emmeniez ma fille et la mettiez en lieu sûr. C'est pour la protéger que je vous ai engagée.

Ses yeux bleus brillaient d'un éclat inhabituel lorsqu'il prit le visage de Miranda entre ses mains et qu'il l'embrassa avec fougue sur la bouche.

— Je regrette que cela tombe aussi mal, murmura-t-il. Avant de vous rencontrer, je ne pensais pas qu'un jour je pourrais retomber amoureux.

Les pas se rapprochaient de plus en plus.

— Quinn.

Il dégagea sa queue-de-cheval, coincée par la tête de Fiona, toujours endormie contre sa poitrine, et la remit doucement dans son dos.

— Pour fêter le nouvel an, je vous donnerai un vrai baiser, promit-il. Mais il faut d'abord que j'aille régler son compte à ce salopard.

Il aida la jeune femme à enjamber le chambranle de la fenêtre et à accéder à la véranda et rentra se réfugier dans la penderie juste au moment où une silhouette sombre se découpait lugubrement dans l'encadrement de la porte.

Miranda courait comme une dératée dans la neige compacte sans penser à rien d'autre qu'à sauver la fillette dont elle avait la charge. Lorsqu'elle arriva sur le pont, Fiona se réveilla enfin.

— Randy ?

Miranda l'embrassa sur le front.

— Merci mon Dieu, dit-elle, intensément soulagée. Je suis là, ma puce. Ne t'inquiète pas.

— J'ai froid, gémit l'enfant.

En y réfléchissant, Miranda avait froid, elle aussi, mais ce n'était pas grave. Peu lui importait qu'il fasse froid ou qu'il fasse noir, il fallait qu'elle continue, coûte que coûte.

Elle n'avait qu'une idée en tête : mettre Fiona en lieu sûr et retourner chercher son père.

Entre les barreaux du portail, en dépit de l'obscurité, elle vit bouger quelqu'un. Craignant qu'on ne lui tire dessus, elle s'écarta de l'allée en zigzaguant et plongea tête la première dans la neige.

— KCPD ! cria une voix d'homme.

— Qui êtes-vous ? demanda au même moment Miranda.

Le faisceau d'une torche puissante l'éblouit.

— Murdock ? dit l'homme en baissant sa torche. C'est Holden Kincaid et Trip Jones.

Muni lui aussi d'une torche, qu'il promenait autour de lui, comme s'il cherchait quelque chose, Trip Jones se tenait près du mur.

— Je ne comprends pas, maugréa-t-il. Plus rien ne fonctionne. Mais qu'est-ce qui se passe, bon sang ? Nous avons entendu des coups de feu.

Serrant Fiona dans ses bras, Miranda se releva et rejoignit ses deux collègues du SWAT au portail.

— Combien en avez-vous entendu ?

— Trois.

Elle secoua la tête. S'ils n'en avaient entendu que trois, c'était probablement parce que la maison était insonorisée.

— C'était moi. J'ai été obligée de tirer dans la fenêtre. Une sorte de gaz asphyxiant a été diffusé dans la maison.

— Le portail est impossible à ouvrir, dit Holden en secouant d'une main gantée l'un des barreaux de la grille métallique. Le seul moyen d'entrer est d'escalader le mur ou d'attaquer les barreaux au chalumeau. Le sergent va arriver avec le fourgon et quelques mètres de corde.

— L'un de vous deux aurait-il une radio et du matériel de survie à me prêter ?

Avec leurs carrures d'athlète, ni Kincaid ni Jones ne pouvaient espérer se glisser entre les barreaux, mais le bout de chou que Miranda tenait dans ses bras passerait sans problème.

— Tenez, prenez-la.

— Randy, pleurnicha Fiona.

— N'aie pas peur, ma puce. Il va falloir que tu sois une grande fille si tu veux m'aider, dit Miranda en tendant la fillette à Holden. Vous l'avez ?

Et dire qu'elle confiait son précieux fardeau à l'homme qu'elle soupçonnait d'être revenu au KCPD pour lui piquer sa place ! Peut-être Kincaid était-il toujours dans le même état d'esprit, mais ce soir, elle s'en fichait. Ce soir, il n'y avait aucune rivalité entre eux. Ce soir, ils étaient solidaires les uns des autres. Seul un travail d'équipe leur permettrait de vaincre l'ennemi.

— Il faut que je retourne dans la maison pour aller chercher ton papa, expliqua-t-elle à l'enfant.

— Attendez. Vous n'allez nulle part avant d'avoir fait un rapport en bonne et due forme, protesta Trip.

Il lui passa une radio et des écouteurs.

— Alex et le capitaine sont en route, ajouta-t-il. Les hommes de Damiani ne répondant plus aux appels, ils vont voir ce qu'ils sont devenus.

Il y avait un protocole à respecter. Des consignes à suivre. Des règles à appliquer. Quand on faisait partie du SWAT, on ne pouvait pas les ignorer. Il n'y avait pas trente-six façons d'accomplir une mission vite et sans danger. Or c'était exactement comme cela que Miranda entendait s'acquitter de la sienne.

Tout en accrochant la radio à son col et en vérifiant qu'elle fonctionnait, elle fit un bref rapport à son chef.

— Quelqu'un a saboté l'intégralité du système de sécurité de la propriété. Plus rien ne fonctionne. Quinn va essayer de le réparer.

— Tenez, voilà l'équipement, dit Trip en lui passant un gilet pare-balles, une torche électrique, une paire de gants, un bonnet de laine, une pince, un revolver de rechange et un masque à gaz.

Tout en s'harnachant, Miranda expliqua :

— Il y a un intrus dans la maison. Armé. Il a tiré à trois reprises. J'y retourne tout de suite.

— Attendez que les autres arrivent, insista Trip. Une fois que nous aurons ouvert ce fichu portail, nous encerclerons la villa.

— Non, ça ne peut pas attendre.

— Murdock ! grogna Kincaid en guise d'avertissement.

Elle fit volte-face et pointa un doigt sur lui.

— S'il arrive quoi que ce soit à cette enfant, vous aurez affaire à moi !

202

Sur ces mots, elle partit en courant. Comme elle crapahutait dans la neige, elle entendit Kincaid demander :

— Tu crois qu'elle va y arriver ?

— Bien sûr que oui, répondit Trip sans l'ombre d'une hésitation.

Il ne lui restait plus qu'à y croire, elle aussi.

Miranda passa par-dessus la rambarde de la terrasse et grimpa le long des colonnes de stuc pour accéder à la véranda du premier étage. Sans faire de bruit, elle se faufila dans la chambre de Fiona par la fenêtre cassée et retint son souffle, à l'affût d'un mouvement. Rien. Elle se baissa et renifla. L'odeur de soufre avait disparu. Allumant sa radio, elle murmura :

— J'y suis. J'entre.

— Bien reçu.

La voix grave du capitaine Cutler la fit sursauter. Puis la rassura la seconde d'après.

— Vous auriez mieux fait d'attendre au portail. Delgado vient d'arriver avec la corde. Jones et Taylor vont monter vous donner un coup de main dans deux minutes.

— Entendu, mon capitaine.

Elle prit une profonde inspiration. Deux minutes étaient interminables quand on prenait d'assaut une maison à l'intérieur de laquelle se trouvait un otage. Elle devait faire face seule. Il lui appartenait de sauver l'homme dont elle était tombée amoureuse. Elle n'avait pas droit à l'erreur.

— Je vais devoir couper ma radio. Murdock. Terminé.

Elle éteignit sa radio et s'avança dans la chambre.

Personne en vue. La porte de la chambre forte qui se trouvait dans la penderie était grande ouverte. Quinn n'y était plus.

203

La peur s'empara d'elle. Ce n'était pourtant pas le moment de paniquer. Si elle voulait sauver sa peau et celle de Quinn, elle avait intérêt à garder la tête froide. Si Quinn n'était pas là, après tout, c'était plutôt bon signe. Cela indiquait que l'homme qu'elle avait aperçu juste avant de filer avec Fiona ne l'avait pas tué. Pas dans cette pièce, en tout cas. Mais peut-être n'avait-il pas l'intention de le tuer. Et si cet homme était l'un des gardiens de David Damiani ? Ou Damiani lui-même qui, équipé d'un masque à gaz, était venu en aide aux occupants de la maison asphyxiés par les émanations toxiques ?

« Continue comme ça, se dit-elle. Sois positive. » Les hommes de Damiani n'étaient pas loin, et sa propre équipe n'allait pas tarder à arriver. Elle braqua sa torche sur sa montre. Dans une minute et demie, tout au plus, le renfort serait là.

Elle gagna la porte et jeta un coup d'œil dans le couloir. La voie était libre. Elle fouilla tout le premier étage sans résultat. Quinn n'était nulle part. Où diable était-il passé ? Où avait-il été emmené ?

Elle descendit au rez-de-chaussée, bien décidée à le retrouver, quitte à fouiller chaque recoin de la villa. Elle n'eut pas à chercher longtemps. Lorsqu'elle entra dans la cuisine, elle vit des jambes qui dépassaient de sous la table.

— Quinn ?

Le cœur battant à tout rompre, elle se précipita vers le corps étendu sur le carrelage. Jamais la vue d'une chemise, d'un pantalon de tergal ou d'une chevelure blonde ne lui avait procuré un tel soulagement. Grâce à Dieu, ce n'était pas Quinn ! Elle fronça les sourcils en observant le visage de l'homme, qui avait été abattu d'une balle entre les deux yeux. C'était Rowley et il avait été victime d'un règlement de comptes, apparemment.

Elle trouva Holmes devant la porte du garage. Tué lui aussi d'une balle dans la tête. Pas étonnant qu'ils n'aient pas répondu à leur appel !

Mais toujours pas de Quinn. Il n'y avait pourtant aucun moyen de sortir de la maison, ni d'ailleurs de la propriété puisque ses collègues étaient au portail.

Elle consulta sa montre. Dans quatre minutes, il serait minuit. Trip et Alex avaient dû passer par-dessus le mur. Ils allaient arriver d'un instant à l'autre. Il faudrait qu'elle les mette au courant de la situation. Le gaz asphyxiant s'était dissipé. Il y avait deux cadavres, à deux endroits différents de la maison. Et elle n'avait pas encore exploré le sous-sol.

Elle alluma sa radio, mais l'éteignit trois secondes plus tard, ayant entendu des voix provenant de la salle de contrôle, au sous-sol. Une main sur la bouche, elle réprima un cri de soulagement. Quinn.

— Je me doutais qu'il y avait un traître au sein de GSS. Nikolaï avait le mobile, mais je ne voyais ni comment il aurait pu pirater mon système informatique pour m'envoyer ces messages, ni comment il aurait pu poser la bombe ou saboter les dispositifs de sécurité de la villa.

Elle regarda autour d'elle, surprise d'entendre aussi distinctement la voix de Quinn. Lorsqu'elle baissa les yeux, elle comprit. La bouche d'aération dans le sol ! Voilà le moyen d'accéder à la salle de contrôle sans prendre l'escalier et risquer de tomber dans une embuscade !

— Vous ne m'avez pas répondu et j'ai horreur des questions qui restent sans réponse. Je sais pourquoi Titov voulait me tuer et pourquoi il voulait tuer ma fille. Je ne l'approuve pas mais je peux le comprendre. Mais *vous*, bon sang, pourquoi faites-vous cela ?

Lorsqu'elle entendit la voix de l'interlocuteur de Quinn, Miranda n'en crut pas ses oreilles.

— Parce qu'il me paie énormément, et aussi, ajouta David Damiani avant que Quinn ne l'interrompe, parce que je voulais prouver que j'étais plus fort que vous.

Quinn ne s'était finalement pas réfugié dans la chambre forte. Au dernier moment, il avait changé d'avis et décidé de protéger la fuite de Miranda et de Fiona en détournant l'attention de l'intrus. Il avait donc sauté sur David Damiani et lui avait arraché son masque à gaz.

Comme il y avait une éternité qu'il ne s'était pas battu, le pugilat se soldait pour lui par un œil au beurre noir, un verre de lunettes fendu et quelques hématomes. Malgré son nez cassé, Damiani l'avait traîné dans la salle de contrôle, comme Quinn l'avait secrètement espéré, et l'avait attaché sur la chaise la plus éloignée des moniteurs mais la plus proche du boîtier de transmission par satellite.

Il ne restait plus qu'à prier pour que David soit si vaniteux qu'il oublie que c'était Quinn lui-même qui avait conçu cette pièce, et pour que Miranda soit, comme le prétendait Cutler, l'un des meilleurs éléments du SWAT, ce dont Quinn, du reste, ne doutait pas une seconde.

Il jeta un coup d'œil à la pendule sur le mur. Il disposait d'une minute pour abattre sa dernière carte.

— Que se passe-t-il si à minuit, vous n'avez pas fini le travail ? Jamais vous n'aurez ma fille. Titov vous pardonnera-t-il d'avoir failli à votre mission ?

— Comment pouvez-vous être aussi sûr que je n'aurai pas Fiona ? répliqua Damiani, plein de morgue. Quand vous serez mort — ce qui ne saurait tarder — je serai le seul survivant d'un cambriolage qui aura coûté la vie au grand Quinn Gallagher. Ce sera à la une de tous les journaux. Je passerai pour un héros car je serai le seul à m'en être sorti. J'ai absolument tout prévu. Y compris de m'occuper de cette pipelette de Calamity Jane avec qui vous semblez si bien vous entendre.

Il fit un pas vers Quinn, le canon de son Beretta pointé sur lui.

— Vous croyez peut-être que je ne sais pas qu'elle va revenir vous chercher ? Je suis prêt à parier qu'elle va rappliquer. Mais elle ne pourra pas descendre sans prendre cet escalier et tomber sur moi. Je l'attends de pied ferme.

— Etes-vous sûr que les cinq millions de dollars sont pour vous, David ? Où est passé Nikolaï, d'ailleurs ? Il est toujours dans le coin ? A moins qu'il ne soit dans sa banque suisse, en train de compter ses sous ?

— Vous tenez vraiment à le savoir ? Il est retourné à St-Feodor, figurez-vous. Il lui suffit de regarder son écran de télévision pour savoir tout ce qu'il se passe ici.

Son rire sardonique, lorsqu'il tendit le bras pour allumer le boîtier de transmission, était plus pathétique qu'effrayant.

— Nikolaï, mon cher.

Le visage de Titov, avec sa barbichette poivre et sel, apparut à l'écran.

— J'ai votre trophée, continua Damiani en pressant le canon de son revolver contre le front de Quinn. Dois-je le tuer maintenant ?

— Non, attendez encore un peu.

Relevant la manche de sa veste pour consulter sa montre, Nikolaï ajouta :

— Mon fils a été exécuté à minuit pile. M. Gallagher subira le même sort.

Malgré la situation critique dans laquelle il se trouvait, Quinn faillit éclater de rire.

— Je salue votre sagacité qui vous a permis de découvrir que la liaison satellite n'était pas connectée au reste du système.

— Trente secondes, David, annonça Nikolaï. Il y a longtemps que j'attends ce moment, Quinn. Vous regarder souffrir a été extrêmement jouissif. Vous m'avez tout pris : mon usine, mon argent, mon influence au Lukinbourg. J'ai tout perdu lorsque mes associés m'ont pris mon fils. Dites-vous bien qu'une fois mort, vous ne serez plus là pour protéger votre fille, qui sera alors une proie facile.

— Allez au diable, Titov.

— Je le tue, Nikolaï ?

— Il reste vingt secondes.

David se mit à marcher de long en large, décomptant les secondes à chaque pas.

— J'ai toujours voulu prouver que j'étais plus fort que vous. Je suis le chef de la sécurité que *vous* avez engagé. Je veille sur GSS, qui veille sur des milliers de policiers et de militaires de par le monde, et sur toutes les vieilles dames du voisinage. C'est à *moi* que tous ces gens doivent leur sécurité, mais c'est à *vous* qu'ils font des courbettes. Celui qui passe pour un génie, c'est vous. Mais laissez-moi vous dire une chose, patron : en matière de sécurité, je suis bien plus malin que vous. Je devrais d'ailleurs songer à me mettre à mon compte. En attendant, je vous ai bien roulé. J'ai eu tout ce que je voulais : l'argent, les combinaisons de toutes les serrures de sûreté de l'entreprise et de la villa…

— Les combinaisons, l'interrompit Quinn, c'est Ozzie qui vous les a données.

— Je reconnais qu'il m'a aidé, mais j'ai dû lui forcer

208

un peu la main. Il a fallu que je mette une bombe dans vos locaux pour lui flanquer la trouille. Et que je l'élimine ensuite pour m'assurer de son silence. Quant à Holmes et Rowley, si je les ai liquidés, c'est pour ne pas avoir à partager avec eux. Il ne reste que vous et moi, patron. Et aux douze coups de minuit, il ne restera que moi.

— Dix secondes.

Nikolaï jubilait.

— Bravo, David. Je vous félicite.

Quinn voulait le faire parler, obtenir de lui des aveux complets, car il savait que les renseignements généraux espionnaient toutes les communications satellites avec l'étranger. Quelque part dans le pays, quelqu'un était donc en train de visionner toute la scène.

— Si je comprends bien, vous voulez m'évincer ? Me voler tous mes brevets, toutes mes inventions ? C'est bien cela ?

— Ça doit être dur à avaler, hein, patron ?

Quinn haussa les épaules.

— Il y a une chose que vous semblez avoir oubliée.

— Ah oui, laquelle ?

Un ange blond couvert de poussière apparut à la sortie de la conduite d'air et sauta sur le sol juste derrière eux. David se retrouva avec un revolver pointé sur la nuque.

— Vous avez oublié de liquider la nounou, répondit Quinn avec un sourire.

209

13

Jour de l'an.

Se drapant dans la serviette-éponge blanche de l'hôtel, Miranda se fabriqua une sorte de paréo qu'elle noua au-dessus de sa poitrine. Puis elle peigna ses cheveux mouillés et décida de les laisser sécher librement dans son dos.

— Un vrai canon, estima-t-elle en contemplant son reflet dans le miroir. Pour une championne de boxe toutes catégories !

Elle effleura du bout des doigts le magnifique hématome qui ornait sa joue et examina l'entaille et les points de suture qu'elle avait au bras. Tant qu'elle y était, elle entreprit de dénombrer toutes les traces de coups et toutes les éraflures que lui avaient valu les *fêtes* de fin d'année.

Arrivée à vingt, elle jeta l'éponge. Et soupira. Qu'avait-elle exactement à offrir à Quinn, en dehors de son cœur ?

Elle ne savait pas si c'était parce que les contraires s'attiraient, ou parce que dans l'adversité, les gens se liaient plus facilement, ou encore parce qu'il était le portrait craché de son superhéros préféré, mais ce qui était sûr, c'était qu'en l'espace d'une semaine, Miranda s'était éprise de Quinn Gallagher, et qu'elle en était folle amoureuse.

Sur le plan professionnel, les choses s'arrangeaient pour elle. Il fallait juste qu'elle cesse de remâcher les erreurs qu'elle avait commises par le passé. Le capitaine Cutler avait entrepris des démarches auprès de sa hiérarchie pour que les équipes du SWAT comptent désormais non plus cinq mais *six* policiers, car dans leur dernière intervention, arguait-il, chacun des six membres de l'équipe s'était révélé indispensable au bon déroulement des opérations.

Miranda était d'ailleurs prête à revoir sa position vis-à-vis de Holden Kincaid. Désormais, elle le considérerait, à l'instar de ses autres collègues du SWAT, comme un grand frère de substitution plutôt que comme un ennemi. C'était sa psychologue qui allait être étonnée. Avec tous les changements intervenus dans sa vie récemment, le Dr Kilpatrick irait de surprise en surprise la prochaine fois qu'elle la consulterait.

David Damiani avait été arrêté et inculpé de meurtres. Elise Brown, rongée par une culpabilité non fondée que Miranda comprenait parfaitement, avait pris des congés. Apparemment, Nikolaï Titov s'était servi d'elle. Pour savoir comment Quinn réagissait aux menaces qu'il recevait à l'encontre de GSS et de Fiona, Titov n'avait pas hésité à faire du charme à Elise, qui était tombée dans le panneau. Maintenant que le FBI et Interpol avaient lancé un mandat d'arrêt contre Titov, Miranda envisageait de prendre elle aussi quelques jours de repos, car elle avait besoin de s'assurer qu'elle était bien la femme que Quinn attendait et la maman qui manquait à Fiona.

Cette mission étant de la plus haute importance, elle décida de s'y atteler sur-le-champ.

Remontée à bloc, elle sortit de la salle de bains et heurta Quinn de plein fouet. Il était torse nu, arborant un pantalon de jogging flambant neuf qu'il avait acheté dans la boutique de l'hôtel, et ce sourire irrésistible qui flanquait de la tachycardie à Miranda. Troublée, elle s'empourpra et oublia ce qu'elle voulait lui dire.

Il se pencha vers elle et lui vola un baiser.

— Bonne et heureuse année !

Miranda lui décocha un sourire.

— C'est à minuit qu'on est censés se souhaiter une bonne année, fit-elle remarquer.

Il haussa ses magnifiques épaules.

— J'ai eu un léger contretemps.

Entrelaçant ses doigts aux siens, il l'entraîna vers la chambre. Fiona occupait l'un des deux lits doubles, qu'elle partageait avec Julie.

— Qu'en dites-vous ?

Elle contempla d'un air attendri le visage de la fillette et songea que les enfants avaient bien de la chance. Elle leur enviait leur innocence et leur belle insouciance.

— Elle dort ? demanda-t-elle.

— A poings fermés, assura Quinn avant de préciser : Je ne parlais pas de Fiona, mais de nous.

— Quinn ! protesta Miranda dans un accès de pudeur lorsqu'il la poussa sur le lit et se laissa tomber sur elle.

Il roula sur le côté et se mit à lui caresser les cheveux, le visage, le cou, et à l'embrasser. Tendrement. Voracement. Tantôt timides, tantôt audacieuses, ses lèvres, sa langue, ses dents lui firent presque oublier qu'ils n'étaient pas seuls dans la pièce. Hagarde, éperdue de désir, c'est d'une voix haletante qu'elle souffla :

— On ne peut quand même pas faire pas ça ici.

— Où, alors ? Ma maison est sous scellés, et mon bureau tout vitré. Cet hôtel semble donc être l'endroit approprié. La porte ferme à clé. Personne ne viendra nous déranger. D'autant plus que deux de vos collègues du SWAT montent la garde devant l'hôtel. Nous pouvons donc… nous laisser aller.

— Oui, mais ce que je veux dire, c'est qu'ici, avec…

Découvrant une tension à la jonction de son cou et de son épaule, il entreprit de la lui dénouer. Il massa la zone douloureuse, l'embrassa, la lécha, la mordilla jusqu'à ce que Miranda, toute frémissante, demande grâce.

— Ecoutez-moi deux secondes, dit-elle en prenant son visage entre ses mains et en l'obligeant à la regarder. Nous ne pouvons pas faire ça ici, avec Fiona qui dort dans le lit d'à côté.

— Parce que vos cris risquent de la réveiller ?

Tendant la main vers son torse, elle prit un de ses tétons entre son pouce et son index et le lui pinça. Ses pectoraux se contractèrent tandis qu'il étouffait un gémissement de douleur.

— Pas les miens, non, mais les vôtres, riposta-t-elle du tac au tac.

— Vous êtes… Je…

Le grand Quinn Gallagher ne savait plus quoi dire.

Mais s'il était à court de mots, il n'était pas à court d'idées. Avec douceur mais détermination, il aida Miranda à se relever et l'entraîna vers la salle de bains.

Il verrouilla la porte derrière eux et fit asseoir la jeune femme sur le meuble dans lequel était encastré le lavabo. Le contact froid du plateau de granit sous ses fesses et ses cuisses la surprit, mais elle n'y pensa bientôt plus. Quinn lui arracha sa serviette et se jeta sur ses seins, qu'il se mit à couvrir de baisers fébriles, à lécher, à titiller. Capturant entre ses lèvres un de ses mamelons, il n'eut de cesse de le rendre dur et turgescent, tandis que ses mains lui caressaient frénétiquement le dos, les hanches, les fesses, les cuisses.

Soudain, il se figea, releva la tête et plongea ses yeux

bleus dans ceux de Miranda qui, pantelante de désir, se demandait pourquoi il s'interrompait.

— Je poursuis ce que nous avons commencé dans la cuisine hier soir, dit-il. A moins que vous ne préfériez arrêter ?

Pour toute réponse, Miranda lui retira ses lunettes et embrassa son œil au beurre noir. Puis un autre hématome. Et un troisième. Elle embrassa ensuite son menton, le contour de sa mâchoire carrée, sa pomme d'Adam très saillante. Du bout de la langue, elle s'appliqua ensuite à agacer ses tétons et à faire monter son excitation. Lorsqu'il s'agrippa des deux mains au bord du lavabo en marmonnant son nom, elle remonta jusqu'à sa bouche et s'en empara voracement.

Le saisissant par les fesses, elle l'attira entre ses cuisses ouvertes. Il enfila un préservatif et la pénétra lentement, s'enfonçant par à-coups au plus profond de son fourreau de chair.

Tendant le bras vers la douche, il fit couler l'eau mais il n'avait apparemment pas l'intention de se mouiller.

— Je ne…, bredouilla Miranda, pendue à son cou, éperdue de désir, à deux doigts de sombrer dans un vertigineux abîme de plaisir.

— Nous verrons qui de nous deux criera le premier, dit Quinn avec un sourire narquois.

Puis, sans jamais la quitter des yeux, il se mit à aller et venir en elle, la pénétrant plus profondément à chaque coup de reins. Les jambes nouées fermement autour de ses hanches, elle haletait, gémissait, frémissait, s'abandonnait tout entière au plaisir qu'il faisait naître en elle. Sa gorge, ses seins, son ventre ne furent bientôt plus qu'un brasier incandescent.

Il l'embrassait lorsque la jouissance la submergea, vague

après vague, la précipitant dans un gouffre de sensations inouïes. Au moment où elle basculait, Quinn se raidit entre ses cuisses et jouit à son tour avec un grognement sourd.

Quand il referma ses bras autour d'elle, comme s'il ne devait plus jamais la lâcher, elle était fourbue mais heureuse, confiante, et terriblement amoureuse.

Quinn vit Miranda endosser une fois de plus son rôle de garde du corps lorsqu'un groom de l'hôtel frappa à la porte et leur remit une mystérieuse lettre attachée à un énorme ours en peluche.

Dans la poche de son pyjama de flanelle rouge, son revolver faisait une grosse bosse, et c'est avec un soin tout particulier qu'elle examina l'ours en peluche avant de le donner à Fiona, qui était très impatiente de jouer avec. Puis elle se détourna pour ouvrir la lettre, avec précaution, comme si elle craignait qu'elle ne lui explose à la figure ou ne contienne du poison.

A la lecture de la missive, elle se détendit. Quinn s'approcha et l'invita à s'asseoir, mais elle déclina son offre et lui tendit une carte et une photographie.

— Heureusement que Fiona ne l'a pas vue, dit-elle.

Le mot était très court mais la photo parlait d'elle-même. On y voyait Nikolaï Titov avec une balle dans la tête et un couteau dans la poitrine.

Plus secoué que Miranda, Quinn s'affala dans un fauteuil pour lire tranquillement le message.

« Quinn

» Je suis un homme malade et affaibli, un homme au passé agité et pas toujours très honorable. Mais j'ai encore quelques relations au Lukinbourg.

» Je te fais ce présent.

» Je ne chercherai plus à joindre Fiona car je ne veux pas que mes problèmes ici à St-Feodor la mettent en danger comme cela a été le cas avec ma fille. Sache cependant qu'elle ne risque plus rien. Mes ennemis, et les tiens, la laisseront tranquille désormais.

» Un jour, quand elle sera en âge de comprendre, dis-lui que son grand-père l'aimait. Porte-toi bien, mon fils. Et sois gentil avec cette jolie blonde qui vous regarde tous les deux avec tant d'amour dans les yeux.

Vasily. »

Il était 4 heures de l'après-midi lorsqu'ils prirent tous les trois leur petit déjeuner au lit. Ce ne fut pas une mince affaire, entre le plateau qu'il fallait veiller à ne pas renverser, l'éternelle poupée et l'ours en peluche presque aussi grand que Fiona auxquels il fallait faire une place, et le journal que Quinn tentait désespérément de lire.

C'était une manière délicieuse de commencer l'année et d'oublier les frayeurs de ces derniers jours. C'était aussi une manière délicieuse de fêter le début de… de quoi ?

Pensif, Quinn contempla la tête brune et la tête blonde penchées l'une vers l'autre. A en juger par leurs rires et leurs chuchotements, ces deux-là étaient encore en train de préparer un mauvais coup. Allaient-elles de nouveau l'obliger à manger un pancake sans se servir de ses mains ?

Il ne pouvait pas proposer à Miranda d'être son nouveau chef de la sécurité. Michael l'avait appelée une demi-heure plus tôt pour lui annoncer une nouvelle qui l'avait mise en joie. Elle s'était jetée dans ses bras et l'avait embrassé. Il savait qu'il aurait beau lui offrir un salaire mirobolant, ou lui faire les yeux doux, ou la prendre sauvagement dans la cuisine ou la salle de bains, rien ni personne ne la ferait renoncer à son poste au KCPD.

Il ne pouvait pas non plus l'engager comme nounou. Il espérait ne plus jamais avoir besoin de quelqu'un d'aussi téméraire et d'aussi investi dans sa mission de protection que l'avait été Miranda avec Fiona.

Et plus que d'une nounou, c'était d'une maman que Fiona avait besoin.

Quant à lui, il avait besoin de… Miranda.

Le problème, c'était qu'il ne savait pas très bien sous quel prétexte il pourrait la convaincre de rester. En une semaine, ils n'avaient pas eu beaucoup de temps pour apprendre à se connaître… Et cependant, en dehors de sa douce et tendre Valeska, Miranda était la première personne avec laquelle il se sentait aussi bien. Elle le rendait plus fort, le stimulait, l'exaspérait aussi parfois, mais avec elle, il ne s'ennuyait jamais.

Lorsque Miranda eut débarrassé le plateau du petit déjeuner et qu'il put enfin jeter un coup d'œil au journal pendant que Fiona et elle regardaient la télévision, il s'arrêta brusquement de lire pour s'intéresser lui aussi à ce qu'il se passait sur le petit écran.

— Qu'y a-t-il ? demanda Miranda, visiblement moins captivée que lui par l'émission culinaire.

— Que penses-tu de ma fille ? demanda-t-il tout à trac.

Miranda serra affectueusement la fillette contre elle.

— J'en suis tombée raide dingue, si tu veux le savoir.

— Et de son père ?

Il lui arrivait de négocier des contrats de plusieurs millions de dollars et de traiter avec des gens importants dans le monde entier, mais jamais aucune conversation ne l'avait mis dans un tel état de stress.

Miranda lui décocha un grand sourire.

— Le génie, c'est toi, il me semble. Alors creuse-toi un peu les méninges.

C'était clair comme de l'eau de roche.

Il prit la main de Miranda dans la sienne et ils passèrent chacun un bras autour de Fiona, assise entre eux.

— Moi aussi, je t'aime.

TYLER ANNE SNELL

Le mystère
de Culpepper

Traduction française de
BLANCHE VERNEY

BLACK ROSE

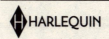

Titre original :
MANHUNT

Ce roman a déjà été publié en 2015.

© 2015, Tyler Anne Snell.
© 2015, 2021, HarperCollins France pour la traduction française.

1

Braydon avait du mal à suivre la conversation. Son regard était systématiquement aimanté par la jetée de bois, quelques mètres plus loin. Les années avaient passé, mais cet endroit était toujours son enfer personnel.

Il y avait été appelé avec son coéquipier Tom Langdon pour une affaire de disparition. Plus exactement, c'était Marina Alcaster qui avait appelé la police. Dans la petite ville de Culpepper, tout le monde connaissait Marina Alcaster. Elle avait un caractère particulièrement explosif et s'enflammait plus vite qu'un buisson où l'on aurait jeté un mégot encore allumé, par une chaude journée d'été. Ses imprécations résonnaient jusqu'à l'autre bout de la Floride. Braydon en était toujours surpris tant cette femme de soixante ans avait une apparence frêle et fragile. Une apparence trompeuse, donc.

Sa fille avait disparu, et Marina était dans tous ses états.

— Je ne comprends vraiment pas ! Amanda et moi, nous nous disputions bien, de temps en temps. Mais ça n'allait jamais jusqu'au point qu'elle veuille quitter la maison !

Braydon détacha son regard de l'assemblage de poutres et de planches qui avançait sur l'eau. Ce n'était plus le ponton Bartlebee, désormais : il appartenait à la famille Alcaster.

Tom menait la discussion.

— Et quand vous êtes-vous disputée avec elle pour la dernière fois ? demanda-t-il. Hier soir ?

Marina Alcaster parut hésiter à répondre. Finalement, les lèvres un peu pincées, elle laissa tomber :

— Je n'appellerais pas ça une dispute, mais disons que nous avons eu… une petite conversation.

— Une conversation ? releva Braydon. Quel genre de conversation, exactement ?

Marina poussa un soupir et mit la main sur sa hanche.

— D'accord, c'était une conversation… appuyée.

— Et Amanda était très en colère, à la suite de cette conversation appuyée ? insista Braydon.

— Eh bien oui, là ! Elle est montée dans sa voiture et elle est partie.

Marina désigna une Honda bleue.

— Mais vous voyez, elle est revenue, ensuite. La voilà, sa voiture !

— Et vous ne l'avez pas revue quand elle l'a ramenée ? s'enquit Tom.

— Non, c'est bien pour ça que je vous ai appelés !

Marina commençait à perdre sa courte patience, comprit Braydon. Lui-même n'était pas d'humeur à supporter une crise de nerfs de Marina. Pas avec ce fichu ponton à quelques mètres, qui semblait irradier des ondes de malheur.

Tom dut s'en rendre compte. Et pour cause, ils étaient amis depuis plus de dix ans. Son coéquipier salua Marina Alcaster et mit fin à la conversation :

— On vous appelle dès qu'on l'a retrouvée.

Puis Braydon et lui gagnèrent leur voiture de police, garée un peu plus loin.

Braydon s'installa au volant tandis que Tom lâchait un petit rire.

— Tu croyais qu'après ta promotion d'inspecteur tu aurais à t'occuper de cas plus intéressants qu'une dispute chez les Alcaster, pas vrai ?

De toute évidence, Tom tentait de lui remonter le moral. Il souriait de toutes ses dents légèrement teintées par trop de tasses de café, au fil des années.

Braydon lui était reconnaissant de ses efforts et il essaya de se secouer tandis qu'il conduisait le long de l'allée gravillonnée qui les ramenait vers la route.

Tom n'avait pas tort, d'ailleurs. Braydon espérait bien être employé à des tâches plus passionnantes que les « recherches dans l'intérêt des familles ». Amanda Alcaster, la fille de Marina, était tout de même âgée de vingt-six ans et devait probablement se trouver quelque part chez des amis, à attendre que sa colère contre sa mère retombe un peu. De toute façon, légalement, un délai de quarante-huit heures d'absence inexpliquée devait être respecté avant de se mettre à la recherche de personnes majeures.

S'ils avaient répondu aussi vite à l'appel de Marina, c'était faute de mieux : ces temps-ci, il ne se passait pas grand-chose à Culpepper.

Mais se mêler des affaires de famille n'était pas le but qu'il poursuivait en s'engageant dans la police. Et il avait travaillé dur pour devenir l'un des deux inspecteurs que comptait la police locale. C'était une petite ville plutôt tranquille, mais il y avait tout de même des enquêtes à mener et à résoudre. De toute façon, c'était moins le besoin d'excitation qui l'avait attiré dans ce métier qu'une certaine soif de justice.

— Tu la connais bien, toi, Amanda ? lui demanda

Tom en tournant vers lui son visage couronné de cheveux blonds.

Braydon acquiesça.

— Je ne la croise pas tous les jours, mais je la fréquentais davantage lorsque nous étions gamins. On se voyait dans des fêtes, avec des copains du lycée… Je devais avoir dix-sept ou dix-huit ans, quelque chose comme ça…

Cela devait donc remonter à une dizaine d'années. En ce temps-là, il était ce qu'on appelle pudiquement un adolescent difficile, un petit voyou, toujours à boire, à faire la fête et à répondre à de violentes pulsions hormonales. Il était du mauvais côté de cette loi que, désormais, il devait défendre. Sa mère l'envoyait bien à l'église chaque dimanche, pour combattre le démon supposé être tapi au fond de lui, mais il n'y avait rien dans les prêches du pasteur Smith qui pouvait l'inciter à reprendre le droit chemin.

Jusqu'à ce qu'une certaine nuit, une nuit de cauchemar sous une pluie battante, change sa destinée…

Tom semblait vouloir respecter son humeur taciturne. Il alluma l'autoradio et la musique se déversa autour d'eux par les enceintes des portières.

On était déjà fin septembre, mais une chaleur moite stagnait dans les rues de Culpepper.

Braydon sentait la sueur lui couler dans le dos et coller le coton de son polo blanc contre sa peau bronzée. Pouvoir abandonner l'uniforme était l'un des bons côtés de sa récente promotion. Malgré son virage à quatre-vingt-dix degrés, déjà ancien, vers le droit chemin, porter la tenue de flic lui répugnait profondément. Il était resté un peu trop rebelle pour s'y faire.

Il y avait environ vingt minutes de route de la propriété

des Alcaster au quartier général de la police, situé en plein centre-ville.

Braydon resta silencieux le reste du trajet, observant vaguement le paysage. La campagne faisait place à une zone industrielle et commerciale récemment reconstruite. Cet endroit, longtemps presque à l'abandon, avait été le point chaud de la ville, où se retrouvaient les dealers de drogue, les prostituées et leurs clients. Jusqu'à ce que Richard Vega le réhabilite en y injectant suffisamment de fonds et en suscitant des activités, dont le centre nerveux était Vega Consulting, la société que ce New-Yorkais d'origine avait créée et qui rayonnait, depuis Culpepper, sur toute l'Amérique du Nord.

Braydon ne savait pas précisément comment l'homme d'affaires s'y était pris, mais il avait bel et bien fait souffler un vent nouveau sur la ville et il vivait lui-même dans les environs, au fond d'une propriété de trois hectares en pleine nature, protégée par un portail électronique et par plus de systèmes d'alarmes et de sécurité que devait en compter le trésor de la Bank of America.

Le silence s'était installé dans la voiture et ne fut rompu que par la sonnerie du portable de Tom.

Ils arrivaient au poste de police. Tandis que son coéquipier décrochait, Braydon se gara devant leurs locaux. C'était un bâtiment construit dans les années cinquante et au moins trois fois rénové depuis. Entièrement en brique, il était vieillot, malcommode, et ses bureaux ressemblaient plutôt à des placards. Tous les policiers qui y étaient affectés s'en plaignaient continuellement, mais Braydon ne partageait pas leur opinion. Lui, il ne s'était jamais senti autant chez lui que dans cette vieille bâtisse.

Il coupa la climatisation de la voiture et se prépara à affronter la chaleur moite du dehors. On était au milieu de la matinée mais elle était déjà à son comble. La pluie tropicale qui s'était abattue sur la ville quelques heures auparavant n'avait pas eu beaucoup d'effet sur la température. Braydon sourit tout seul en contemplant le ciel. Pas un nuage. On lui avait souvent proposé de le muter ailleurs, mais le nombre de jours ensoleillés dans l'année était pour beaucoup dans sa décision de rester dans sa ville natale. Rien ne valait le climat de la Floride.

— OK, je lui dis… Justement, on vient d'arriver…, conclut Tom.

Ce dernier rangea son téléphone portable et le suivit vers la porte principale de l'immeuble, au-dessus de laquelle s'alignaient les mots « CULPEPPER POLICE DEPARTMENT » en lettres défraîchies.

— Il y a une femme qui t'attend dans ton bureau, lui dit Tom en lui tenant la porte. Il paraît qu'elle n'a pas l'air contente.

Braydon passa mentalement en revue la liste de celles avec qui il était sorti ces dernières années et qui pourraient avoir quelque motif de lui en vouloir. Des motifs récents, bien sûr… La dernière en date s'appelait Angela, mais leur rupture remontait à deux mois déjà et ce n'était probablement pas elle, il l'aurait juré, qui venait faire un scandale dans son bureau.

— Elle n'est pas d'ici, précisa Tom, coupant court à ses interrogations. John a dû lui mettre une amende et elle cherche quelqu'un à qui se plaindre.

John était un agent de police qui prenait un malin plaisir à verbaliser jusqu'aux touristes de passage. Il était amateur de procès-verbaux, comme d'autres le sont de golf ou de pêche à la ligne. Braydon poussa un lourd soupir.

— Bon, je vais voir ça… Encore une corvée sans intérêt.

— Parfait, moi je vais passer quelques coups de fil

et voir si je peux trouver la demoiselle Alcaster quelque part, annonça Tom.

Ils se séparèrent à l'entrée d'une vaste salle, la plus grande du commissariat, où s'alignaient des rangées de bureaux avec leurs ordinateurs. Beaucoup étaient occupés par des agents en tenue, dont quelques-uns que Braydon n'aimait guère et qui le lui rendaient bien. Nombreux étaient ceux qui avaient un mug ou un gobelet de café à la main. John n'était pas à sa place, nota Braydon. Il devait être une fois de plus en train de chasser les contrevenants pour leur coller une amende.

Au fond de la pièce, quatre portes donnaient sur une salle de repos, le bureau de Tom, le sien et une salle de conférences. A gauche, le domaine du capitaine Westin, dont la porte vitrée était protégée par un rideau vénitien toujours baissé. Quand le caractère du patron était à l'orage, mieux valait faire un détour...

Braydon traversa la salle. La porte de son bureau était inhabituellement fermée. Qui donc avait permis à cette femme de se cloîtrer chez lui, sans contrôle ? Cela allait à l'encontre de tous les règlements !

Il n'avait pas encore la main sur le bouton de porte que le lourd battant de chêne s'ouvrit à la volée.

— Ah, tout de même ! s'écria une voix agréable et musicale, mais plutôt sèche.

Pris de court, Braydon recula d'un pas et, le sourcil froncé, considéra la jeune femme qui lui faisait face. De toute évidence, elle n'était pas du coin. Malgré la chaleur et l'humidité, elle portait un tailleur-pantalon noir, dont la veste, à manches longues, s'ouvrait sur un chemisier blanc à col en V. Cette élégante tenue mettait sa poitrine et ses hanches en valeur.

Braydon dut faire un effort pour lever les yeux... Sa

visiteuse avait la peau laiteuse, comme de la porcelaine : encore un signe qu'elle ne vivait pas en Floride tout au long de l'année. Son teint pâle offrait un contraste saisissant avec sa chevelure brillante et sombre, relevée en chignon. Quant à ses yeux, d'un vert d'eau profond, des flammes y brûlaient.

— Cela fait presque une demi-heure que je vous attends, fulmina-t-elle.

Braydon leva les mains.

— Oh ! Oh ! on se calme ! Prenez donc un siège, on va voir ce qui vous arrive…

Puis il passa devant elle pour entrer dans son bureau, respirant au passage une bouffée de son parfum délicat.

La jeune femme parut hésiter, comme si elle répugnait à obéir à une suggestion un brin trop impérative. Puis finalement, elle se laissa tomber sur l'une des deux chaises qui faisaient face à son bureau.

— Bien, madame…

— Mlle, le corrigea-t-elle avec impatience. Hardwick, Sophia Hardwick…

Le nom lui disait quelque chose, mais Braydon ne parvenait pas à se rappeler quoi. La beauté de cette apparition aux lèvres rouges dans son bureau l'empêchait un peu de se concentrer.

— Comme je l'ai dit à l'entrée, je suis ici pour ma sœur…

La façon dont elle se penchait en avant n'était pas faite pour lui faciliter la concentration.

Mais avant qu'elle ait pu ajouter un mot, Tom apparut sur le seuil, les sourcils froncés. Il ne s'était pas donné la peine de frapper.

— Braydon, faut qu'on parle !

Il ajouta, pour Sophia Hardwick :

— Ça ne prendra qu'une minute…

La visiteuse frappa alors des deux mains sur le plateau de la table de travail et se leva d'un bond, avec tant d'énergie que Braydon en fit autant, la main prête à dégainer son arme.

— C'est une plaisanterie ? demanda-t-elle avec colère et autorité. J'ai à peine eu le temps de dire mon nom, bon sang ! Vous ne me ferez pas sortir d'ici avant que j'en aie fini.

Son regard allait et venait entre les deux hommes, lançant des éclairs.

— Je suis ici parce que ma sœur a disparu et que je veux que l'on fasse quelque chose !

Elle s'interrompit un instant, les pommettes très rouges.

— J'ignorais qu'Amanda avait une sœur, commenta Braydon en écartant la main de son arme, mais toujours sur ses gardes.

Cette femme était toute menue, la fureur s'exhalait par tous les pores de sa peau.

— Quoi ? Quelle Amanda ? demanda Sophia dans un souffle. Je vous parle de Lisa.

Braydon se tourna vers Tom, qui était devenu aussi blanc qu'un linge. Il avait dû se passer quelque chose pendant leur absence du bureau. Son coéquipier jeta un coup d'œil au papier qu'il tenait à la main.

— Lisa ? bredouilla-t-il, interloqué. Est-ce que cela a un rapport avec Trixie ?

Sophia secoua la tête. Quelques mèches de cheveux s'échappèrent de sa coiffure bien ordonnée.

Tom avait l'air particulièrement grave, ce qui ne lui était pas habituel, s'inquiéta Braydon.

— Non, cela a un rapport avec Lisa. Lisa Hardwick, ma sœur.

Tom eut une moue contrariée.

— Il faut vraiment qu'on parle. Maintenant.

— Incroyable ! s'écria Sophia. Je viens de vous dire que ma sœur a disparu, et vous…

— Madame, la coupa sèchement Tom, l'inspecteur sera à vous dans une minute.

Il était si rare que Tom, ordinairement jovial, soit tendu à ce point que Braydon n'hésita pas une seconde. Il le suivit dans la salle de conférences.

— Qu'y a-t-il ?

Tom semblait presque paniqué.

— Tu connais Cal Green ?

— Le garagiste ? répondit Braydon. Bien sûr !

— Il a appelé il y a quelques minutes. Sa secrétaire, Trixie Martin, n'a pas reparu à son travail depuis deux jours. Comme elle ne répondait pas au téléphone, il s'est inquiété et s'est rendu chez elle. Toutes les lumières étaient allumées, la télé également, et la porte d'entrée n'était pas fermée à clé. Il a interrogé les voisins, mais ils n'ont rien vu, rien entendu. La voiture de Trixie était toujours là, garée devant la maison. Avec ce que dit cette femme, dans ton bureau, ça signifie…

Tous ses sens désormais en alerte, Braydon termina sa phrase pour lui :

— Ça signifie que nous avons trois disparitions sur les bras !

Sophia en avait par-dessus la tête des méthodes nonchalantes de la police de Culpepper. Depuis qu'elle avait mis le pied dans ce poste, pas moyen d'obtenir la moindre réponse à ses urgentes questions. Pas même moyen de seulement les *poser*, d'ailleurs.

On l'avait renvoyée d'un policier à un autre, on lui avait demandé d'attendre, de se calmer : les inspecteurs étaient en rendez-vous à l'extérieur, ils l'écouteraient à son retour. Elle avait donc attendu… sans vraiment se calmer.

Les quatre heures de voiture pour rejoindre ce trou perdu avaient pas mal entamé sa patience, déjà mise à mal par les coups de fil et les e-mails à sa sœur, tous restés sans réponse. Les flics de Culpepper n'avaient peut-être pas l'habitude de gérer ce genre de détresse, mais ce n'était pas sa faute…

Elle lissa nerveusement d'invisibles plis sur son pantalon en essayant de redescendre un peu en pression. Que pouvait-elle faire d'autre que rester là ? Elle n'allait pas retourner chez elle. Au moins, dans ce bureau, elle pourrait peut-être enfin obtenir une réponse et être rassurée. Il lui fallait s'accrocher à cet espoir.

Depuis plusieurs années, elle avait l'habitude de vivre seule et d'être séparée de sa sœur, mais ne plus en avoir aucune nouvelle mettait un comble à son anxiété. Lisa pouvait bien être tête en l'air les trois quarts du temps, elle n'était tout de même pas irresponsable au point de s'absenter longtemps sans un mot. Il était vrai que leur relation s'était un peu distendue, mais tout de même pas à ce point.

— Désolé de vous avoir fait attendre…

L'inspecteur Thatcher revint enfin dans son bureau, un carnet de notes à la main. Mais au lieu d'aller s'asseoir directement dans son fauteuil, il se pencha au-dessus d'elle et la regarda droit dans les yeux. Les siens avaient la couleur de la mer, la profondeur, aussi. C'était un regard qui, lorsqu'il capturait le vôtre, vous donnait envie de vous enfoncer dans ses tréfonds sans plus jamais remonter à la surface. Sophia ne l'avait pas remarqué, jusqu'à ce que cet homme se tienne ainsi, tout proche d'elle.

Il avait la silhouette d'un nageur, grand, élancé, mais les muscles saillants sous ses vêtements. De larges épaules qui tendaient son polo, un teint hâlé par le soleil, resplendissant de santé.

Certes, Sophia ne pouvait en dire autant, elle qui croupissait à longueur d'année dans la pollution de la ville d'Atlanta.

Contrairement à son coéquipier, dont les cheveux blonds se raréfiaient, l'inspecteur Thatcher en possédait une épaisse masse sombre, légèrement ondulée, qu'elle imagina facilement ébouriffée, au saut du lit.

Elle s'obligea à se ressaisir et à cesser de dévisager ainsi le bel inspecteur. Elle s'éclaircit la gorge, se redressa sur son fauteuil.

— Bon, si nous commencions par le commencement, proposa le policier en prenant son stylo dans ses longs doigts vierges d'alliance et de chevalière.

— J'ai eu mon anniversaire il y a quatre jours, dimanche exactement...

— Joyeux anniversaire alors, avec un peu de retard, laissa-t-il tomber nonchalamment.

Sophia le remercia, même si elle s'en moquait bien. Le tournant des vingt-six ans n'avait guère été différent de celui des vingt-cinq.

— Lisa devait le fêter avec moi, mais elle n'est pas venue. Et avant que vous me débitiez tout un tas de bonnes excuses qu'elle aurait pu avoir, laissez-moi vous dire une chose : ma sœur est une personne intelligente, qui, malgré quelques oublis, quelques moments de distraction, est l'une des femmes les plus responsables que je connaisse. Depuis hier, j'essaie de la joindre sans arrêt.

Je l'ai appelée chez elle, sur son portable, et même à son travail. Sans succès.

— Avez-vous essayé d'aller chez elle ? lui demanda l'inspecteur en la regardant de ses yeux perçants.

— Oui, elle n'y était pas.

— Son appartement, sa maison, était-il en désordre ? Et est-ce qu'il vous a semblé que quelqu'un s'y trouvait encore récemment ?

— Non, et ça ne m'a pas vraiment étonnée. Pour ce que j'en sais, elle vit presque en permanence chez… son ami.

L'inspecter Thatcher leva un sourcil interrogateur et Sophia comprit la question sous-entendue.

— Non, répondit-elle, elle n'est pas chez lui, non plus. En fait, c'est lui qui m'a appelée hier pour me demander où elle était…

— Une minute… vous disiez que votre anniversaire, c'était dimanche. Pourquoi avoir attendu jusqu'à hier pour essayer de la contacter ?

— Nous n'étions pas exactement dans les meilleurs termes, ces derniers mois, expliqua Sophia en rougissant. J'ai cru qu'elle n'avait pas voulu venir… Ce n'est que lorsque Richard a appelé que j'ai compris qu'en fait elle avait disparu depuis deux jours pleins…

— Richard, c'est l'ami ?

Elle acquiesça.

— Richard Vega, il dirige une entreprise ici, je crois.

L'inspecteur s'arrêta d'écrire, l'air sidéré.

— Votre sœur sort avec Richard Vega ? De Vega Consulting ?

Sophia fit de nouveau oui de la tête, d'autres mèches s'échappant de son chignon.

Quoi que pût penser l'inspecteur, il n'en laissa rien

paraître. Ses manières calmes et posées étaient devenues presque apathiques.

— Pourquoi n'a-t-il pas signalé la disparition, alors ? demanda-t-il d'un air faussement nonchalant.

Sophia crut mal comprendre.

— Il ne l'a pas fait ?

L'inspecteur Thatcher se tourna et héla son coéquipier à travers la cloison.

— Tom ? Est-ce que Richard Vega est venu déclarer une disparition ces jours-ci ?

Le policier n'eut apparemment pas besoin de se lever pour aller vérifier. Il répondit instantanément « non » et ajouta :

— Ça aurait fait du bruit s'il était venu…

Thatcher se gratta le menton. Il était parfaitement rasé, sans une ombre pour souiller, même un peu, ses traits parfaitement réguliers. Il était superbe, mais probablement pas exempt de suspicion, de doute et de colère lui non plus, songea Sophia.

Quand il l'avait appelée, Richard avait une voix lourde d'inquiétude. Il lui avait assuré qu'il ferait tout son possible pour que Lisa soit retrouvée très vite. Sophia avait supposé que ça voulait dire, et en premier lieu, prévenir la police.

— Pourquoi n'est-il pas venu vous parler ? reprit-elle.

— Ça, c'est une bonne question, observa l'inspecteur en levant les yeux vers elle.

Il y avait dans ce regard quelque chose qu'elle ne comprenait pas vraiment. Quelque chose qui la rassurait et l'inquiétait à la fois.

— C'est même… une excellente question…

234

2

Sophia était du même avis que l'inspecteur. Pourquoi Richard Vega n'avait-il pas prévenu la police ? Braydon Thatcher se dirigea vers la porte de son bureau.

— Je reviens dans un instant. Ne bougez pas, mademoiselle !

En réalité, une femme policier arriva presque aussitôt, manifestement envoyée par l'inspecteur.

— Je suis Cara Whitfield, se présenta-t-elle. Mais appelez-moi Cara. Je vais prendre votre déposition.

Elle posa toutes les questions réglementaires avec douceur, et Sophia crut un moment à une manœuvre de diversion de l'inspecteur. Prenait-on vraiment au sérieux la disparition de Lisa ?

Cara dut lire dans ses pensées, car elle déclara :

— Ne vous inquiétez pas trop… L'inspecteur Thatcher ne lâche jamais prise. Il retrouvera votre sœur et vous la ramènera, cela ne fait aucun doute.

Elle lui tapota aimablement le genou.

— Vous savez, votre sœur a probablement perdu la notion du temps, ou bien elle est tout simplement chez des amis…

Sophia résista à l'impulsion impérieuse de détromper la policière et esquissa un sourire.

235

Fort heureusement, l'inspecteur Thatcher réapparut au même moment.

— Merci d'avoir attendu, mademoiselle Hardwick.

Il fit un signe de tête à Cara, qui prit son carnet de notes et quitta la pièce.

— Je commence à en prendre l'habitude, commenta Sophia d'un ton très ironique.

L'inspecteur Thatcher ne releva pas.

— Mademoiselle Hardwick, connaissez-vous deux personnes du nom de Trixie Martin et Amanda Alcaster ?

Sophia secoua immédiatement la tête.

— Non.

— Ces noms ne vous disent vraiment rien du tout ? Votre sœur ne les a jamais prononcés devant vous ?

Sophia croisa les bras sur la poitrine.

— Non, je ne me souviens pas l'avoir entendue parler de ces personnes. Comme je vous l'ai dit, Lisa et moi n'étions pas en très bons termes, ces derniers temps. Il se peut qu'elle les connaisse, mais je ne peux vraiment pas vous aider sur ce point.

Elle ne put retenir un soupir.

— Qu'est-ce que ces femmes ont à faire avec la disparition de Lisa ? Pensez-vous qu'elles auraient pu l'enlever ?

Dans sa tête, elle passait rapidement en revue les raisons que quelqu'un aurait pu avoir de kidnapper sa sœur. D'abord, elle était jolie : de longues jambes, une belle poitrine, de magnifiques cheveux sombres, et puis ce sourire, ces lèvres qui attiraient les hommes à des lieues à la ronde. Dans une soirée, on ne voyait qu'elle, elle n'avait pas sa pareille pour mener la conversation et réunir toute une assemblée autour d'elle. D'ailleurs, à l'évidence, Lisa était avec un homme qui comptait tout particulièrement dans cette ville de Culpepper. Il y avait là de quoi rendre plus d'une femme jalouse d'elle…

L'inspecteur Thatcher se caressait le menton.

— Je ne le pense pas, non. Ces femmes n'ont pas enlevé votre sœur.

Il se voulait rassurant, mais ce n'était pas suffisamment concret pour la tranquilliser.

— Alors pourquoi parlons-nous d'elle, et pas de Richard Vega ou du fait qu'il n'a pas signalé la disparition de Lisa ?

— J'allais justement passer le voir, annonça-t-il.

Il lui tendit une feuille de papier.

— Voici ma ligne directe ici, ainsi que mon numéro de portable et celui de l'inspecteur Langdon.

Sophia leva un sourcil, étonnée.

— Pourquoi vous me donnez tout ça ?

— Afin que vous puissiez nous contacter si Lisa cherche à vous joindre ou si vous apprenez quoi que ce soit d'utile pour l'enquête.

— Mais vous disiez que vous alliez interroger Richard Vega ?

— J'y vais, oui.

— Alors, je viens avec vous !

Sophia se leva de sa chaise et mit son sac en bandoulière. L'inspecteur Thatcher ne paraissait pas tellement ravi de sa décision. Mais elle avait quitté son travail de chef de bureau chez John Office Supply, fait des heures de route pour arriver dans cette bourgade et avait commencé à s'immerger dans un océan d'embêtements. Il lui *fallait* des réponses.

— Nous préférerions que vous restiez ici pour répondre à quelques questions, mademoiselle Hardwick. Ne vous inquiétez pas, j'interrogerai M. Vega de façon très complète.

— Je pourrai y répondre plus tard, inspecteur. Pour

le moment, j'aimerais entendre ce que le compagnon de ma sœur a à dire.

Elle croisa d'un air décidé les bras sur la poitrine, en se félicitant de ne pas avoir changé de vêtements pour voyager. Ses hauts talons l'aidaient à se sentir moins intimidée.

Thatcher la considéra un instant, puis lança :

— Comme vous m'avez indiqué que vous ne saviez pas grand-chose de l'ami de votre sœur, ou de notre ville, laissez-moi vous donner quelques explications…

Il s'interrompit un instant, comme pour être bien sûr qu'il avait toute son attention.

— Richard Vega est l'homme le plus riche de Culpepper et il en est aussi l'un des plus estimés. Je sais d'expérience que, si vous lui criez dessus, nous n'obtiendrons rien. Rien de vrai ni de sincère, en tout cas. Si vous voulez venir avec moi, il va falloir vous calmer et garder la tête froide. Est-ce que je me fais bien comprendre ?

Sophia acquiesça, un peu vexée. Elle n'était peut-être pas prête pour une vraie confrontation avec Richard, mais savoir pourquoi celui-ci n'avait pas signalé la disparition de Lisa était une vraie question, qu'elle se sentait tout à fait capable de poser. Et à moins que l'inspecteur Thatcher ne lui passe les menottes, il n'avait aucun moyen légal de l'empêcher de rencontrer l'ami de sa sœur. Elle pouvait se rendre au domicile de l'homme d'affaires sans l'aide de la police, et Richard la recevrait certainement.

L'inspecteur dut comprendre son raisonnement, car il poussa un lourd soupir.

— Bon, eh bien, venez…

— J'ai ma voiture, merci.

— Si vous venez avec moi, vous montez dans mon véhicule avec moi.

— Et pourquoi ça ? fit-elle, piquée au vif.

Est-ce que c'était un abus de pouvoir ? Elle n'allait certainement pas se laisser faire.

— Parce que je veux être bien sûr que vous reveniez ici pour répondre à ces fameuses questions.

Il prit les clés du véhicule sur son bureau et désigna la porte.

— Excusez-moi, mademoiselle, mais j'ai l'impression que vous avez un problème avec l'autorité…

A ces mots, Sophia ne put s'empêcher de rougir. L'inspecteur n'avait pas totalement tort. Aussi le suivit-elle. Mais ses hauts talons la faisaient tituber, comme si elle avait bu un verre de trop.

Au moins, ce Thatcher fit-il comme s'il ne remarquait rien. Bien sûr Lisa, à sa place, se serait déplacée avec grâce et sans la moindre gêne…

Elle atteignit enfin la voiture.

— C'est loin ? demanda-t-elle alors que l'inspecteur démarrait.

— Vous n'y êtes jamais allée ?

— Non.

Elle se tortilla inconfortablement sur son siège, l'estomac noué par un accès de culpabilité.

— Et depuis quand votre sœur est-elle avec Richard Vega ?

— Un peu plus d'un an.

Les mâchoires serrées, elle le défia mentalement de lui demander pourquoi elle n'avait pas encore rencontré le soupirant de Lisa.

Mais il devait percevoir son langage muet, car il garda la bouche close et ils roulèrent en silence pendant un bon moment avant qu'il n'ajoute :

— C'est à dix minutes d'ici, une vaste propriété, donc forcément assez loin du centre-ville.

Sophia hocha la tête. Sa colère contre l'inspecteur s'apaisait un peu et elle s'efforçait de lutter contre son propre instinct de rébellion.

— Je n'ai pas de « problème avec l'autorité », assura-t-elle. C'est juste que…

Elle baissa les yeux sur ses mains.

— Lisa est ma seule famille. Enfin… la seule qui compte, pour moi. C'est pourquoi… je suppose que je suis un peu… sur les nerfs.

A essayer de s'excuser de ses manières un peu rudes sans vraiment le dire, les joues lui brûlaient.

L'inspecteur lui lança un clin d'œil.

— Bah, ce n'est rien. Ces situations sont toujours stressantes.

Il hésita un quart de seconde avant de continuer :

— Nous étions en retard, ce matin, Tom et moi, parce qu'on nous avait appelés pour signaler la disparition d'une femme, Amanda Alcaster. Il s'agit de la deuxième disparition : nous l'ignorions, mais Trixie Martin venait d'être portée disparue, quelques minutes avant notre retour au bureau.

Sophia avala sa salive avec difficulté. Elle ne savait trop que répondre.

— Je vous l'ai un peu expliqué tout à l'heure, mais je vous le répète, continua-t-il. Lorsque nous serons en présence de Richard Vega, n'allez pas le menacer ou l'accuser directement. Vous ne savez pas ce qui s'est passé ; c'est peut-être la conséquence d'une dispute entre eux, ou bien votre sœur aura voulu changer un peu d'air, tout simplement. Mais si jamais les choses étaient plus graves, alors il faudrait approcher notre seul suspect —

car c'est pour l'instant le seul que nous ayons — avec suffisamment de circonspection.

— Je me tiendrai tranquille, promit-elle. Mais je veux être présente lorsque vous l'interrogerez.

— D'accord.

Si l'inspecteur n'avait pas précisé que Richard Vega était l'homme le plus riche de la ville, Sophia s'en serait aperçue en arrivant devant chez lui. Ils durent franchir un portail électrifié, puis montrer patte blanche pour rouler ensuite le long d'une imposante allée au bout de laquelle apparut la demeure de Richard Vega.

Celle-ci ressemblait en fait à un manoir. Elle n'avait qu'un étage, mais deux ailes flanquaient le majestueux corps de bâtiment, construit dans le style des habitations de planteurs du Vieux Sud d'autrefois.

Un peu plus loin, un vaste garage pouvait contenir des dizaines de voitures, et tout autour s'étendait, à perte de vue, un parc paysager visiblement entretenu avec science et amour par des jardiniers aux pouces verts.

Toujours dans le style des plantations, de hautes colonnes blanches s'alignaient le long de la galerie sur laquelle attendait, devant la grande porte en forme d'arche, un homme à l'œil soupçonneux. Il avait l'air d'un domestique de jadis sans toutefois en porter la livrée.

— Qui est-ce ? demanda Sophia tandis que l'inspecteur Thatcher lui ouvrait la portière et l'aidait à descendre.

Normalement, elle aurait eu à cœur de refuser la main qu'il lui tendait : elle pouvait se débrouiller seule. Mais un tel décor l'impressionnait et lui faisait perdre ses moyens.

— Je n'arrive jamais à me rappeler son nom, répondit le policier à mi-voix. C'est l'assistant de Vega. Il a l'air d'une petite souris, vous verrez rarement son patron sans qu'il le suive comme son ombre…

Sophia se laissa guider vers l'homme habillé d'un impeccable complet veston, malgré l'humidité ambiante. Elle, elle en avait les cheveux qui frisaient.

— Inspecteur Thatcher…

Les deux hommes se serrèrent la main. L'assistant de Richard Vega regarda par-dessus l'épaule du policier et une lueur passa dans son étrange regard couleur de vase, de limon verdâtre.

— Mademoiselle Hardwick, heureux de vous connaître enfin…

Sophia prit machinalement la main qu'il lui tendait et bredouilla :

— Excusez-moi… nous nous connaissons ?

Il rit et secoua la tête.

— Non, mais Lisa adore nous montrer des photos.

Oui, c'était bien d'elle, ça.

— M. Vega est en train de terminer un rendez-vous, il ne sera pas long.

Ils passèrent la porte et l'homme les conduisit tout de suite vers une grande pièce sur la gauche. Sophia était presque déçue de ne pouvoir visiter plus complètement les lieux. Elle remarqua juste un immense escalier de marbre avec une rampe assez large pour en faire un toboggan.

— Asseyez-vous, je vous en prie. Je reviens tout de suite.

Et l'assistant se précipita hors de la pièce, refermant la porte derrière lui.

Ils se trouvaient dans une ancienne et majestueuse bibliothèque, aux murs couverts de rayonnages de bois précieux chargés de reliures vénérables au cuir patiné par le temps. Un vaste bureau faisait face à la porte, comme pour la surveiller, et la pièce était éclairée par d'immenses fenêtres où des rideaux de fine mousseline filtraient le soleil de Floride, afin qu'il éclaire largement le lieu, sans trop éblouir. Un tapis qui devait faire à peu près la taille de son salon, étouffait le bruit qu'auraient pu faire ses talons sur un parquet de chêne sans doute bicentenaire, se dit Sophia. Impressionnée, elle fit lentement le tour des rayonnages. Lisa profitait-elle de toutes ces merveilles ?

— Je savais qu'il avait de l'argent, mais je ne pensais pas à ce point, confia-t-elle à mi-voix à l'inspecteur.

Lui restait campé au milieu de la pièce, apparemment aussi peu à sa place qu'elle l'était elle-même. Son jean et son polo s'accordaient mal avec le style vestimentaire que Richard semblait imposer à ses employés.

— On dit qu'il travaille beaucoup, commenta-t-il.

— Qui, on ?

— Tout le monde. Tout le monde aime Richard Vega, dans cette ville.

Lui aussi ? voulut-elle lui demander. Mais à cet instant la porte s'ouvrit et le maître des lieux fit son entrée, impeccablement habillé et coiffé, plein d'assurance, comme si c'était lui qui avait convoqué le policier à venir le rejoindre. Tandis qu'il avançait vers eux, Sophia comprit pourquoi sa sœur avait été conquise. Il avait visiblement une telle confiance en lui qu'elle irradiait par tous les pores de sa peau. Lisa avait toujours aimé les hommes forts, surtout les hommes de pouvoir. Elle n'avait jamais voulu admettre que, bien souvent, ceux avec qui elle sortait étaient des narcissiques, qui ne manifestaient jamais la moindre tendresse. Mais elle prétendait que Richard était différent, qu'il avait bon cœur.

Etait-ce vraiment le cas ? s'interrogea Sophia, en détaillant un peu plus Richard Vega. Il était beau, certes, grand,

243

blond, la peau hâlée, comme tout le monde en Floride, mais il n'égalait pas l'inspecteur en fait de beauté virile.

A cette idée, elle rougit intérieurement. Où allait-elle chercher ça ?

Le dos bien droit, le policier regardait sans mot dire l'homme d'affaires venir jusqu'à lui. Lui n'était certainement pas en train de la comparer avec toutes les femmes de sa connaissance.

— Bonjour, inspecteur, dit Richard Vega en lui tendant la main.

Thatcher la serra, non sans une évidente réserve.

— Et vous devez être Sophia… vos photos ne vous rendent pas justice.

Il lui serra la main également.

— Je suis désolé de faire votre connaissance en de telles circonstances…

Il s'assit dans un fauteuil de cuir face à une petite banquette qu'il désigna à ses visiteurs. Sophia s'y retrouva presque collée à l'inspecteur, leurs genoux s'effleurant. Elle en conçut une gêne immédiate. Son cœur se mit même à battre plus vite. C'était tout de même étrange… Au poste de police, elle lui avait fièrement tenu tête et voilà qu'il l'empêchait de se concentrer. Ce n'était pourtant pas le moment de se laisser distraire. Il en allait du sort de Lisa.

L'inspecteur, lui, se penchait vers son interlocuteur, d'un air déjà interrogateur de limier professionnel.

— Bien, monsieur Vega, vous avez appelé Sophia Hardwick mardi matin vers 6 h 30 pour lui demander des nouvelles de sa sœur, dont vous êtes le compagnon depuis un peu plus d'un an. C'est bien ça ?

— C'est exact.

— Comme elle vous a répondu qu'elle ignorait où Lisa

pouvait se trouver, vous lui avez assuré que vous alliez « vous en occuper ». C'est toujours correct ?

Richard acquiesça, mais ses mâchoires se crispèrent presque imperceptiblement.

— Sophia Hardwick vous a dit qu'elle ne l'avait pas vue à son anniversaire, vous-même n'aviez plus aucune nouvelle depuis dimanche matin. Cela fait donc quatre jours, sans compter aujourd'hui, que personne ne sait où elle se trouve.

Richard hocha lentement la tête.

— Alors dites-moi un peu, monsieur Vega, comment se fait-il que vous ne nous ayez pas appelés pour signaler sa disparition ?

La voix de l'inspecteur était devenue plus sèche, plus coupante, remarqua Sophia : il y avait une accusation, cela ne faisait aucun doute, sous la question.

Sophia aurait voulu avoir la même expérience que le policier, pour repérer tout de suite un mensonge ou une invraisemblance dans les réponses du suspect. Mais elle garda la bouche close et décida de laisser l'homme de l'art mener son affaire comme il l'entendait.

Richard demeura parfaitement calme et ne parut pas même surpris par la question ni par ce qu'elle pouvait sous-entendre. Il se pencha en avant, les coudes sur les genoux, en regardant dans le vague.

— J'ai eu une visite samedi soir. Une relation d'affaires qui s'était annoncée un peu à la dernière minute et que j'ai accepté de recevoir parce que je voulais lui montrer que je sais rester disponible. Je suis vraiment intéressé par une association avec lui pour reprendre son affaire. En outre, si j'arrivais à le convaincre de travailler avec moi, je pourrais probablement l'amener à participer au grand gala de cette année.

— Quel gala ? intervint Sophia.

— Un gala destiné à lever des fonds et qui doit avoir lieu dimanche prochain. J'ai commencé à m'en occuper lorsque je me suis installé ici. Différentes organisations se rassemblent pour collecter de l'argent lors d'une grande soirée, avec un banquet et un bal, du champagne, de la musique…

Sophia avait entendu parler de cela en effet.

— C'est là que vous avez rencontré Lisa…

— Oui. C'était la première fois qu'elle y venait. Elle m'est tout de suite rentrée dedans en me disant que la société organisatrice me prenait trop d'argent pour pas grand-chose et qu'elle ferait mieux, si je m'adressais à elle.

Il sourit.

— Je croyais qu'elle plaisantait, mais Details a fait un travail formidable, l'année passée.

Ce fut au tour de l'inspecteur Thatcher de froncer les sourcils.

— « Details » ? Ça me dit quelque chose.

— C'est une société d'événementiel que Lisa a créée quand elle s'est installée à Culpepper, précisa Sophia.

— Je vois…

— Donc, samedi soir, Lisa m'a aidé à improviser une petite soirée sans grand tralala, pour cet associé potentiel et quelques-uns de mes collaborateurs.

— Et il a un nom, l'associé potentiel ? demanda Thatcher avec flegme.

— Ça, je préfère le garder confidentiel, si ça ne vous ennuie pas. Dans les affaires, une simple rumeur, une annonce prématurée peut mettre en pièces une négociation bien menée.

— Ça m'ennuie, en effet, répondit l'inspecteur en

haussant légèrement le ton. Mais nous y reviendrons plus tard…

Richard mit son mouchoir dessus et continua.

— La soirée a duré pratiquement jusqu'à l'aube. Occupés à parler affaires, nous n'avons pas vu le temps passer. Lisa, de son côté, s'était retirée assez tôt. Je dois dire qu'ensuite j'ai dormi jusqu'à midi. A mon réveil, j'ai trouvé un mot où elle me disait qu'elle partait fêter l'anniversaire de sa sœur et qu'elle m'appellerait à son retour. Je me suis replongé dans les affaires et, avant que j'aie pu m'en apercevoir, on était déjà lundi. J'attendais son coup de fil mais, comme elle ne m'appelait pas, j'ai fait son numéro de portable et je suis tombé sur sa messagerie.

Il tourna son regard, devenu très intense, vers Sophia. Sa colère était presque palpable.

— J'aurais cru que vous m'appelleriez en ne la voyant pas à votre fête. Je pensais que vous étiez toutes les deux heureuses de vous être retrouvées et que c'était pour cela que Lisa oubliait de m'appeler. Pourquoi ne m'avez-vous pas téléphoné, Sophia ?

Elle déglutit avec peine.

— Lisa et moi n'avons pas été… dans les meilleurs termes, ces derniers mois. Elle ne m'avait pas confirmé qu'elle venait pour mon anniversaire alors, quand je ne l'ai pas vue, je n'ai pas été surprise.

Il y eut un lourd silence, pas du tout comme ceux qui s'étaient parfois installés entre l'inspecteur et elle, quand ils réfléchissaient. Un silence bourré de remords et de reproches.

— Poursuivez, monsieur Vega, dit Thatcher.

Richard le regarda comme s'il s'éveillait d'un mauvais rêve, puis il poussa un gros soupir.

— Le mardi matin, comme je n'avais toujours rien

reçu, j'ai compris qu'il devait vraiment se passer quelque chose d'anormal. Ma conversation téléphonique avec Mlle Hardwick, ici présente, n'a fait que me le confirmer. Alors j'ai laissé là mon travail et je me suis mis à chercher Lisa. En vain.

— Pourquoi ne pas nous avoir appelés ?

Richard se redressa sur son siège.

— D'abord, j'ai pensé…

Il s'interrompit, essayant visiblement de trouver les mots justes.

— J'ai cru que Lisa m'avait quitté, qu'elle s'était servie de l'anniversaire de sa sœur comme prétexte.

— Et pourquoi vous aurait-elle quitté ?

— Tout au long de l'année écoulée, j'en suis venue à faire confiance à Lisa comme à personne d'autre auparavant. Elle est devenue non seulement ma compagne, mais aussi ma confidente.

Pour la première fois depuis le début de leur conversation, Richard semblait embarrassé par sa propre confession.

— Elle a connaissance de secrets vous concernant ? demanda Thatcher.

— Oui, pas seulement personnels, mais professionnels aussi. Des informations que mes concurrents paieraient très cher s'ils pouvaient les acheter et qui pourraient détruire le travail de toute ma vie. Vous savez, il y a pas mal de gens qui sont prêts à faire bien pire que ça pour de l'argent ou du pouvoir…

— Lisa n'est pas comme ça ! lâcha Sophia. A ce que je sais, elle était heureuse avec vous.

L'expression très grave, très intense, de Richard s'adoucit.

— J'avais quand même un doute, reconnut-il. Alors j'ai appelé quelques relations et j'ai fait tracer son téléphone portable.

Il ne paraissait pas le moins du monde en être honteux.

— … Et je l'ai retrouvé.

Un frisson glacé parcourut l'échine de Sophia.

— … Et ?

Richard se leva et sortit d'un tiroir du bureau une petite boîte. Il la présenta à l'inspecteur Thatcher qui la considéra en fronçant le sourcil. Sophia avait peur de ce qu'elle allait découvrir, mais elle devait être forte, pour Lisa.

Elle jeta un coup d'œil à l'objet en retenant son souffle.

— C'est… son… ?

Richard acquiesça tandis que Thatcher prenait entre les doigts différentes parties de ce qui avait été un téléphone portable.

Sophia crut défaillir.

— Avant qu'il soit mis en morceaux, j'ai pu le tracer jusqu'à la grande route, après chez Tipsy.

Sophia lança un regard interrogateur au policier.

— C'est une petite station-service doublée d'un restaurant familial, expliqua-t-il. C'est la station la plus fréquentée du coin.

Il fit signe à Richard de continuer.

— Le téléphone m'a mené jusque-là et je l'ai trouvé au bord de la route, en morceaux, confia sobrement l'homme d'affaires.

— Je suppose que vous avez essayé de récupérer la carte SIM, dit le policier. Pour retrouver des photos ou…

— Non, rien n'était récupérable, rien… Quant à la carte, elle n'y était plus…

— Qu'est-ce que ça veut dire ? s'étrangla Sophia.

— Cela veut dire, répondit Richard d'un air sombre, que soit Lisa ne veut pas que nous la retrouvions, soit que quelqu'un ne veut pas que nous retrouvions Lisa.

L'air semblait être devenu irrespirable dans la pièce et un silence de plomb s'abattit sur eux. Braydon observa Sophia : elle tremblait. C'était là une réaction dont il avait professionnellement l'habitude lorsque des proches de victimes voyaient arriver les premières mauvaises nouvelles.

— Vous avez trouvé quelque chose d'autre ? demanda-t-il à Richard Vega.

La vraie question était : êtes-vous au courant pour les deux autres femmes ? Mais il ne pouvait la formuler ainsi.

— J'ai appelé tous les hôpitaux, et aussi les morgues de la région, avec le signalement de Lisa. Mais en vain.

Il tira une carte du sous-main de son bureau et la tendit à Braydon.

— J'ai même engagé deux détectives privés pour la retrouver, sans plus de résultat.

— Vous êtes allés chercher deux privés hors de la ville, avant d'appeler la police ?

— C'est précisément pour la chercher hors de la ville que j'ai fait appel à eux. Culpepper étant tout petit, si elle était encore là, je pense que je n'aurais eu aucun mal à la trouver…

Braydon essaya de lutter contre la colère qui montait en lui. Il mourait d'envie de moucher cet homme riche et arrogant. Si Richard Vega avait appelé la police dès qu'il avait constaté l'absence de Lisa, ils n'en seraient pas là… Mais Vega avait préféré enquêter lui-même, bien entendu… Il devait se croire plus malin que n'importe lequel des flics de ce trou !

— Vous auriez dû faire un signalement, trancha sèchement Sophia, brisant le silence. Il ne vous est pas venu à l'idée qu'elle ne vous avait peut-être pas quitté ? Qu'il avait pu lui arriver quelque chose ?

— Evidemment que si, répondit l'homme d'affaires, piqué au vif. Je ne suis pas un imbécile…

— On aurait pu le croire, pourtant, répliqua Sophia du tac au tac.

Braydon eut du mal à ne pas sourire. Au moins, la jeune femme ne retenait pas ses émotions.

— Monsieur Vega, connaissez-vous Trixie Martin ou Amanda Alcaster ?

Après avoir posé la question, il scruta attentivement le visage de Richard, pour essayer de surprendre la moindre réaction de culpabilité ou d'inquiétude… Mais l'homme d'affaires ne trahit aucune émotion qui aurait pu faire naître un quelconque soupçon.

— Pas vraiment, répondit-il. Le nom « Alcaster » sonne vaguement familier, mais quel rapport avec Lisa ?

Braydon se tourna vers Sophia. Elle serrait les mains sur les genoux. Il aurait voulu calmer son inquiétude. Mais il le savait d'expérience : rien ni personne ne pouvait apaiser quelqu'un qui craignait de perdre un être cher.

Finalement, il carra les épaules et laissa tomber :

— Elles ont toutes les deux apparemment disparu… Elles aussi.

Richard Vega fronça les sourcils et son regard s'assombrit.

— C'est pour ça qu'il faut nous prévenir lorsque ce genre de choses arrive, assena Braydon sans lui laisser reprendre son souffle. Ça m'est égal de savoir si vous avez dû prendre sur votre temps de travail pour rechercher Mlle Hardwick, parce que moi, c'est mon boulot, et à plein temps. J'aide les gens, monsieur Vega, c'est mon job.

Il n'avait pas élevé la voix le moins du monde et s'en félicita.

Il était même très calme. Calme à un point que, si l'homme d'affaires l'avait mieux connu, il aurait pu déceler combien il était furieux. Oui, furieux que Richard Vega n'ait pas signalé la disparition de Lisa. Lisa dont la sœur se mourait d'inquiétude, là, à côté de lui, si jolie et tellement en quête de réponses rassurantes.

— C'est pourquoi, reprit-il, vous allez me dire tout ce que vous savez, maintenant, s'il vous plaît. Je ne voudrais pas avoir à vous mettre en examen pour obstruction à la justice.

Le professionnalisme avait repris le dessus, mais la colère était toujours là.

Hélas, Richard Vega n'avait pas grand-chose de plus à leur apprendre. A part le téléphone portable en miettes, il n'avait trouvé aucun indice. Il espérait voir la femme qu'il aimait lui revenir au plus vite et, surtout, apprendre que ce n'était pas lui qu'elle fuyait. Qu'elle n'avait pas été enlevée non plus, évidemment…

Mais Braydon ne pouvait guère se permettre de le rassurer beaucoup. Quand quelqu'un était toujours porté disparue au bout de quatre jours, c'était du sérieux, hélas…

Comme pour une addiction, reconnaître qu'il y a un problème est le premier pas vers sa solution.

Ce pas, Richard Vega ne l'avait pas bien négocié, apparemment.

Braydon posa encore quelques questions, puis il pria l'homme d'affaires de l'emmener à l'endroit exact où il avait trouvé les morceaux du téléphone portable. C'était le dernier endroit où l'on pouvait être sûr que Lisa Hardwick s'était trouvée, à un moment donné. Peut-être pourrait-on y découvrir d'autres indices.

Richard sortit sa voiture de son immense garage.

— Je monte avec qui ? demanda alors Sophia.

— Avec qui vous voudrez, lui répondit Braydon. Nous allons tous au même endroit, de toute façon.

Il surveillait attentivement les gestes, les attitudes de son seul suspect pour le moment. Vega avait-il la moindre intention de fuir ? Braydon ne le pensait pas, mais il ne pouvait pas non plus en être sûr… Que toute la ville porte aux nues le riche homme d'affaires n'était pas suffisant pour lui faire absolument confiance.

Il s'avança vers la 370Z flambant neuve et se pencha à la portière.

— Il va sans dire, monsieur Vega, commença-t-il d'un ton tranquille, que si vous cherchez à vous enfuir vous aurez rapidement toute la police de Floride à vos trousses, ainsi que celle des Etats voisins et que nous vous retrouverons. C'est bien compris, n'est-ce pas ?

Mais Richard soutint franchement son regard et répondit sans hésitation :

— Oui, et je n'en ai aucune intention. Je vous assure de ma totale collaboration, à partir de maintenant.

— Bon !

Braydon tapota sur le capot d'un air désinvolte, puis retourna vers son propre véhicule. A sa grande surprise, Sophia y était déjà assise à la place côté passager, avec l'air conditionné en marche.

— Comment avez-vous mis le contact ? s'enquit-il.

— Avec la clé, répondit-elle. Vous savez, c'est avec ça qu'on le fait, généralement…

— Oui, mais comment avez-vous eu les clés ?

— Je n'ai pas eu à me donner beaucoup de mal, vous les aviez jetées sur le tableau de bord.

Une fois qu'il fut installé au volant, elle ajouta sur un ton désinvolte :

— Pas vraiment le meilleur endroit pour les cacher…

— C'est ce que me dit toujours Tom, soupira l'inspecteur. Etre flic à Culpepper ne prédisposait pas vraiment à

253

la prudence. Qui donc se serait risqué à voler une voiture de police dans une si petite ville ? C'était impensable…

— Ça ne vous autorise pas pour autant à démarrer vous-même un véhicule de service, fit-il remarquer doucement.

Sophia poussa un soupir.

— Ecoutez, il fait une chaleur épouvantable, dehors. J'avais besoin de fraîcheur et j'en avais besoin vite.

Joignant le geste à la parole, elle se pencha vers l'arrivée d'air. Elle n'exagérait certes pas, car la température lui donnait des taches rouges sur le visage. Elle n'en était pas moins jolie, jugea Braydon.

— Vos vêtements ne sont pas vraiment adaptés au coin, vous savez…

— Figurez-vous que je l'avais remarqué !

Ils gardèrent le silence et, peu à peu, le parfum de Sophia emplit l'habitacle. Il y avait, songea Braydon, un amusant contraste entre ces fraîches et délicates fragrances et l'indomptable résolution de celle qui les portait.

— Je suis surpris que vous ne soyez pas montée dans la voiture de Vega. J'aurais cru que vous aviez des choses à vous dire, tous les deux.

Elle avait préféré sa compagnie à celle d'un homme qu'elle connaissait quand même davantage et qui était le compagnon de sa sœur.

De plus, ce presque parent, c'était Richard Vega en personne, l'homme qui pouvait se sortir de prison encore plus vite que lui, Braydon, pouvait l'y faire entrer. Raison de plus, au passage, pour ne pas même chercher à le mettre en examen.

Sophia eut un rire bref et sans joie.

— Vous vous souvenez que je vous ai dit que Lisa et

254

moi n'étions pas dans les meilleurs termes, ces derniers temps ?

Elle fit un geste vers la voiture de sport qui les précédait.

— En voilà la cause… et l'artisan.

— Vega ?

Elle acquiesça et il se tourna brièvement vers elle.

— Que s'est-il passé ?

Elle lui décocha un œil noir.

— Cela, inspecteur, je ne crois pas que cela vous regarde.

— Si vous voulez que je retrouve votre sœur, mademoiselle Hardwick, il va pourtant falloir que je sois au courant de *tout* ce que vous savez de ses relations avec Richard Vega.

Sophia parut décontenancée.

— Vous croyez qu'il est responsable de la disparition de Lisa ?

Avant de répondre à sa question, Braydon dut encore y réfléchir lui-même. Richard Vega avait certes les moyens de faire disparaître quelqu'un s'il le voulait vraiment. Mais le ton d'inquiétude dans sa voix, quand il parlait de Lisa, ne laissait que peu de doutes sur sa sincérité.

— Je pense personnellement qu'il n'est coupable que d'être un richard un peu trop sûr de lui, mais je ne peux pas pour autant l'exclure de ma liste des suspects. Aussi, s'il y avait une dispute entre vous trois, cela pourrait constituer un motif et j'aurais besoin de le savoir.

Sophia se remit à se tordre nerveusement les mains.

— Je ne crois vraiment pas qu'il ait pu faire du mal à Lisa.

— Un bon enquêteur ne doit négliger aucune piste, mademoiselle Hardwick, même la plus invraisemblable.

Sophia tendit une main devant l'arrivée d'air et parut s'apaiser un peu.

Il n'était pas toujours agréable de se remémorer le passé et Braydon le savait bien. Mais, parfois, il le fallait.

Il garda patiemment le silence, les yeux fixés sur la nuque de Richard, là-bas dans sa voiture. Cette petite fusée rouge pourrait facilement distancer le véhicule de police : si son conducteur respectait strictement les limitations de vitesse, c'était probablement pour se disculper.

Sophia posa sa main désormais rafraîchie sur son front.

— C'était à propos d'argent. Mais il n'y a pas eu de dispute ouverte. Plutôt une succession de non-dits. Notre père est mort quand j'étais toute petite et maman a dû travailler dur pour que nous puissions manger à notre faim. Les années passant, nous avons bien vu qu'elle essayait de ne pas nous le reprocher, mais que le ressentiment était bien là… Lisa et moi, nous prenions soin l'une de l'autre et nous nous encouragions mutuellement. C'est ma sœur aînée, mais elle ne m'a pas élevée, nous nous sommes élevées ensemble, plutôt…

Sa voix s'était mise à trembler et Braydon l'observa du coin de l'œil, craignant qu'elle ne pleure. Mais non. Elle gardait simplement les yeux baissés, comme si ses ongles la fascinaient soudain.

— Lisa était la plus belle, la plus charmante. En grandissant, les hommes se sont intéressés à elle et elle a eu beaucoup d'opportunités de se fixer, mais elle n'en a jamais vraiment profité, jusqu'à ce qu'elle commence à sortir avec Richard. Il lui a offert le monde sur un plateau et elle n'a eu qu'à le prendre, sans se poser de questions. Nous avions travaillé dur, toutes les deux, pour arriver à quelque chose de bien, et voilà que tout devenait facile pour Lisa…

Sa voix s'adoucit un peu.

— Nous ne nous sommes jamais vraiment disputées à ce sujet, je ne lui ai pas dit ce que je suis en train de vous dire. Mais elle sait bien ce que je ressens.

— Et que ressentez-vous ?

— Une sorte de… colère et un peu de jalousie, aussi, je le crains.

Elle rougit.

— Ça peut paraître stupide, surtout après ce qui est arrivé. Je devrais être heureuse pour elle, mais voilà… c'était une pilule que j'avais du mal à avaler, je crois… Malgré cela, je suis tout à fait convaincue que Richard n'a rien à voir avec sa disparition. Chaque fois que Lisa et moi en avons parlé, elle paraissait très heureuse avec lui.

De nouveau, Braydon fut surpris par cette femme. Elle n'avait pas seulement raconté son histoire personnelle, mais elle lui faisait part aussi de ses sentiments, elle lui ouvrait son cœur. Il pouvait la comprendre, mais c'était la facilité même avec laquelle elle lui disait la vérité qui la rendait vraiment étonnante.

— Votre mère est au courant de la disparition de Lisa ?

Il ne se souvenait pas que Sophia ait beaucoup parlé d'elle. Si elle l'avait appris, leur mère serait certainement venue à Culpepper, elle aussi.

Sophia se tendit nettement.

— Non.

Elle n'ajouta rien et Braydon n'insista pas. Manifestement, il avait touché une corde très sensible.

— Et vous, inspecteur, aucun drame familial à raconter ?

Sophia avait dit cela comme une plaisanterie, une sorte d'agacerie pour détendre l'atmosphère. Elle ne savait pas à quel point elle avait visé juste. Mais Braydon avait des années d'expérience dans l'art d'accueillir ce genre de questions d'un air tout à fait impavide.

Il sourit et secoua la tête.

— Rien qui vaille la peine de s'y arrêter.

3

Richard les emmena vers l'ouest, sur la Highway 20, jusqu'au grill « Tipsy » et sa station-service. Sophia fut surprise de l'aspect de la « meilleure adresse de Culpepper », comme le proclamait son enseigne. C'était sans doute la citadine qui parlait en elle, mais elle ne s'attendait pas à ce qu'un restaurant de bord de route ait un air aussi accueillant. Et son estomac se mit à gargouiller d'envie à la vue de l'affiche vantant « les crevettes géantes de Floride », au grill. Depuis la veille, elle n'avait mangé en tout et pour tout qu'une barre chocolatée.

Ils roulèrent encore quelques kilomètres et Richard leur fit un signe dans son rétroviseur avant de se garer sur le bas-côté. L'inspecteur Thatcher en fit autant avec son véhicule. Leur discussion très personnelle, trop même, était derrière eux. Heureusement, car Sophia s'en voulait. Qu'avait-elle eu besoin de donner tant de détails sur Lisa et sur elle-même ? L'inspecteur n'avait pas à savoir toutes ces choses sur leur enfance. Peut-être était-ce dû au manque de sommeil... Depuis le coup de téléphone de Richard, elle n'avait plus vraiment dormi.

Oui, ce devait être cela. Rien à voir avec cet homme secret, à côté d'elle...

Richard montra les hautes herbes, à quelques mètres

259

de la route. Ils le suivirent et examinèrent soigneusement chaque centimètre carré de terrain. Mais il n'y avait rien.

— Je vais appeler une autre voiture et demander que l'on passe tout le secteur au peigne fin, annonça l'inspecteur en retournant vers son véhicule pour passer l'appel radio.

Richard et Sophia restèrent sur place.

— Je suis désolé, dit l'homme d'affaires à mi-voix.

Du pied, il poussait des cailloux.

— J'aurais dû vous appeler plus tôt, mais j'étais trop occupé à la chercher.

S'il voulait s'attirer sa sympathie, il avait encore quelques efforts à faire, estima Sophia.

— Vous auriez surtout dû appeler la police, répondit-elle, sans indulgence.

— Sophia, ce n'est pas parce que je ne les ai pas prévenus que je n'ai pas demandé de l'aide… ailleurs…

— Vous voulez dire… à des détectives privés ?

— Pas seulement…

Sophia fronça les sourcils.

— Je suis un homme riche et j'ai beaucoup d'amis, reprit Richard. Des *amis* qui peuvent agir hors du rayon d'action de la police…

Il tournait le dos aux deux voitures.

— … et qui ne se laissent pas arrêter par les consignes…

— Que voulez-vous dire par là ?

— Parfois, la police peut… freiner des recherches…

— Je ne comprends pas ce que vous essayez de me dire, maugréa Sophia, les bras croisés sur la poitrine et les jambes bien campées sur le sol. Vous n'avez pas appelé la police parce que vous avez des *amis* ?

Richard poussa un soupir excédé.

— Ce que j'essaie de dire, c'est que j'avais mes raisons de ne pas appeler la police tout de suite.

Sophia était de plus en plus inquiète.

— Vous disiez que vous n'aviez pas donné l'alerte immédiatement, parce que vous pensiez que ma sœur vous avait peut-être tout simplement quitté. Etes-vous en train de dire maintenant qu'en fait vous saviez déjà que ce n'était pas le cas ?

Elle n'avait décidément aucune confiance dans cet homme trop riche, trop puissant, trop charmant — un charme, néanmoins, qui n'agissait guère sur elle —, capable de tout certainement, et en ayant les moyens.

Il avait des *amis*, comme il disait. Est-ce que ces *amis* ne pouvaient pas l'aider... à contraindre Lisa ?

Cette seule pensée la glaça immédiatement.

— Non, au contraire... Nous étions tellement heureux, Sophia ! Comment aurais-je pu imaginer qu'elle me quitterait ?

Sophia poussa un douloureux soupir et jeta un coup d'œil à l'inspecteur, toujours penché à la portière de sa voiture, sur son émetteur radio.

— Vous nous avez tout de même menti, dit-elle à Richard d'un air de reproche.

— Mais non. Il y a bien eu un moment, oui, où j'ai cru qu'elle avait pu me quitter. Mais vous connaissez votre sœur, elle ne serait pas partie comme cela...

Loin d'être amadouée, Sophia fut plus en colère encore. Bien sûr qu'elle connaissait sa sœur !

— Alors, ces *amis*, reprit-elle de façon assez agressive. Ils sont où ? Ils font quoi ?

— Tout ce que vous devez savoir, c'est qu'ils sont prêts à tout pour retrouver Lisa...

Sophia écarquilla les yeux. Que devait-elle comprendre ? Qui étaient ces hommes ?

Dans son complet noir, sous ce grand soleil, Richard

Vega paraissait encore plus menaçant que chez lui. Il admettait volontiers avoir des relations louches, vouloir se passer de la police. Sophia se mit à envisager le pire. Et peut-être même qu'il l'agresse, elle !

Heureusement, l'inspecteur Thatcher leva la tête et se tourna vers elle. Il paraissait tout entier tendu vers l'action.

— Une voiture va arriver dans quelques minutes. Ils fouilleront la zone et également les accès. S'il y a quelque chose, ils le trouveront.

Son attitude trahissait le limier en chasse, déterminé et tout à sa mission.

— Bon, dit-il très calmement à Richard, je vais vous demander de me suivre au poste de police, monsieur Vega.

Richard parut surpris et un éclair de colère passa sur son visage.

— Quoi ? Mais je vous ai dit tout ce que je savais. Pourquoi me faire perdre mon temps et le vôtre ?

L'inspecteur Thatcher croisa tranquillement les bras sur le torse. Il était vraiment très beau, songea Sophia. Professionnel, plein d'autorité et de force, le tout allié à un corps de statue grecque. Elle aurait aimé faire sa connaissance en d'autres circonstances.

— Il n'y a pas d'alternative, lança-t-il à l'homme d'affaires. Vous me suivez au poste de police.

Il montra la voiture de sport.

— Le seul choix que je vous laisse, c'est d'y aller dans votre propre voiture plutôt que de monter dans la mienne.

Richard maugréa entre ses dents des propos incompréhensibles.

— Et inutile de vous enfuir, insista Thatcher.

De nouveau, Sophia monta avec lui pour se rendre au poste.

Il faisait vraiment très chaud dans cette voiture et elle

ouvrit sa fenêtre en grand. Décidément, la chaleur de la Floride ne lui valait rien.

— Vous allez le mettre en examen ? demanda-t-elle sur la route.

— Peut-être, c'est à voir…

— Mais pourquoi ? Et est-ce que vous en avez vraiment le droit ?

L'inspecteur Thatcher serra les dents et les mâchoires. Son regard flamboya. Il avait dû apprendre quelque chose lors de sa communication radio.

— Figurez-vous qu'un individu se promène en posant des questions et qu'il se sert du nom de Vega comme d'un sauf-conduit. Cela s'appelle « faire entrave à la justice » et cela mérite amplement une mise en examen !

Sophia jugea préférable de parler. Elle rapporta presque mot pour mot à l'inspecteur la conversation qu'elle avait eue avec Richard pendant qu'il passait son message radio.

Cela ne fit rien pour adoucir l'humeur de l'inspecteur. Il garda le silence jusqu'au poste de police.

Une fois garé, il se tourna vers elle, l'air toujours aussi colérique et décidé.

— Ecoutez-moi bien, Sophia, je veux que vous répondiez en toute honnêteté à toutes les questions que nous pourrons vous poser à propos de votre sœur.

Ce rappel à la loi l'effraya quelque peu.

— Mais…

Il la retint par la main.

— Mais je vous promets de tout faire pour retrouver Lisa et pour vous la ramener saine et sauve. Tout.

Lorsqu'ils pénétrèrent dans les locaux avec Richard Vega, chaque policier présent parut retenir son souffle. La surprise se mêlait à l'incrédulité sur tous les visages. Même Cara leva les yeux de son écran d'ordinateur.

263

Sophia aurait bien voulu suivre les deux hommes dans la salle qui servait aux interrogatoires. Mais, de toute façon, Richard ne dirait certainement rien hors de la présence d'un avocat vedette, dont les émoluments dépasseraient le budget annuel de la ville de Culpepper.

Au lieu de cela, en effet, on la fit s'asseoir dans le bureau de Thatcher. *Sophia, à ta place !* se dit-elle avec un soupir, tout en croisant les jambes comme la femme respectable qu'elle se devait de paraître.

— Donnez-nous juste une minute, lui lança l'inspecteur Langdon, avant de tourner brusquement les talons et de quitter le bureau.

Oh ! Bien sûr ! Ce n'est pas comme si j'avais, moi aussi, des choses urgentes à faire, songea-t-elle, dépitée.

Elle se força donc au calme et à la patience.

Cinq minutes plus tard, l'inspecteur Thatcher entra en coup de vent dans la pièce.

Ses épais sourcils étaient en bataille et ses lèvres pincées de colère. Il s'assit au bureau devant elle et passa une main dans son épaisse touffe de cheveux. Son visible agacement la rendait elle-même nerveuse, par empathie.

— Alors ? l'interpella-t-elle. Qu'est-ce que Richard avait à dire ?

— Qu'il ne nous parlerait pas tant qu'il n'aurait pas vu son avocat.

Cela, Sophia l'avait prévu.

— Je ne m'attendais pas à autre chose, confia l'inspecteur. Avec tout son argent, je suis même surpris qu'il nous adresse la parole.

Il poussa un soupir désabusé.

— Et maintenant, on fait quoi ? le pressa Sophia. Vous voulez que j'aille lui parler ? Je peux essayer de…

Il leva la main pour l'interrompre.

— Pour l'instant, tout ce que je veux, c'est que vous répondiez à quelques questions.

Bon… Il n'était pas très difficile, après tout, de reprendre les rôles de policier et de témoin numéro un.

Thatcher lui posa une série de questions destinées à déterminer le profil psychologique de Lisa.

— Je doute qu'elle ait disparu de son plein gré, précisa-t-il. Mais je dois au moins dresser un portrait mental, psychologique et émotionnel de votre sœur.

Sophia fit de son mieux pour répondre à chaque question de manière parfaitement objective, mais elle ne savait probablement pas tout, vu la dégradation récente de ses relations avec Lisa.

— En général, ma sœur est plutôt optimiste. Elle est toujours souriante et a un compliment prêt pour chacun. C'est en partie pour cela qu'elle séduit la plupart des gens qu'elle rencontre.

Thatcher leva un sourcil.

— Comme je vous l'ai dit, continua Sophia, Lisa paraissait très heureuse à Culpepper, chaque fois que nous en avons parlé.

— Avait-elle une raison particulière de venir s'installer ici ?

Comme Sophia lui lançait un regard interrogateur, il expliqua :

— Je vous demande cela parce que vous m'avez dit que vous étiez très proches, elle et vous, jusqu'à l'an passé.

Sophia ne put s'empêcher de sourire.

— Son départ pour Culpepper n'a rien à voir avec nos relations. Lisa et moi, nous nous aimions comme les deux sœurs que nous sommes. Nous étions inséparables.

Elle eut une seconde hésitation et sa voix se fêla légèrement quand elle reprit :

— Lisa déteste Atlanta. Je ne peux pas la blâmer pour avoir déménagé. Elle était déjà venue à Culpepper brièvement il y a deux ans, à l'occasion d'un mariage, et elle était tombée amoureuse de votre ville. Elle s'y est installée quelques mois plus tard.

— Vous n'avez pas eu envie de la suivre ?

— Non, bien qu'elle ait beaucoup essayé de m'en convaincre…

Dans la réalité, Lisa avait fait bien plus que cela : elle avait mis toutes les affaires de sa sœur dans des cartons, un jour où celle-ci était au travail, et elle s'était contentée de sourire d'un air entendu lorsque Sophia, de retour, avait poussé les hauts cris :

— Je ne pars pas avec toi, Lisa !

— Pourquoi pas ? Toutes tes affaires sont déjà emballées !

A ce moment-là, Sophia aurait volontiers étranglé sa sœur mais, désormais, ce souvenir lui serrait le cœur.

— Je la comprends, marmonna l'inspecteur Thatcher.

— Pardon ?

— Excusez-moi, je voulais dire : je la comprends de ne pas aimer les grandes villes, je ne les apprécie pas beaucoup, moi non plus.

— On n'y est pas mal, se défendit Sophia un peu vivement, comme s'il l'attaquait personnellement. Bien sûr, on peut s'y sentir seule et la circulation est un cauchemar, mais on y a plus d'opportunités qu'ailleurs.

— Seule ? Ça veut donc dire que vous n'êtes pas mariée ?

C'était à peine une question et l'inspecteur gardait les yeux baissés sur ses notes.

Sophia défroissa nerveusement un pli invisible sur son pantalon et essaya de conserver une voix égale.

— Je ne vois pas bien le rapport avec cette enquête, mais, en effet, je suis célibataire.

Elle ne put s'empêcher de rosir. Thatcher leva les yeux et la regarda.

Elle lui avait non seulement avoué qu'elle n'était pas mariée, mais aussi qu'elle avait des moments de solitude.

— Et vous, inspecteur ?

En fait, elle aurait voulu pouvoir cacher sa tête dans le sable, comme une autruche, et n'avait posé cette question que par bravade, pour sauver la face.

Mais il répondit sans s'émouvoir :

— Non, je ne suis pas marié non plus. Dites-moi, Lisa avait-elle des problèmes de santé, quelque chose dont on aurait pu s'inquiéter ?

Ce changement abrupt de sujet la laissa un instant sans voix, mais elle se reprit et répondit aux autres questions sans plus commettre de bévues.

Finalement, l'inspecteur referma son carnet de notes.

— Les deux autres disparues…, tenta alors Sophia.

— Amanda et Trixie…

— Est-ce que vous allez poser les mêmes questions à leurs proches ?

L'inspecteur Thatcher acquiesça.

— La mère d'Amanda et le patron de Trixie sont dans le bureau d'à côté, avec Tom et Cara.

Son téléphone portable se mit à vibrer sur le bureau. Le bruit la fit légèrement sursauter, mais l'inspecteur ne parut pas s'en apercevoir. Il prit connaissance du message.

— Que va-t-il arriver, maintenant que j'ai répondu à vos questions ?

— Eh bien, nous allons nous rendre au domicile de chaque disparue et aussi sur leur lieu de travail.

— Très bien…

Elle commença de se lever, mais il l'arrêta.

— Par ce *nous*, je voulais dire l'inspecteur Langdon et moi. Vous ne pouvez pas venir avec nous, cette fois.

— Mais que voulez-vous que je fasse ? Que je reste ici à me tourner les pouces ?

— Nous nous occupons de cette affaire, mademoiselle Hardwick. Vous devez rester en dehors de chez votre sœur durant le temps de la perquisition mais, sinon, vous pouvez aller où bon vous semble. Il y a un restaurant, un peu plus bas dans l'avenue, où vous pouvez déjeuner tranquillement en attendant que nous ayons terminé. Si vous le voulez, bien sûr.

Sophia se mordit l'intérieur des lèvres. Il se méprit et confondit son silence avec une acceptation.

— Je vous dirai quand nous aurons fini chez Lisa.

Les deux inspecteurs quittèrent le poste de police peu après. Sophia aurait bien voulu les espionner pour calmer un peu son inquiétude, mais elle préféra n'en rien faire. Cara lui offrit alors de profiter de la salle de détente du commissariat. Malgré tout ce qu'elle avait pu voir dans les séries à la télévision, celle-ci n'était pas des plus accueillantes et Sophia n'y trouva ni beignets ni pâtisserie à la crème.

Alors, elle suivit le conseil de l'inspecteur Thatcher et alla manger un hamburger au Chez Sal, tout en essayant de ne pas trop souffrir de la chaleur et de l'humidité. L'inquiétude avait eu raison de toutes ses bonnes résolutions en matière de nourriture saine et équilibrée.

Elle était un peu lourde en sortant du restaurant, mais se sentait tout de même mieux.

Quand elle revint au poste de police, une voiture de luxe était garée à deux emplacements de la sienne. Cette superbe limousine appartenait certainement à l'avocat de Richard. C'était une BMW noire, rutilante, qui avait certainement coûté plus de deux ans de son salaire, se dit Sophia.

Poussée par la curiosité, elle pénétra dans les bureaux, mais, tout de suite, un homme qu'elle ne connaissait pas l'arrêta.

— Mademoiselle Hardwick, lui dit-il en lui tendant la main, je suis le capitaine Jake Westin.

Elle prit dans la sienne ce battoir court et large.

— Ravie de vous rencontrer, monsieur.

L'homme n'était guère plus grand qu'elle, mais il respirait l'autorité par son attitude et sa façon de porter l'uniforme. Il devait approcher la soixantaine.

— Je voulais vous dire que nous faisons tout ce que nous pouvons pour retrouver votre sœur, lui annonça-t-il avec un petit sourire très charmant, qui inspirait confiance.

Elle hocha la tête et le remercia.

— Je suis désolé de ne pouvoir rester plus longtemps avec vous, dit-il, mais je dois m'entretenir avec M. Vega et son avocat.

— Je comprends, dit Sophia.

Il avait une poignée de main solide, mais elle ne pouvait s'empêcher de la comparer à celle de l'inspecteur Thatcher.

— Si je peux vous aider, faites-le-moi savoir, conclut-elle.

— Je n'y manquerai pas.

Il tourna au coin du couloir et disparut dans la salle de conférences. Les vitres de celle-ci étaient occultées par des volets à lamelles. Pas question d'y jeter un coup d'œil. Si Cara et un autre policier ne s'étaient pas trouvés dans le couloir avec elle, Sophia aurait certainement plaqué son oreille contre la porte.

Plus tard dans l'après-midi, le capitaine sortit de la salle de conférences et s'approcha d'elle.

— J'ai reçu un coup de fil de Thatcher. Si vous le voulez, vous êtes désormais libre de vous rendre chez votre sœur.

Sophia serait bien restée un peu plus longtemps au poste de police pour en apprendre plus sur Richard, mais cela aurait certainement été mal vu. Aussi, elle salua Cara et sortit sur le parking pour reprendre sa voiture.

Elle se sentait épuisée. Toute l'adrénaline dépensée durant cette journée l'avait vidée. Bien sûr, elle n'avait pas encore retrouvé Lisa, mais que le capitaine Westin s'investisse personnellement dans la recherche la rassurait un peu.

Lisa vivait à Peddlebrook, un quartier situé à la limite de la ville. C'était un secteur de jolies maisons de brique, avec des parterres de fleurs soignés et des bassins qui abritaient des poissons rouges. Des mères de famille lançaient leurs poussettes à l'assaut des trottoirs, peut-être pour perdre du poids ou bien pour se distraire du stress généré par les chers petits. Lorsque Lisa s'était installée là, deux ans auparavant, elle rayonnait littéralement, se souvenait Sophia. C'était, pour elle, un tel progrès par rapport à son appartement citadin.

Sophia conduisit sa voiture à travers les rues de Peddlebrook avec dans l'oreille, de maison en maison, le bruit d'un transistor lointain. Elle se fixait, dans sa tête, un certain nombre de missions, parallèles à l'enquête de police :

Fouiller la maison de Lisa de fond en comble.

Aller au siège de la société de Lisa et vérifier tous ses rendez-vous.

Demander à l'inspecteur Thatcher de la mettre au courant de l'avancée des recherches.

Le train de ses pensées s'emballait un peu. Mais elle avait encore en tête la voix grave du policier et sa promesse de retrouver Lisa. Cela la réconfortait, calmait son angoisse. L'inspecteur Thatcher semblait sincère, fort et déterminé. Ses yeux bleus avaient plongé dans les siens à des profondeurs insoupçonnables, semblant y lire et y deviner des choses normalement hors de portée d'un inspecteur de police d'une petite ville.

Il n'en demeurait pas moins que Lisa était sa sœur à elle, et pas celle de l'inspecteur. Il n'avait pas grandi avec elle, ne s'était jamais inquiété quand elle était absente, n'avait jamais vécu de grands ou de petits moments auprès d'elle. Il ne savait pas, par exemple, que son film préféré était *La Petite Sirène* et qu'elle avait une peur paralysante des oiseaux de nuit. Il ne connaissait pas cette petite cicatrice à sa cheville, qu'elle s'était faite en tombant d'un manège à l'âge de neuf ans, ne savait pas que, malgré une enfance chahutée, elle avait toujours été très douce et très tendre avec leur mère.

Tout cela, l'inspecteur Thatcher ne le savait pas, il ne pouvait donc pas l'aimer comme elle, elle l'aimait. Même s'il se dévouait corps et âme à son travail, il n'aurait jamais fait la route depuis Atlanta dans le seul but de la retrouver.

Il était presque 18 heures quand elle se gara devant le 302, Grandview Court. C'était une rue située tout au fond de Peddlebrook, à l'orée du bois. Y résonnait le chœur des insectes et des grenouilles, le vrai chant du Sud. Elle trouvait cette mélopée monocorde ennuyeuse sans qu'elle sût bien pourquoi. En ville, il n'y avait ni grenouille ni crissement d'insectes. Juste les moteurs et les avertisseurs.

Lisa habitait une maison au style indéfinissable, mélange de ranch et de contemporain. La brique beige et brune habillait un ensemble de quatre pièces et deux salles de bains, avec un joli jardin sur le devant de la bâtisse. Comment sa sœur s'y prenait-elle pour soigner toute cette végétation ? Ça, Sophia l'ignorait. Si elle avait dû s'en occuper elle-même, il y aurait certainement plus de mauvaises herbes que de fleurs et beaucoup moins de belles couleurs, car elle n'avait pas du tout la main verte.

Mais l'aménagement de cette maison, elle devait bien l'admettre, la rendait jalouse. Une fois passé l'entrée, on débouchait sur un vaste espace qui était tout à la fois une cuisine ouverte, une aire de repas et un salon. De la cuisine partait un couloir qui desservait deux chambres d'amis et une salle de bains indépendante.

Sur le salon s'ouvrait la « suite du propriétaire », composée d'une vaste chambre et d'une grande salle de bains. Il y avait même un dressing qui était plus grand que sa chambre dans son appartement d'Atlanta.

Cette maison n'était pas seulement vaste, elle avait aussi beaucoup de caractère avec ses soubassements en granit, ses meubles de bois précieux et ses plafonds aux poutres apparentes. Partout des matériaux nobles, de la pierre et du bois.

Richard y était certainement pour quelque chose. Il avait dû aider Lisa à acheter et à décorer cette maison. Pour autant, il préférait rester dans son manoir, en dehors de la ville, songea Sophia.

Elle ne put retenir un soupir. Elle, elle vivait peut-être dans un petit appartement, mais il était à elle et personne ne l'avait aidée à l'acheter. Bien qu'elle soit l'aînée, Lisa n'avait jamais eu à affronter les duretés de la vie. Tout lui était plus facile, à cause de son charme et de sa beauté.

Brusquement, Sophia se sentit coupable de sa jalousie. Elle aurait dû être heureuse que sa sœur vive dans une si belle maison, et non en prendre ombrage.

Pour ne plus y penser, elle saisit son sac de voyage et décida de se changer. Se débarrasser de ses vêtements trop chauds et de ses hauts talons fut une véritable délivrance. Elle opta pour un petit haut à rayures, un blue-jean et une paire de baskets légères.

Elle avait fait sa valise un peu vite : il n'y avait ni shampooing, ni son rasoir pour les jambes, ni ses vêtements de nuit. En revanche, elle avait emporté son ordinateur portable du bureau.

Elle sortit également le chargeur de son téléphone portable et brancha celui-ci, juste à côté d'une niche murale où il y avait justement un téléphone copie d'ancien.

Elle s'étira paresseusement. Dormir n'aurait vraiment pas été une mauvaise idée, mais elle ne pensait pas pouvoir y arriver. Elle se rendit donc dans la cuisine, s'y fit un café et savoura le liquide chaud et corsé qui lui chauffait la gorge et le ventre.

Puis elle décida de fouiller la maison.

Elle s'attarda sur chaque pièce, cherchant le moindre indice sur ce qu'avait pu faire sa sœur. Par chance, les policiers qui avaient perquisitionné avaient tout laissé en ordre.

Une des chambres avait été transformée en bureau, avec une table de travail, des rayonnages sur tout un mur et un canapé à deux places d'un joli bleu contre celui d'en face. A première vue, aucun indice. Rien qui proclamât : « voilà où je suis et voilà qui m'a enlevée ». Il n'y avait pas non plus d'ordinateur sur la table de travail au plateau presque nu, avec le minimum d'accessoires. Sophia en ouvrit néanmoins les tiroirs et n'y découvrit

273

que quelques coupons de réduction pour divers magasins, un nombre impressionnant de blocs de Post-it et tout un tas de crayons et de stylos aux couleurs les plus étranges qui soient. Lisa avait toujours aimé écrire, disait-elle, « de façon non traditionnelle ».

« Enfin un fabricant qui ose la différence ! » s'exclamait-elle en signant un chèque à l'encre d'un vert électrique ou en rédigeant une carte de vœux d'une improbable écriture fuchsia. C'était une habitude qu'elle avait prise à l'école et dont elle ne s'était jamais débarrassée. Une fois, lorsqu'elle était petite, Sophia était tellement colère contre sa sœur qu'elle avait vidé ses tiroirs de tous ces stylos aux couleurs exotiques, pour les remplacer par de banals bleus et noirs. Jamais Lisa n'avait été aussi furieuse. Elle était devenue d'un rouge si violent qu'elle aurait pu elle-même s'ajouter à sa collection de stylos aux encres invraisemblables.

Cette fois, Sophia prit bien soin de refermer les tiroirs sans abîmer la collection de sa sœur. Elles avaient toutes deux grandi mais, si Lisa, en revenant, retrouvait ses chers ustensiles d'écriture même très légèrement abîmés, elle entrerait de nouveau dans une belle rage.

Sophia interrompit le cours de sa pensée.

Non, pas *si* Lisa revenait, mais *quand* elle reviendrait.

Sur les rayonnages, devant les livres, s'alignaient des petits cadres-photos et des bibelots. Des petites figurines d'éléphants et des instantanés de Lisa, d'elle-même et d'amis qu'elle ne connaissait pas. De Richard, aussi. Sur l'un d'eux, il tenait Lisa étroitement serrée dans ses bras en souriant. Ils avaient l'air heureux.

Sophia sentit la jalousie la mordre de nouveau. Elle essaya de chasser vivement ce sentiment de son esprit.

Ce n'était guère le moment d'être envieuse et il n'y avait vraiment pas de quoi.

La chambre d'amis n'offrait pas davantage d'indices. Tout y était en ordre et personne ne semblait y avoir couché récemment. La salle de bains attenante donnait la même impression. La cuisine, les placards et le réfrigérateur étaient presque vides.

Sophia passa dans le salon et jeta au passage un coup d'œil sur la table basse, ornée d'un beau candélabre. Elle se rendit ensuite dans la chambre « de maître ». Si un lieu captait parfaitement l'essence de Lisa, c'était bien celui-là. Les murs étaient peints d'un blanc légèrement cassé de rose avec un petit réchampi bleu, et de grandes baies vitrées l'éclairaient, ornées de voilages en lin très fin, de chaque côté du lit. Et quel lit ! Il semblait aussi vaste qu'un terrain de golf, recouvert d'un édredon rose indien à imprimé de petites fleurs. Pas moins de six oreillers aux taies de couleurs diverses le surmontaient. Ils paraissaient d'une telle douceur que Sophia ne put s'empêcher de sourire.

Elle se souvenait du goût qu'avait Lisa pour les coussins et les oreillers, ce qui l'avait toujours agacée. Sa sœur les empilait dans la journée, pour mieux les faire tomber la nuit entre leurs deux lits, dans leur ancienne chambre d'enfant, ce qui avait le don de la rendre folle de rage.

« Tu me remercieras si jamais tu tombes par terre dans ton sommeil », lui disait-elle toujours, sans toutefois la convaincre. Puis Lisa se laissait rouler, par jeu, sur les oreillers amassés sur le sol et riait toute seule de sa démonstration. « Tu vois que j'ai toujours de bonnes idées ? » Si Sophia ne se déridait toujours pas, alors elle l'entraînait avec elle sur cette molle surface jusqu'à ce que, enfin, sa cadette éclate de rire.

Au fil des années, ce souvenir était devenu une connivence entre elles, une plaisanterie privée comme peuvent en partager deux sœurs.

Devant ce vaste lit, dans cette chambre plus vaste encore, l'émotion la gagna. Combien ces instants lui manquaient !

Découragée, Sophia lâcha l'oreiller qu'elle avait pris entre les mains. Il n'y avait aucun indice dans la maison, rien qui pût l'aider. Il allait falloir chercher ailleurs…

En attendant, le café faisait son effet. Il infusait de l'énergie dans son corps, comme de l'eau par un robinet. Les paupières plus du tout aussi lourdes, elle quitta la maison et remonta dans sa voiture.

Elle conduisit en tambourinant machinalement sur le volant au rythme d'une chanson diffusée par son autoradio. Autour d'elle, beaucoup de braves gens de Culpepper devaient déjà être au lit.

La fouille de la maison de Lisa n'avait rien donné, mais Sophia n'en était pas vraiment surprise : les lieux ne paraissaient qu'à peine habités. Si Lisa avait laissé quelques traces, ce devait être à son travail ou bien chez Richard. A son retour de Details, décida Sophia, elle essaierait d'appeler l'homme d'affaires.

La sonnerie de son téléphone portable la fit justement sursauter. Elle chercha fébrilement dans son sac, soudain pleine d'espoir. Un numéro local inconnu s'inscrivit sur le petit écran.

— Allô ? répondit-elle d'une voix vibrante d'anxiété.
— Sophia Hardwick ?

L'espoir d'avoir Lisa au bout du fil s'éteignit aussitôt ; c'était une voix d'homme.

— Elle-même.

276

— C'est l'inspecteur Braydon Thatcher, pardon d'appeler si tard.

De nouveau, ce fut comme une sonnette d'alarme en elle.

— Avez-vous retrouvé Lisa ?

Elle espérait une réponse et la redoutait à la fois. S'il l'avait retrouvée et qu'elle soit…

— Non, on y travaille toujours.

Elle exhala un profond soupir.

— Je voulais…

Il y eut une pause. Sophia dut consulter l'écran pour s'assurer que l'appel n'était pas coupé.

— Je voulais juste vérifier que tout allait bien. Ça va ?

Cette franche entrée en matière la désarçonna un peu. Elle répondit honnêtement.

— Je me sens… frustrée. Moi aussi, je suis allée inspecter la maison de Lisa mais je n'ai rien trouvé. Je me rendais à son travail, en espérant qu'elle y aurait peut-être laissé quelque chose…

— Nous avons déjà perquisitionné chez Details, lui rappela-t-il.

— C'est au cas où vous auriez… enfin… oublié quelque chose…

— Vous savez, personne n'est censé fouiner comme ça sur les lieux d'une enquête. Il y a un peu trop de gens qui se prennent pour des policiers et veulent faire notre travail à notre place.

Au ton de sa voix, sa réprobation ne faisait aucun doute. De même que la popularité de Richard à Culpepper n'arrêtait pas l'inspecteur Thatcher, Sophia risquait bien de se retrouver dans son collimateur, elle aussi.

— Je pourrais vous arrêter pour ça, vous savez, lui dit-il encore. Entrave à l'enquête.

— Mais je suis la sœur de Lisa ! s'exclama-t-elle, aussi

indignée que lui. J'ai davantage le droit de me trouver chez elle ou à son travail que vous !

— Pas au regard de la loi, mam'zelle.

— Gardez donc vos *mam'zelle*, inspecteur !

Si Thatcher n'avait pas été de la police, elle lui aurait raccroché au nez immédiatement. Personne n'avait à lui dire ce qu'elle devait faire pour retrouver Lisa, et encore moins y ajouter un « mam'zelle » protecteur et méprisant. Ce n'était pas le jour…

Peut-être l'inspecteur s'aperçut-il qu'il était vain de se lancer dans une diatribe au téléphone. Il laissa échapper un soupir.

— Bon… mais passez par la porte de derrière, au moins. Comme ça, vous ne briserez pas les scellés. Je suppose que vous avez la clé ?

— Oui, *monsieur* l'inspecteur.

— Appelez-moi si vous trouvez quelque chose, mais n'espérez pas trop. Nous avons déjà tout passé au peigne fin.

Elle se mordit la lèvre.

— Oui, je vous appellerai.

Il raccrocha et Sophia essaya d'ignorer les battements de son cœur pendant le reste de la route.

L'agence Details était installée dans un petit bâtiment étroit qui avait été autrefois la boutique d'un fleuriste.

— C'est l'endroit idéal, Sophia ! s'était exclamée sa sœur dès sa première visite. Je n'aurai même pas à changer la couleur des murs !

Elle avait eu raison, au moins sur ce point. Ce petit immeuble industriel en briques rouges abritait un local commercial aux murs peints de dégradés de bleu et de jaune, qui éclataient derrière la vitrine. Le magasin mitoyen proposait des objets de décoration, de bois de différentes essences.

Lisa lui avait simplement dit que le couple qui tenait ce commerce était « plus religieux que Dieu lui-même », mais cette information n'était peut-être pas utile, estima Sophia.

Comme l'inspecteur Thatcher le lui avait demandé, elle tira la clé de sa poche et fit le tour du bâtiment. Elle ne connaissait guère mieux cet endroit que la maison de Lisa. Tout Culpepper était en fait « le territoire » du petit ami de sa sœur et, jusque-là, elle avait préféré l'éviter.

Elle pénétra dans l'ancienne boutique, inspecta la pièce de réception, le bureau de Lisa, la petite salle de détente et les toilettes. Tout était ridiculement trop net et trop propre. Pas même une brassée de stylos colorés, ou alors ils se cachaient bien. Même pas un calendrier ni un agenda pouvant lui donner quelques indications sur les mouvements de sa sœur.

L'endroit même paraissait une énigme, mais Sophia résista à l'impulsion d'appeler Thatcher pour lui en faire part.

Après de longues minutes de recherches infructueuses, elle admit sa défaite et reprit sa voiture en direction de Peddlebrook, bâillant copieusement tout le long de la route. Apparemment, la tasse de café avait cessé d'agir…

Une fois arrivée, elle décida de s'étendre pour quelques heures de sommeil mais n'eut pas le cœur de retirer les oreillers du grand lit. Pas sans le rire de sa sœur, son sourire éclatant quand elle les lançait un à un sur le sol.

Elle prit simplement une couverture dans un placard du couloir et s'installa sur le canapé.

De toutes ses forces, elle essaya de dormir, mais l'angoisse qui l'étreignait l'en empêchait.

Au bout d'une heure à se tourner et se retourner sur le canapé, elle renonça et se releva pour aller manger un morceau dans la cuisine. Mais le réfrigérateur et les placards étaient désespérément vides. Une frustration de plus…

— Tu n'as même pas une boîte de biscuits chez toi, Lisa, soupira-t-elle à voix haute. J'aurais pu m'en contenter…

Le bruit d'un verrou que l'on ouvrait l'interrompit brutalement.

Elle se retourna, envahie par une vague d'espoir qui la fit trembler. Ce devait être Lisa. Il fallait que ce soit elle.

Mais avant qu'elle ait pu courir accueillir sa sœur, la porte s'ouvrit sur un homme. Il avait un sourire mauvais sur le visage et referma la porte, qu'il verrouilla aussitôt.

Sophia eut alors la présence d'esprit de se saisir d'un couteau sur le plan de travail. Elle le brandit devant elle comme une arme, en essayant de ne pas hurler.

4

Sophia tenait le couteau de cuisine bien serré dans ses mains. La lame en était aussi longue que son avant-bras et il paraissait terriblement affûté. Si cet homme s'approchait un peu trop, il allait le regretter.

— Qui êtes-vous ? demanda-t-elle, sa voix pleine d'une frayeur qu'elle ne pouvait guère dissimuler. Et que faites-vous dans ma maison ?

L'homme s'avança en pleine lumière. Il lui manquait une dent de devant, ce qui contribuait à lui donner un air assez peu recommandable.

— Vous n'êtes pas Lisa Hardwick, répliqua-t-il. Et ce n'est pas votre maison.

— Je suis sa sœur !

Elle serrait si fortement le manche du couteau qu'elle en avait mal.

L'inconnu se mit à rire mais, heureusement, il se tint à bonne distance.

— Je sais qui vous êtes… C'est vous qui avez fait mettre mon employeur en prison.

— Votre employeur ?

— Vega.

— Ce ne serait pas vous qui avez enlevé Lisa ? ironisa Sophia.

281

Le sourire édenté s'effaça immédiatement. L'inconnu ne semblait pas avoir un grand sens de l'humour.

— Pas du tout. On m'a engagé pour la retrouver et pour la ramener chez elle sans encombre.

Sophia n'en resta pas moins méfiante.

— Vous pouvez baisser le couteau, lui dit-il. J'ai un pistolet passé dans ma ceinture. J'aurais pu vous tuer, si j'avais voulu.

Il lui montra l'arme. Sophia sentit l'angoisse lui nouer l'estomac.

— Je devais faire mon rapport à Vega, continua-t-il. Mais vu que les flics le gardent, je suis venu vous le faire à vous.

Interloquée, Sophia baissa lentement son couteau, sans toutefois le lâcher.

— Vous savez où elle est ?

Il secoua lentement la tête.

— Non… Mais j'ai trouvé sa voiture.

Braydon contemplait sans le voir le fond de sa tasse de café. Depuis quelque temps, il dormait fort mal. En fait, il ne savait plus depuis quand il n'avait pas passé une nuit complète.

Tom et l'agent Cara Whitfield l'avaient secondé dans ses recherches, épluchant les listes d'appels téléphoniques, les relevés bancaires, et essayant de déterminer précisément où et quand les disparues avaient été vues pour la dernière fois et avec qui.

Lui s'était plus particulièrement occupé de la disparition de Lisa. D'abord, parce qu'elle était la première à avoir été portée disparue. Ensuite, il devait bien l'avouer, parce qu'il prenait particulièrement à cœur l'attente et l'angoisse de Sophia Hardwick. Le problème, c'était que l'enquête ne démarrait pas. Pas de motifs évidents du ou des enlèvements, pas d'indices au domicile des disparues ou à leur travail. A part l'aveu de Richard Vega d'avoir fait entrave à l'enquête en menant ses propres investigations, aucune piste. D'ailleurs, en était-ce seulement une ?

Braydon prit une nouvelle gorgée de café. Il avait besoin de sommeil, mais il n'arrivait pas à rentrer se coucher. Dormir, c'était perdre du temps. Lisa, Trixie et Amanda n'avaient pas besoin qu'il dorme, mais qu'il les retrouve.

Sophia le voulait, elle aussi.

Penser à elle, à sa détermination à retrouver sa sœur, lui donna un nouveau coup de fouet. Il s'approcha du plan de Culpepper, punaisé au mur, et examina les adresses des trois disparues. Elles habitaient aussi loin les unes des autres que possible. Lisa vivait tout au bout de Peddlebrook ; Trixie, de l'autre côté de la ville, dans une maison un peu isolée, au bout d'un lotissement ; et Amanda avec sa mère, dans leur propriété qui surplombait la baie. Ses yeux se fixèrent sur cette adresse : la maison Alcaster.

Voilà que cet endroit se retrouvait de nouveau au cœur d'une enquête, après toutes ces années. Cette fois-ci pour disparition, mais peut-être était-ce en fait un nouveau meurtre ?

Son esprit se mit à battre la campagne. Il pensa à Amelia : son vibrant sourire, son rire communicatif… son cadavre sanglant. Jamais, non jamais, il n'oublierait. S'il avait été là plus tôt, peut-être que Terrance Williams n'aurait pas pu la tuer.

Il abattit lourdement son poing sur le plateau du bureau. La douleur sourde, familière, insupportable, reviendrait toujours, toujours…

— Braydon ?

Tom avait frappé au battant de la porte ouverte. Il eut le tact de faire comme s'il n'avait rien vu et lui tendit le téléphone portable qu'il avait dans la main.

— C'est le tien, expliqua-t-il. Tu l'avais laissé dans la salle de conférences et justement tu as un appel... Sophia Hardwick.

Braydon remercia, prit le petit appareil et essaya de se redonner contenance.

— Thatcher.

— Je sais où est la voiture de Lisa, répondit Sophia d'une voix surexcitée.

— Quoi ? Comment ça ?

— Un homme s'est introduit dans sa maison.

— *Un homme s'est...* et vous n'avez rien ? Il y est toujours ?

Braydon prit son arme, ses clés au vol, et se dirigea rapidement vers la porte, en faisant signe à Tom de le suivre.

— Non, je n'ai rien, répondit Sophia. Il est parti. C'était l'un des *amis* dont Richard m'a parlé.

Braydon fut soulagé, mais pas longtemps.

— Et où est la voiture, alors ? demanda-t-il.

— Je vous le dirai quand vous passerez me prendre.

Toujours cette sorte de défi dans sa voix...

— Sophia...

— Je ne veux pas que vous me laissiez en arrière, inspecteur. Alors je vous le dirai, mais seulement si vous m'emmenez. Maintenant faites vite, que l'on puisse vérifier si ce type a bien dit la vérité.

— Bon, d'accord, écoutez-moi bien : vous allez vous enfermer à clé dans une pièce et attendre notre arrivée.

— Il ne reviendra pas, j'en suis sûre.

284

Braydon laissa échapper un soupir agacé.

— Sophia, dit-il fermement, il y a déjà trois disparues dans cette ville et un homme qui s'est introduit chez votre sœur. A moins que vous ne l'ayez assommé et enfermé dans le garage, je veux que vous nous attendiez dans une pièce que vous pouvez fermer à clé ou au verrou. C'est bien compris ?

Il y eut une pause. Elle devait réfléchir. Ou bien lever les yeux au ciel. Finalement, elle soupira et lâcha :

— D'accord.

Braydon envoya une patrouille dans les rues de Peddlebrook à la recherche de toute personne suspecte, et Tom le suivit chez Lisa. L'urgence qu'il ressentait dans cette affaire n'avait rien à voir, il s'en rendait compte, avec aucune des disparues, mais seulement avec Sophia. C'était insensé. Comment quelqu'un qu'il connaissait à peine pouvait-il en si peu de temps compter autant pour lui ? C'était comme une graine que l'on a mis en terre des années auparavant et qui se met à fleurir…

Normalement, il fallait dix bonnes minutes pour se rendre du poste de police chez Lisa. Mais il n'en mit que cinq, toutes sirènes hurlantes.

Lui et Tom sautèrent sur le trottoir.

— Je sécurise le périmètre, lui indiqua son coéquipier. Toi, file t'occuper d'elle.

Ils mirent tous deux l'arme au poing. Tom disparut dans l'ombre, autour de la maison.

Braydon posa la main sur la poignée de la porte d'entrée, qui céda tout de suite ; elle était ouverte. Il allait se diriger vers la chambre à coucher, l'endroit le plus probable où Sophia avait pu s'enfermer, quand un bruit de verre brisé dans la cuisine attira son attention. L'arme prête, il tourna le coin du couloir. Sophia sursauta à sa vue.

— Pourquoi pointez-vous un pistolet sur moi ? protesta-t-elle, toute rouge.

— Sophia, qu'est-ce que vous fabriquez dans la cuisine ? Je vous ai dit de vous enfermer dans une pièce. La porte d'entrée n'était même pas verrouillée !

— J'y allais, dans la chambre, mais j'ai eu soif ! Et j'ai laissé la porte d'entrée ouverte pour que vous puissiez entrer sans avoir à l'enfoncer. Si elle rentrait et trouvait sa porte en miettes, Lisa me tuerait. Et puis, j'ai cassé un verre par mégarde et... dites, vous pouvez écarter ce machin de moi ? insista-t-elle en montrant son pistolet, qu'il avait toujours en main. Je ne suis pas armée, moi.

— Vous êtes plutôt... énervante, vous savez ?

— On m'a déjà dit que j'avais un caractère difficile, oui.

Braydon remit le pistolet dans son étui.

— Maintenant, lui ordonna-t-il, restez ici pendant que je vérifie si tout est clair dans le reste de la maison.

Et pour prévenir toute contestation, il leva la main.

— Je fais ça et je le fais seul. D'accord ?

Cette fois, elle rendit les armes.

— D'accord pour moi.

Braydon fit le tour des pièces. Tout était propre et en ordre. La maison était vide. Pas de vitre brisée, aucune trace d'effraction. L'homme qui s'était introduit n'avait eu qu'à se donner le mal d'ouvrir la porte, cela ne faisait aucun doute.

Une fois sa ronde terminée, il revint dans le salon-cuisine.

— Tout va bien ? lui demanda Sophia.

Elle tenait une balayette et une pelle pour ramasser les débris de verre. Il les lui prit des mains et s'accroupit pour le faire à sa place. Elle ne l'en empêcha pas.

286

— Toutes les portes et les fenêtres avaient bien été verrouillées, avant l'arrivée de cet homme ? s'enquit-il.

— Bien sûr ! Je les avais même vérifiées deux fois. Il a dû crocheter un verrou, ou bien…

Elle paraissait hésiter à préciser sa pensée.

— Ou bien quoi ?

— Ou bien il avait une clé, tout simplement.

— Une clé ?

Il se releva, la pelle à la main.

— Je le pense, parce que je ne me souviens pas avoir entendu de bruit du genre de ceux que l'on fait en s'activant sur un verrou. Il a ouvert sans aucun problème… Et puis, il a dit que Richard l'avait engagé pour retrouver Lisa. C'est certainement lui qui lui a donné la clé.

C'était parfaitement logique, en effet. Braydon fronça les sourcils.

Sophia avança alors la main pour lui reprendre la pelle. Leurs doigts s'effleurèrent et ils se figèrent ensemble, de l'électricité passant soudainement entre eux. Etait-ce seulement le besoin instinctif de protéger cette beauté brune ou bien autre chose ? Braydon n'en était pas bien sûr. Elle le regardait derrière ses longs cils. Quelque chose brilla dans ses yeux verts mais il n'aurait pu dire quoi.

Elle s'éclaircit la gorge et s'écarta pour aller vider le contenu de la pelle dans la poubelle.

— Je ne sais pas si c'est important qu'il ait eu une clé ou non, murmura-t-elle.

— Peut-être… il faudra en reparler, répondit Braydon sur le même ton.

Tom les rejoignit fort opportunément.

— Tout est calme autour de la maison, annonça-t-il.

Sophia sortit alors de sa poche un morceau de papier.

— Cet homme a trouvé dans le bureau de Lisa quelque chose qui nous a échappé…

Elle tendit à Braydon un Post-it.

— Il a dit que c'était tombé entre le bureau et la corbeille à papier. Ça ressemble à un nom de lieu… Vous savez où c'est ?

Braydon lut le papier :

Dolphin Lot.

Oui, il savait très bien où cela se trouvait…

5

Sophia n'avait pas besoin de bien connaître ces deux hommes pour comprendre : il venait de se passer quelque chose. Au lieu de sauter dans leur voiture pour se rendre immédiatement à Dolphin Lot, Thatcher et Langdon semblaient hésiter. Tom regardait Braydon, qui regardait le Post-it.

Sophia répéta sa question :

— Alors, vous savez où se trouve ce lieu ?

L'inspecteur Thatcher hocha la tête en silence.

Elle se tourna vers Tom Langdon, comme pour quémander une explication.

— En fait, Braydon et moi nous y étions, ce matin même, quand vous êtes venue au poste, précisa-t-il.

— Bon ! On peut y aller alors ?

Tom lança un regard inquiet à son collègue. Sophia s'en agaça. D'où venait ce changement d'attitude ? C'était le premier véritable indice qu'ils avaient à leur disposition. Elle allait le leur faire vertement remarquer lorsque l'inspecteur Thatcher plia le petit bout de papier et le mit dans sa poche.

— Je suppose que je ne peux pas espérer vous faire rester ici ? lui demanda-t-il d'un air déjà désabusé.

Sa voix était blanche, presque atone.

— Non, je veux y aller, protesta-t-elle. Je le dois !

Les deux inspecteurs échangèrent un regard entendu.

— Bon, fit Thatcher, mais seulement quand vous nous aurez donné une description précise de l'homme qui a trouvé ce bout de papier.

Sophia obtempéra.

— Est-ce que vous allez l'arrêter ? s'enquit-elle ensuite. Et est-ce que nous ne devrions pas être aussi nombreux que possible, pour cette recherche ?

— Il faudrait surtout qu'on ne se mette pas des bâtons dans les roues mutuellement, répliqua Thatcher, les mâchoires serrées.

Elle était bien obligée d'en convenir…

Les deux inspecteurs firent toutefois passer le signalement de l'homme à toutes les patrouilles de sortie.

Ce serait probablement vain, jugea Sophia. L'homme à la dent manquante ne se laisserait pas facilement attraper. Il n'avait pas l'air d'être né de la dernière pluie et, si Richard l'avait engagé pour « faire ce qu'il fallait » et retrouver Lisa, ce devait être un vrai professionnel qui connaissait tous les trucs.

En montant dans la voiture en même temps que les deux inspecteurs, Sophia nota l'odeur de son propre parfum. Elle sourit. Avec tout le temps qu'elle avait passé assise dans ce véhicule depuis le matin, cela n'avait rien d'anormal. Thatcher s'en était-il rendu compte lui aussi ? Appréciait-il son parfum ? Et si une autre femme s'approchait de lui, cela agirait-il comme une sorte d'alarme pour la prévenir qu'il était déjà pris ? C'était une idée saugrenue mais plaisante.

Tandis que Braydon démarrait, elle se pencha vers lui.

— Alors, où se trouve ce Dolphin Lot ?

290

Pour toute réponse, l'inspecteur activa sa sirène de police.

— C'est un nom qui a l'air de provoquer… une sorte de tension chez vous, insista Sophia.

L'inspecteur Thatcher se tortilla sur son siège. Il garda le regard droit devant, sur la route.

— C'est sur une baie. Au bout de la ville. Un terrain en friche de deux ou trois hectares. La maison la plus proche appartient aux Alcaster…

— A Amanda Alcaster ? demanda Sophia, surprise.

— Techniquement, la maison appartient à sa mère, Marina. Mais Amanda vit là, elle aussi.

Avant que Sophia ait pu ajouter un mot, il enchaîna :

— D'ailleurs, Dolphin Lot appartient à Marina, également.

— Ça ne peut tout de même pas être une coïncidence, si ?

— On ne peut pas le dire pour le moment, faute d'informations plus précises.

Il hésita un instant puis ajouta :

— Mais ça m'étonnerait, effectivement.

Un lourd silence s'installa dans le véhicule.

Sophia ne savait plus quoi penser. Pourquoi Lisa avait-elle écrit le nom de ce terrain sur un Post-it ? Est-ce qu'Amanda l'avait appelée à l'aide ? Et ne lui aurait-elle pas plutôt tendu un piège ?

A moins que tout cela n'ait rien à voir avec les disparitions. Peut-être que ce n'était qu'une coïncidence, après tout…

Il y avait toujours autant de questions sans réponses et Sophia commençait à éprouver les effets du manque de sommeil.

Il y avait aussi cet autre mystère, l'étrange réaction des

291

deux inspecteurs au seul énoncé de ce lieu-dit. Décidément, qu'allaient-ils donc trouver à Dolphin Lot ?

Braydon étouffa un juron. Tout cela paraissait bien trop familier, comme un souvenir vécu et ressassé. La route poussiéreuse battue par le vent du large, l'obscurité comme une cape autour de lui. Ce sentiment d'angoisse qui montait…

Oui, il avait déjà vécu cela. Il avait déjà pris cette route, avec ses chaos au moindre nid-de-poule, et il était parti alors pour un curieux rendez-vous, une arme à portée de la main. Il était déjà venu…

Il y avait onze ans de cela.

La différence était que, cette fois, il n'était pas seul. Sophia était assise à côté de lui, les épaules bien droites, les lèvres un peu pincées, comme si elle était toujours sur ses gardes. Elle fixait la route à travers le pare-brise, droit devant elle. Elle devait probablement s'inquiéter pour sa sœur et pour ce qu'ils risquaient de découvrir là-bas. Braydon ne pouvait l'en blâmer.

— La route traverse le terrain et finit en cul-de-sac, au bord de la mer, annonça-t-il.

Puis, quelques instants plus tard, il désigna des arbres.

— Ils partagent le terrain en deux. Nous allons rouler doucement, au cas où nous verrions quelque chose, puis nous irons à pied.

— Nous avons de la chance avec le temps, remarqua Sophia. S'il y avait des nuages, nous ne pourrions rien distinguer du tout.

Elle avait raison, songea Braydon. La lune n'était pas tout à fait pleine, mais elle brillait suffisamment pour leur permettre de voir assez loin, des deux côtés de la route. Bien sûr, il aurait fallu trouver le Post-it en plein jour, et non pas après minuit. Il aurait même fallu, regretta Braydon, que ce soit lui ou l'un de ses hommes qui mette la main dessus, plutôt qu'un privé à la solde de Richard Vega. Mais, après tout, cela n'avait plus grande importance.

Tandis qu'il scrutait l'horizon, il aurait voulu pouvoir oublier le passé. Onze ans s'étaient écoulés. Terrance Williams ne pouvait plus revenir. Rien n'était plus comme lors de ses dix-huit ans. Il ne fallait plus penser aux fantômes d'autrefois, l'urgence était de sauver Lisa. Elle avait bien dû avoir une raison pour écrire ce nom de lieu sur un bout de papier. Un rendez-vous avec quelqu'un, probablement.

Braydon en avait l'intuition : retrouver la trace de Lisa les mettrait sur celles d'Amanda et de Trixie. Mais quel pouvait être le lien entre ces trois femmes ?

— Il n'y a pas d'autres maisons, par ici ? demanda soudain Sophia.

— Non.

— Pourquoi ? Ça a pourtant l'air d'un coin agréable, au bord de l'eau. J'imagine que le terrain pourrait se vendre un bon prix.

Elle aussi était visiblement nerveuse et essayait de calmer son angoisse. Mais, en ce lieu précis, Braydon ne pouvait guère l'y aider. Pas question de lui raconter ce qui s'était passé là dans le détail, mais il était tout aussi difficile de lui mentir.

— Marina est très superstitieuse, expliqua-t-il avec répugnance. Il s'est passé quelque chose, ici, autrefois. Un homme a été tué…

Sa voix tremblait presque.

— Elle a acheté ce terrain pour empêcher que quiconque vienne s'installer trop près de sa maison, mais jamais elle n'y touchera. Elle a peur des fantômes et de ce genre de choses.

Il garda pour lui le reste : l'homme qui était mort là était un monstre et la propriétaire redoutait son esprit mauvais. C'était pourtant bien la raison principale qui l'empêchait de vendre.

Sophia dut néanmoins être satisfaite de sa réponse, car elle n'ajouta rien et continua de scruter les alentours.

Braydon, de son côté, évitait de se laisser submerger par l'angoisse. Dans quelques minutes, il serait sur les lieux qui avaient changé sa vie pour toujours.

Cet endroit et son maudit ponton sur la baie étaient son enfer personnel.

— C'est très retiré, fit remarquer Sophia. Quelqu'un y vient quelquefois ?

— Un pêcheur, parfois, quand il arrive à obtenir l'autorisation de Marina. Elle nous appelle systémati-quement quand elle aperçoit une voiture qu'elle ne connaît pas. Evidemment, les étrangers à la ville ne peuvent pas toujours le savoir.

— J'essaie de comprendre pourquoi la voiture de Lisa a pu se trouver ici. Elle n'est pas vraiment une fanatique des endroits déserts et retirés, vous savez... Une fois, elle...

Sophia avait beau être la personne la plus fascinante qu'il ait rencontrée depuis longtemps, Braydon ne l'écouta plus au bout de quelques secondes. Il ralentit. Il était si jeune, si angoissé et si furieux, la fameuse fois où il était venu là... prêt à tout, à faire ce qu'il devait faire en tout cas. Prêt à tuer.

Et puis...

— Là, dit-il simplement.

— La voiture de Lisa ! s'exclama Sophia.

— Bon sang ! s'écria Tom, resté jusque-là silencieux sur le siège arrière. Mais… c'est juste…

Braydon serra les dents. Ça ne pouvait pas être une coïncidence, ce n'était pas possible…

— Oui, répondit-il d'une voix sourde. Juste à l'endroit où Terrance Williams est mort.

Sophia ouvrit brusquement sa portière et s'élança vers la voiture de sa sœur, le cœur battant. De deux choses l'une, ou bien la voiture était vide, ou bien… Cette seconde possibilité lui glaçait le sang.

Elle avait devant les yeux le clair sourire de Lisa et dans la tête une sombre petite voix.

Fouettée par l'adrénaline, elle traversa les hautes herbes qui lui cinglaient les jambes. Son estomac se nouait un peu plus à chaque pas. Derrière elle, Thatcher lui cria quelque chose, mais elle ne comprit pas et de toute façon s'en fichait. Il fallait qu'elle voie de ses yeux ce qui se trouvait… ou ne se trouvait pas dans cette petite voiture verte.

Le clair de lune ne permettait pas de distinguer tous les détails, mais les portières étaient fermées et les vitres, intactes.

Sophia prit une profonde inspiration, puis expira l'air en tremblant. Les sièges avant étaient vides.

Elle tourna le regard vers l'arrière, à deux doigts de s'évanouir. Machinalement, elle ouvrit la portière et fut immédiatement saisie par la nausée : il y avait un cadavre en travers de la banquette.

Elle recula et se cogna contre l'inspecteur Thatcher venu la rejoindre.

Elle se mit à hurler, longuement, effroyablement, un cri montant du fond de la gorge.

6

Braydon prit Sophia dans ses bras et voulut l'écarter de la voiture. Il n'y avait pas besoin de jeter un coup d'œil : l'odeur du corps en décomposition dans l'habitacle suffisait.

— Je suis… je suis vraiment désolé…

— Non ! cria-t-elle, le visage enfoui dans sa chemise.

— Sophia…

Il la tenait serrée contre lui. Il savait pertinemment ce qu'elle ressentait. Les années avaient fini par émousser son propre chagrin, mais jamais il n'oublierait la morsure initiale. Cela saignait toujours, c'était comme une blessure qui ne guérirait jamais et dont il était seul à voir la cicatrice.

— Non ! cria-t-elle encore, les poings serrés contre son torse.

Il ne la laisserait pas relever la tête. Il continuerait à la tenir fermement contre lui et à la consoler du mieux qu'il le pourrait. Voir de plus près le corps décomposé de sa sœur serait une trop dure épreuve. Elle pourrait en devenir folle. Il n'était pas question de la laisser regarder.

— Non ! Ce… ce n'est pas Lisa…

— Comment ?

Elle leva vers lui ses joues baignées de larmes.

— Cette femme… le corps… elle… elle est blonde, ça ne peut pas être Lisa.

Un lâche soulagement l'envahit. Cette femme morte n'était pas Lisa, mais elle avait quelque part une famille, peut-être une sœur, comme Sophia, qui l'aimait, se dit Braydon. Des gens qui, eux, ne seraient jamais soulagés de sa mort, au contraire…

— Vous pouvez… me lâcher, murmura Sophia entre deux sanglots retenus. Ça va, maintenant… Ça va mieux.

— Vous en êtes sûre ?

Il lui releva le menton, plongea les yeux au fond des siens. Ils brillaient, verts comme des émeraudes, sous les larmes. Un puissant désir de protéger cette femme le consumait littéralement. Il essaya de se reprendre. Il fallait faire face à la situation, qui n'avait rien d'agréable.

— Oui, oui, ça va, assura Sophia.

Il hocha la tête et lui pressa une dernière fois le bras.

— Restez ici pendant que je jette un coup d'œil, d'accord ?

— Oui, d'accord.

Braydon alluma sa lampe torche et se mit à faire le tour de la voiture. C'était comme un retour dans le passé. Lui s'approchant doucement du véhicule, le corps sur le siège arrière, les cheveux blonds étalés contre la vitre.

Son esprit battait la campagne, et il avait les mains moites. Cela différait bien un peu dans les détails, mais cela demeurait presque identique. Oui, il avait déjà vécu cela. Le corps sur le dos, le pistolet qu'on avait appuyé sur la tempe, le trou d'entrée et de sortie de la balle, dans la tête… Cela pouvait être une scène de suicide, mais devant le corps de cette femme semblait flotter le visage de Terrance Williams.

De là où il se trouvait, l'homme pouvait savourer la scène. Braydon Thatcher, le petit génie de la police de Culpepper, s'avançait vers la voiture.

L'homme devinait sans peine la tension qui l'animait. Il n'avait rien d'un idiot, ce Thatcher… Il savait ce qu'il allait trouver à l'intérieur… et il était assez malin pour ne pas croire aux coïncidences.

Comme il l'avait prévu et vivement espéré, le visage du policier se figea quand il découvrit dans quelle position se trouvait la pauvre Trixie Martin.

Cela le fit sourire…

Il posa sa bouteille de bière dans le réceptacle prévu à cet effet, dans l'accoudoir de son fauteuil pliant. Il y en avait pas mal d'autres, vides, à ses pieds, depuis tous ces jours d'attente. Cela avait été un jeu de patience que d'amener Braydon à découvrir la voiture.

Il avait failli désespérer…

Par bonheur, il en avait eu l'information dix minutes auparavant. S'il n'avait pas su que Braydon se rendait à Dolphin Lot, il aurait manqué le spectacle et tout cela aurait été en pure perte.

Les gestes de l'inspecteur devenaient un peu saccadés, mécaniques. Sans doute devait-il réfléchir à toute allure.

Il aurait pu l'aider à remplir les cases vides du problème, mais il n'en avait pas l'intention. Lui-même restait parfaitement froid devant cette scène de crime. Cette femme en train de trembler derrière Thatcher… C'était sûrement la petite sœur de Lisa, Sophia. Elle avait les mêmes cheveux noirs, mais pas la même taille, ni les mêmes courbes. Lisa était une beauté assez conventionnelle, avec, certes, de longues jambes. Sophia était plus petite et plus jolie, d'une beauté fragile, comme une enfant que l'on habillerait avec des vêtements d'adultes.

Il était un peu trop loin, dans sa cachette sous les arbres, pour bien distinguer les larmes sur son visage. Mais elle pleurait, puisque ses épaules tremblaient dans l'air de la nuit.

Il suivait avec beaucoup d'intérêt comment l'inspecteur se comportait avec Sophia. Comme il la regardait, comment il la tenait dans ses bras pour la consoler. Le policier avait des sentiments pour elle, c'était évident. Ça, c'était nouveau et c'était à prendre en compte.

Il but une autre gorgée de bière. Oui, il y avait un nouveau paragraphe à ajouter à son plan. Sophia Hardwick devait être réunie avec sa sœur. Mais peut-être pas de la façon dont elle l'aurait voulu…

Cette idée amena un nouveau et large sourire sur son visage. Il était temps que l'inspecteur Thatcher endure ce que lui-même avait enduré pendant toutes ces années. Il était temps qu'il sache que rien n'était oublié.

Le souvenir de son frère trempait sa résolution. Il vida la bouteille et attrapa son sac. Pour l'instant, Braydon Thatcher était encore sous le coup du choc émotionnel, mais, lorsque celui-ci serait dissipé, les réflexes du flic reviendraient au galop : il commencerait à réfléchir et à se montrer soupçonneux, à rechercher qui avait fait quoi.

La mise en scène de la découverte du corps de Trixie n'était que le premier pas, la première étape.

Désormais, tout ce qu'il avait à faire, c'était se présenter à l'autre demoiselle Hardwick.

Alors, le temps viendrait de démontrer à Braydon Thatcher que sa vie entière pouvait être détruite aussi aisément que celle de Terrance l'avait été.

7

Sophia, au bord de la nausée, s'étant finalement éloignée de quelques mètres, Braydon entama son travail de policier avec Tom. Ils procédèrent aux toutes premières constatations. Il y avait eu une sorte de mise en scène morbide du cadavre : le corps devait avoir été déplacé pour une raison ou une autre.

— Qui est-ce ? leur cria Sophia, à distance

C'était la blonde aux yeux bleus Trixie Martin, la deuxième des trois disparues. Elle portait un petit débardeur, un short et des chaussures de jogging. A part la blessure fatale à la tempe, le corps ne présentait aucun signe apparent d'autres violences.

— Je vais appeler la boutique et demander des renforts, murmura Tom. Tu veux ramener Sophia chez elle ?

Braydon secoua la tête.

Il resta un instant silencieux puis, sur le même ton, ajouta :

— Tu as vu ? C'est exactement comme ça que je l'ai trouvé, il y a onze ans. Très exactement. Ça ne peut pas être une coïncidence… Les détails de la scène de crime n'ont jamais été rendus publics. Très peu sont ceux qui l'ont vu et, de toute façon, Trixie Martin n'avait rien à voir avec tout ça…

Tom ne répondit rien. C'était inutile, songea Braydon.

Seule une poignée de gens, en effet, avaient vu de leurs propres yeux le cadavre de Terrance Williams.

Braydon serra les dents une seconde, puis intima à Tom :

— Demande qu'on envoie une voiture chercher Sophia, qu'on la ramène chez elle et qu'on surveille la maison, jusqu'à nouvel ordre.

— Ce sera fait.

Braydon se tourna de nouveau vers le cadavre et l'observa avec un malaise grandissant. Puis, comme il n'y avait pas d'autre constatation à faire pour le moment, il rejoignit Sophia. Elle le regarda s'approcher avec sur le visage une expression à fendre le cœur. Elle ne pleurait plus, mais la peur et la compassion pour la pauvre morte semblaient irradier d'elle. Braydon eut envie de la prendre dans ses bras et de lui promettre que tout finirait bien, qu'il retrouverait Lisa et Amanda saines et sauves et que le poing de la justice s'abattrait sur celui qui avait fait ça.

— Qui est-ce, alors ? redemanda-t-elle.

— C'est Trixie Martin.

— Et elle s'est tuée ? Dans la voiture de ma sœur ? Mais pourquoi ?

— Le fait qu'on la retrouve avec une balle dans la tête ne prouve aucunement que ce soit elle qui a appuyé sur la détente.

Aussitôt qu'il eut prononcé ces mots, il les regretta. Les yeux de Sophia s'agrandirent encore davantage de terreur.

— Vous voulez dire qu'elle a été assassinée ?

— On ne peut pas en écarter la possibilité, en tout cas.

Ils gardèrent tous deux le silence un long moment, plongés l'un et l'autre dans leurs pensées.

Un enlèvement était une chose, mais une suspicion de meurtre, c'était pire que tout, s'alarmait Braydon.

— Une voiture va venir vous chercher pour vous ramener chez Lisa, dit-il finalement.

Sophia allait ouvrir la bouche pour protester, mais il ne lui en laissa pas le temps.

— Cela ne souffre aucune discussion. Si vous voulez que je retrouve votre sœur, il va falloir me faire confiance. J'ai du travail et moins il y aura de monde autour de moi, plus ça ira vite.

Pour compenser la relative sécheresse de ses paroles, pour la consoler un peu aussi, il lui mit la main sur l'épaule et ajouta, beaucoup plus doucement :

— Je vous ai promis que je retrouverais votre sœur et je la retrouverai, d'accord ?

Sophia se tut, les lèvres un peu pincées, mais elle acquiesça d'un hochement de tête.

— Vous m'appellerez dès que vous aurez trouvé quelque chose ?

— Bien sûr !

Il retira sa main.

— Et vous, je veux que vous m'appeliez si vous avez besoin de quoi que ce soit. J'ai bien dit : de quoi que ce soit. C'est compris ?

Elle hocha la tête de nouveau.

— Et, euh… Sophia… faites-moi plaisir… fermez les portes, cette fois !

Sur ce, une meute de policiers arriva et s'activa autour de la voiture, qui devint officiellement une scène de crime.

Braydon s'approcha de Sophia.

— Ça vous ennuie d'aller vous asseoir dans la voiture et d'attendre qu'un policier puisse vous reconduire chez vous ?

Sophia comprenait les précautions qu'il fallait prendre avec le corps, et tous les éventuels indices à préserver, mais elle ne pouvait s'empêcher de se sentir exclue et ignorée. Elle voulait se rendre utile. Que Trixie Martin se soit suicidée ou ait été assassinée, il y avait toujours deux disparues dans la nature et, pendant ce temps, l'horloge tournait !

Certes, elle manquait de patience. Mais comment en avoir dans de telles circonstances ? Personne n'aurait probablement pas fait mieux vu la situation.

Puisqu'elle devait attendre, elle observa de loin l'inspecteur Thatcher, suivit ses moindres faits et gestes. La façon dont il se mouvait autour de la voiture, les sourcils froncés… celle dont ses mains, gantées de caoutchouc, se posaient délicatement sur les objets, tout cela était fascinant. Sophia connaissait des hommes qui prenaient leur métier au sérieux, mais c'était la première fois qu'elle constatait une telle conviction, un tel engagement personnel dans la tâche. Evidemment, ceux à qui elle aurait pu comparer l'inspecteur n'opéraient pas sur un cadavre dans une voiture, au beau milieu de la nuit.

Vers 4 heures du matin, un agent de police se présenta pour la raccompagner. Sophia serait bien restée à contempler Braydon Thatcher, mais l'agent Murphy s'assit d'office à la place du chauffeur et mit le contact. C'était manifestement un homme taciturne. Sophia ne protesta même pas. Elle ne pouvait nier son épuisement. Même une heure de sommeil serait bonne à prendre.

Son nouvel ange gardien resta silencieux tout le long du trajet, quinze minutes environ. Sophia en profita pour réfléchir à ce qui l'avait réellement, profondément, choquée dans la découverte du corps de Trixie, au-delà de la surprise et du triste état du cadavre. La réponse

304

à cette question ne faisait guère de doute : si jamais la deuxième disparue était morte, elle aussi, combien de chances avait Lisa d'échapper au même sort ?

Cette question laminait le faible espoir auquel Sophia s'accrochait depuis plusieurs jours. Au fond, ce qui lui permettait de tenir, c'était la présence de cet homme, là-bas, aux cheveux sombres et aux beaux yeux bleus. Si quelqu'un pouvait retrouver Lisa et Amanda, ce serait Braydon Thatcher, Sophia en était certaine. A le voir travailler, le visage si concentré, il tiendrait parole ou, du moins, il ferait tout, au-delà du possible, pour la tenir.

La maison de Lisa apparut au bout de rue.

— C'est là, indiqua-t-elle à son chauffeur.

Mais au lieu de se garer tout de suite, le policier s'arrêta au beau milieu de la chaussée et ouvrit sa portière. Sophia en fut un peu intriguée.

— Restez ici pendant que je sécurise les lieux, lui ordonna-t-il.

Il ne lui laissait pas le choix, ni même le loisir de protester. C'était décidément une constante parmi les policiers de Culpepper… Il lui tendit simplement la main pour qu'elle lui donne ses clés, ce qu'elle fit.

Il sortit de la voiture, resta peut-être cinq minutes autour et dans la maison, puis en ressortit, les deux pouces levés.

— Merci ! lui dit Sophia en essayant de ne pas prendre un ton trop ironique.

— Si vous avez besoin de quelque chose, n'hésitez pas à me demander. De toute façon, je reste là, dans la voiture.

— Vous restez là ? s'étonna Sophia.

— Oui, mademoiselle.

— Mais combien de temps ?

— Jusqu'à ce qu'on me relève ou que mon chef me dise de m'en aller.

Il sourit et leva la main pour stopper net toute contradiction.

— Désolé, mais ce sont les ordres…

En fait, Sophia n'avait même plus assez d'énergie pour
protester. Elle le remercia, marcha jusqu'à la maison
comme un automate et s'effondra sur le lit, sans plus se
soucier des fameux oreillers multicolores.

Pour la première fois depuis des jours et des jours,
aucune somme d'inquiétude ne pourrait plus la maintenir
éveillée.

Lorsqu'elle se réveilla, Sophia se sentit un brin désorientée. Heureusement, l'endroit était calme et tranquille,
pas de coups de Klaxon, ni de sirène hurlante pour vous
empêcher de vous reposer. Rien que le très léger ronron
de l'air conditionné et celui des pales du ventilateur, au
plafond. C'était reposant…

Elle se tourna sur le dos et s'étira. Même après avoir
dormi, elle sentait l'épuisement peser sur tous ses membres.
Et bien sûr, l'angoisse n'arrangeait rien.

Elle prit une douche rapide pour se réveiller complètement. Si la maison avait l'air à peu près vide et inoccupée,
elle trouva néanmoins dans la salle de bains tous les
produits dont elle avait besoin. Lisa avait toujours pris
grand soin de ses cheveux.

Quand elle eut terminé, elle enfila un jean, un T-shirt
gris et des chaussures de tennis. Elle ne prit pas la peine
de se maquiller, ni d'arranger sa coiffure, se contentant de
la nouer en queue-de-cheval. Mais elle prit tout de même
le temps de se vaporiser un peu de parfum, l'image de
l'inspecteur Thatcher passant alors, comme par mégarde,
devant ses yeux. Il n'avait pas appelé, ni envoyé de

SMS pendant qu'elle dormait. C'était un peu inquiétant. N'avait-on donc rien trouvé autour de la scène de crime, aucune information qu'il aurait pu partager avec elle ?

Sophia s'approcha de la fenêtre du salon. La voiture de police était toujours garée devant la maison. L'agent Murphy savait forcément quelque chose. Il fallait simplement le faire parler et ce serait beaucoup plus facile si elle allait le voir, porteuse d'une offre de paix. Bien que les placards soient à peu près vides, elle finit par dénicher une boîte de préparation pour muffins. Elle n'avait besoin que d'un peu d'eau et de douze minutes de cuisson. Le policier rechignerait peut-être moins à lui donner des détails, si elle venait le voir avec de délicieuses friandises.

Un quart d'heure plus tard, elle sortait du four les petites pâtisseries quand on sonna à la porte. Son sang ne fit qu'un tour. S'attendant à la plus terrible des nouvelles, elle se précipita pour ouvrir.

Elle n'avait jamais croisé l'homme qui se présentait à elle. Il était grand, paraissait en forme et même athlétique, avait d'abondants cheveux roux. Du point de vue vestimentaire, il avait tout du parfait estivant en Floride : une chemise à fleurs au col ouvert sur un T-shirt blanc, un caleçon bleu marine, des sandales, des lunettes de soleil d'aviateur sur le nez, un véritable stéréotype !

Il souleva ses lunettes, dévoilant des yeux aussi noirs que le charbon.

— Bonjour, fit-il avec un large sourire.

Il tendit sa main. Par une sorte de réflexe, elle recula un peu.

— Mon nom est Nathanial. Vous devez être la sœur de Lisa, Sophia ?

— En effet.

— Je me suis dit que j'allais passer vous voir et vous donner ça…

Il montra un paquet d'enveloppes.

— Qu'est-ce que c'est ?

— C'est le courrier de Lisa, à son travail. Cela s'empilait dans la boîte aux lettres, et je me suis dit qu'il devait y avoir là-dedans pas mal de chèques envoyés par ses clients et que ce serait plus en sécurité avec vous.

Sophia prit le courrier, en jetant un coup d'œil, par-dessus l'épaule de l'homme, sur la voiture de police en faction. Elle ne pouvait distinguer que la silhouette de l'agent Murphy, mais il devait connaître ce Nathanial, pour lui avoir permis d'approcher ainsi de la maison.

— Merci, vraiment, répondit-elle poliment à son visiteur. Je suis sûre que Lisa aurait beaucoup apprécié votre geste. Est-ce que vous êtes… ami avec elle ?

Cette question sonna tout à coup bizarrement à ses propres oreilles et elle rougit comme une pivoine. Mais elle n'avait aucune idée des amis que Lisa avait pu se faire dans cette région. Le prénom « Nathanial » ne lui disait rien de particulier mais, après tout, elle n'avait vraiment entendu parler d'aucun familier de sa sœur, à part Richard.

— Pardonnez-moi, dit-elle, assez confuse. Mais je ne me souviens pas vraiment des noms des amis de Lisa à Culpepper…

— Pas d'importance, lui répondit-il d'un air bonhomme. Elle et moi, nous sommes plutôt des relations que des amis. Je travaille chez Kincaid's Wood World, le magasin mitoyen de son agence, et nous partageons une boîte aux lettres. J'ai vu que son courrier s'empilait…

Il baissa la voix.

— Est-ce que la police a une piste ?

308

Sophia resta un moment sans répondre, prise de court. Rien de la disparition des trois femmes n'avait encore été divulgué au grand public, pour éviter les indiscrétions et les mouvements de panique. Nathanial s'aperçut de son trouble et s'expliqua :

— On est dans une toute petite ville, vous savez. Les gens parlent… On n'y peut rien.

— Ils auront peut-être trouvé quelque chose ce matin, répondit-elle finalement. On peut l'espérer, en tout cas…

Discuter ouvertement de la mort de Trixie Martin avec un étranger ne la tentait décidément pas.

— Il ne nous reste plus qu'à prier pour que tout se passe bien, conclut son visiteur. Eh bien, je vais vous laisser… Ne vous inquiétez pas trop, je pense que tout finira bien.

— Merci. Et merci aussi pour tout ça…

Elle désigna les enveloppes.

— Je les donnerai à Lisa quand elle rentrera.

Nathanial sourit.

— C'est l'idée…

Quand il partit, Sophia inspecta rapidement les enveloppes pour vérifier si l'une ou l'autre ne contenait pas de demande de rançon ou d'explications sur la disparition de sa sœur. Mais aucune ne paraissait suspecte et toutes avaient des adresses d'expéditeur.

Elle les déposa sur le plan de travail de la cuisine, en se réservant le droit de les ouvrir plus tard, s'il le fallait. Tant pis pour le respect de la vie privée.

Puis elle prit l'assiette de muffins qu'elle destinait à l'agent Murphy. S'il acceptait de lui dire tout ce qu'elle voulait savoir, elle l'inviterait à entrer. Sinon, il resterait dehors.

La chaleur était de retour, lui faisant déjà regretter d'avoir choisi de porter un jean. Le simple fait de devoir traverser la rue la mit en nage. La météo annonçait une possibilité de pluie dans la soirée, mais cela restait douteux car il n'y avait pas un nuage dans le ciel. Une chute des températures ne ferait pas de mal, pensa Sophia.

L'agent Murphy, dans sa voiture, avait la tête penchée sur la poitrine et les yeux clos. Sophia n'allait pas l'en blâmer. Elle aurait détesté devoir surveiller une maison, surtout sans avoir bien dormi. Elle était partagée entre l'envie de laisser ce policier tranquille et celle d'obtenir des informations.

— Monsieur Murphy ? Monsieur l'agent ?

Elle tapa discrètement à la vitre et le bruit résonna dans la rue vide. Le policier ne broncha pas. Elle frappa encore. Rien.

Il a le sommeil lourd, songea Sophia, en esquissant un sourire.

Elle avait quelques scrupules à insister, mais son impatience naturelle prit le dessus. Elle gratta encore à la vitre, puis posa la main sur la poignée de la portière.

— Je vais ouvrir, alors ne tirez pas sur moi, murmura-t-elle pour elle-même plutôt que pour lui.

Etonnamment, la portière n'était pas verrouillée. L'agent Murphy dormait en laissant les portes ouvertes ? Tout de même, une voiture de police pouvait contenir des armes, ou des choses de ce genre…

Elle finit par ouvrir la portière en grand et par se pencher au-dessus du policier. Il semblait dormir paisiblement, le visage détendu, la nuque sur l'appuie-tête.

— Agent Murphy ? appela-t-elle doucement, mais suffisamment fort toutefois pour le réveiller.

Il resta aussi impassible qu'une statue.

Sophia respira profondément. Pourvu que l'homme,

s'il se réveillait en sursaut, ne tire pas sur elle. Etre tuée avant que Lisa ne soit retrouvée serait vraiment trop bête.

Elle s'avança encore de quelques centimètres et lui secoua l'épaule. Ce qui avait paru une entreprise relativement facile : donner quelques muffins à un homme en échange d'informations, commençait à prendre une tournure effrayante. Il y avait de vilaines marques rouges sur le cou du policier.

Interdite, Sophia considéra sa poitrine : respirait-il toujours ?

Elle ne put réprimer un frisson et, d'une main tremblante, chercha son pouls sur la veine jugulaire.

L'assiette de muffins s'écrasa sur l'asphalte et vola en morceaux.

— Oh ! Mon Dieu !

L'agent Murphy était mort.

8

Cette fois, Sophia ne fit pas de manière pour aller s'enfermer à double tour dans la salle de bains. Elle y courut immédiatement et composa le numéro de l'inspecteur sur son téléphone portable.

Lorsqu'il décrocha enfin, elle hurla presque :

— L'agent Murphy est mort ! Je crois qu'il a été étranglé. Il y a des marques rouges sur son cou et il ne respire plus !

La réaction de l'inspecteur ne se fit pas attendre.

— Sophia, je veux que vous alliez immédiatement vous barricader dans…

— J'y suis déjà ! coupa-t-elle. L'agent Murphy est toujours dans la voiture, devant la maison. Je… je ne savais pas quoi faire de lui.

— Je veux que vous restiez où vous êtes et que vous n'ouvriez à personne avant mon arrivée, c'est bien compris ?

Sophia envia son calme, sa précision. Mais garder la tête froide dans les situations les plus difficiles, c'était son métier après tout.

Elle acquiesça.

— Je suis désolé de devoir raccrocher, dit-il, je dois donner des ordres. J'arrive aussi vite que possible. Surtout, appelez-moi s'il se passe de nouveau quelque chose.

Il coupa la communication. Sophia, le dos collé au

mur et les yeux sur la porte, songeait qu'il fallait être soit complètement stupide, soit absolument déterminé pour tuer un policier. Celui qui avait fait ça n'hésiterait probablement pas à la supprimer, elle aussi. Il n'y aurait pas d'échappatoire.

— Deux cadavres en vingt-quatre heures, murmura-t-elle. Je déteste cette ville, je la hais !

Après de longues minutes, des pas résonnèrent sur le plancher et la voix de l'inspecteur Thatcher se fit entendre. Sophia en fut immensément soulagée.

Elle se souvint soudain que, dans sa frénésie de se mettre à l'abri dans la salle de bains, elle avait oublié la précaution élémentaire de verrouiller la porte d'entrée. C'était une erreur qui aurait pu se terminer effroyablement mal mais, grâce à Dieu, *il* était là.

— Sophia ? appela-t-il dans le couloir.

— Je suis là !

Elle déverrouilla la porte et l'ouvrit en grand.

— Pas de mal ?

L'inquiétude était évidente dans sa voix. Il la regardait intensément en s'approchant à grands pas. Il parut même vouloir la prendre dans ses bras, mais quelque chose l'arrêta. Elle fit semblant de ne pas le remarquer.

— Ça va, répondit-elle en tremblant. Je suis seulement choquée…

Elle essaya de respirer calmement.

— Vous avez vu l'agent Murphy ? demanda-t-elle. Est-ce qu'il est… vraiment…

— Oui, il est mort, dit-il avec un mélange de colère et de tristesse sur le visage. Tom est auprès de lui. Il faut que vous me racontiez précisément ce qui est arrivé.

— Eh bien, je n'avais pas de vos nouvelles quand je me suis réveillée. Je l'ai vu dans sa voiture, dehors, et j'ai pensé que, peut-être, il somnolait. Mais quand je suis sortie de la maison et que je me suis approchée, il ne s'est pas réveillé. Alors, j'ai vu les marques rouges sur son cou, j'ai cherché son pouls et j'ai pris peur. C'est là que je vous ai appelé.

— Vous n'avez vu personne autour, rien entendu d'anormal ?

— Non, j'étais fatiguée. J'ai dormi jusqu'à 10 heures et, après ça, j'ai sauté dans la douche. La seule personne à qui j'ai parlé…

Ses yeux s'agrandirent de stupeur. Mais oui, elle avait bien vu quelqu'un…

— Il… il y a un homme qui est venu sonner ici pour m'apporter le courrier de Lisa.

L'inspecteur Thatcher la regardait fixement, tout son corps vibrant de tension.

— Il a dit qu'il travaillait chez Kincaid's… Vous savez le magasin d'objets en bois, à côté de Details.

— Il vous a dit son nom ?

— Son prénom, seulement. Nathanial.

L'inspecteur lui serra impulsivement le bras. Il lui fit presque mal.

— A quoi ressemble-t-il ?

Sophia décrivit son aspect général et sa couleur de cheveux, se servant de ses mains pour indiquer la taille et la corpulence de son visiteur. Pour la deuxième fois, l'inspecteur réagit d'une étrange manière. Il la lâcha et recula de quelques pas, les yeux presque hagards, comme lorsque l'on est assommé par une mauvaise nouvelle.

— Vous le connaissez ? demanda-t-elle.

Il ne répondit pas, mais mit la main à sa poche pour prendre son téléphone portable et composer un numéro.

— Je veux que vous fassiez vos bagages, tout de suite, lui intima-t-il pendant que cela sonnait à l'autre bout du fil.

— Mais… Mais pourquoi ?

— Vous ne pouvez plus rester ici.

— Mais où est-ce que…

Il l'arrêta d'un geste, le téléphone à l'oreille.

— Allez-y… maintenant !

Il y avait tellement de résolution dans sa voix que Sophia n'eut pas le courage de le questionner plus avant. Pendant qu'elle se dirigeait vers la chambre, l'inspecteur parla avec son interlocuteur au téléphone.

— C'est Nathanial. Oui, Nathanial, il est à Culpepper…

Tout cela ne présageait rien de bon…

Sophia n'eut pas de mal à faire son petit bagage, la plupart de ses affaires étant restées dans son sac de voyage. L'attitude de Thatcher lui faisait peur, comme si un incendie était en train de s'allumer sous leurs pieds.

Elle fourra dans son sac les quelques affaires qu'elle en avait tirées la veille, en emprunta quelques autres à la penderie de Lisa, puis jeta un regard circulaire autour de la pièce. La tristesse emplissait son cœur. La mort de l'agent Murphy avait, d'une certaine manière, effacé tout le charme de cette maison. C'était comme un sinistre présage de ce qui allait peut-être s'ensuivre.

Le bruit de la porte d'entrée qui s'ouvrait et se refermait la tira de ses pensées. Sans vraiment y réfléchir, elle prit le petit cadre qui se trouvait sur la table de nuit de Lisa et le mit dans son sac. C'était une vieille photo Polaroïd d'elles deux lorsqu'elles étaient enfants. Le souvenir de leur bonheur, avant qu'il soit un peu terni par les disputes.

Après un dernier regard pour cette chambre et son amas d'oreillers multicolores, Sophia éteignit la lumière et quitta la pièce.

Dans le salon, l'inspecteur Langdon s'approcha d'elle.

— Comment ça va ? s'enquit-il avec sollicitude.

— Ça va… Ça peut aller…

Il lui tapota gentiment et presque paternellement l'épaule, avec un sourire de sympathie. Cet homme-là respirait la bonté.

— Je suis désolée pour l'agent Murphy, lui dit-elle.

Le sourire de l'inspecteur Langdon s'effaça.

— Merci. C'était un type bien, nous l'aimions beaucoup.

Et comme s'il essayait de secouer la chape de tristesse qui s'était abattue sur eux, il demanda :

— Où est le courrier que Nathanial vous a apporté, s'il vous plaît ?

— Sur le plan de travail de la cuisine. J'ai jeté un coup d'œil aux enveloppes, mais je ne les ai pas ouvertes. Mes empreintes digitales sont probablement un peu partout dessus.

— Pas grave. On pourra les isoler.

Il allait s'éloigner, mais Sophia le retint.

— Inspecteur, c'est Nathanial qui a tué l'agent Murphy, n'est-ce pas ?

Elle en voulait la confirmation mais, en fait, elle l'avait déjà déduit de l'attitude de l'inspecteur Thatcher.

Il ne chercha pas à esquiver la question.

— Nous le pensons, oui.

Sophia sentit la peur l'envahir de nouveau.

— Alors, pourquoi est-ce qu'il ne m'a pas tuée ? Il en avait l'occasion.

Oui, pourquoi Nathanial l'avait-il épargnée, elle ?

— C'est aussi ce que nous nous demandons, reconnut le policier.

— Oh…

Elle ne savait trop comment répondre à cela.

— Mais nous sommes ravis qu'il ne l'ait pas fait, s'empressa d'ajouter Langdon.

Sophia sourit brièvement. La gravité reprit vite le dessus.

— Tom, qui est Nathanial ?

Instantanément, le jovial policier se tendit, comme l'avait fait Thatcher un peu plus tôt. Il lui lança un regard navré et murmura :

— Ça, je préfère que ce soit Braydon qui vous le dise.

Puis il tourna les talons sans autre explication pour aller chercher le courrier de Lisa.

N'ayant plus rien à faire dans la maison, Sophia alla s'asseoir dans la voiture de Thatcher.

Thatcher..., se répéta-t-elle.

Elle ne l'avait jamais appelé par son prénom, alors qu'elle n'avait aucun mal à le faire avec son coéquipier. Ce n'était pas parce qu'elle ne l'appréciait pas, en fait c'était même le contraire... L'appeler « Braydon » pourrait créer entre eux une sorte d'intimité que, sans doute, il valait mieux éviter. Il était chargé de l'enquête sur la disparition de sa sœur. Elle ne devait pas l'oublier, même si l'homme l'intriguait et l'attirait.

Deux autres voitures de police et un véhicule de secours vinrent se garer devant la maison. Beaucoup de voisins étaient sortis de chez eux et s'assemblaient sur le trottoir. Bientôt, les rumeurs iraient bon train, soupira Sophia. Un policier tenait les badauds à distance, mais il ne fut pas difficile pour eux de constater que l'on évacuait un corps.

L'inspecteur Thatcher la rejoignit enfin, démarra et suivit l'ambulance. Sophia avait tout un tas de questions qui se pressaient à ses lèvres, mais elle ne savait par laquelle commencer.

— Enfin, que se passe-t-il ? finit-elle par articuler.

Thatcher ne répondit pas. Les mâchoires serrées, il

317

regardait devant lui ou dans ses rétroviseurs, le visage fermé.

— Ce Nathanial…, reprit-elle. On dirait qu'il vous fait peur.

Là, elle obtint une réaction. Il eut un rire bref, sans joie, presque féroce.

— Non, je n'ai pas peur de lui, confia-t-il en ralentissant devant un stop.

Il la fixa un instant.

— Ce qui m'effraie, c'est ce qu'il est capable de faire.

— Il avait l'air plutôt gentil quand il me parlait.

— Il faisait semblant, rectifia-t-il. Et il vous a menti.

— Comment le savez-vous ?

— Parce qu'il n'a jamais travaillé chez Kincaid's, par exemple. Il ne vit plus à Culpepper depuis presque onze ans.

— Donc, vous le connaissez ?

— Oui.

— Mais comment ? Et qui est-il ?

Sophia était fatiguée de tous ces mystères. Elle voulait des certitudes et des réponses.

— C'est une très longue histoire, marmonna Thatcher. Tout ce que vous avez besoin de savoir, c'est que…

— Non ! le coupa-t-elle en élevant la voix. Je ne veux plus que vous éludiez mes questions, inspecteur. Ma sœur est portée disparue depuis dimanche. Je n'ai moi-même pratiquement pas dormi depuis. Ajoutez à cela que j'ai vu deux cadavres ces dernières heures. Je ne suis pas idiote, vous savez… Je sais très bien que la découverte du corps de Trixie n'augure rien de bon pour Lisa. Mais j'essaie de garder un peu d'espoir. Alors quand je vous pose des questions, j'aimerais bien que vous n'essayez pas de vous défiler en me répondant que c'est une « longue

318

histoire ». Il faut me dire ce qui se passe et d'abord qui est ce fameux Nathanial.

Elle avait les joues toutes rouges, elle le sentait bien mais s'en fichait. Il fallait que cela sorte.

Il y eut, dans l'habitacle du véhicule de police, un long silence qui la mit au supplice. Puis l'inspecteur Thatcher articula doucement :

— Vous avez raison.

Sa voix paraissait presque apaisée, mais il semblait encore hésiter, comme s'il était sur le point de révéler une vérité fort dérangeante.

— Vous méritez de savoir, c'est vrai. Je vais vous dire qui il est. Mais, avant, il faut que je vous explique *pourquoi* il me hait.

Braydon ne voulait pas raconter son histoire. Bon sang, il aurait voulu ne pas même y penser ! Bien sûr, il aurait pu continuer à se taire. Mais puisque Nathanial était de retour, il n'avait d'autre choix que de s'expliquer. Sophia était bel et bien impliquée dans cette histoire et il était utile qu'elle sache tout ce que cet homme avait déjà fait pour l'empêcher, lui, Braydon Thatcher, de vivre et d'oublier. Pour la sécurité de Sophia, il fallait parler.

— Lorsque j'étais adolescent, commença-t-il, j'étais un petit voyou. Je buvais, je faisais la fête, je me droguais. Je suivais mes impulsions et j'étais toujours prêt à la bagarre. Je venais d'avoir dix-huit ans, je me croyais immortel, invincible, et personne ne pouvait me dicter sa loi. Mes parents ont essayé, ils ont tenté de développer ma part sensible et de m'expliquer que je me fourvoyais, mais je n'étais qu'un gamin égoïste et je ne les écoutais pas. Ni eux ni personne. Un seul être comptait pour moi : ma sœur, Amelia.

Involontairement, il eut un sourire bref, comme une sorte de salut, au passage d'un souvenir.

— Amelia, c'était… la beauté, l'intelligence… mais pas l'humour.

Il se mit à sourire de nouveau.

— Elle ne comprenait jamais les histoires drôles, par exemple. Ne saisissait pas la chute. Une fois…

Il s'arrêta, ce n'était guère le moment. Il s'éclaircit la gorge et reprit :

— Amelia aurait pu avoir tous les garçons qu'elle voulait, mais elle décida de sortir avec Terrance Williams. Ils restèrent ensemble presque toute une année scolaire et tout semblait bien se passer entre eux, mais, un jour, Amelia vint me voir dans ma chambre et me dit qu'elle n'avait plus du tout les mêmes sentiments pour lui qu'auparavant. Elle voulait savoir ce que je lui conseillais de faire. Je lui ai dit de le quitter, simplement. A quoi bon rester avec lui si elle n'était pas heureuse ?

Sur ces mots, il abattit son poing sur le volant, si fort que Sophia sursauta.

— Si je pouvais revenir en arrière et me retenir de lui donner cet avis, je le ferais !

— Qu'est-il arrivé ? demanda doucement Sophia.

— Elle a rompu, effectivement, mais quelques jours plus tard, elle m'a dit qu'ils allaient se retrouver à ce qu'ils appelaient « leur coin ». Elle m'assurait que c'était seulement « pour parler ». Alors, je l'ai laissée y aller. Une heure après son départ, j'ai reçu un coup de fil de Nathanial, le frère aîné de Terrance. Affolé, il m'a dit que ses parents avaient trouvé une lettre de Terrance leur annonçant son suicide et que le revolver de son père avait disparu. Je lui ai dit où Terrance était allé et j'ai sauté dans la camionnette de mes parents pour filer à ce fameux ponton des Bartlebee… Il appartient aux Alcaster, maintenant. Les Bartlebee étaient toujours partis en voyage, alors les jeunes en profitaient pour se retrouver là-bas. Je ne sais plus dans quel état j'ai conduit, mais je n'ai pas dû utiliser une seule fois les freins. J'avais un horrible pressentiment qui me tordait l'estomac. La quasi-certitude que quelque chose de terrible était arrivé. Et je ne me trompais pas. J'ai trouvé le corps d'Amelia au bord de l'eau, deux balles de revolver dans la poitrine.

Il s'interrompit pour essayer de lutter contre le chagrin et la colère qui le submergeaient.

Sophia lui posa la main sur le genou, et cela lui permit de brider sa souffrance et de terminer son histoire.

— J'ai cherché partout autour, mais je n'ai pas pu trouver Terrance. C'est alors que j'ai vu les traces de pneus de sa voiture. Il était retourné à Dolphin Lot. Je l'ai suivi, pour tuer cette petite ordure. Mais Terrance s'en était chargé lui-même, à ma place. J'ai trouvé la voiture dans l'herbe, et lui mort sur le siège arrière, un revolver près de sa tempe. Nathanial n'était pas loin, il me suivait de près. Il est arrivé et a découvert le corps de son frère juste avant l'arrivée de la police.

— C'est pour ça qu'il a laissé la voiture dans l'herbe, aussi, et qu'il a fait cette mise en scène avec le corps de Trixie ? Pour vous défier ?

— Il a toujours clamé que nous étions responsables de la mort de son frère, Amelia et moi, que c'est moi qui avais mis dans la tête de ma sœur l'idée que Terrance ne valait rien et qu'alors elle avait délibérément commencé à se moquer de lui, le rendant fou, peu à peu. Ça a été un grand soulagement pour moi lorsque les Williams ont décidé de quitter la ville. A ce que je sais, ils ne sont jamais revenus, jusqu'à aujourd'hui.

Il la regarda intensément.

— A part les policiers et le coroner, Nathanial et moi sommes les deux seuls à avoir vu le corps de Terrance, ce jour-là.

— Donc, lorsque vous avez vu cette mise en scène autour du corps de Trixie, vous avez tout de suite compris ?

Elle avait toujours sa main sur sa cuisse, une main chaude et bienfaisante.

— Je n'étais pas totalement sûr que c'était bien Nathanial. Depuis, à peu près tout le monde en ville a entendu parler de cette histoire, et il a pu donner des détails. J'ai même pensé un instant que c'était une sorte de leurre, que le ravisseur essayait peut-être de faire resurgir mon passé pour me lancer sur une fausse piste. Et puis, quand vous m'avez raconté la visite de Nathanial, j'ai compris que c'était bien une vengeance personnelle. A présent, j'en suis certain.

— Vous pensez qu'il a enlevé Lisa et Amanda, aussi ?

— Oui, ça ne peut pas être une coïncidence.

Le cœur serré, il prit doucement dans sa main celle de Sophia restée sur sa cuisse et la pressa affectueusement.

Sophia se mit à trembler.

— Pourquoi Lisa, Trixie et Amanda ? Quel est le lien logique entre elles ? Et pourquoi est-il venu me parler ? Pourquoi est-ce qu'il ne m'a pas tuée, comme l'agent Murphy ?

— Parce que Nathanial est un compliqué, il l'a toujours été. Maintenant, je n'ai aucune idée de la raison pour laquelle il a choisi ces trois femmes, et pourquoi il a tué un des nôtres. Peut-être que quelque chose n'a pas marché dans son plan, je ne sais pas... mais je trouverai !

L'ennui, c'est que nous ne connaissons pas son but. Tout ce que je peux voir, c'est qu'il a tout organisé pour que j'en sois témoin.

C'était ce qui le rendait perplexe. Mettre en scène la découverte du corps de Trixie, puis s'en aller parler à Sophia et tuer l'agent de police en faction, tout cela était visiblement fait pour que lui, Braydon Thatcher, le voie. Et ensuite ?

D'accord, Nathanial avait fait resurgir le passé et empêché l'oubli. Mais pourquoi en ce moment précis ?

Sophia gardait le silence.

A son tour Braydon tenta de la réconforter. Il prit ses deux mains fébriles dans les siennes et un nouveau sentiment de culpabilité le gagna. Il n'avait pas vraiment fait exprès de devenir aussi proche de Sophia, mais c'était arrivé. Elle était impliquée dans ses investigations. Ce ne serait pas très professionnel de sa part d'entretenir avec elle une relation plus poussée. Cela pourrait même contrarier son enquête. Mais là, les mains jointes aux siennes, il oubliait tout cela et voulait seulement l'aider, être là pour elle.

— Nathanial a un plan, qu'il nous dévoile peu à peu, tenta-t-il d'expliquer. Lisa et Amanda en font partie, mais elles sont vivantes. Nous les retrouverons.

Sophia lui répondit par un pâle sourire. Elle ne semblait pas franchement convaincue.

9

Braydon ramena Sophia au poste de police. C'était encore là qu'elle serait le plus en sécurité pendant qu'il travaillerait. Il ne lui en avait pas soufflé mot, évidemment, mais il redoutait qu'elle ne soit la prochaine cible de Nathanial. Pourquoi celui-ci avait-il enlevé Lisa et Amanda ? Là-dessus, on ne pouvait faire que des suppositions. Le Nathanial d'autrefois avait été un garçon intelligent, mais il était manifestement devenu quelqu'un de tordu.

Il entra dans les locaux avec Sophia. Le quartier général de la police ressemblait à un mausolée désert. Tous les agents, à l'exception des deux plantons de garde, avaient été envoyés à Dolphin Lot ou à la maison de Lisa. Il y avait aussi une réceptionniste nommée Lynda Meyer, qui leur sauta dessus dès leur arrivée, dans un frémissement de boucles blondes et d'ongles vernis.

— C'est vrai, Braydon ? James a vraiment été tué ?

Il acquiesça, et un sanglot monta de la gorge de la blonde. Elle se jeta dans ses bras, espérant sans doute qu'ils se refermeraient sur elle, mais Braydon se contenta de lui tapoter l'épaule avec une certaine raideur. Il n'était pas seul, comprit-elle enfin, et ses yeux s'étrécirent quand elle reconnut Sophia. Lynda était la plus possessive des filles avec qui il était sorti, bien que cela n'ait duré en tout et pour tout que quelques jours et remontât déjà à deux ans. Elle était jalouse comme une tigresse et l'assumait complètement.

Braydon, qui n'était pas dupe, se dégagea et prit ostensiblement la main de Sophia dans la sienne, afin qu'il n'y ait pas d'équivoque.

— Lynda, lui dit-il, si jamais tu vois Nathanial Williams, je veux que tu fermes les portes, que tu sautes sur ton arme et que tu m'appelles immédiatement.

— Nathanial Williams ?

Les yeux de Lynda s'agrandirent de surprise.

— C'est lui qui a tué James ?

Braydon ne répondit rien et entraîna Sophia vers la salle principale. Malgré les circonstances, il prenait plaisir à tenir sa main dans la sienne.

— Il y a un canapé dans la salle de conférences, précisa-t-il. C'est sans doute là que vous serez le mieux.

Le canapé en question n'était en fait qu'une épave qui avait dû donner du fil à retordre à tous les dos et fessiers que comptait Culpepper, mais Braydon ne voulait pas installer Sophia dans son bureau. Nathanial n'était probablement pas assez fou pour vouloir entrer dans le poste de police avec une arme ou une bombe, mais si jamais l'envie lui en prenait, au moins Sophia se trouverait-elle dans une pièce où il aurait bien peu de chance de la dénicher. Braydon lâcha sa main, à grand regret, et demanda :

— Ça va aller ?

Sophia acquiesça silencieusement, puis ajouta :

— Il faudrait que je prévienne Richard de tout ce qui se passe.

Justement, Braydon gardait un chien de sa chienne au riche homme d'affaires pour avoir donné à un étranger la clé de la maison de Lisa, sachant que Sophia s'y trouverait.

325

Mais, il devait bien l'avouer, l'individu en question avait fait faire un grand pas à l'enquête.

— Pas une mauvaise idée, admit-il. Tâchez de savoir si, de son côté, il a trouvé quelque chose.

Richard Vega n'avait en effet eu aucun mal à se faire libérer par son avocat. Depuis, il était certainement retourné dans son manoir retiré et avait dû reprendre ses investigations extra-judiciaires.

— D'accord, je le fais, dit Sophia en s'installant à la table de conférences.

Quand elle ne portait pas sa tenue de femme d'affaires à hauts talons, remarqua Braydon, elle paraissait menue et fragile. Pourtant, elle ne manquait pas de caractère, il avait pu le constater. Elle était passée par de terribles moments et avait gardé malgré cela une détermination intacte. Braydon n'en était que plus désireux de la protéger, de la voir heureuse et réunie avec sa sœur.

Si jamais Nathanial faisait le moindre mal à cette femme, il le tuerait.

L'horloge murale était détraquée. Son tic-tac était parfaitement aléatoire et la petite aiguille, irrémédiablement bloquée sur le chiffre 6. Depuis une heure qu'elle était là, Sophia avait eu le temps de détester ce compteur inutile du temps qui passe.

Elle se sentait coupable. Au milieu de toute son inquiétude pour sa sœur, elle n'avait guère pris le temps de penser à la mort de Trixie Martin. D'après l'inspecteur Thatcher, c'était une solitaire qui évitait la compagnie des humains. Si Cal Green, son patron, ne s'était pas inquiété de son absence, celle-ci aurait pu rester ignorée pendant un certain temps. Cette seule pensée lui serrait

326

le cœur. Trixie avait-elle de la famille, des amis pour la pleurer ? Son employeur et ses collègues le feraient, bien sûr. Avaient-ils seulement été prévenus ?

Submergée par la tristesse, Sophia ferma les yeux. Elle n'avait pas pris encore le temps de penser à tout cela. Est-ce que cela révélait une sécheresse de caractère ?

L'image du corps sans vie de Trixie passa devant ses yeux, et elle frissonna en les rouvrant.

Et Amanda ?

Sophia se maudit intérieurement. Elle était si déterminée à retrouver Lisa qu'elle n'avait guère pensé non plus au sort d'Amanda. Cela lui glaçait le sang de devoir l'admettre.

Mais je ne l'admets pas, justement ! songea-t-elle. *Bien sûr que je m'inquiète pour Amanda ! Mais je veux qu'on me rende ma sœur. Elle est tout ce que j'ai au monde !*

Le poignard qu'on lui avait planté dans le cœur la fouailla une fois de plus.

— Toc toc ?

L'agent Cara Whitfield se tenait dans l'embrasure de la porte, une tasse fumante dans chaque main. Elle en tendit une à Sophia.

— Ce n'est pas vraiment le meilleur café du monde, s'excusa-t-elle, mais il vous tiendra éveillée au moins.

— Merci, dit Sophia, sincère.

Une boisson chaude lui ferait du bien. Cela apaiserait un peu ses doutes quant à son caractère.

— J'ai essayé de dormir quelques heures, mais je suis toujours fatiguée. Un café devrait m'aider.

— Vous permettez ? demanda Cara en montrant un siège.

— Bien sûr ! D'ailleurs, c'est votre salle de conférences, et puis… j'adore avoir de la compagnie.

Ce n'était pas quelque chose que Sophia avouait bien souvent mais, en ce moment, cela sonnait vrai. Lorsqu'elle était seule, elle sombrait un peu trop facilement du côté des remords.

Cara s'assit en face d'elle et but son café à petites gorgées. Ses yeux étaient rougis et un peu gonflés. Elle avait pleuré.

— Est-ce que… Vous voulez bien me dire… ce qui est vraiment arrivé à l'agent Murphy ? commença la policière d'une voix timide mais déterminée. J'ai eu une version condensée des faits, mais j'ai besoin de l'entendre de votre bouche.

Il y avait un vrai désespoir dans sa voix et, dans ses yeux, la marque d'un cœur brisé. L'agent Murphy avait visiblement compté pour elle.

— Bien sûr, je vous en prie…

Sophia raconta tout ce qui s'était passé à partir du moment où elle avait sorti ses gâteaux du four jusqu'à l'apparition de Nathanial, puis sa tentative d'aller parler au policier et sa macabre découverte.

Tout ce qu'elle avait appris depuis sur le compte de Nathanial donnait à ses souvenirs un éclairage particulièrement éclatant et, à les raconter, elle les revivait.

Lorsqu'elle eut terminé, Cara resta calme. Elle gardait les yeux baissés sur son café, une ride profonde barrant son front. Sophia aurait aimé pouvoir la soulager un peu de son chagrin, mais qu'aurait-elle pu dire qui en eût le pouvoir ? Alors, elle garda le silence et laissa Cara plongée dans ses pensées.

— James était un homme bien, confia Cara au bout d'un long moment, ses yeux s'emplissant de larmes. Un type formidable…

Sophia attrapa son sac à main pour en tirer un paquet

de mouchoirs en papier. Cara n'était sûrement pas le genre de femme que l'on peut consoler rien qu'en la prenant dans ses bras et en lui tapant sur l'épaule. Sophia le comprenait, car elle était faite de la même étoffe. Parfois, on a besoin de pleurer seule, avant de pouvoir le faire avec d'autres.

Elle poussa le paquet devant la policière, à travers la table. Cara en prit un pour se tamponner les yeux, en les gardant baissés.

— Il a un petit garçon, vous le saviez ? Il est encore à l'école primaire. James parlait de lui sans cesse, montrait ses trophées de football et ses médailles d'honneur. C'en était pénible, parfois…

Elle ne put s'empêcher d'en rire, d'un rire mêlé de larmes. Prenant un autre mouchoir en papier, elle le froissa dans sa main.

— Vous étiez très proches, tous les deux ? osa Sophia.

La policière acquiesça.

— Quand j'ai été nommée ici, il y a cinq ans, c'était la première fois qu'il y avait une femme dans la police de Culpepper. Ce n'était la faute de personne, juste un hasard administratif. La plupart des collègues sont des types formidables, mais il y en a quelques-uns dont je me passerais bien.

Elle esquissa un sourire.

— Lorsque je suis arrivée, il y en a à qui cela ne plaisait pas. Et encore moins que je sois noire, de surcroît… Un soir, après mon travail, je suis rentrée chez moi pour découvrir que ma maison avait été vandalisée. Les vitres brisées, des tags à vous faire dresser les cheveux sur la tête, mes plates-bandes piétinées, et je ne vous raconte même pas ce que j'ai trouvé dans la boîte aux lettres…

— C'est horrible !

Cara poussa un soupir.

— Ce n'est plus qu'un mauvais souvenir à présent, mais, à l'époque, j'en ai été accablée. Il était clair que ceux qui avaient fait ça voulaient que je m'en aille, mais je n'aurais jamais cédé. Je n'avais pas non plus d'argent pour payer les réparations. Je me rappelle m'être assise sous mon porche et avoir pleuré toutes les larmes de mon corps jusqu'à ce qu'une camionnette s'arrête à ma hauteur.

— James ? supposa Sophia.

— Oui. Il est descendu de son véhicule et il a pris dans le coffre des seaux, des éponges, des sacs-poubelle, presque tout ce qu'il fallait pour remettre la maison en ordre. Il avait tout acheté lui-même, pour moi. Lorsque je lui ai dit que je ne pouvais pas accepter, il a souri et il m'a dit que ça ne faisait rien, que je lui revaudrais ça plus tard. Tous les jours ensuite, après le service, il est revenu pour m'aider à tout réparer. Il n'a pas été le seul : Tom, Braydon et quelques autres m'ont aidée aussi, mais tout est parti de lui.

Elle sourit de nouveau.

— Nous sommes devenus amis, et ça durait depuis des années…

La policière ne disait vraisemblablement pas tout, mais Sophia ne posa pas de question. D'ailleurs c'était inutile. Cara était évidemment amoureuse de James. Et lui, l'aimait-il ? Avait-il seulement compris qu'elle l'aimait ? Autant de questions que Cara devait probablement se poser, de toutes les fibres de son être.

Elle leva vers Sophia ses beaux yeux bruns. Ils étaient mouillés de larmes, mais une flamme y brillait, aussi.

— Nous le trouverons, Sophia, lui assura-t-elle. Nous mettrons la main sur Nathanial et nous lui ferons payer tout ce qu'il a fait. Braydon y veillera, surtout que…

Elle s'interrompit, craignant visiblement d'avoir trop parlé, puis bredouilla :

— Enfin… c'est une vieille histoire.

— Il me l'a racontée dans la voiture, en me ramenant ici, dit tranquillement Sophia.

Cara en écarquilla les yeux. Manifestement, Braydon ne devait pas souvent parler du meurtre de sa sœur. Sophia ne pouvait guère l'en blâmer. Si jamais Lisa était tuée, que ferait-elle ? C'était une question qui risquait bien de se poser…

— Je suis désolée pour James, reprit-elle en essayant de chasser ces mauvaises pensées.

Il lui fallait garder espoir : Lisa était toujours vivante. Ce Nathanial avait l'air d'aimer les démonstrations théâtrales. Il n'avait peut-être pas encore décidé du moment où il ferait entrer Lisa en scène.

Cara essuya encore quelques larmes et soupira un « merci », puis elles retombèrent toutes deux silencieusement dans leurs pensées, mais connectées, d'une certaine manière, par l'entremise d'un ennemi commun.

Certes, Nathanial avait dû subir un grand traumatisme en découvrant son jeune frère avec une balle dans la tête, mais cela ne pouvait justifier les meurtres qu'il avait commis ensuite, conclut Sophia.

Cara s'excusa et la laissa une nouvelle fois seule face à l'horloge en panne.

Au bout de quelques minutes de tic-tac erratiques, Sophia prit son téléphone portable et, pour la première fois depuis plusieurs jours, vérifia ses e-mails. Elle n'avait reçu que des publicités, des newsletters et tout ce genre de choses. Pas de message de son patron, ce qui la rendit nerveuse, bien qu'avec tout ce qui lui était arrivé depuis qu'elle était à Culpepper il parût un peu saugrenu de se préoccuper de son travail. A son départ, dont bien sûr il connaissait la raison, son employeur lui avait dit : « Prenez tout le temps qu'il vous faudra. » Mais Sophia aurait bien aimé avoir sa parole que sa place l'attendrait toujours à son retour.

Thatcher ne t'attendra pas, lui… Il restera ici, quand tu retourneras à Atlanta…

Sophia rougit vivement de cette pensée inattendue et sa rougeur s'accrut quand, précisément à cet instant, l'inspecteur entra dans la pièce.

Il avait le visage sombre, inquiet.

— J'ai besoin de votre aide, annonça-t-il.

Il lui tendit un sac en plastique transparent fermé par un zip et qui contenait un carnet à spirale.

— C'est le sien ! C'est celui de Lisa, s'écria-t-elle en le reconnaissant à sa couverture bleue. Son agenda !

Sophia le lui avait offert lorsque Lisa avait créé sa société, et sa sœur s'en servait abondamment, à en juger par tous les Post-it, bouts de papier et autres articles de journaux glissés entre les pages, parfois à demi arrachées de la spirale.

— Nous l'avons trouvé sous le siège passager de sa voiture, précisa l'inspecteur. J'ai besoin que vous le regardiez avec attention et que vous me disiez si vous y voyez quoi que ce soit qui puisse avoir un rapport avec Dolphin Lot. S'il y avait quelque chose qui puisse indiquer à quelle heure elle s'y est trouvée, ce serait formidable. J'ai déjà regardé, en fait, mais vous connaissez Lisa mieux que moi et certains détails ont pu m'échapper. En plus, nous sommes quelque peu débordés et avons besoin de toute l'aide possible.

Il passa la main dans son épaisse chevelure, ce qui eut pour effet de la rendre plus broussailleuse encore.

Sophia eut soudain envie d'y mettre la sienne. Etaient-ils doux, ces cheveux, ou un peu secs, au contraire ? Aurait-elle alors l'odeur du shampooing de Braydon Thatcher sur les doigts ?

— Nous savons qui est le ravisseur des trois disparues, expliqua-t-il. Mais c'est à peu près tout. Apprendre à quel endroit précis il les a enlevées nous aiderait peut-être à reconstituer les faits.

En parcourant l'agenda, Sophia fut presque surprise : elle avait oublié à quel point le cerveau de sa sœur était toujours en ébullition. On eût dit que la moindre idée qui lui passait par la tête se retrouvait instantanément sur ces pages, sous la forme de notes griffonnées, de photos collées et autres. Cela ne rendait pas la lecture très facile… Sur les cinquante premières pages à peu près, ses notes suivaient un ordre chronologique.

Après, c'était comme une sorte d'éparpillement d'idées, de rendez-vous, de calculs placés là au petit bonheur la chance, sur chaque millimètre de papier que Lisa avait pu trouver encore vierge. Cela évoquait la radiographie mentale du cerveau d'un enfant surdoué.

Sophia termina son café en essayant de retrouver un cheminement logique dans tout ce chaos.

Thatcher s'était installé en face d'elle. Il releva la tête, lui aussi l'air un peu perdu.

— J'essaie de reconstituer le parcours de Nathanial à partir du moment où il a quitté Culpepper. J'ai demandé à Cara d'éplucher méticuleusement toutes les plaintes, mains courantes et rapports de police où pourrait figurer son nom.

— J'ai l'impression que vous avez une idée en tête, commenta Sophia.

— Oui, je pense que Nathanial est revenu à Culpepper depuis quelque temps, en fait.

Sur ce, Sophia décida de joindre Richard Vega, ce qu'elle n'avait toujours pas fait. Elle le mit au courant des derniers événements, mais il savait déjà tout.

— J'ai mes connexions, expliqua-t-il. Il n'y a guère de choses qui se passent dans cette ville sans que je ne le sache très vite.

Excepté où se trouve ma sœur, eut envie de répliquer Sophia.

Alors que Thatcher quittait la pièce, elle se replongea dans les hiéroglyphes de l'agenda de Lisa. Y avait-il un indice caché dans tout ça ?

Sophia pesta intérieurement. C'était comme un puzzle dont il fallait trouver les pièces manquantes.

— Alors, vous tenez quelque chose ? demanda Cara en lui apportant une deuxième grande tasse de café, geste que Sophia apprécia tout particulièrement.

— Eh bien, répondit-elle en soupirant, je suis en mesure de vous dire ce que Lisa a pris à son petit déjeuner durant quinze jours, de vous parler d'un cauchemar avec des clowns qu'elle a fait en avril, de la couleur choisie pour les chemises de documentation remises aux participants d'un certain séminaire, de vous dire aussi quelle robe elle souhaiterait porter à son mariage et, enfin, je peux vous affirmer qu'elle déteste compter les calories. Ce que je ne peux pas vous dire, en revanche, c'est pourquoi elle a écrit « Dolphin Lot » sur un Post-it. Le fait qu'une femme de vingt-neuf ans paraisse incapable d'écrire deux phrases de suite m'étonnera toujours.

Cara se pencha pour lui tapoter la main en signe de réconfort.

— Et vous ? lui demanda Sophia. Quelque chose dans les registres ?

— Vous savez, à Culpepper, les plaintes concernent en général des problèmes de voisinage.

Elle montra une feuille de papier.

— Ça, c'est Mme Miller, à propos des chiens de son voisin qui aboient la nuit. Celle-ci, c'est Mike Anderson, parce qu'une voiture toute rouillée est restée un peu trop longtemps garée devant chez lui.

Elle baissa la voix.

— On le connaît, il est un peu trop… attaché aux apparences.

Elle reposa le papier et prit une gorgée de café.

— A part ça, pas grand-chose, mais je continue à chercher.

Sophia profita de l'occasion pour poser une question qui lui trottait dans la tête.

— Pourquoi êtes-vous gentille comme ça avec moi ?

Cara eut l'air sincèrement surprise.

— Que voulez-vous dire ?

— Eh bien, je comprends que vous ayez une… forme de politesse professionnelle, dans les rapports avec le public, mais je ne comprends pas…

Elle chercha une formulation qui ne soit pas désagréable aux oreilles de la policière.

— Vous êtes toujours… très gentille avec moi, alors que vous ne me connaissez même pas…

Cara resta un instant perplexe, puis se mit à sourire.

— Vous savez ce qu'on dit : « Soyez aimable avec ceux que vous rencontrez, ils n'ont pas moins d'embêtements que vous. » Voilà… Vous avez votre part.

335

Son sourire s'éteignit.

— Et nous sommes dans le même bateau, à présent.

Thatcher fit son retour dans la pièce à cet instant précis, et elles se plongèrent de nouveau dans leur travail.

A plusieurs reprises au cours des heures suivantes, Sophia leva les yeux sur Thatcher : il répondait à des appels, marchait de long en large ou appelait lui-même Tom ou bien le capitaine, qui dirigeait en personne les recherches sur Dolphin Lot. Quand il n'était pas au téléphone, ses doigts s'agitaient sans cesse sur la souris ou le clavier de son ordinateur portable. Vers 15 h 30, il se leva de son fauteuil.

— Je pense que je sais pourquoi Nathanial est revenu, annonça-t-il en se penchant au-dessus de la table.

Sophia et Cara le scrutèrent.

— J'ai trouvé un article dans un journal d'Arlington, au Texas. Lucille Williams est morte d'une overdose de tranquillisants, il y a deux mois.

— Lucille Williams ?

— Oui, sa mère. Apparemment, son père, Dave Williams, est mort il y a cinq ans, mais je n'ai pas pu en retrouver la cause.

Il se frotta les yeux.

— Sa mère se serait suicidée, ce qui l'aurait poussé à passer à l'acte, c'est ça ? supposa Sophia.

— Probablement. Il cherche peut-être un coupable à cela aussi, et autant tout mettre sur le compte de celui qu'il tient déjà pour responsable de la mort de son frère.

— Terrance s'est tué, puis sa mère : deux suicides dans la famille, c'est vrai que cela doit être dur à supporter, observa Sophia.

— La tragédie n'est tout de même pas un passe-droit qui vous autorise à faire tout ce que vous voulez, fit remarquer Thatcher.

— Certes. Savez-vous ce qu'il a fait depuis la mort de sa mère ?

Il secoua la tête.

— Mais cela a certainement servi de déclencheur. La seule trace que nous ayons de lui précédemment remonte à deux ans après qu'il a quitté Culpepper. Il était en train de finir sa terminale quand il a disparu. Depuis, la seule allusion à son existence est cet article à propos de sa mère, où il est dit simplement qu'elle laisse un fils aîné.

Thatcher tendit à Cara un Post-it.

— C'est le nom du reporter et le numéro du journal en question. Je veux que tu l'appelles et que tu lui fasses dire tout ce qu'il sait sur Nathanial.

Cara acquiesça et quitta la pièce. Thatcher se tourna alors vers elle et son regard s'adoucit instantanément. Ces deux lacs aux eaux tellement bleues avaient l'étrange pouvoir de la tranquilliser immédiatement, se dit Sophia.

— Vous, Sophia, lui dit-il, vous restez ici et vous continuez à éplucher l'agenda. Si vous trouvez quelque chose, si quelque chose se passe…

— Je vous appelle immédiatement, le coupa-t-elle en souriant. Vous savez, c'est ce que je fais déjà…

Ce fut son tour de sourire, très brièvement.

— Soyez prudente.

L'instant d'après, il était parti.

10

L'autopsie confirma ce que Braydon savait déjà : Trixie ne s'était pas suicidée. En fait, tout comme l'agent Murphy, elle avait été étranglée. Le tir dans la tête avait été post-mortem, pour le douteux bénéfice de l'inspecteur Thatcher, afin de retenir son attention.

— Elle était déshydratée, lui apprit le médecin légiste. Mais pas affamée, et il n'y a aucun signe de violence sexuelle.

Elle écarta un peu le drap qui recouvrait le corps et prit la main de Trixie pour la soulever et la lui montrer.

— Qu'est-ce que je suis censé voir ? demanda-t-il en s'approchant plus près.

— Justement, il n'y a rien à voir. Il n'y a pas de coupure, pas de terre, pas de bouts de peau ou de sang sous les ongles.

— Elle ne s'est pas défendue ?

— Je ne le pense pas, répondit la légiste.

Elle reposa la main du cadavre sous les draps.

— Vous la connaissiez, inspecteur ?

— J'ai dû la voir une fois ou deux là où elle travaillait, c'est tout.

— Je ne la connaissais pas non plus, mais je savais qu'elle était une joggeuse passionnée, parce que je la voyais souvent passer devant chez moi en courant.

338

D'ailleurs sa santé, avant sa mort, l'atteste : elle était musclée et en forme.

— Dans ce cas, pourquoi ne s'est-elle pas défendue ?

— C'est ce que je me demande, moi aussi.

Elle fit le tour de la table et replia le drap pour découvrir la tête de Trixie.

Braydon essaya de ne voir que de loin, car sans cesse remontait dans ses souvenirs le visage sans vie d'Amelia.

Du bout de la pointe de son stylo, la légiste montra une petite rougeur sur le côté du cou.

— Piqûre de moustique ? s'enquit-il.

Cela n'aurait rien eu d'étonnant dans le Sud, où ces insectes étaient une plaie.

— Je l'ai cru au départ, mais je pense plutôt que c'est la trace d'une injection.

Braydon fronça les sourcils. Il se pencha plus près.

— Vous croyez qu'il l'a droguée ? Avec quoi ? Un tranquillisant ?

— Je ne sais pas encore, mais j'ai envoyé des plaquettes de sang au laboratoire. On devrait avoir la réponse dès ce soir. Dès que je l'ai, je vous appelle, bien sûr.

— Merci.

Il était prêt à partir, mais le médecin légiste soupira :

— C'est triste, vraiment. Et dire que je l'ai vue la semaine dernière encore passer devant chez moi en petites foulées, avec sa tenue de sport.

Braydon acquiesça poliment et, soudain, une idée lui traversa l'esprit.

— Pardonnez-moi de vous demander ça, mais vous habitez-où ?

— Sophia ! appela Cara de quelque part au-dehors de la salle de conférences.

Cet appel la fit sursauter. Sans perdre de temps, Sophia se rua dans le couloir.

— Qu'y a-t-il ?

Elle s'était presque attendue à voir Nathanial s'encadrer dans la porte, prêt à exercer sa vengeance, mais ce qui l'attendait, c'était un grand sourire de la policière.

— Il a changé son nom, s'exclama celle-ci avant de se retourner vers son écran d'ordinateur.

— Comment ?

— J'ai finalement pu joindre le reporter qui avait écrit l'article et je lui ai demandé s'il connaissait Nathanial. Il m'a d'abord dit non, puis il a fini par m'avouer que le fils de la suicidée dont il avait parlé l'avait menacé s'il mettait son prénom dans l'article. Alors je lui ai demandé de quel prénom il s'agissait et vous ne devinerez jamais ce qu'il m'a répondu...

Elle appuya sur une touche et une liste apparut.

Sophia s'approcha de l'écran et s'écria :

— Terrance !

— Oui, il a pris le prénom de son frère mort. Ça, c'est de la folie morbide ou je ne m'y connais pas.

Sophia ne pouvait qu'être de son avis. Elle observa la liste des articles sur le moteur de recherche. Le quatrième titre recensait les bénéficiaires d'une bourse universitaire, il y avait huit ans de cela.

Elle prit la souris et cliqua sur le lien. L'article s'afficha, avec une photo représentant un groupe d'étudiants. Parmi eux se tenait Nathanial, mais la légende de la photo l'identifiait comme « Terrance Williams ».

— C'est une très bonne idée, si on y réfléchit, fit

340

remarquer Cara. C'est le seul nom que nous n'aurions jamais eu l'idée de chercher.

— Surtout l'inspecteur Thatcher ! renchérit Sophia.

C'était une forme de folie, certes, mais organisée et créative.

Elle prit le temps de lire l'article jusqu'au bout. Grâce à ses excellents résultats, Nathanial avait effectivement reçu une bourse qui allait lui permettre de payer ses études d'ingénieur en pharmacie dans une université du New Jersey.

L'inspecteur Thatcher n'avait pas tort : l'homme avait pas mal de cases en moins, mais il était intelligent. Ceci n'était pas vraiment fait pour la rassurer.

Elle reprit l'agenda de Lisa pour essayer d'y trouver une quelconque information portant le nom de « Terrance ».

Elle feuilleta encore et encore, des pages déjà lues précédemment. Malgré toute sa bonne volonté, son esprit se mit à vagabonder. Ils partaient tous du principe que Nathanial avait eu un coup de folie après la mort de sa mère, mais s'ils se trompaient ? Si en fait il était déjà atteint de folie, avant ?

Bien sûr, il n'était pas rare que l'on donne à un enfant le prénom d'un cher disparu, mais qu'on se renomme soi-même comme lui, deux ans seulement après le drame ? Ce n'était pas franchement un signe de bonne santé mentale… Dès lors, avait-il changé son prénom par une sorte de pulsion sentimentale un peu dévoyée ou s'agissait-il d'un plan pour dissimuler son identité et se cacher de la police pendant des années ? Neuf ans, en fait. La rancune avait-elle mijoté en lui durant tout ce temps ou bien s'était-elle manifestée récemment, comme un volcan que l'on croyait éteint et qui se réveille ?

Elle soupira. Son dernier café remontait déjà à un

peu trop longtemps. Le manque de caféine rendait plus confuses encore les questions qui se bousculaient dans sa tête comme un essaim d'abeilles en colère.

Elle prit le stylo-bille qu'elle mâchouillait et commença de dessiner discrètement les images que lui inspiraient les questions qu'elle se posait.

D'abord, un bonhomme avec une grosse tête ronde, de longs cheveux et un corps tout fin.

Puis des insectes avec des ailes bourdonnantes et des dards apparents.

Puis…

Elle s'arrêta brusquement, se souvenant de quelque chose qu'elle avait vu, quelque part dans les pages de l'agenda. Son cœur se mit à battre à toute force d'excitation, au fur et à mesure qu'elle tournait nerveusement les pages. Au bout d'une minute, elle trouva ce qu'elle recherchait : Lisa avait fait un dessin de la taille d'une petite pièce de monnaie.

Cela représentait un dauphin.

11

Lisa avait toujours été très mauvaise au Pictionary. Ses dons pour le dessin étaient plus que médiocres. Chaque fois qu'elle demandait à sa sœur d'être sa partenaire, Sophia refusait. Non pas qu'elle fût très douée elle-même, mais Lisa était incapable de dessiner ne serait-ce qu'un cercle, sans même parler de représentations plus compliquées.

Mais, à cet instant précis, Sophia aurait volontiers embrassé sa sœur sur les deux joues. D'ailleurs, le dauphin qu'elle avait dessiné n'était pas si mal. Bien sûr, son aileron était trop gros par rapport au reste du corps, sa queue trop longue et un peu tordue, mais on pouvait tout de même le reconnaître pour ce qu'il était : un dauphin raté, mais un dauphin tout de même.

Sur la tête, il portait une sorte de cône avec, à la pointe, un bouquet de lignes en forme de vagues, et sa langue était déformée. Bizarre, songea Sophia.

Elle regarda plus attentivement.

En fait, ce qu'il avait sur la tête, c'était un chapeau cotillon. Quant à la langue, c'en était bien une, mais pas de cétacé. C'était une « langue de belle-mère » en papier, un accessoire de fête, dans lequel le dauphin soufflait.

Lisa avait ajouté quelque chose à la créature : les chiffres « 6:30 » sur son aileron, placés là comme une sorte de tatouage.

Elle n'avait pas écrit de message, elle l'avait dessiné. Elle était allée à Dolphin Lot à 18 h 30, à propos d'une fête…, conclut Sophia.

Ce fut son tour de crier dans le couloir et celui de Cara de sauter sur sa chaise. Elle montra le dessin à la policière.

— Surtout ne me demandez pas pourquoi ma sœur a dessiné au lieu d'écrire, félicitons-nous surtout qu'elle soit arrivée à produire un dessin compréhensible.

Sophia prit son téléphone portable et appela Thatcher. Cette information ne lui serait peut-être pas utile, mais elle était heureuse de lui annoncer qu'elle avait trouvé quelque chose. Cela la faisait se sentir utile. De cette façon, elle aidait à retrouver sa sœur, elle ne restait pas drapée dans son angoisse et dans l'auto-apitoiement.

— Tout va bien ? demanda-t-il avec beaucoup d'inquiétude dans la voix dès qu'il décrocha.

Cela la fit rougir, ce qui arrivait décidément souvent en présence d'un certain inspecteur de police.

— Oui, j'ai trouvé quelque chose. Enfin, nous avons trouvé quelque chose, Cara et moi. On peut en discuter ?

— Allez-y.

Sophia lui parla du dauphin et du changement de prénom de Nathanial. Cara l'avait déjà prévenu de ce dernier point par texto et avait pu trouver d'autres informations depuis. Sophia lui tendit le téléphone, et la policière énuméra tout ce qu'avait fait Terrance Williams ces onze dernières années.

Lorsque Nathanial avait quitté Culpepper, il avait achevé les deux dernières années de son diplôme de premier cycle d'ingénieur en pharmacie. Peu après, il avait changé son prénom et, en tant que « Terrance » Williams, il avait été admis en second cycle, dans la même discipline, dans la même université. Deux années

344

encore, et il passait son diplôme avec les honneurs. Alors, il avait disparu pendant trois ans, avant de refaire surface dans un article du journal professionnel d'une société liée au gouvernement et installée au Texas, dont le nom était Microne. Cet organisme gérait un laboratoire de recherche, testant des médicaments pouvant soigner certains troubles mentaux.

Sophia secoua la tête, abasourdie. Charger un détraqué de trouver le bon médicament contre des maladies mentales, c'était paradoxal… Nathanial était-il entré dans ce laboratoire de recherche pour trouver quelque chose qui puisse calmer ses propres pulsions ? Ou était-ce seulement une coïncidence ?

On le retrouvait encore une dernière fois avant qu'il soit mentionné dans l'article nécrologique de sa mère ; dans une revue scientifique, il y avait un an de cela.

Il avait écrit un article de quelques paragraphes sur ses idées concernant les troubles du sommeil, mais le langage en était trop technique, et Cara comme Sophia n'y avaient rien compris.

Les deux policiers commentèrent assez longuement, entre autres, toutes ces informations, et Sophia se sentit soudain comme une enfant que l'on exclut de la conversation des adultes.

Elle avait trouvé un indice, bon, mais qu'attendait-elle donc en récompense ? Qu'on lui tapote gentiment la tête ? Que l'inspecteur lui fasse la bise ?

Ça, ça ne me déplairait pas trop, songea-t-elle instantanément en esquissant un sourire.

Puis Cara lui rendit le téléphone, sans paraître remarquer son sourire.

— Je suis en route pour Dolphin Lot, lui annonça l'inspecteur quand il l'eut de nouveau en ligne.

— Est-ce que les techniciens ont trouvé quelque chose, sur le terrain ? demanda Sophia avec un espoir mêlé de crainte.

Espoir qu'ils aient découvert d'autres indices et crainte… que leur découverte soit justement le corps de sa sœur.

— Il semble que Nathanial s'était installé un petit campement caché dans les arbres, non loin de l'endroit où il avait placé la voiture de Lisa.

— Pour quoi faire ?

Décidément, ce Nathanial apparaissait de plus en plus comme complètement dérangé.

— A mon avis, répondit Thatcher dont la voix se durcissait, c'était un poste d'observation, il voulait me voir découvrir le corps de Trixie.

— Ça lui ressemblerait bien, commenta Sophia, de plus en plus mal à l'aise. Et vous croyez que c'était le cas… qu'il nous a vus la trouver ?

Il y eut un court silence. Puis Thatcher répondit :

— Je n'en sais trop rien, mais j'espère que nous allons bientôt le localiser. Je vous avertis tout de suite, si j'ai quelque chose.

— D'accord, faites bien attention à vous…

C'était sorti sans qu'elle le veuille vraiment, mais elle le pensait.

— Oui, vous aussi.

Une chaleur sèche eût été supportable, mais cette humidité était accablante. Elle enfermait les hommes comme dans un cercueil invisible, une gangue trop étroite dont on ne pouvait s'échapper. Braydon suffoquait presque tandis qu'il suivait un flic du comté à travers les hautes herbes. Il n'enviait certainement pas l'uniforme sombre que ces hommes étaient obligés de porter. Le capitaine Westin se tenait dans une petite clairière, un peu plus loin, fumant une cigarette. C'était certainement le seul policier du dispositif en place à ne pas du tout transpirer. Certes, il n'avait sur lui qu'un short kaki et un T-shirt blanc, son insigne étant accroché à sa ceinture.

— 'Jour, capitaine, lança Braydon en le rejoignant.

Il n'avait pratiquement pas croisé son chef depuis l'arrivée de Sophia.

Westin répondit par une sorte de grognement cordial et, d'un geste large, embrassa le paysage autour d'eux. Un fauteuil de camping était installé derrière les buissons, face à un créneau permettant l'observation, mais assez loin pour ne pas être remarqué de l'emplacement où la voiture de Lisa avait été découverte. Le camouflage était à peu près indécelable, il aurait fallu savoir exactement où chercher pour le repérer. A côté du fauteuil, une glacière en plastique, son couvercle retiré. Une bouteille de bière surnageait dans l'eau de fonte de la glace et d'autres bouteilles, vides, celles-là, jonchaient l'herbe. D'autres, brisées, étaient posées au pied d'un arbre.

Le capitaine Westin suivit son regard.

— Il devait s'ennuyer, à attendre tout seul, expliqua l'officier de police. Alors il a fait quelques cartons…

Il esquissa avec les doigts le geste de tirer sur des cibles à quelques mètres.

— Dommage qu'il nous ait fallu si longtemps pour trouver la voiture, grogna Braydon. Il n'aurait pas eu trop le temps de s'ennuyer.

Le capitaine posa brièvement une main sur l'épaule de son subordonné, comme pour lui faire comprendre qu'il ne lui reprochait rien.

— C'est une bière locale, pas très courante, lui fit

remarquer l'officier en lui montrant l'étiquette. Je ne connais guère qu'un magasin dans le coin, qui en vende.

— Oui, chez Tipsy, approuva Braydon en reconnaissant l'orange de Floride représentée sur la bouteille. Je vais demander à Tom de saisir les bandes de leurs caméras de sécurité. Je pense que c'est là qu'il a rencontré Amanda Alcaster. Il a dû nouer conversation au comptoir. Je crois que je vais aller aider Tom à vérifier ces bandes.

Il allait prendre congé quand le capitaine l'arrêta.

— Pas si vite, Thatcher…

L'inspecteur s'immobilisa.

— Capitaine ?

L'officier de police prit le temps de tirer une longue bouffée de sa cigarette et d'en recracher le nuage de fumée.

— C'était quand, la dernière fois que vous avez dormi, mon vieux ? demanda-t-il sans détour.

La question le prit au dépourvu. Sa première réaction fut de mentir, sachant ce qui arriverait si…

— Hier, avança-t-il.

Westin le regarda d'un air incrédule.

— Vous allez rentrer chez vous et dormir quelques heures. Tom et nous autres, on peut bien s'occuper de tout ça pendant que vous n'êtes pas là.

— Mais, capitaine…

— C'est un ordre, répondit le capitaine d'une voix brève et sans hausser le ton. Ce n'est pas parce que Nathanial tient à toute force à jouer à cache-cache avec vous que vous êtes le seul à faire le poids devant lui. Allez, fils, faites ce que je vous dis. On n'est pas dans un film. Allez dormir avant que je ne puisse plus rien faire de vous.

Braydon le savait d'expérience : il était inutile de chercher à discuter avec le capitaine et, moins sensé encore, faire semblant d'obéir et continuer à mener des investigations derrière son dos.

Il retourna donc à sa voiture et appela Tom, en le menaçant, s'il ne le tenait pas au courant de toute nouvelle découverte, de révéler à toute la police de Culpepper qu'il en pinçait pour Lynda. Son équipier grogna bien un peu, mais il accepta de le garder dans la boucle.

Son appel suivant fut pour Sophia. Il ne la connaissait que depuis deux jours, mais il avait besoin de la joindre…

— Voulez-vous dormir avec moi ? lui demanda-t-il dès qu'elle eut décroché.

Instantanément, il se frappa le front. Il devait vraiment être plus fatigué qu'il ne le croyait.

— Euh… je veux dire… dormir chez moi ? On m'a dit d'aller prendre quelques heures de repos, alors j'ai pensé que peut-être que vous pourriez aussi… comme vous ne pouvez pas retourner chez votre sœur, ce ne serait pas prudent… On avance un peu…

Il s'embrouillait, s'enfonçait même.

— Bref, on a trouvé quelques indices dans une clairière. Tom et le capitaine s'en occupent. Ils m'ont promis de me prévenir, s'ils trouvaient quoi que ce soit.

Sophia n'avait pas encore répondu, elle hésitait apparemment.

— C'est vrai, insista-t-il. Si nous ne prenons pas un peu de repos, nous ne serons bientôt plus bons à rien. Mes collègues sont très expérimentés, ils peuvent nous remplacer pendant quelques heures.

Il régurgitait tout simplement ce que l'on venait de lui dire et c'était le plus raisonnable, il devait bien l'admettre. Sophia dut elle aussi en convenir.

— Je passe vous prendre dans un quart d'heure, conclut-il.

Ils raccrochèrent, et Braydon se retrouva seul dans le silence de l'habitacle de sa voiture. Cela avait été une fichue journée, il pouvait le sentir jusque dans ses os.

Il résista à l'impulsion de regarder dans son rétroviseur, pour voir combien de cheveux blancs lui étaient poussés depuis que Lisa, Amanda et Trixie avait été portées disparues.

Il revoyait Tom faisant cette plaisanterie sur le fait que le métier d'inspecteur de police pouvait être ennuyeux et cela semblait remonter à plus d'un siècle alors que c'était la veille.

Jamais il n'aurait cru que ce jeune homme, qu'il avait seulement entraperçu, onze ans plus tôt, serait devenu un tueur psychotique et apparemment brillant.

Braydon se faisait l'effet d'être un héros de bande dessinée combattant le mal, tandis que Nathanial était sa Némésis, qui avait sa ruine et sa mort pour mission. Sauf qu'il n'était pas vraiment un héros. Il n'était qu'un homme, débutant dans un nouveau poste et avec un psychopathe sur les bras. Comme l'avait bien dit le capitaine, le fait que Nathanial fasse une véritable fixation sur lui ne voulait pas dire qu'ils étaient seuls en lice…

Ses pensées glissèrent alors vers cette spectaculaire brune aux yeux verts qu'était Sophia Hardwick. Elle était à la fois une bombe et une rebelle absolument indomptable. Beaucoup de femmes à sa place seraient restées chez elles et auraient attendu tranquillement que la police fasse son enquête. Ou bien, si elles avaient voulu apporter leur aide, rien n'aurait été plus facile que de les arrêter d'un simple « non ». Mais pas Sophia.

Par certains côtés, elle lui rappelait sa sœur, Amelia. Lorsque celle-ci avait quelque chose en tête, il était quasiment impossible de l'en faire sortir. Dans l'une des phases de son profond chagrin, leur mère lui avait dit que c'était peut-être précisément cela qui avait causé la perte de sa sœur. Braydon n'était pas d'accord et, des années plus tard, il ne l'était toujours pas. Ce qui avait causé sa perte, c'était un adolescent de dix-sept ans mentalement déséquilibré qui n'aurait pas dû être en possession du pistolet de ses parents.

Penser au cerveau dérangé de Terrance l'amena tout naturellement à Nathanial. Les découvertes de Cara ne pouvaient qu'amplifier ses craintes à son sujet. Chaque fois que l'on apprenait quelque chose sur lui, Braydon sentit grandir son inquiétude quant au sort de Lisa, d'Amanda et de Sophia.

Hagard, il se passa la main sur le visage en arrivant devant le poste de police. Il n'avait pas tué de ses mains James ni Trixie, mais c'était à cause de lui qu'ils étaient morts. Ces enlèvements n'étaient qu'un moyen pour Nathanial de défier, encore et encore, son ennemi mortel. Si jamais quelque chose arrivait à Sophia…

Il abattit son poing sur le volant.

Cela n'arriverait pas. Il l'empêcherait.

12

Au volant de sa voiture, Braydon conduisait Sophia chez lui. Il vivait dans une petite maison de ville de trois pièces, au milieu de Gothic Street. Malgré ce nom un peu sombre, les maisons y avaient des façades colorées, qui variaient du brun au beige, en passant par le jaune et l'orange. La sienne avait une façade crème avec une porte bleue, protégée par une grande galerie de bois. C'était cette galerie qui lui avait plu, dès sa première visite des lieux.

Cette maison du 2416, Gothic Street, était la première et la seule propriété qu'il ait jamais achetée. Elle n'était pas grande mais bien construite, avec une arrière-cour où aurait pu s'ébattre à l'aise un gros chien. Braydon l'aimait bien et s'y sentait chez lui, avec son grand lit qui occupait presque toute la chambre et la douche de belles proportions, très agréable après une chaude journée comme celle-ci. Dans la cuisine, il avait installé une belle planche de boucher comme plan de travail. En revanche, se rappela-t-il, il ne devait pas avoir grand-chose dans le réfrigérateur. Ses dernières courses remontaient à plus d'une semaine. A part un paquet de chips et quelques boîtes de conserves, il n'y avait certainement rien dans les placards.

Il se gara devant chez lui.

— C'est joli, commenta Sophia. J'aime beaucoup la galerie.

Braydon lui sourit, ravi par son compliment.

Il lui fit faire le tour du propriétaire, ce qui n'allait pas bien loin. La porte franchie, un couloir desservait les pièces, séparant le salon sur la droite et la cuisine sur la gauche. Puis, à gauche encore, sa chambre, la salle de bains à droite et une chambre d'amis qui lui servait également de bureau.

Sophia montra un intérêt poli et le félicita pour son bon goût. C'était probablement par courtoisie, car ce décor très masculin (du bois et du bois… sur du bois, plus deux canapés en cuir) ne devait pas franchement plaire à la jeune femme. A dire vrai, il s'intéressait plus à son métier qu'à la décoration d'intérieur.

— Mettez-vous à l'aise, lui dit-il en passant dans la cuisine pour vérifier le contenu du réfrigérateur.

C'était bien ce qu'il craignait : le désert.

Sophia, qui le suivait, jeta un coup d'œil de côté.

— On dirait que vous ne cuisinez pas beaucoup. Vous devez sortir souvent ?

Cela paraissait une question innocente, mais ne l'était pas forcément, jugea Braydon. Sophia évitait en effet son regard. Voulait-elle en savoir plus sur sa vie sentimentale ? Il ne lui en avait rien dit, sinon qu'il n'était pas marié.

— J'avoue, dit-il, je suis un habitué des plats cuisinés à emporter… ou à se faire livrer. Je crois qu'il est temps de passer commande.

— Attendez une seconde…

Levant la main vers un placard ouvert, Sophia prit un pain emballé, en vérifia la date de péremption, puis se tourna vers le réfrigérateur, où elle prit du fromage sous plastique. Quand elle fut sûre que tout cela n'était pas périmé depuis belle lurette, elle leva les deux paquets devant elle, comme un trophée.

— Ça vous dit, un sandwich au fromage fondu ?

— Epousez-moi, répondit-il en lui prenant la main qui tenait le fromage.

C'était supposé être de l'humour mais, lorsque leurs doigts s'effleurèrent, il ne pensa plus du tout aux sandwichs. Et visiblement Sophia non plus. Ce fut comme si la température montait de plusieurs degrés dans la cuisine. Braydon tenait dans sa main celle, petite et douce, de Sophia. Elles semblaient comme deux pièces de puzzle faites pour aller ensemble.

Il ne pouvait en détacher le regard. Une chaleur presque irréelle circulait entre elles.

Sophia déglutit et leva les yeux vers lui. Ses lèvres n'étaient qu'à quelques centimètres des siennes. Il pouvait le faire. Il pouvait l'embrasser… Ses yeux verts reflétaient une si grande douceur.

— Donc, j'en déduis que vous aimez le fromage fondu, reprit-elle finalement avec un sourire.

Il ne lâcha pas sa main pour autant.

— C'est une idée… qui fait son chemin, répondit-il.

Parlait-il vraiment des sandwichs ? Il n'en était pas bien sûr.

Le sourire s'agrandit sur les lèvres rouges de Sophia. Un rouge presque trop vif pour être naturel. Et s'il vérifiait ?

Sophia tenait le fromage et le pain comme un naufragé s'accroche à une bouée. D'ailleurs, elle flottait vers des contrées inconnues. Son attirance pour ce bel inspecteur de police avait surgi de nulle part. Deux jours seulement qu'elle le connaissait, et voilà que cela avait fleuri tout à coup.

C'était plutôt étrange d'être ainsi, une main dans celle d'un quasi-inconnu et l'autre agrippée à un pain en tranches et à un fromage sous plastique. Mais elle s'en moquait bien. Elle était sous le charme.

Levant le menton, elle plongea les yeux dans ceux, outremer, de Braydon. Quelque chose brûlait en elle. Un feu ardent et peut-être dangereux. Ses sentiments, depuis quelques heures, étaient très mystérieux. L'incroyable alchimie qui se produisait entre eux était peut-être liée à l'enquête, à la recherche de Lisa et d'Amanda, aux émotions que cela déclenchait en eux. Mais il y avait une autre possibilité : que Braydon Thatcher soit celui que son cœur attendait. Et s'il ne l'était pas, elle pouvait au moins lui laisser une chance.

Elle venait de passer quatre ans à gravir les échelons de Jones Office Supply, où elle était entrée en tant que stagiaire non rémunérée. Elle aimait la stabilité que ce travail lui apportait et avait fait siennes les visées de son entreprise. Elle s'y était même fait de nombreux amis, mais aucun n'était vraiment devenu un intime. Elle avait fini par prendre la triste habitude, après sa journée de travail, de rentrer dans son appartement vide. Non pas qu'elle ait voulu s'isoler, mais elle restait tout simplement trop tard au bureau à travailler et travailler encore, dans l'espoir d'une nouvelle augmentation, d'une nouvelle promotion.

Là, enveloppée par l'eau de toilette de Braydon et la chaleur de sa peau, imaginant ce que serait d'être tout contre lui, corps contre corps, le vide de sa vie, durant toutes ces années, lui parut cruel.

Obéissant à une envie qui la consumait des orteils jusqu'à la racine des cheveux, elle se hissa sur la pointe des pieds et posa les lèvres sur celles de l'inspecteur. Jamais elle n'aurait imaginé embrasser Braydon Thatcher dans sa cuisine. C'était vraiment une pure impulsion. Une folle impulsion.

Au début, il resta figé, une fraction de seconde, par la surprise de ces lèvres fiévreuses sur les siennes, mais, très vite, il participa à ce baiser avec passion. Devant ce désir commun, Sophia se laissa emporter par une vague de plaisir. Leur baiser se fit pressant, puis furieux. Sans doute que tout le désespoir, toute l'angoisse et toute la peur de ces derniers jours se transmuait en une faim ardente. Un feu qui chauffait leurs lèvres au rouge.

A cet instant, Thatcher devint Braydon.

Il n'avait pas lâché sa main ; au contraire, il se servit de sa prise sur elle pour l'amener tout contre lui, la saisit par la nuque et plongea les doigts dans ses cheveux. Sa langue allait chercher la sienne avec frénésie.

Sophia le voulait encore plus près d'elle. Elle glissa sa main libre le long du dos de Braydon et dans son cou, s'accrochant à lui comme à une ancre dans l'océan d'incertitude qu'étaient pour elle Culpepper et ses environs.

Ils étaient là, dans cette cuisine, leurs bouches fiévreuses collées l'une à l'autre, et le monde pouvait bien s'écrouler autour d'eux.

Hélas, le paradis, comme Sophia l'avait appris dès ses plus tendres années, ne dure jamais bien longtemps. Leur baiser fut interrompu par la sonnerie du téléphone portable de Braydon, qui résonna comme un coup de canon dans la petite pièce.

Interdits, ils se lâchèrent instantanément et se figèrent : s'il y avait des progrès dans l'enquête, il fallait qu'ils le sachent et qu'ils le sachent tout de suite.

— Oui, Braydon à l'appareil…

Il y avait encore un soupçon d'excitation dans sa voix et ses lèvres étaient très rouges, nota Sophia.

Une voix féminine lui parlait au bout du fil.

Apparemment, ce n'était pas très important, car Braydon restait parfaitement calme. Il abaissa le bras qui tenait le téléphone.

— L'agent Whitfield a trouvé des informations supplémentaires sur Nathanial, l'informa-t-il. Donne-moi juste une minute.

Il alla passer le reste de la communication téléphonique dans son bureau, tandis que Sophia essayait de se remettre de leur brûlant échange.

Bien sûr, ce n'était pas la première fois qu'elle embrassait un homme. Mais Braydon avait fait naître quelque chose de nouveau en elle, une sensation qu'elle ne connaissait pas et qu'elle brûlait d'éprouver encore.

Son estomac se mit alors à gronder. Ils n'avaient toujours pas mangé, avec ça !

Elle se mit à la recherche d'une poêle et commença à préparer l'en-cas qu'elle lui avait proposé, avec, en elle, un appétit qui n'avait pas grand-chose à voir avec la nourriture...

Il y avait longtemps qu'elle n'avait pas été avec un homme, et ce baiser, même bref, avait eu des airs d'éternité.

Elle effleura ses lèvres de ses doigts. Elle pouvait encore savourer la chaleur du corps de Braydon contre le sien. C'était une étrange sensation, à la fois nouvelle et comme déjà familière.

Elle souriait toute seule en s'activant aux fourneaux. Braydon Thatcher l'avait embrassée !

Il réapparut à cet instant précis, mais le visage soucieux.

— Il va falloir que je saute sous la douche, annonça-t-il.

Leur baiser n'était déjà plus qu'un souvenir.

— Que dit Cara ?

— Rien qui puisse nous mener directement à lui, mais assez pour rendre les choses plus compliquées, soupira-t-il. Laisse-moi prendre ma douche et puis je t'explique, OK ?

Elle acquiesça, l'inquiétude reprenait ses droits et le temps n'était plus aux baisers. Ils devaient se concentrer sur l'enquête. Quelles étaient donc ces « choses plus compliquées » ? se demanda Sophia.

Braydon revint quelques minutes plus tard, simplement vêtu d'un T-shirt blanc et d'un short de sport. Cette tenue toute simple lui allait à ravir.

— Désolé, fit-il d'un air embarrassé, j'avais vraiment besoin d'une douche. Cela fait presque trois jours que je ne suis pas rentré chez moi.

Ils s'assirent à la petite table ronde. A quatre, on devait y être un peu serrés, mais à deux, même avec leurs assiettes, c'était confortable. Sophia mordit dans son sandwich tandis que Braydon commençait son récit :

— Nathanial a été renvoyé de chez Microne, un mois après que sa mère a mis fin à ses jours. On l'a surpris à faire des essais non autorisés pour un nouveau produit destiné à soigner les troubles du sommeil.

— Des essais non autorisés ?

— Apparemment, il rapportait les produits chez lui et il les testait sur lui-même. Cara a parlé à un ancien membre de son équipe de chercheurs, qui le décrit comme méticuleux, virant volontiers à l'obsession quand il était question de ce produit, en particulier.

— Et c'est quoi, ce médicament ?

— Il n'est pas autorisé à le dire, car à ce stade les essais n'en sont qu'à leur début. C'est d'ailleurs aussi la raison pour laquelle Nathanial a pris la porte : les expériences sur des patients humains n'étaient pas prévues avant un an au moins.

Sophia hocha la tête et mordit de nouveau dans son sandwich.

— Que je t'explique pourquoi je trouve ces informations intéressantes pour nous, reprit Braydon. Trixie Martin ne s'est pas débattue, elle n'a même pas essayé de se défendre, d'après les constatations du médecin légiste. Or c'était une femme musclée et sportive, alors on peut supposer qu'elle a été droguée.

Sophia ne put masquer sa surprise.

Braydon continua :

— Il y avait une petite rougeur sur son cou.

— Comme une piqûre ?

Il acquiesça.

— Le médecin légiste a fait faire une analyse de sang, pour vérifier si elle avait été droguée, ce qui, bien sûr, expliquerait qu'elle ne se soit pas débattue.

Instinctivement, Sophia porta la main à son propre cou. Trixie étranglée… L'agent Murphy avait connu la même fin. Amanda et Lisa, elles aussi ?

— Qu'a-t-elle trouvé d'autre, cette légiste ?

— Que la victime a été étranglée probablement lundi matin et que le coup de feu dans sa tempe était post-mortem. Qu'elle a été tuée sur place, aussi.

— Trixie ne travaillait pas lundi ? s'étonna Sophia.

— Non, c'est son jour de repos. Voilà pourquoi son patron ne s'est pas inquiété tout de suite.

— Mais que faisait-elle par là ? Et pourquoi Lisa s'est-elle rendue à Dolphin Lot un dimanche et Trixie un lundi ? soupira Sophia, complètement désorientée.

— J'ai peut-être la réponse, pour ce qui est de Trixie, indiqua Braydon en se levant.

359

Il quitta la pièce, laissant Sophia un peu interloquée, son sandwich à la main.

Il revint presque aussitôt avec un plan de poche de la ville de Culpepper qu'il déplia et posa sur la table.

— Regarde… Là se trouve la maison de Trixie… et voici Dolphin Lot.

Il posa son doigt sur un autre emplacement de la carte.

— C'est environ à quinze kilomètres de chez elle. Nous pensons que c'était une étape sur son circuit d'entraînement habituel.

— Une étape de quinze kilomètres ? releva Sophia, éberluée. Mais c'est très loin !

— Pas pour elle, commenta Braydon. Trixie n'était pas une joggeuse du dimanche. Lorsque nous avons perquisitionné chez elle, nous avons trouvé sa maison remplie de médailles et de trophées, surtout de marathon et de triathlon. Quinze kilomètres, ce n'était rien pour elle.

Sophia se redressa sur sa chaise.

— Bon, admettons… Elle part courir lundi… Et ensuite ? Est-ce qu'elle est témoin de quelque chose qu'elle n'aurait pas dû voir ? Nathanial la drogue et il la tue, puis il met son corps en scène pour qu'on le retrouve dans la même attitude que celui de son frère il y a onze ans, c'est bien ça ?

Le seul fait de récapituler ces faits lui glaçait le sang. Brendon acquiesça.

— Je pense que c'est exactement ce qui s'est passé. Elle courait le long de cette route et elle a vu la voiture de Lisa ou peut-être bien Nathanial lui-même. Dans son esprit malade, celui-ci a eu l'idée d'une mise en scène morbide. Il n'allait pas laisser passer cette chance.

— Mais Lisa ? Pourquoi est-elle allée à cet endroit ? On sait que c'était à propos d'une fête, mais qui lui avait donné rendez-vous ? Nathanial ? Est-ce qu'Amanda était avec eux ?

Décidément, il y avait encore beaucoup de questions autour de ce fameux Dolphin Lot, conclut Sophia. Pourquoi Lisa ne l'avait-elle pas appelée pour lui parler de tout ceci et lui dire où elle se rendait ?

— Et pourquoi est-ce qu'elle n'en a pas informé Richard ?

— Nous le découvrirons, promit Braydon d'une voix très apaisante.

Il prit ses mains dans les siennes et les pressa doucement. Ce simple geste n'était pas aussi électrique que son baiser, mais suffit pour la réconforter d'une manière extraordinaire.

— On a trouvé des indices très intéressants, dans les bois alentour…

Et il commença à lui décrire la clairière où Nathanial avait trouvé refuge et toutes les bouteilles de bière qu'il y avait laissées.

— J'ai toute confiance en Tom et dans le capitaine pour faire parler les bandes des caméras de surveillance de chez Tipsy et en tirer les conclusions nécessaires. Moi, je vais me reposer quelques heures. Je crois qu'on peut enfin commencer à espérer…

Sophia hocha la tête et emporta leurs assiettes dans la cuisine tandis que Braydon la suivait avec les verres et le plat qui avait contenu leurs sandwichs.

Cependant, une question la tracassait.

— Sait-on ce qu'a fait Nathanial après avoir été renvoyé de ce laboratoire ?

— Non, pas vraiment. On a vérifié dans quel appartement il vivait, mais il l'a quitté dès qu'il a été renvoyé et personne ne sait où il est allé ensuite. Pas d'adresse où faire suivre le courrier, pas de numéro de téléphone laissé aux voisins. Il a disparu des radars.

— Ça n'a pas dû déranger grand monde, commenta Sophia d'un ton sarcastique. Avait-il encore de la famille ?

— Non, sa mère était sa dernière et seule parente.

Sophia ne voulait à aucun prix ressentir la moindre empathie avec ce fou, mais elle l'aurait pu. Si jamais elle perdait Lisa, elle n'aurait plus du tout de famille et perdrait du même coup sa meilleure amie. Ce n'était pas une pensée bien agréable, mais comment éviter d'y songer ? Et puis, on pouvait comprendre, sans pour autant excuser.

Elle se mit à rincer les assiettes.

Braydon sortit une boîte du congélateur.

— Je n'ai pas grand-chose dans mes placards, mais il me reste quand même quelques petites provisions…

C'était de la glace au chocolat, s'émerveilla Sophia. Soudain, Braydon était plus attirant que jamais… Il revint à table avec deux coupes pleines. La glace au chocolat avait toujours été son péché mignon. Elle l'attaqua résolument.

— Pardon de te demander cela, reprit-elle, mais que sont devenus tes parents, après le drame ? Sont-ils toujours en vie ?

Etonnamment, Braydon lui sourit.

— Oui, ils sont vivants et ils vont bien. Ils habitent dans l'Utah, là d'où vient la famille de mon père. Ils s'étaient installés en Floride après leur mariage, à cause de l'usine de pièces automobiles qui s'y trouvait à l'époque et où papa travaillait. Ils aimaient bien la Floride avant, mais ils ne pouvaient plus supporter cet endroit, après la mort de ma sœur.

Il ne paraissait pas avoir de difficulté à lui révéler tout cela.

— Et toi ? poursuivit-elle. Pourquoi tu n'es pas parti, toi aussi ?

— En fait, la raison de leur départ a fait que moi, je suis resté… C'était le dernier endroit où Amelia avait été en vie. J'ai essayé de m'en aller, une fois, pour ne jamais revenir, mais c'est étrange : les bons souvenirs m'y ont ramené plus facilement que les mauvais ne m'en avaient chassé. Là où mes parents voyaient le constant rappel de la mort d'Amelia, moi, je voyais partout des souvenirs de sa présence…

Il esquissa un pâle sourire.

— Nous avons passé toute notre enfance ici, alors quand je veux me souvenir d'elle, j'ai toute la ville, pour ça. Je peux aller au parc et la revoir quand elle y jouait enfant, retourner au terrain de sport de mon ancien lycée et repenser au match de football où elle venait me regarder jouer, aller sur Jefferson Road, où je lui donnais des leçons de conduite …

Il se tut et prit une bouchée de glace. Le sourire flottait encore sur son visage, comme oublié. Il paraissait soudain beaucoup plus jeune, loin des tueurs à poursuivre et des disparues à retrouver. Sophia l'aimait beaucoup, ce sourire de tout jeune homme.

— Bien sûr, reconnut-il, ces souvenirs font mal mais, d'une certaine manière, ils adoucissent la douleur, aussi. Alors, je pourrais toujours quitter Culpepper, s'il le fallait, mais je préfère y rester, à cause de tout ce que me rappelle cette ville.

Il reprit encore une bouchée. Il avait les yeux brillants quand il les releva vers elle.

— C'est une très jolie façon de se souvenir d'Amelia, confessa-t-elle, émue.

Il lui sourit, et puis son visage s'assombrit brutalement, comme un ciel d'été qui se couvrirait de nuages d'orage.

— Nathanial me hait, car il sait bien que si son frère ne s'était pas tué, *moi*, je l'aurais mis à mort. Et non seulement cela, mais il aurait souffert, auparavant. Je lui aurais fait payer pour ce qu'il avait fait et peu importe ce qui me serait arrivé ensuite.

De nouveau, il prit sa main par-dessus la table et la pressa.

— C'est pour ça que je sais qu'il ira jusqu'au bout, jusqu'à ce que je souffre de la façon qu'il souhaite. Je ne crois pas qu'il est dangereux, non… je *sais* qu'il l'est. Tu ne peux pas imaginer à quel point je suis horrifié et désolé de ce qui est arrivé. Si ce cinglé ne m'en voulait pas à ce point, Lisa et les autres n'auraient jamais été enlevées.

Il voulut retirer sa main, mais Sophia le retint.

— Braydon, il faut que tu saches que je ne te blâme pas pour les actions de ce fou. Toi, tu n'as rien fait de mal.

— Mais j'ai peur qu'il en ait après toi…

Cet aveu la troubla profondément. Elle dut retenir ses larmes.

— Nous n'en sommes pas certains, fit-elle remarquer.

— Il veut que je souffre, insista Braydon. Quel meilleur moyen d'y arriver que par toi ?

— Tu es attaché à cette ville et à tous ses habitants, il pourrait menacer n'importe qui, ce serait pareil, dit-elle avec un sourire, pour lui rendre un peu de sa bonne humeur.

Braydon fit non de la tête.

— Il sait que toi, c'est différent.

Sophia en fondit de plaisir, comme si elle était encore une adolescente.

Mais Braydon, lui, fronçait toujours le sourcil. Ce n'était pas encore le moment d'un nouvel épisode d'intimité entre eux. La menace qu'il croyait faire poser sur elle le hantait visiblement.

— Qu'est-ce qui te fait croire que Nathanial ne court après moi que par rapport à toi ? Tu m'as déjà vue quand je souris ? Je suis irrésistible ! plaisanta-t-elle.

L'air un peu surpris, il la regarda, mais esquissa un sourire en voyant le sien.

De nouveau, il lui pressa la main.

— Et maintenant, lui dit Sophia, si tu ne vas pas tout de suite dormir un peu, je te dénonce au capitaine.

Comme pour l'amuser, il poussa un soupir exagérément lourd.

— Bon, j'imagine que quelques heures de sommeil reposeront mon pauvre cerveau fatigué.

Ils se lâchèrent et se levèrent de table.

— Toi aussi, tu pourrais bien te reposer un peu, lui conseilla-t-il. Tu peux prendre mon lit. J'ai changé les draps, après ma douche.

— Et toi, où dormiras-tu ?

Il se mit à rire.

— Ne t'inquiète pas, je prendrai le canapé.

Sophia ne s'inquiétait pas du tout. Elle n'aurait vu aucun inconvénient à partager la couche de l'inspecteur. Sauf que, dans ce cas, ils n'auraient peut-être pas autant dormi qu'ils l'auraient dû…

— Ce n'est pas la peine que tu te déranges, lui assura-t-elle. C'est moi qui vais prendre le canapé.

— Non, c'est mieux que ce soit moi.

Il montra la porte d'entrée.

— Si quelqu'un essaie de s'introduire ici, je serai le premier sur son chemin.

— Inspecteur de police et chien de garde, s'amusa-t-elle. Tout un programme.

365

— C'est ça, ce métier. Si tu as besoin de quelque chose, tu sais où me trouver…

Ils se souhaitèrent bonne nuit, et Sophia se dirigea vers la chambre. Vu les yeux cernés de Braydon, il allait s'endormir dès qu'il aurait mis la tête sur l'oreiller.

Elle se changea pour un débardeur et un caleçon, en regrettant un instant de ne pas porter une tenue de nuit plus sexy et se glissa sous les draps de coton.

Demain, cela fera sept jours que tu as disparu, Lisa, soupira-t-elle en fermant les yeux.

Depuis ces sept jours, sa sœur était probablement sous la coupe du dangereux Nathanial Williams. Si jamais elle revoyait cet homme un jour, Sophia ne savait pas exactement ce qu'elle lui ferait, mais sûrement rien de très agréable. Le harcèlement de Braydon, l'enlèvement et le meurtre étaient sans commune mesure avec le drame qu'il avait subi. Cet homme était un fou. Mais le temps n'était plus ni au pardon ni à la thérapie. Il s'était condamné lui-même au moment où il avait décidé de se venger.

Elle s'enfonça sous les draps et respira profondément. Si quelqu'un lui avait dit, le matin de son arrivée à Culpepper, que peu de temps après elle se retrouverait dans le lit de l'inspecteur Thatcher, elle lui aurait probablement ri au nez.

Son admiration et son affection pour cet homme avaient grandi au fil des heures. Il était déterminé et dévoué corps et âme à son métier. Quant à la façon dont il l'avait embrassée… Elle en avait encore des frissons. Elle s'imagina pressant les lèvres sur les siennes, savourant la chaleur de son corps et se perdant en lui. C'était suffisant, temporairement du moins, pour effacer jusqu'au souvenir de Nathanial Williams…

Sophia se réveilla en sursaut, effrayée et désorientée. *Ce n'est pas ma chambre*, se dit-elle instantanément, *et ce n'est pas celle de Lisa.*

Les yeux écarquillés, elle scruta l'obscurité autour d'elle. Où se trouvait-elle donc ?

Sur la commode, en face du lit, il y avait des chemises d'homme pliées.

— Bien sûr, je suis chez Braydon, se souvint-elle. Mais qu'est-ce qui a pu me réveiller en pleine nuit ?

Elle s'assit dans le lit et tendit l'oreille.

Il y avait bien un faible bruit, mais ce n'était que celui, très naturel, de la respiration d'un homme.

Prise d'une impulsion, elle balança les jambes hors du lit, et, pieds nus sur le plancher, ouvrit doucement la porte. Elle traversa le couloir à pas de loup et passa la tête dans le salon.

— Oh, mon Dieu !

Braydon avait retiré sa chemise et son short pour se coucher. On pouvait voir ses abdominaux visiblement durs comme un roc, avec une courte toison noire et frisée descendant des pectoraux jusque vers une région que le drap recouvrait à peine. Il avait des muscles partout, et elle resta là à le contempler, dans toute sa gloire.

Et dire que j'étais dans ces bras-là, tout à l'heure...

N'osant pas s'approcher davantage, Sophia allait battre en retraite quand le bruit d'un choc sourd la cloua sur place. Il y eut ensuite un claquement de portière de voiture.

Sophia s'approcha de la fenêtre. Personne dans la rue, ni aucun véhicule à l'arrêt. Mais il y avait une forme humaine étendue sur la galerie.

Elle se mit à crier :

— Braydon !

367

Puis elle courut vers la porte d'entrée. En appelant encore Braydon mais sans l'attendre, elle se précipita dehors et s'agenouilla près du corps qui y était étendu. La peur se répandit en elle, comme coulait le sang dont était couverte la malheureuse. Ce n'était pas Lisa. Cette femme était trop petite. Un lâche soulagement l'envahit.

— Braydon ! appela-t-elle de nouveau.

Il apparut enfin à la porte, écarta la moustiquaire, fut en trois pas auprès d'elle, pieds nus.

— Qu'est-ce que…

— Je crois que c'est Amanda, murmura Sophia.

D'une main tremblante, elle écarta les longs cheveux de la victime pour trouver son pouls. Au bout d'une seconde, un faible battement se fit sentir.

— Elle est vivante ! s'écria-t-elle.

Braydon retourna en courant à l'intérieur et revint immédiatement, son téléphone portable à l'oreille.

— Regarde d'où elle saigne, dit-il à Sophia.

La femme était étendue sur le ventre, sa joue reposant sur le plancher de la galerie, les yeux fermés et les lèvres entrouvertes. Par la faible lumière de l'ampoule extérieure, elle paraissait d'une pâleur peu naturelle. Sophia examina son dos et ses jambes, mais ils ne présentaient aucune blessure.

— Aide-moi à la retourner, demanda-t-elle à Braydon.

Il mit son téléphone sur haut-parleur, donnant son adresse au service d'urgence, et attrapa Amanda par les épaules. Il la retourna aussi doucement que possible sur le dos. Le sang avait séché sur le tissu de son T-shirt.

Sophia saisit le bord du vêtement et le remonta sur le ventre de la victime. En découvrant d'où coulait le sang, elle poussa un cri.

Braydon coupa court à sa communication téléphonique et se rua à l'intérieur pour aller chercher une serviette.

— Il faut arrêter l'hémorragie ! ordonna-t-il en revenant.

Sophia crut défaillir. Elle ne pouvait en croire ses yeux. Gravées au couteau à même la peau du ventre d'Amanda, on pouvait lire, en lettres de sang :

SOPHIA.

13

Sophia ne pouvait plus en douter : elle était devenue la cible de Nathanial. D'ailleurs, tout en comprimant la blessure d'Amanda, Braydon saisit un pistolet à sa ceinture et le lui tendit sans un mot. Il semblait choqué, tous les sens en alerte, remarqua-t-elle.

Les secours arrivèrent peu après, embarquant Amanda sur une civière.

Sophia demanda à Braydon l'autorisation de rester avec elle dans l'ambulance.

Il n'était pas question de la laisser seule. En outre, si jamais elle revenait à elle, il y avait une question que Sophia brûlait de lui poser et tout de suite : « Où est Lisa ? »

Mais durant les vingt minutes de trajet jusqu'à l'hôpital de Culpepper, Amanda ne revint pas à elle. Les infirmiers s'affairaient autour d'elle, surveillant attentivement son rythme cardiaque et sa tension.

Ils n'adressèrent pas la parole à Sophia, jusqu'à ce qu'ils lisent son prénom gravé sur le ventre de la malheureuse. Alors, ils se mirent à lui lancer des regards curieux à la dérobée. Il était difficile de les en blâmer. La pauvre Amanda faisait peine à voir. Ses vêtements, un simple T-shirt et un short, n'étaient pas déchirés mais couverts de sang et de poussière. Ses pieds nus étaient eux aussi sales et ensanglantés, et ses cheveux étaient humides, comme mouillés ou enduits d'une sorte de graisse. Son pouls était toujours aussi faible que lorsque Sophia l'avait trouvé en tâtant sa carotide.

— Elle a perdu beaucoup de sang apparemment, commenta un infirmier.

Sophia n'espérait qu'une chose : qu'Amanda ait été inconsciente lorsque Nathanial avait commencé à lui taillader le ventre.

Enfin, ils arrivèrent à l'hôpital et les infirmiers ouvrirent la double portière de l'ambulance. Braydon qui avait suivi dans son propre véhicule aida les infirmiers à sortir la coque de transport où la blessée était allongée et il les précéda, pour expliquer au personnel de l'hôpital ce qui s'était passé.

Sophia suivit aussi, suffisamment à distance pour ne pas être une gêne, mais à portée d'oreille toutefois.

Un médecin urgentiste vint examiner Amanda.

— Au bloc opératoire ! ordonna-t-il. Et vite !

Le brancard disparut dans les couloirs. Braydon s'approcha de Sophia.

— Il l'a entaillée profondément.

Après une courte pause, il ajouta :

— Elle avait, elle aussi, une piqûre sur le cou.

— Une seringue ? Pour le *médicament* ?

Au lieu de répondre directement, il envoya son poing dans le mur de la salle d'attente. Trois infirmières levèrent les yeux, interloquées, puis reprirent leur travail. Sophia lui posa doucement la main sur le bras. Il la regarda. Le feu, dans ses yeux, était effrayant.

— Il me paiera ça, jura-t-il d'une voix sourde.

Elle ne pouvait guère lui en vouloir de cette réaction. Et

Lisa qui se retrouvait désormais seule avec cet homme !
Si, du moins, elle était toujours en vie.

— Et maintenant ? s'enquit-elle.

Il la regarda de nouveau. Au moins, les cernes sous
ses yeux avaient disparu, grâce aux quelques heures de
sommeil qu'il avait pu prendre.

— Amanda va être opérée dès que possible, répondit-il.
Je leur ai montré la piqûre sur son cou et leur ai dit que
nous soupçonnions une drogue. Ils essaient de déterminer
très vite ce que c'est, avant de la placer sous anesthésie
générale. Il paraît que, s'il y a conflit entre les produits,
cela pourrait la tuer.

Son visage s'assombrit encore davantage.

— J'ai aussi appelé le capitaine et Tom, sur la route.
Ils laissent un agent à éplucher les bandes-vidéo et ils
reprennent la traque de Nathanial. J'ai aussi appelé
Marina Alcaster. Un agent va passer la prendre, car il
faut qu'elle soit là, au cas où Amanda…

Il ne termina pas sa phrase mais Sophia comprit ce
qu'il voulait dire.

Il avait les mâchoires serrées.

— Je descends voir le médecin légiste, annonça-t-il.
Justement, elle est d'astreinte cette nuit. Peut-être qu'elle
a pu examiner le corps de l'agent Murphy et qu'elle a les
résultats des analyses sanguines.

— D'accord, répondit Sophia. Je vais rester là. Je
pense que Mme Alcaster aura besoin d'un peu de soutien
quand elle arrivera.

Le téléphone de Braydon vibra dans sa main. Il regarda
le numéro qui s'affichait, puis Sophia, de nouveau avec
cet air protecteur qui lui allait si bien.

— Inspecteur ? appela quelqu'un. Inspecteur ?

Ils se retournèrent. C'était le médecin urgentiste qui avait accueilli Amanda.

Il n'eut pas besoin de prononcer un seul mot de plus. Déjà, Sophia et Braydon se précipitaient vers lui.

— Elle est réveillée ? demanda l'inspecteur.

— Vraiment à peine. Vous pouvez la voir une minute. Je suis désolé, ajouta-t-il en se tournant vers Sophia, qui s'avançait déjà.

Il l'arrêta d'un geste.

— Je ne peux autoriser auprès d'elle que l'inspecteur.

— Mais…, commença à protester Sophia.

— Cette femme a vécu l'enfer. Je n'admets M. Thatcher auprès d'elle que parce qu'il est possible que cela sauve une autre vie.

Braydon entra dans la salle de préparation du bloc opératoire, sans un regard derrière lui. Sophia alla s'asseoir sur une chaise proche de cette salle. Avec un peu de chance, elle pourrait entendre ce qu'il se passait.

Par bonheur, il n'y avait personne d'autre avec elle, ce qui facilitait les choses.

Elle aurait voulu accompagner l'inspecteur auprès d'Amanda mais, bien sûr, il n'y avait pas que la vie de Lisa en jeu.

Finalement, elle colla carrément son oreille à la paroi mitoyenne.

— Amanda ? demandait Braydon. Est-ce que c'est Nathanial Williams, un homme aux cheveux roux, qui vous a enlevée ?

Sophia sentit son cœur se mettre à battre à tout rompre.

— Oui, répondit la malheureuse, d'une voix faible et éraillée.

— Et où vous gardait-il ? Vous le savez ?

Amanda semblait lutter pour répondre.

— Non, je… je ne sais pas.

— Nous pensons qu'il a aussi enlevé Lisa Hardwick, reprit Braydon. Est-ce que vous l'avez vue ? Est-ce qu'elle est encore en vie ?

Sophia déglutit péniblement.

Voilà, nous y sommes. C'est maintenant. L'espoir ou le désespoir, tout de suite, selon ce qu'elle va dire.

— Oui, Lisa est là aussi, répondit Amanda.

— En vie ? insista Braydon.

Sophia retenait sa respiration. Chaque fibre en elle vibrait d'inquiétude, dans l'attente de la réponse. Elle allait savoir, elle allait connaître le sort de sa sœur.

— Oui, elle est vivante, répondit Amanda d'une voix extrêmement faible. Mais il veut Sophia, maintenant…

Marina Alcaster apparut alors en larmes. Elle avait dû franchir le mur du son pour arriver si vite, songea Sophia en s'approchant d'elle. Mais Marina Alcaster ne la vit même pas. Elle hurlait, au bord de l'hystérie.

— Mon bébé ! Mon bébé ! Je suis désolée que nous nous soyons disputées. Je me moque de ce bout de terrain. Je t'aime, mon bébé !

Certainement alerté par les cris, Braydon sortit de la salle de préparation. Il mit Marina au courant.

— Vous allez pouvoir parler au médecin, mais votre fille part au bloc. Vous devrez rester ici, dans la salle d'attente.

Tandis que Braydon tentait de contenir Marina, Sophia respirait enfin. Lisa était vivante !

Vivante !

Elle se répétait mentalement ce mot sans relâche. Malgré tout ce temps, Lisa était en vie !.

— Je suis tellement soulagée, confia Sophia à Braydon.

Lui avait toutefois le front creusé de rides soucieuses. Il paraissait aux cent coups.

— C'est toi qu'il veut, maintenant, rappela-t-il d'une voix blanche.

En cet instant, Sophia n'en avait cure.

— Je dois prévenir Richard. Va voir le médecin légiste. Moi, je reste ici pour être vite prévenue des résultats de l'opération.

Braydon parut se tendre encore davantage.

— Pas question que je te laisse seule !

— Et moi, je ne veux plus qu'il y ait de morts, répliqua-t-elle d'un ton sec.

Puis elle poussa un lourd soupir.

— Ecoute, il y a beaucoup de monde autour de moi, même des vigiles.

Elle montra le responsable de la sécurité, qui était descendu voir la cause de toute cette agitation.

— Ça ira bien. Ce n'est que pour quelques minutes…

Une bataille en règle semblait se livrer dans le cerveau de Braydon, entre son instinct de protection et sa raison. Il ne la quittait toujours pas des yeux.

— Bon, fit-il, comme à regret. Mais tu restes ici et tu m'appelles s'il se passe quoi que ce soit. J'ai bien dit quoi que ce soit. D'accord ?

Elle acquiesça.

— J'y vais, conclut-il. Fais bien attention à toi…

Il resta encore une seconde, comme s'il allait parler, puis il tourna les talons et se dirigea vers l'ascenseur. Elle le suivit des yeux jusqu'à ce que la porte métallique se referme sur lui.

Elle voulut appeler avec son téléphone portable, mais

se rappela soudain l'avoir laissé chez Braydon, dans la panique.

Elle se rapprocha du bureau des infirmières.

— Puis-je téléphoner, s'il vous plaît ?

Très obligeamment, celle qui était présente dans la pièce lui désigna l'appareil et poussa le tact jusqu'à s'éloigner, en discutant avec le vigile, pour la laisser seule.

C'était, songea Sophia, le genre de petites attentions qui devenaient très rares dans les grandes villes.

Richard décrocha instantanément et elle le mit au courant.

— J'arrive tout de suite, annonça-t-il. Même si Amanda est au bloc, je veux être là.

Sophia comprenait parfaitement son point de vue. Amanda était leur seul lien avec Lisa, depuis des jours.

La malheureuse blessée était aussi leur seul lien avec Nathanial. Si par malheur elle ne survivait pas à ses blessures, alors retrouver ce fou et Lisa serait horriblement difficile.

Sophia se laissa tomber sur une chaise de la salle d'attente et plongea la tête dans les mains. L'atroce vision de son prénom tailladé dans la peau du ventre d'Amanda ne la quittait plus. A quoi jouait donc Nathanial ? Et s'il parvenait à l'enlever, quelles horribles choses lui ferait-il ?

— Ah, je ne peux pas le supporter ! dit-elle tout en se levant d'un bond.

Les nouvelles avaient été bonnes concernant Lisa, mais ces horribles images lui tournaient toujours dans la tête. Et rien pour l'occuper : Marina Alcaster semblait avoir disparu.

— Excusez-moi encore, dit-elle à l'infirmière qui lui avait obligeamment permis de téléphoner, pourriez-vous demander à Mme Alcaster, la dame qui est entrée ici il y a quelques minutes, si elle veut bien m'accorder un peu de temps ? Je voudrais bien lui parler.

Sophia voulait continuer à obtenir des informations. C'était la seule chose qui lui permettrait de distraire un peu son esprit, plutôt que de rester là à imaginer le pire.

Au moins, Nathanial ne viendrait-il pas jusqu'à l'hôpital. Il devait bien savoir que Braydon était avec elle et qu'il n'y avait rien de bon à espérer d'une confrontation avec lui.

— Mon nom est Sophia Hardwick, ajouta-t-elle à l'adresse de l'infirmière. Je suis une amie de l'inspecteur Thatcher.

L'obligeante employée accepta de transmettre le message à Marina et lui indiqua même l'endroit où Braydon devait se trouver avec le médecin légiste.

Après tout, je vais le rejoindre, décida Sophia. *Je me ronge trop, ici toute seule.*

Ne voulant pas même attendre l'ascenseur, elle se dirigea vers l'escalier d'un pas décidé.

Le bureau du médecin légiste se situait près de la morgue de l'hôpital, au sous-sol. C'était logique, évidemment, mais cette idée la rendit nerveuse, de plus en plus nerveuse même, au fur et à mesure qu'elle descendait les marches. Elle fut presque soulagée d'atteindre le sous-sol.

L'espace en question n'avait rien de l'ordonnance pimpante du hall d'entrée. Comme souvent, les accès et dégagements du sous-sol servaient plus ou moins de débarras au reste de l'hôpital.

Sophia s'engagea dans un couloir sans rencontrer âme qui vive. Les ampoules, au-dessus de sa tête, donnaient un éclairage pauvre et assez sinistre. Au lieu d'éclairer franchement la coursive, elles projetaient des ombres partout.

Elle pressa le pas.

— Je ne courrais pas, si j'étais vous, dit soudain une voix derrière elle. Ça n'augurerait rien de bon pour votre sœur...

Sophia se retourna, terrifiée. Elle aurait dû écouter Braydon et rester bien tranquillement au premier étage.

Nathanial Williams se tenait au débouché du couloir, souriant d'une oreille à l'autre. L'amabilité feinte de leur première rencontre avait fait place à un rictus de folie. Les ombres jouaient autour de lui comme si elles étaient ses créatures, redessinant les traits de son visage, le transformant en un masque monstrueux aux yeux aussi noirs que du charbon.

Sophia se força à se calmer. La situation était assez grave pour ne pas, en plus, la tirer davantage encore du côté du cauchemar.

Elle resta immobile sous le regard de Nathanial. Il portait un vieux survêtement bleu roi, orné d'un logo à demi effacé. A la main, il tenait une boîte noire rectangulaire.

Sophia se laissa gagner par la colère. Ce serait plus porteur que la peur.

— Où est Lisa ? lui lança-t-elle d'un ton sec, encouragée par la longueur du couloir qui les séparait.

— Votre sœur ? Bah, ça n'a pas d'importance. Elle ne sera plus parmi nous bien longtemps...

L'angoisse lui noua l'estomac.

— Que voulez-vous dire ? fit-elle d'une voix moins assurée.

— Je veux dire, mademoiselle Hardwick, que j'ai une proposition à vous faire...

Il montra sa boîte rectangulaire, puis la posa sur le

sol et la fit glisser vers elle. Elle s'arrêta à un mètre de ses pieds.

— Où est Lisa ? insista-t-elle sans bouger d'un pouce.

Nathanial éclata de rire, et ce son se répercuta, lugubre, dans la coursive.

— Mademoiselle Hardwick, je crois que nous allons passer à la question suivante. Pour le moment, je vous répondrai qu'elle est quelque part. Est-ce que cette réponse vous convient ? Essayons plutôt de trouver un accord pour sauver votre sœur.

Il parlait comme si c'était un jeu et que c'était lui qui en distribuait les cartes.

— Quel genre d'accord ? demanda encore Sophia.

Le sourire du dément s'élargit.

— Ouvrez la boîte d'abord.

Sophia hésita. La morgue était tout au bout du couloir à gauche. Si elle était capable de courir assez vite, Braydon pourrait attraper ce fou, ou au moins, si elle se mettait à crier, il pourrait l'entendre.

— Si vous caressez l'espoir que l'inspecteur Thatcher va se montrer et vous sauver à la dernière seconde, laissez-moi vous dire que vous faites erreur, reprit Nathanial, très doucement. Chaque minute de retard dans l'ouverture de cette boîte handicape d'autant l'espérance de vie de Lisa. Alors ouvrez-la vite avant que je me sauve, et votre chevalier à l'armure étincelante pourra toujours essayer de me rattraper. Dommage pour Lisa…

Sophia fit un pas en avant et se saisit de la boîte. Elle n'était pas lourde, ce qui la surprit. A l'intérieur, deux choses. D'abord, un morceau de satin rouge qui devait provenir d'une robe. Ensuite, une petite seringue, posée dessus, ce qui formait un contraste assez étrange.

— Qu'est-ce que c'est que tout ça ? fit-elle, interloquée.

— Ça, ma chère Sophia, c'est mon offre. Je propose un échange…

— Quel genre d'échange ?

Il était presque hilare.

— Mais… vous contre votre sœur, bien sûr !

Il leva la main pour interrompre toute question.

— Laissez-moi vous expliquer…

Il s'éclaircit la gorge. Sa voix portait bien dans ce couloir.

— Vous avez peut-être compris, ou pas, d'ailleurs, que mon but est de faire souffrir votre cher inspecteur ?

— Une vengeance…

— Je n'appellerais pas exactement cela ainsi, mais nous n'allons pas discuter de nuances…

— Mais pourquoi ? Braydon n'a pas tué Terrance. Il n'y a pas à se venger, il y a à l'accepter, c'est tout.

— On m'a dit, aussi, d'accepter l'existence de Dieu comme un fait indiscutable, répliqua-t-il, mais j'ai un peu de mal.

Son sourire s'effaça.

— J'ai mes propres croyances et, même si elles ne sont pas forcément de nature religieuse, je les pense fondées. Braydon Thatcher a amené la malédiction sur toute ma famille, mademoiselle Hardwick. Aucune force au monde ne me convaincra du contraire et je ne vous conseille pas d'essayer !

Sophia en fut glacée. Nathanial Williams ne retrouverait jamais la raison. Il l'avait laissée loin derrière lui… s'il l'avait jamais eue quelquefois…

— Bien, où en étions-nous ? Ah, oui… nous parlions de causer la perte de l'inspecteur Thatcher…

Son sourire revint instantanément.

— Demain, Richard Vega ouvrira le gala de bienfaisance de Culpepper. J'attends de vous que vous le convainquiez de ne pas l'annuler, si jamais il en avait l'intention, et d'y assister.

— Quoi ? Mais pourquoi ça ?

— Lors de ce gala, je vous échangerai contre votre sœur.

Il fit une petite pause, mais Sophia ne réagit pas. Elle était sous le choc, incapable d'articuler un mot.

Aussi Nathanial continua-t-il :

— Si, du moins, vous portez la robe dont l'échantillon est dans la boîte. Vous aurez peut-être remarqué que j'aime bien tout ce qui est théâtral… C'est que jusqu'ici, voyez-vous, j'ai vécu dans les chiffres et les équations. Par esprit de contradiction, cela m'a donné un amour secret pour tout ce qui est flamboyant et hors norme. C'est pourquoi je n'ai pas pu m'empêcher de mettre en scène ma version de la justice à l'encontre de l'homme qui a détruit ma famille.

Il fit un pas vers elle.

— Bien sûr, j'aurais pu tuer Thatcher tout de suite, comme je pourrais vous tuer, vous aussi, ici et maintenant, si je le voulais. Mais cela ne m'amuserait guère, vous comprenez ? Il me faut du drame et de la souffrance, aussi.

Il semblait s'exciter tout seul au fur et à mesure qu'il parlait.

Sophia perdait tout son courage, qu'avait remplacé une terreur absolue. Elle ne pouvait pas parler, tout juste respirer.

Et le monstre continuait son monologue, sans que personne ne puisse le faire taire.

— Vous-même, vous n'étiez pas prévue dans mon plan initial, Sophia. J'ai enlevé votre sœur dans le but de faire passer Braydon Thatcher pour un imbécile aux yeux de à Richard Vega, lequel, à ce qu'on m'a dit, n'hésite pas

381

à briser la carrière de ceux qui ne sont pas montrés à la hauteur. L'idée était donc de pulvériser la réputation de votre policier irréprochable en enlevant, en torturant et en tuant la maîtresse de l'homme le plus puissant de la ville. Puis, quand Thatcher aurait été à terre, j'aurais tranquillement fini le travail que je suis venu accomplir ici. Mais, entre-temps, je vous ai vue et j'ai remarqué la façon dont il vous regardait, son désir de vous protéger. Cela m'a donné l'idée de lui faire plus de mal encore. C'est vous que je veux pour réaliser mon projet, Sophia, et non plus votre sœur. Il n'y a que vous qui puissiez m'aider et c'est pourquoi je suis venu vous parler. Vous voyez, je ne suis pas aussi cruel que l'on croit. Je vais vous donner une chance de sauver votre sœur, car je sais ce que c'est, moi, que la perte de ceux que l'on aime…

Braydon aussi, faillit faire remarquer Sophia. Mais elle préféra tenir sa langue. L'homme paraissait sur le point de conclure son long exposé.

— Assistez à ce gala de charité et je relâcherai votre sœur.

— Et pourquoi tenez-vous à m'enlever durant ce gala ?

— Pour la beauté du geste et parce que, de cette façon, votre cher Braydon en sera encore plus navré, si c'est possible.

— Et comment puis-je être sûre que Lisa est bien vivante ?

C'était une chose de l'apprendre de la bouche d'Amanda, mais elle en voulait la confirmation par le monstre lui-même.

— Vous allez pouvoir la revoir, et même lui dire adieu. Vous voyez encore, mademoiselle Hardwick, que je ne suis pas une brute.

Sophia n'était pas bien sûre d'être de cet avis.

— Maintenant, nous allons parler de cette seringue qui est dans la boîte, avant que votre cher inspecteur ne montre le bout de son nez.

De son index, il se toucha le côté du cou.

— Je veux que vous placiez l'aiguille exactement là et que vous appuyiez sur le piston.

Sophia n'avait pas même besoin de lui demander quel était le produit contenu dans le réservoir. Il s'agissait évidemment du petit mélange personnel de Nathanial.

— Cela ne vous tuera pas, reprit-il, mais si vous ne vous l'injectez pas, je tuerai votre sœur. Cela, vous pouvez en être sûre.

Son sourire disparut de nouveau.

— Ce cher Braydon vous croira morte lorsqu'il vous découvrira. Cela sera pour lui… comme un avertissement… un aperçu sur un avenir proche.

Sophia avait la tête qui lui tournait et sa vision devenait moins précise. Nathanial avait déjà gagné. Pourtant, elle ne s'était pas encore injecté la drogue.

D'une main tremblante, elle prit la seringue et fixa droit dans les yeux l'homme rempli de haine qui la regardait, au bout du couloir.

— Vous vous imaginez, j'en suis sûr, que vous allez pouvoir glisser un mot à Braydon Thatcher et qu'il va m'arrêter avant que j'aie fait trop de mal. Qu'il va vous sauver, Lisa et vous… mais vous savez, il n'a pas pu m'empêcher de tuer Trixie, de taillader le ventre d'Amanda, et il n'a pas empêché non plus mon frère de tuer sa sœur. Alors, à votre place, je ferais ce que je vous dis. C'est la seule façon de sauver Lisa.

Sophia n'hésita plus, cette fois. Elle plaça l'aiguille sur son cou et injecta le liquide dans son corps.

— Vous n'avez pas de cœur, lui lança-t-elle tandis qu'un engourdissement glacé s'infiltrait dans ses membres.

Nathanial se remit à rire, comme si sa bonne humeur revenait.

— Vous vous trompez, Sophia. J'ai bien un cœur, et c'est là tout le problème.

14

Braydon écoutait attentivement les conclusions du médecin légiste. L'agent Murphy n'avait pas eu le temps de se défendre lorsque Nathanial l'avait anesthésié avant de l'étrangler. Et c'était bien le même produit que l'on avait retrouvé dans le corps de Trixie et dans celui du policier. Vu la position dans laquelle l'agent Murphy avait été découvert, l'assassin s'était approché de la voiture et s'était penché à la portière, comme un passant qui demande son chemin à un policier en patrouille. James Murphy ne s'était pas méfié et la piqûre avait fait son effet avant qu'il ait pu réagir.

— Je n'ai pas encore pu déterminer précisément de quel produit il s'agit, mais on peut imaginer que c'est celui sur lequel travaillait Nathanial Williams chez Microne, ajouta la spécialiste qui, entre-temps, avait eu accès à tout le dossier. Il a dû en emporter quelques échantillons avec lui quand il est parti. S'il s'agit de la molécule d'un médicament devant soigner les insomniaques, elle semble agir particulièrement vite.

Braydon n'avait pas besoin de le lui confirmer. Que deux personnes aient été endormies sans avoir pu seulement bouger un cil était une preuve suffisante de l'efficacité du produit.

385

Il la remercia pour tous ces renseignements et quitta son bureau.

Au moins, il pourrait confirmer à la famille de James que l'agent de police était mort sans souffrir, et même sans s'en rendre compte. C'était peu mais, pour les proches, savoir que l'être cher était mort sans souffrance réconfortait toujours.

Il aurait bien voulu, lui, pouvoir en dire autant d'Amelia.

Il tira son téléphone portable de sa poche et allait appeler le capitaine pour le mettre au courant des derniers développements lorsque quelque chose lui attira l'œil au bout du couloir.

Sophia !

Aussitôt, ce fut comme une bombe de terreur qui aurait explosé dans sa poitrine. Le cœur battant à tout rompre, il courut vers elle. La façon dont elle gisait sur le sol, dans une position peu naturelle, lui tordit l'estomac d'angoisse.

Ce n'était pas possible, il n'allait pas la perdre, il ne *pouvait* pas la perdre.

Il s'agenouilla auprès d'elle et, tout de suite, chercha sa respiration.

Pendant une longue seconde, la poitrine de Sophia ne se souleva pas et ce fut comme si l'obscurité tombait sur le monde.

Quand enfin elle inspira et expira, il poussa un soupir de soulagement.

— Sophia ? appela-t-il en tâtant son corps avec beaucoup de prudence.

Etait-elle blessée ?

Soudain, il s'arrêta sur la petite bosse rouge au niveau du cou, presque pareille à une piqûre d'insecte.

Celui qui avait fait ça ne pouvait pas être bien loin.

Il tira prestement son arme de son étui et, de l'autre

main, composa le numéro de Tom. Dès que son équipier décrocha, il s'empressa de parler :

— Nathanial est à l'intérieur de l'hôpital ou bien il y était il y a très peu de temps. Il a drogué Sophia. Nous sommes au sous-sol.

— Je vais voir au parking, annonça Tom avant de raccrocher.

Braydon, lui aussi, aurait voulu se lancer à la recherche de Nathanial, mais il ne voulait pas laisser Sophia toute seule.

Il jeta un regard circulaire autour de lui, rangea son arme dans l'étui, puis, tout doucement, prit le corps inerte dans ses bras, en essayant de ne pas trop penser à son angoissante absence de résistance.

Il découvrit alors la boîte à ses pieds. Sans relâcher son précieux fardeau, il retira le couvercle. La boîte ne contenait qu'une seringue vide sur un morceau de tissu rouge. Il n'avait pas le temps de s'y arrêter ; il n'y avait aucune garantie que Sophia ait reçu une dose de la même drogue que les autres victimes. Elle avait de toute façon besoin d'être secourue au plus vite.

Braydon refusait de la perdre. De toutes ses forces.

En la portant toujours aussi précautionneusement que possible, il se mit à courir vers l'ascenseur pour la ramener au premier étage.

Une certaine effervescence y régnait : des policiers, des agents de sécurité et des membres du personnel s'agitaient en tous sens. « John-le-verbalisateur », comme on l'appelait au poste, se précipita vers lui dès que les portes de l'ascenseur s'ouvrirent. Il appela pour avoir de l'aide, mais Braydon n'attendit pas et se dirigea directement vers une des salles d'examen des urgences. Il déposa Sophia sur un lit. Un médecin qu'il avait déjà vu mais qu'il ne reconnaissait pas se précipita pour examiner Sophia.

— Tom est descendu par l'escalier, l'informa John pendant que le médecin et une infirmière s'affairaient autour de Sophia. Nous avons appelé la légiste et lui avons demandé de s'enfermer dans son bureau. Le capitaine vient d'arriver, il est sur le parking. Cara est avec lui…

Braydon acquiesça distraitement, mais toute son attention était concentrée sur sa bien-aimée. Le si beau visage de Sophia était sans expression, ses lèvres pâles. Il aurait voulu les effleurer du doigt, les embrasser jusqu'à ce qu'elle se réveille, comme la Belle au bois dormant.

— Son pronostic vital n'est pas en danger, annonça finalement le médecin. Elle est simplement endormie. On va l'hospitaliser pour garder un œil sur elle mais, pour l'instant, tout va bien.

Braydon sentit un grand poids se soulever de sa poitrine et, pendant un moment, il ne fut qu'intense soulagement. Mais cet heureux moment ne dura pas. Dès qu'il fut dans le couloir, une chape d'inquiétude lui retomba sur les épaules. Il fit signe à Cara, qui s'approchait.

— Comment va-t-elle ? lui demanda sa consœur.

— Pour l'instant, ça va. Je veux que tu veilles sur elle. Tu ne quittes son chevet sous aucun prétexte, aucun, c'est bien compris ? Et tu ne laisses entrer dans sa chambre que son médecin et le capitaine.

Cara hocha la tête.

— Que vas-tu faire, à présent ?

— Nathanial ne s'est pas attardé dans le coin, il est bien trop malin pour ça. Je vais aller vérifier les bandes des caméras de sécurité.

Braydon jeta un dernier regard dans la direction de Sophia.

— N'oublie pas, dit-il à Cara. Pas une seule fois hors de ta vue. Pas une seule.

Trouver un agent de sécurité ne lui fut pas bien difficile : ils étaient tous en alerte au rez-de-chaussée.

Braydon suivit un responsable vers la pièce qui abritait la régie des caméras de surveillance et demanda d'un ton bref à visionner celles du sous-sol. L'agent rembobina et trouva l'endroit exact où Sophia apparaissait, débouchant de l'escalier et s'engageant dans le couloir, puis Nathanial arrivait derrière elle.

Braydon visionna les images, les dents serrées, le visage blanc de rage. Il était de nouveau comme lors de ce fameux jour de ses dix-huit ans, à la différence près qu'il n'était plus concentré sur le désir de tuer Terrance Williams, mais sur celui de tuer son sadique de frère aîné. Les yeux rivés sur l'écran de contrôle, il souhaitait une mort lente et affreuse à ce criminel.

— Plus fort, ordonna-t-il sèchement à l'agent de sécurité.

Sophia bougeait les lèvres, mais on n'entendait rien.

— Je ne peux pas, expliqua l'homme. Le son est défectueux sur ces caméras depuis des mois.

Braydon faillit l'étrangler de ses mains.

— Pourquoi vous ne les avez pas réparées, bon Dieu ?

— Manque de budget, m'sieur, soupira l'agent.

Et il ajouta ironiquement :

— Parlez-en au directeur… Une chance, déjà, que cette caméra ait fonctionné. On en a deux au même niveau qui sont en panne depuis des semaines.

Braydon garda le silence et continua à visionner la bande en bouillant intérieurement. Nathanial faisait glisser la boîte jusqu'à Sophia. Visiblement, il y avait une explication donnée à ce sujet. Sophia prenait la seringue, mais pourquoi, exactement ? Plus Nathanial lui parlait, plus la peur se lisait sur son visage.

Braydon frémit, il avait le cœur serré comme dans un étau.

Puis Nathanial se toucha le cou. Il y eut un échange verbal encore, et soudain Sophia s'injecta le contenu de la seringue.

— Elle s'est piquée elle-même ! commenta l'agent de sécurité, éberlué, au moment où Sophia s'effondrait sur le sol.

Braydon n'en revenait pas.

Quand il avait trouvé Sophia inanimée, il était persuadé qu'elle avait été droguée malgré elle.

Interdit, il continua à visionner la bande : Nathanial se penchait au-dessus de la forme étendue de Sophia. Puis il s'accroupit et repoussa les cheveux de Sophia pour dégager son visage. Enfin, il se tourna et regarda droit dans la caméra. Avec un sourire qui rappelait celui de son frère, il agita la main vers l'objectif.

— Pourquoi fait-il ça ? demanda l'agent de sécurité.

— C'est pour moi qu'il le fait, expliqua Braydon, vibrant de rage. Il savait que je visionnerais la bande.

Nathanial se détournait ensuite du corps de Sophia, reprenait l'ascenseur, en sortait au rez-de-chaussée et marchait droit vers la porte d'entrée avant de disparaître dans la nuit.

John-le-verbalisateur vint alors rejoindre Braydon dans la petite régie vidéo.

— John, tu vas visionner les bandes-vidéo du rez-de-chaussée pour trouver à quel moment précis Nathanial a pénétré dans l'hôpital.

L'agent acquiesça.

390

— Je veux savoir aussi comment il est entré, précisa Braydon. S'il a parlé à quelqu'un et s'il est descendu directement au sous-sol ou non. Tu ne quittes pas cette pièce tant que tu n'as pas la réponse à toutes ces questions. D'accord ?

John hocha de nouveau la tête, et Braydon se tourna vers l'agent de sécurité.

— Je veux m'assurer que cet homme ne pénétrera plus jamais dans l'enceinte de l'hôpital. Vous allez prévenir chaque membre du personnel, des cadres jusqu'aux agents d'entretien. Si on le voit, on me prévient immédiatement. C'est bien compris ?

— Oui, m'sieur.

— Parfait.

Il laissa à l'agent son numéro de portable, puis John lui indiqua le numéro de la chambre où on avait installé Sophia.

Braydon s'y rendit au pas de course.

L'agent Cara Whitfield en barrait la porte et, à cet instant précis, elle était verbalement aux prises avec Richard Vega. Celui-ci ne semblait pas content du tout.

— Bon Dieu, vous le savez bien, que je ne suis pas un assassin !

— Je suis désolée, monsieur Vega, répondit calmement la policière. Je ne suis pas autorisée à laisser entrer quiconque sans la permission du capitaine Westin ou de l'inspecteur Thatcher.

— Mais je suis ici parce que c'est elle, justement, qui m'a appelé ! protesta l'homme d'affaires.

Puis, voyant Braydon, il se tourna vers lui, de l'air d'un homme qui attend qu'on lui rende justice.

— Vous pourrez lui parler quand elle se réveillera, annonça l'inspecteur sans perdre son temps en salutations. Pas trop longtemps... Ce n'est pas parce que les médecins disent que Sophia va bien qu'elle est pour autant hors de danger.

— Je suppose qu'*il* s'est enfui, soupira Richard.

Braydon ne prit pas la peine de répondre.

— Que fait-on alors ? insista l'homme d'affaires.

— On retrouve ce salaud, répondit l'inspecteur, les dents serrées.

Un tic-tac, encore. Une horloge qui annonçait au monde qu'elle savait exactement l'heure qu'il était et qu'elle voulait que cela se sache. Sophia la haïssait. Elle aurait voulu la faire taire à jamais. Les horloges de Culpepper étaient une malédiction dirigée directement contre elle. Elle voulut ouvrir les yeux pour voir son ennemi en face, mais c'était difficile. Chaque paupière semblait peser une tonne et à peine était-elle soulevée qu'elle voulait retomber aussitôt.

— Sophia ? appela un homme à côté d'elle.

Même dans le brouillard où elle se trouvait, Sophia le savait : cette voix n'était pas celle de Braydon. Et puis, cet homme-là était un peu moins grand et avait les cheveux blonds.

Elle baissa les yeux sur la bouche de Richard Vega. Il avait un petit sourire.

— Comment vous sentez-vous ? s'enquit-il.

Elle battit des paupières, observa autour d'elle cette chambre d'hôpital et réfléchit un instant. C'était difficile, comme d'ouvrir les yeux.

— ... Réveillée...

C'était la seule réponse qu'elle ait pu trouver.

Richard eut un rire bref.

392

— Bon, je suppose que c'est bon signe.

Sophia hocha la tête et ce seul mouvement suffit à l'étourdir. Elle referma les yeux, le temps que le monde retrouve sa stabilité. Cette saleté d'horloge continuait son tic-tac.

— Vous vous souvenez de ce qui s'est passé ?

Ce changement de ton assez brusque lui fit rouvrir les yeux. Richard baissa alors la voix jusqu'au murmure. Son visage était ouvert, attentif et patient. Il portait une tenue étrangement décontractée, peu conforme à ses habitudes : un simple T-shirt et un jean. Habillé ainsi, il avait presque l'air d'un homme comme un autre.

— Sophia ?

— Pardon, marmonna-t-elle, tout est tellement… brumeux dans ma tête…

Il se pencha vers elle, avança sa main et lui tapota le bras.

— Je l'imagine sans peine, ça fait à peu près treize heures que vous dormez.

Sophia n'eut même pas le ressort nécessaire pour trouver une réponse appropriée.

Richard parut le comprendre et il lui tapota le bras, de nouveau.

— Ça ne fait rien, rien ne presse. Je vais chercher le médecin.

Il quitta la chambre.

Où était Braydon ? se demanda alors Sophia. Même à son sujet, elle avait du mal à se concentrer ; un peu comme si elle avait la tête sous l'eau. Tout semblait plus lent, plus feutré qu'en temps normal. Que lui était-il donc arrivé ? La seule chose dont elle se souvenait clairement, c'était d'avoir embrassé Braydon dans la cuisine. Ce souvenir lui chauffait les joues, même au fond de son brouillard.

393

Mais ce n'était pas la dernière chose qui lui était arrivée. Elle se força à se concentrer… Puis, soudain, le souvenir d'un sourire lui glaça le sang.

Nathanial !

Sophia reconnut le pas de Braydon dans le couloir. Cara l'avait entendu, elle aussi. Elle tourna la tête.

— Voulez-vous que je lui demande d'attendre un peu ? proposa-t-elle.

— Oui, s'il vous plaît…

Sophia se redressa sur son lit pendant que la policière se glissait au-dehors pour aller parler à l'inspecteur. Braydon marmonna quelque chose. Puis Cara revint, l'aida à se lever et à se diriger vers la petite salle de bains.

— Merci, lui dit Sophia.

Elle était éveillée depuis une bonne demi-heure. Le médecin était venu la voir, s'était doctement gratté la tête et avait déclaré qu'elle se portait comme un charme.

Mais pour être tout à fait certain de son diagnostic, il avait besoin d'une analyse d'urine complète. Sophia n'eut pas à discuter et, deux bouteilles d'eau minérales plus tard, elle crut éclater. Son vrai problème était que ses jambes semblaient ne plus vouloir lui obéir. Elles tremblaient comme de la gelée lorsqu'elle essayait de se mettre debout. Cette saleté qu'elle s'était injectée n'avait pas seulement plongé son esprit dans le brouillard, mais son corps également.

Sophia bénissait Braydon d'avoir assigné Cara à sa garde rapprochée. Il s'était probablement aperçu de l'amitié naissante entre elles deux. Cette nouvelle proximité, à l'hôpital, n'avait fait qu'accélérer les choses.

Lorsque sa mission fut remplie, à savoir l'échantillon

d'urine dûment recueilli, Sophia alla s'asseoir dans l'un des deux fauteuils, à côté de son lit. Elle ne voulait pas avoir l'air d'une malade lorsque Braydon entrerait.

— C'est bon, maintenant ? lui demanda Cara. Prête à recevoir l'inspecteur Thatcher ?

Cara gardait un visage parfaitement sérieux, mais il y avait un accent de gaieté dans sa voix. Sophia lui avait raconté, comme à Richard, ce qui s'était passé avec Nathanial. Il fallait que tout le monde sache quelle folie était la sienne et combien il était dangereux.

— Oui, je suis prête. Envoyez le taureau. Olé !

Sophia avait besoin de plaisanter un peu, d'alléger le lourd climat qui pesait sur elle depuis deux jours. Cara sourit et quitta discrètement la chambre quand Braydon entra.

— Bonjour, lui lança Sophia d'une voix qu'elle espérait forte.

Braydon s'approcha d'elle et, sans se cacher, la détailla de haut en bas.

Elle rajusta un peu nerveusement la chemise de nuit fournie par l'hôpital. Apparemment rassuré par son examen, Braydon attrapa l'autre fauteuil et s'assit face à elle. Ils étaient si proches que leurs genoux se touchaient.

— Raconte-moi ce qui s'est passé.

Cette fois, il n'était plus temps de jouer. Braydon Thatcher était en mission.

— Cara m'a dit que tu avais visionné les bandes-vidéo de surveillance.

— Oui, mais il n'y avait pas de son.

— Alors… tu veux savoir pourquoi je me suis injecté le contenu de la seringue ?

Les mâchoires serrées, il acquiesça.

— Oui, je veux savoir pourquoi tu t'es injecté ce

produit au lieu de t'enfuir, de crier pour appeler à l'aide, ou même d'attaquer ce salaud !

— Tu es en colère contre moi.

— Un peu, oui, que je le suis ! s'écria-t-il en se levant. Il aurait pu te tuer, Sophia. Qu'a-t-il bien pu te dire pour te convaincre de faire ça ?

L'incompréhension, dans sa voix, se mêlait à la colère, à l'inquiétude, au chagrin peut-être aussi, elle ne savait pas exactement. Mais il n'allait pas aimer ce qu'elle allait lui dire…

Elle poussa un profond soupir et commença son récit.

Elle ne s'arrêta pas avant d'avoir fini, même quand il serra les poings en l'écoutant.

— Et s'il t'avait menti sur ce qu'il y avait dans la seringue ? lui dit-il plus doucement en se rasseyant quand elle eut terminé. Tu aurais pu mourir, Sophia ! Qu'aurions-nous fait, alors ?

Ces paroles l'émurent. Que voulait dire ce *nous* ?

Mais Braydon insista :

— Tu te souviens quand tu m'as dit que tu savais que Nathanial était dangereux ?

Elle le laissa se calmer une seconde avant d'acquiescer doucement et de répliquer :

— Eh bien… là, je savais aussi qu'il n'allait pas me tuer. Et je l'ai fait parce que, sinon, je savais qu'il allait assassiner Lisa.

— Sophia…

Elle mit doucement la main sur la joue de Braydon.

— Je t'en supplie, murmura-t-elle, ne sois pas fâché contre moi. Je suis sûre que tu en aurais fait tout autant à ma place…

— Moi, je l'aurais tué, répondit-il d'une voix sourde mais plus calme.

— Je n'avais qu'une seringue. Si je l'avais manqué, il m'aurait vraisemblablement tuée, avant de faire pareil avec Lisa.

Elle laissa retomber sa main. Même ce simple geste l'épuisait. Apparemment, la drogue de Nathanial agissait toujours.

— Du reste, ajouta-t-elle, il a raison : il est le seul à savoir où se trouve Lisa. Si je l'avais tué, on ne l'aurait peut-être pas retrouvée et je m'en serais voulu tout le reste de ma vie…

Une nouvelle bataille se déroulait dans l'esprit et le cœur de Braydon. Sophia pouvait suivre ce combat sans merci dans les profondeurs bleues de ses yeux. Il comprenait pourquoi elle avait agi ainsi. Mais tout son instinct protecteur lui criait que le risque avait été trop grand. Finalement, la raison l'emporta.

— Ne recommence jamais ça, d'accord ? C'est tout ce que je te demande.

Sophia acquiesça, mais elle allait devoir aborder une partie plus délicate encore.

— Ce que Nathanial exige de moi… tu sais qu'il faut que je le fasse…

De surprise, les yeux de Braydon faillirent jaillir hors de leurs orbites.

— Tu ne peux pas vraiment vouloir te rendre à ce gala, n'est-ce pas ?

— Ce n'est pas que je le veuille, Braydon, mais je dois y aller.

Sa voix était calme. Et très sincère.

— Sophia, il t'a demandé de te mettre à sa merci. Tu sais ce que ça veut dire ?

— Je n'ai pas vraiment le choix.

— Si, tu l'as ! protesta-t-il avec véhémence, cette

fois. Il ne te demande pas de l'accompagner pour une promenade au parc, il va te torturer et te tuer ensuite. Il veut ta mort pour ma punition. *Ma* punition !

Il lui prit les mains.

— Il ne te laissera aucune chance, aucune. Il ne te laissera en vie que le temps de te torturer, c'est tout.

Il y avait dans ses yeux un feu tel qu'elle n'en avait jamais vu.

— Alors, ne le laisse pas me prendre, Braydon. Et reprenons-lui Lisa.

Braydon le savait : Sophia ne renoncerait pas à son projet de se rendre au gala de Culpepper et, à vrai dire, il n'en était guère surpris. Elle vouait à sa sœur aînée un amour que la pire des menaces de mort ne pouvait entamer : rien ne l'arrêterait. Pour cela, il la respectait immensément. Il fallait désormais changer de tactique et réfléchir. Il quitta donc la chambre.

Dans le couloir, il rencontra Richard. Celui-ci, les mains dans les poches, regardait fixement un distributeur de boissons. En fait, il ne le voyait même pas, il était évident qu'il était perdu dans ses pensées. Il lui fallut même plusieurs secondes pour s'apercevoir que Braydon était près de lui.

— Sophia vous a raconté ? demanda-t-il, les yeux toujours dans le vague.

— Oui.

— Je suppose que son plan ne vous dit rien qui vaille ?

— Ce n'est pas son plan, c'est celui de ce salopard, répliqua sèchement Braydon. Et vous, il vous plaît ? La vie de Sophia contre celle de Lisa ?

La question était brutale et peut-être injuste, mais

Braydon avait envie que l'homme se prononce, une fois pour toutes.

— Moi, il ne me plaît pas, ce plan, insista Braydon. Je le déteste. Je le hais.

Et il n'aimait pas non plus l'idée d'être le seul à se révolter contre cette épouvantable idée de sacrifice humain. Si personne n'était du côté de Sophia, lui la défendrait toujours.

Richard mit un moment à répondre. Pour une fois, il semblait avoir un peu perdu de son inépuisable énergie.

— Vous saviez que je n'avais jamais rencontré Sophia avant l'autre jour ?

Il n'attendit pas la réponse de Braydon et enchaîna :

— Je ne lui avais même jamais parlé au téléphone avant la disparition de Lisa. Je sais qu'elle n'approuvait pas tellement notre relation, à sa sœur et à moi. Cela aurait pu être une raison suffisante pour moi de ne pas l'apprécier, mais…

Son visage devint pensif. Il cherchait ses mots.

— En fait, c'était comme si je la connaissais depuis toujours. Lisa me parlait sans cesse de sa sœur. J'ai vite compris qu'elle ne s'en rendait pas vraiment compte, un souvenir en appelait un autre. Par exemple, lorsque nous étions au lit, Lisa jetait les oreillers par terre et elle souriait. Savez-vous pourquoi ?

Braydon secoua la tête.

— Eh bien, quand elles étaient petites, Lisa avait l'habitude d'entasser des oreillers sur son lit et Sophia détestait cela. Du moins, pour commencer… Et puis Lisa la poussait au sol, la faisait tomber sur ces oreillers et Sophia était forcée de rire. Tout rentrait dans l'ordre et dans la bonne humeur, vous comprenez ? Seulement, une nuit, Lisa m'a confié un secret ; en fait, c'était elle qui les détestait le plus, ces oreillers. Mais quand elle était petite, elle tombait beaucoup de son lit la nuit et cela l'effrayait. Comme elle craignait de se blesser, son père lui avait acheté suffisamment d'oreillers et de polochons pour couvrir le sol et amortir ses chutes. Au début, elle ne croyait pas que ça marcherait, alors il l'avait fait tomber avec lui dessus, pour le lui prouver. Ensuite, ce fut un rituel nocturne entre sa petite sœur et elle. Et puis, leur père est mort et c'est à partir de là qu'elle s'est mise à les haïr, ces oreillers.

— Pourquoi les a-t-elle gardés, alors ? demanda Braydon, surpris.

— Parce que, un jour, Sophia, qui était encore toute petite, s'est mise à pleurer en disant qu'elle ne se souvenait pas de son père. Vous comprenez, elle n'était qu'un bébé quand il est mort : elle ne pouvait pas avoir les mêmes souvenirs que Lisa. Leur mère… enfin, disons qu'elle n'avait aucun instinct maternel et ne s'intéressait pas à ses filles. Alors, comme Sophia continuait à pleurer toutes les nuits, Lisa a fait comme leur père. Elle a empilé les oreillers et fait en sorte que cela devienne un jeu de tomber dessus. La petite Sophia n'a plus pleuré…

Richard sourit, puis il releva les yeux.

— L'histoire pourrait s'arrêter là, une petite anecdote de rien du tout… Après toutes ces années, Lisa aurait pu révéler à Sophia qu'en fait tout ce manège la rendait très triste, en lui rappelant que leur papa n'était plus là. Mais elle n'en a rien fait. Mieux, elle a rempli sa maison et aussi la mienne d'oreillers et de polochons de toutes tailles, en disant d'une manière un peu mystérieuse : « C'est pour Sophia, elle le mérite. » Vous comprenez, n'est-ce pas ? C'est peut-être un rituel enfantin, mais c'est aussi une façon de continuer à rendre sa sœur heureuse.

Alors dites-moi un peu, inspecteur… Vous pensez que Lisa approuverait que sa sœur bien-aimée soit tuée par un sadique ?

— Non, bien sûr.

— Alors pourquoi voudriez-vous que moi, je l'approuve ?

15

Sophia retira la chemise de nuit fournie par l'hôpital. Aussitôt, elle se sentit mieux. Quelque chose, dans ce vêtement tout simple, la mettait sur les nerfs. Peut-être parce que c'était comme un symbole de maladie.

Cara l'aida à remettre ses propres vêtements et elle poussa un soupir de soulagement.

— Ça va mieux, maintenant ? s'enquit la policière.

— Je crois que oui.

Elle s'assit dans l'un des deux fauteuils et entreprit d'enfiler ses chaussures. Le médecin l'avait avertie que la drogue la fatiguerait sans doute encore quelques heures, puis que tout redeviendrait parfaitement normal. Pour plaisanter, il avait ajouté que, le soir même, elle pourrait en annuler complètement les effets en remplaçant le produit par l'absorption d'une dose équivalente de whisky-soda !

— Je n'arrive pas à croire que j'ai dormi treize heures, confia-t-elle à Cara. Je me demande si Nathanial en connaissait vraiment tous les effets quand il a mis au point cette saleté.

Elle se tut un instant et un soupçon de culpabilité la poussa à demander :

— Et comment va Amanda ? Braydon m'a dit qu'elle ne s'était toujours pas réveillée.

— Les médecins pensent qu'elle a reçu une dose

beaucoup plus massive que la vôtre. Heureusement, ils ont réussi à arrêter l'hémorragie et à la recoudre, répondit Cara en l'aidant à enfiler sa chaussure droite. Comme le narcotique lui a été injecté avant vous, ils pensent qu'elle devrait se réveiller dans la soirée. Marina est toujours auprès d'elle. Je ne l'ai jamais vue aussi calme depuis que je la connais. C'en est presque angoissant.

— C'est bien qu'elle puisse rester à son chevet.

— Oui, en temps normal, on peut entendre ces deux-là se crier dessus à des kilomètres à la ronde. Mais, d'une certaine manière, c'est leur façon à elles de rester proches.

Sophia sourit.

— C'est une forme de relation que je peux comprendre…

— On leur a laissé un agent en faction, à toutes fins utiles.

Sur ce, le visage de Cara se durcit et elle croisa les bras sur la poitrine. Elle devait penser que le dernier de ses collègues qui avait assuré ce genre de garde en était mort : l'agent Murphy. Mais, songea Sophia, il était fort peu probable qu'il y ait encore le moindre risque à garder Amanda. Nathanial avait changé de cible…

— Je suis vraiment contente qu'Amanda s'en remette, reprit-elle. J'espère seulement qu'elle ne gardera pas de cicatrices au ventre.

Cara hocha la tête, mais garda les yeux baissés. En savait-elle plus qu'elle ne voulait bien le dire ? se demanda Sophia.

Le médecin de service entra sur ces entrefaites et lui donna l'autorisation de quitter l'hôpital, non sans lui avoir proposé de rester « pour observation ».

Braydon réapparut alors et prit le relais de Cara. Il l'aida à marcher jusqu'à la voiture.

En s'appuyant sur lui, Sophia huma son odeur et se sentit transportée de joie. Cela lui rappelait tous les sentiments qui avaient éclos en elle au moment de leur premier baiser, lequel semblait avoir eu lieu des siècles auparavant. A ce souvenir, un frisson de plaisir la parcourut.

— Où allons-nous ?

— D'abord chez moi, répondit-il en l'aidant à monter dans sa voiture. Je n'ai pas eu le temps de prendre tes affaires, ce matin.

— Et après, où m'emmènes-tu ? demanda-t-elle en souriant.

Chaque fois qu'elle montait dans cette voiture, il la conduisait dans un endroit différent.

— Cara et toi, vous irez au « château Vega ».

— Mais je croyais que Cara n'était pas de service ?

— Les repos sont supprimés jusqu'à nouvel ordre, expliqua-t-il. Toutes les forces de police sont mobilisées sur cette affaire.

Il y avait une note de fierté dans sa voix.

— C'est ça, les petites villes. Si on s'attaque à l'un des nôtres, tout le monde est concerné. Cara nous rejoint chez moi.

— Je me demande jusqu'à quel point la ville est au courant, commenta Sophia.

Impliquée comme elle l'était depuis des jours, elle avait du mal à se figurer l'impact de tous ces événements. Du reste, à part à l'hôpital, elle ne s'était pas trouvée dans beaucoup de lieux publics de Culpepper sans Braydon ni un autre policier pour l'accompagner. Jasait-on sur Lisa, sur les autres disparues ou sur elle ? Elle l'ignorait.

— Après la mort de James, le capitaine Westin s'est

adressé à la presse locale par mesure de précaution, précisa Braydon, et je crois sincèrement qu'il a bien fait quand on connaît la folie meurtrière de Nathanial.

— Il a parlé de Lisa et d'Amanda, aussi ?

— Nous avons gardé leurs noms confidentiels, pour le moment. Les réactions des gens d'ici peuvent être violentes. Cela peut aller jusqu'à la formation de milices d'autodéfense et tout ce genre de choses…

Il soupira.

— Bien sûr, cela pourrait avoir des effets positifs si toute la ville se mettait à les rechercher. Mais il est bien difficile de contenir les réactions de ce genre de foule. Et puis Nathanial est particulièrement dangereux…

Ils s'engagèrent dans Gothic Street.

Le capitaine Westin était sur la galerie de Braydon, en train d'examiner l'endroit où Amanda avait été découverte.

Cara arriva en même temps qu'eux et se gara juste derrière le véhicule de Braydon. Tous deux lui proposèrent leur aide, mais Sophia se sentait de plus en plus assurée physiquement. Elle refusa leur bras et marcha droit sur le capitaine.

— Content de savoir que vous allez mieux, mademoiselle Hardwick, lui dit celui-ci en lui tendant la main.

Elle remercia l'officier de police, pressée d'entrer et de prendre la bonne douche qu'elle n'avait pu avoir à l'hôpital. Elle s'excusa donc, entra dans la maison et passa dans la chambre. Il y régnait un grand désordre. En effet, avant de partir pour l'hôpital avec Amanda, Braydon et elle s'y étaient changés en vitesse, envoyant valser par terre certaines affaires.

Braydon passa justement la tête par l'entrebâillement de la porte.

— Ça va ?

Derrière lui, au loin, Cara et le capitaine Westin discutaient.

— Oui… euh… j'en profite pour m'excuser de tout ce désordre que j'ai laissé chez toi, chuchota-t-elle.

Elle n'aurait trop su dire pourquoi mais, à ce moment précis, elle aurait volontiers fait le ménage dans toute la maison.

Braydon se mit à rire.

— Tu n'as rien fait du tout, c'est plutôt moi qui en ai mis…

Il lui montra en souriant la pile de vêtements sur le sol.

— Ça n'est même pas exceptionnel, en fait. Ici le plancher est toujours couvert de vêtements…

Sophia eut alors l'image fugitive de dessous féminins répandus un peu partout dans la chambre et ses yeux s'étrécirent, dans une brutale réaction de jalousie. Un réflexe qui n'avait strictement aucun sens vu leur situation.

Braydon s'éclaircit la gorge et acheva :

— Je veux dire que je suis célibataire et que je vis tout seul. C'est normal, pour moi… de ne pas faire trop attention au désordre.

Visiblement embarrassé, il se frotta machinalement la nuque. Sophia se sentit rassérénée. Braydon n'avait rien d'un séducteur du samedi soir. C'était une pensée réconfortante, surtout depuis leur baiser, qu'elle ne pouvait oublier.

Elle termina d'emballer ses quelques affaires et ressortit pour monter dans le petit 4x4 de Cara. Braydon mit son sac dans le coffre et lui tint la portière ouverte, le temps qu'elle s'installe.

— Je veux que vous fassiez très attention à vous, leur dit-il à toutes deux. Et si jamais vous voyez Nathanial, n'allez pas jouer les héroïnes, appelez des renforts. Je répète : ne jouez pas les héroïnes. Compris ?

Sophia grimaça. Le regard de Braydon s'était arrêté sur elle, pour bien lui montrer que la recommandation s'adressait à elle aussi.

— Oui, m'sieur !

Il eut un sourire bref.

— Vous connaissez la règle, ajouta-t-il. Vous m'appelez…

— … s'il se passe quoi que ce soit, acheva Sophia.

— Exactement. Prévenez-moi lorsque vous serez arrivées chez Richard Vega. Je passerai un peu plus tard.

Il referma la portière et rentra dans la maison.

Sophia en eut un pincement au cœur, mais elle s'efforça de ne pas y penser. Il se passait des choses autrement plus importantes que ses futiles sentiments pour un homme aux yeux bleu outremer.

16

Braydon se tenait dans le couloir de l'étage, chez Richard Vega. L'après-midi s'était écoulé sans qu'aucune nouvelle piste ne se présente et son enquête n'avançait pas. Il se passa une main nerveuse dans les cheveux. Nathanial avait bien caché Lisa : les retrouverait-on jamais, elle et lui ? La seule personne qui aurait pu l'aider était encore endormie à l'hôpital. Cependant, les médecins étaient optimistes : elle allait se réveiller sous peu.

Il soupira.

Amanda n'aurait pas dû être leur seule ressource. Il était inspecteur, et même si sa nomination était encore fraîche, il ne se débrouillait pas trop mal dans son métier. Pourtant, avec Lisa aux mains d'un fou, terrifiée, peut-être blessée, il commençait à douter de ses capacités. Il craignait même d'avoir perdu la confiance de Sophia.

Elle lui avait dit s'être piquée elle-même parce que Nathanial tuerait Lisa si elle ne le faisait pas. Pour Sophia, c'était seulement le signe de la démence de « Terrance » Williams qu'il exige pareille chose d'elle, mais qu'elle s'y soit soumise voulait dire, à ses yeux, qu'elle le jugeait incapable de retrouver sa sœur. Et cette pensée le rendait fou.

Il se mit à faire les cent pas dans le couloir. Cara et Richard, incapables l'un comme l'autre de dormir, partageaient un dîner tardif pendant que les cousins Able montaient la garde à chacune des portes de la maison. Il y avait encore une entrée possible mais elle était barricadée et se trouvait dans leur champ de vision. Si quiconque tentait de s'introduire dans la maison par-là, l'un des deux le verrait forcément. Tom avait été envoyé chez lui pour prendre un peu de repos et le capitaine menait les recherches. Les policiers du comté voisin restaient à disposition en cas de besoin.

Braydon se sentait inutile et il détestait cela.

Il s'arrêta devant la porte close de la chambre où se trouvait Sophia. Il aurait voulu la réconforter, mais lui-même aurait eu bien besoin de soutien. Il s'en rendait compte et cela ne remontait pas son moral chancelant. Ce sentiment de culpabilité le paralysait. Il l'avait déjà ressenti quand le corps de Trixie Martin avait été découvert. Depuis, il devait lutter contre la colère et la tristesse qui brouillaient ses capacités de raisonnement. Que Nathanial mène une vendetta personnelle faisait resurgir les souvenirs de la mort d'Amelia. Braydon ne cessait de penser à elle au point d'en souffrir en permanence.

Il soupira de nouveau.

Il était presque minuit et Sophia devait dormir. Elle ne lui avait pas demandé de monter la garde à sa porte et n'en avait pas besoin. De son côté, il n'avait rien de neuf à lui annoncer... Mieux valait qu'il parte.

Mais des pleurs, depuis l'intérieur de la chambre, l'arrêtèrent.

— Sophia ? fit-il en frappant à la porte. Ça va ?

Il y eut du mouvement dans la pièce, mais elle répondit tout de suite :

— Oui, une seconde.

Il avait déjà la main sur la poignée mais se retint d'entrer jusqu'à ce qu'elle lui en donne l'autorisation.

— Tu peux entrer, fit-elle très vite.

Cette chambre d'amis faisait partie d'une série de six. Elle comportait un grand lit double, une commode et une confortable banquette ou causeuse, le tout de bois sombre tendu de tissu rose. Sophia était assise sur la causeuse quand il entra, mais les couvertures du lit avaient été brutalement rejetées et les oreillers étaient à terre. Elle essayait de faire bonne figure, mais ses yeux gonflés et la trace de pleurs sur ses joues la trahissaient.

— Qu'est-ce qui ne va pas ? s'enquit-il, profondément ému.

Sophia n'avait encore jamais pleuré devant lui.

Elle tenta de sourire et rejeta ses cheveux en arrière.

— Je…

Elle s'interrompit, laissant libre cours à ses sanglots.

— Je ne veux pas mourir, fit-elle enfin, en cachant son visage dans ses mains.

Braydon la rejoignit en une enjambée et s'agenouilla près d'elle. Puis, doucement, il lui prit les paumes pour les écarter de son visage.

— Ça n'arrivera pas. Je ne te laisserai pas mourir, murmura-t-il. Jamais.

Il lui embrassa les mains et les garda entre les siennes. Sophia le regarda faire. Ses pleurs coulaient toujours.

— Mais si quelque chose arrive demain et… et qu'il m'enlève ! hoqueta-t-elle. Il me fera subir des choses horribles…

— Eh bien, ne va pas à ce gala. On peut habiller quelqu'un comme toi ou bien…

Il s'interrompit alors qu'un gémissement échappait encore à Sophia :

— Il pourrait tuer Lisa ! Je n'ai qu'elle au monde !

Elle se pelotonna sur elle-même, remontant les genoux vers la poitrine. Braydon lui lâcha les mains et s'assit à côté d'elle. Il mit le bras autour de son épaule et l'attira à lui. Elle ne protesta pas, se laissant même aller contre lui.

Jusqu'à ce moment, Sophia Hardwick avait été solide comme un roc. Elle était restée calme, maîtresse d'elle-même, confiante. Bien sûr, elle avait pleuré à la découverte du corps de Trixie, mais c'était la réaction nerveuse qu'aurait pu avoir n'importe qui dans cette circonstance. Depuis, elle s'était comportée de façon exemplaire, montrant un courage étonnant face au dément qui voulait la voir morte. Braydon avait admiré sa détermination. Sa vulnérabilité momentanée ne diminuait en rien sa force. Sophia était une femme solide qui s'autorisait enfin à laisser parler ses émotions.

— Sophia, fit-il en lui caressant doucement les cheveux, il ne tuera pas Lisa. Je sais bien que je ne peux pas te demander en permanence de me faire confiance, je n'en ai pas le droit, mais je t'en prie, crois-moi quand je t'assure que je tuerai Nathanial avant qu'il ait la moindre chance de te faire du mal.

Le ton de sa voix était farouche et ses mots étaient une promesse qu'il ne romprait jamais.

Les sanglots de Sophia diminuèrent d'intensité et ses pleurs cessèrent peu à peu. Elle se recula pour regarder Braydon mais il ne desserra pas son étreinte.

— Je te fais confiance, dit-elle fermement.

Sa voix fut comme la plus douce des musiques à ses oreilles. Il en sourit de soulagement.

Sophia reprit :

411

— Tu es un type bien, Braydon Thatcher, j'espère que tu en es convaincu.

Il allait lui répondre, mais elle se pencha vers lui et ses lèvres se pressèrent sur les siennes en un doux baiser.

Au début, Braydon ne le lui rendit pas : Sophia était si vulnérable… Mais ne l'était-il pas lui aussi ? Prenant son visage en coupe, il approfondit le baiser, écartant les lèvres de Sophia du bout de la langue. Elle gémit. Il ne l'en désira que plus.

— Attends, fit Sophia en s'écartant. Une seconde…

Il se figea tandis qu'elle se levait et allait à la porte. Avait-il été trop entreprenant ?

Non, elle fermait juste le loquet de la porte.

Il en sourit de plaisir.

On frappa à la porte. Un bruit insistant, désagréable, qui la tira du sommeil et la ramena à la réalité. Sophia s'étira et considéra la place vide dans le lit à côté d'elle. L'absence de Braydon, au lieu de la démoraliser, fit naître un sourire sur ses lèvres au souvenir des heures écoulées.

Elle savourait encore ses lèvres sur les siennes, leur chaleur, leur passion. Il avait su solliciter son corps, et elle avait merveilleusement réagi. Pourtant, cela faisait longtemps qu'elle n'avait plus fait l'amour.

Avec Braydon, il s'agissait de quelque chose de plus profond qu'un simple rapport physique.

Le besoin qu'ils avaient l'un de l'autre les avait portés vers une fusion charnelle qui dépassait de loin la simple échappatoire à la tension de la situation actuelle. Les caresses de Braydon, ses étreintes, ses baisers… La façon dont il la regardait, comme s'il cherchait à atteindre son âme… Chacun de ses gestes l'avait galvanisée et elle s'était sentie connectée à lui comme jamais auparavant avec personne.

On continuait à toquer à la porte et Sophia dut repousser au fond de sa mémoire la vision du corps nu et parfait de Braydon. Elle laissa échapper un soupir.

— Un instant, j'arrive…

Elle s'étira une dernière fois. Une fatigue plaisante irradiait dans son corps, mais elle s'obligea à se lever, sortit quelques vêtements de son sac et les enfila prestement.

Puis elle jeta un coup d'œil à son téléphone portable : il était midi et cela la surprit. Elle ne se pensait pas capable d'un tel sommeil, après avoir été droguée comme elle l'avait été. Enfin habillée, elle ouvrit la porte.

Cara se trouvait sur le seuil et la regardait d'un air malicieux. Elle tendit à Sophia une tasse de café et un muffin au chocolat.

— On m'a envoyée ici pour tenter de vous sortir du lit, expliqua-t-elle en souriant.

— Et qui donc vous envoie ?

— A vrai dire, je me suis envoyée toute seule, confessa Cara. Braydon m'avait demandé de me tenir au bout du couloir pour ne pas vous déranger, mais Jordan est arrivé et ça fait deux heures qu'il me parle sans discontinuer. Alors j'ai craqué et je me suis inventé cette mission.

— Jordan ? demanda Sophia en la faisant entrer.

— L'assistant de Richard, un vrai moulin à paroles. Il me raconte tout dans les moindres détails pendant que les stands et la décoration se mettent en place, et il se plaint de la moindre anicroche. En fait, je pense qu'il est inquiet et que ça ne lui déplaît pas de se trouver à côté de quelqu'un qui porte une arme… Je lui ai dit qu'on avait bouclé le périmètre, mais il faut croire que certaines personnes sont naturellement nerveuses. Evidemment, dans les circonstances, je peux difficilement le blâmer… J'espère que vous ne m'en voulez pas de vous avoir réveillée. Je ne savais pas trop depuis quand vous dormiez…

Cara porta son regard sur le lit dont les draps étaient froissés, et Sophia se mit à rougir. Les oreillers étaient dans tous les sens et, pire, sa culotte était restée par terre… Cara eut la gentillesse de faire comme si elle n'avait rien vu et s'assit sur la causeuse où Sophia la rejoignit, prenant la tasse et le muffin. La bonne odeur du café dispersa son embarras.

— Un expresso me fait toujours plaisir, confia-t-elle en portant la tasse à ses lèvres.

Le café était si délicieux qu'elle sourit avant d'en reprendre une gorgée. Cara lui laissa quelques instants de tranquillité puis reprit la conversation.

— Amanda Alcaster s'est réveillée ce matin, annonça-t-elle.

Sophia releva la tête de sa tasse.

— Braydon l'a déjà interrogée, précisa Cara dans la foulée. Il tenait absolument à être le premier à lui parler.

Sophia approuva d'un hochement de tête, heureuse que Braydon ait pu se charger de l'interrogatoire. Elle lui faisait entièrement confiance !

— Qu'est-ce qu'elle a dit ? Est-ce qu'elle sait où se trouve Lisa ?

— Non, je crains que non, répondit Cara. Mais elle a quand même pu donner à Braydon et Tom une nouvelle piste à suivre…

— De quoi s'agit-il ? demanda Sophia.

Venant d'Amanda, c'était sûrement une piste valable.

— Eh bien, nous savons maintenant pourquoi Nathanial a été si difficile à localiser jusqu'à présent : à en croire Amanda, il dispose de l'aide de quelqu'un.

Sophia manqua avaler de travers.

— Comment est-ce possible ?

— Amanda a révélé qu'elles étaient détenues dans une pièce sans fenêtre, et que quand Nathanial était avec elles, on entendait quelqu'un bouger ailleurs dans la maison. Elles l'ont aussi entendu parler après les avoir quittées, mais la voix de l'autre personne n'était jamais assez proche pour être reconnue et Amanda ne sait pas où se trouve la maison.

Sophia ne savait plus où donner de la tête devant cette avalanche inattendue d'informations : Nathanial avait un complice, mais qui pourrait vouloir aider ce monstre dans la réalisation d'un projet aussi sinistre ? Les deux femmes avaient été détenues dans une pièce aveugle, mais dans quelles conditions ? Etaient-elles attachées, les avait-on frappées ?

Cara sembla deviner ses inquiétudes.

— Amanda a précisé qu'elles étaient attachées à des chaises, mais qu'on les laissait aller aux toilettes et qu'elles ont été correctement nourries. Nathanial ne leur a fait aucun mal.

— Sauf quand il a décidé de graver mon nom sur son ventre, gronda Sophia avec une colère à peine rentrée.

— Il l'avait endormie avant de le faire, soupira Cara.

— Encore heureux ! Mais quelle piste a pu donner Amanda, si elle ne sait pas où elles ont été détenues ?

— Nous avons découvert qu'elle avait parlé à Nathanial quand elle travaillait à la station d'essence, vous savez, chez Tipsy ? Grâce aux bandes-vidéo de sécurité.

L'attitude de Cara changeait au fur et à mesure de ses révélations. Elle semblait excitée par cette nouvelle piste.

— Quand nous avons posé des questions à Amanda à ce sujet, elle nous a dit qu'il avait parlé d'acheter Dolphin

Lot. Il disait s'y intéresser et elle a pris ses propos pour argent comptant. Quand la mère d'Amanda a découvert cela, elles se sont disputées. Amanda est sortie, a bu un peu plus que de raison et, en retournant chez elle, elle a décidé d'évacuer la tension en faisant quelques pas au bord de l'eau. Mais Nathanial est arrivé et l'a enlevée.

— C'est ce dont Marina parlait à l'hôpital ! s'exclama Sophia. Elle disait qu'elle aimait Amanda bien plus que le terrain !

17

Sophia était assise sur le bord du lit, seule, faisant le point sur les dernières informations que Braydon lui avait livrées. Il y avait deux plans possibles pour parvenir au même but : coincer Nathanial, tout en les sauvant, elle et Lisa.

La première méthode était la plus classique : rechercher activement Nathanial par tous les moyens et mettre finalement la main dessus. Contrairement aux jours qui avaient immédiatement suivi la disparition des deux femmes, les enquêteurs affichaient plus de confiance. Ils connaissaient le lien entre Amanda et Nathanial, savaient que les disparues avaient séjourné dans une maison et que Nathanial n'avait pas opéré seul. Cela n'était pas un très bon signe en soi, mais cela leur permettait d'élargir la liste des suspects en espérant recouper des pistes.

Malheureusement, personne n'avait la moindre idée du lieu où se trouvait la voiture de Nathanial. Amanda avait juste pu rapporter ce que Lisa avait dit, à savoir que la voiture était « vieille ». Lorsqu'elle avait été kidnappée par Nathanial, Lisa n'avait en effet pas été droguée immédiatement.

Le capitaine Westin avait mis quelques-uns de ses hommes à rechercher des clients réguliers du Tipsy, dans l'espoir d'un témoignage.

Le second plan, qui ne plaisait pas à grand monde, tournait autour du marché proposé par Nathanial. Même si cette méthode ne remportait que peu de suffrages, il fallait quand même l'envisager. Comme Nathanial n'avait pas expressément exigé de Sophia qu'elle se rende seule au gala de bienfaisance, ce second plan avait été modifié à la demande de Braydon : au lieu de livrer Sophia, avec le risque qu'elle soit kidnappée, torturée et mise à mort, il voulait tendre une embuscade à Nathanial et sauver les deux sœurs. Jusqu'à ce que le tueur prenne contact avec elle, Sophia participerait au gala en compagnie de Braydon et de Cara. Ceux des policiers qui n'étaient pas mobilisés par l'enquête s'habilleraient en civil et se mêleraient aux participants. Chacun serait en état d'alerte maximal.

Et tout le monde la surveillerait…

Elle aurait bien aimé que le premier plan aboutisse mais, alors que le soleil baissait et que l'heure du gala approchait, elle dut se préparer pour le second.

Elle enfila donc la robe rouge que Nathanial lui avait envoyée.

Debout devant la glace, elle s'observa avec un mélange d'anxiété et d'appréciation. Cela lui coûtait de le reconnaître, mais la robe était superbe. C'était un fourreau qui épousait comme un gant ses formes. De fines bretelles maintenaient le bustier en place, si révélateur qu'on voyait nettement le sillon entre ses seins. Le satin moulait sa poitrine et ses hanches et le rouge rubis du tissu s'accordait bien avec son teint. Elle aurait adoré arborer pareille robe dans une soirée huppée mais, là, elle la portait pour se rendre au rendez-vous que lui avait fixé un fou…

Par réflexe, elle appliqua un peu de mascara à ses cils et mit du rouge à lèvres. Puis elle releva ses cheveux en un chignon haut.

— Ça y est, tu es prête ? lança Braydon de derrière la porte.

Sa voix lui donna le frisson.

— Tu peux entrer ! répondit-elle, considérant son reflet pour une ultime vérification.

Est-ce la dernière fois que je me vois dans une glace ? se demanda-t-elle, pensée morbide qu'elle refréna de son mieux.

— Waouh…

Braydon se tenait dans l'entrée, lui lançant un regard visiblement appréciateur. Elle lui retourna un sourire poli.

— Tu es à ton avantage, toi aussi, observa-t-elle en se dirigeant vers lui.

Il portait un blazer noir ouvert sur une chemise bleu nuit et un pantalon également noir, comme ses chaussures de soirée. Il était rasé de frais et la masse rebelle de ses cheveux, à laquelle Sophia s'était habituée ces quatre derniers jours, avait été rejetée en arrière, domptée par un gel de bonne tenue. Elle était d'autant plus sous le charme qu'elle n'avait aucun mal à se rappeler ce qui se trouvait sous sa chemise…

— Je savais qu'il me fallait faire un effort de toilette pour être à la hauteur de ma compagne, confia-t-il en lui souriant de toutes ses dents, légèrement incliné vers elle.

— Ta *compagne* ? Je la connais ? fit-elle sur un mode taquin.

Braydon lui répondit sur le même ton :

— Oh ! Je suis sûr que tu la rencontreras. Elle est à peu près de la même taille que toi, avec de magnifiques yeux verts, et elle est têtue comme une mule.

Puis il se pencha à son oreille pour ajouter :

— Et au lit, figure-toi qu'elle est capable de…

Sophia l'interrompit en riant et le repoussa, rougissante.

— C'est bon, pas la peine d'aller plus loin, je vois !
Y a-t-il déjà beaucoup de monde là-bas ? Je ne suis
pratiquement pas sortie aujourd'hui.

Elle avait en effet passé la journée à se tracasser pour
Lisa. Elle avait pleuré jusqu'à ce que sa peur se mue en
détermination et en un calme profond, qui ne laissait place
à aucune arrière-pensée. Elle tenait deux choses pour
absolument sûres : elle ferait tout pour sauver sa sœur
et, si le pire se produisait pour Lisa, elle n'en blâmerait
que Nathanial.

— Il y a déjà quelques invités, mais aucune femme
n'est plus belle que toi.

Braydon se rapprocha et la prit dans ses bras. Ils restèrent
un moment enlacés. Les sonorités de la nuit jouaient
au-dehors la musique habituelle du Sud : grenouilles
et insectes coassaient et stridulaient en cadence en un
chœur nocturne.

Sophia prit une grande inspiration puis la relâcha.
Braydon embrassa ses cheveux, déclenchant en elle une
vague de plaisir. C'était le dernier moment de calme
avant la tempête.

A l'extérieur, ils retrouvèrent Cara, et tous les trois se
dirigèrent vers la partie du terrain qui était réservée au
gala. Le personnel était à son poste, certains prêts à diriger
les voitures qui voulaient se garer, d'autres à servir ceux
qui voulaient se restaurer. Jordan, désigné organisateur
en chef depuis l'absence de Lisa, veillait à tout, s'assurant
que tout se déroulait comme prévu.

Richard Vega savait recevoir, donner une fête, et rien ne
manquait pour que celle-ci soit réussie, remarqua Sophia.

Elle-même avait les nerfs à vif. Bien sûr, elle avait
résolument accepté son rôle dans le marché qu'exigeait
Nathanial, mais l'attente et l'inquiétude lui nouaient

l'estomac. Avec un peu de chance, personne ne s'en apercevrait et, souriante comme ses deux compagnons, elle s'avança sur le terrain que balisaient des lampions chinois, transformant l'endroit en un lieu magique et merveilleux. La décoration était époustouflante mais, venant de la part de Richard Vega, ce n'était pas étonnant. L'homme était prêt à tout pour toujours offrir le meilleur… Derrière la maison, il avait fait dresser une scène et un petit orchestre était installé sur les planches patinées par le temps. Une marquise recouvrait une partie de la scène, bordée de lanternes or et argent. Sur les côtés du terrain étaient alignées des chaises blanches ; des tables argent et or étaient disposées en alternance, par petits groupes. Au milieu se trouvaient deux longs buffets drapés de voile argenté. Les serveurs et serveuses circulaient, leurs plateaux emplis de petits-fours salés. Tout était blanc, argent ou or. C'était superbe et la décoration rappela à Sophia son bal de fin d'année, lorsqu'elle était étudiante.

Les invités, en tenue de cocktail, affluaient déjà, grignotant un petit-four de-ci de-là, et bavardant, un verre à la main. Quand Braydon prétendait qu'il s'agissait de l'événement de l'année, il ne se trompait pas : la population de Culpepper partageait visiblement son point de vue et chacun avait eu à cœur de s'habiller pour l'occasion.

— Ah, vous voilà ! Ravi que vous ayez pu venir, lança aimablement Richard en venant vers eux.

Richard Vega était un prince des temps modernes et, comme les héros des contes de fées, il semblait attirer les gens à lui : plusieurs des invités l'interrompirent en chemin.

Sophia tenta de calquer son sourire sur le sien alors qu'il reprenait :

— Vous avez trouvé le trajet plaisant, j'espère ?

— Tout à fait.

Richard était au courant de ce qui se tramait et on lui avait recommandé de faire comme si de rien n'était et de dissimuler le fait que Sophia était réfugiée chez lui. Le capitaine Westin lui avait même interdit de mentionner le nom des victimes de Nathanial, celui de Lisa compris.

— Si quelqu'un essaie de vous poser des questions sur cette affaire, changez de sujet, avait-il précisé. Nous n'avons certainement pas besoin d'inquiéter les invités et de les voir courir dans tous les sens en se prenant pour des policiers.

La pilule avait été un peu difficile à avaler pour Richard : tout le monde allait se demander pourquoi Lisa n'était pas à ses côtés, puisqu'elle avait organisé la fête… Mais il avait promis de rester bouche cousue.

— Tant mieux, et bienvenue au septième gala annuel de Culpepper, répondit-il en désignant la fête d'un large mouvement du bras. Faites comme chez vous, mangez, buvez, dansez, et profitez de la compagnie des gens formidables qu'on rencontre par ici !

Sur ce, il les laissa pour aller accueillir d'autres invités, et Braydon ouvrit à Cara et à Sophia le chemin jusqu'au buffet.

Sophia avait l'estomac trop noué pour songer à avaler le moindre petit-four, mais elle ne refusa pas la coupe de champagne proposée par une hôtesse.

— Tout va bien, pour l'instant, mademoiselle Hardwick ? demanda Braydon avec un large sourire.

C'était une démonstration pour la galerie, car l'inquiétude pointait dans chacun de ses mots.

— On ne peut mieux, prétendit-elle en prenant une

longue gorgée de champagne dont le délicieux pétillement lui titilla la gorge.

— Rappelez-vous de faire profil bas, lui répéta Braydon pour la millième fois.

C'était son côté protecteur qui resurgissait.

— Ne vous inquiétez pas, fit-elle d'une voix qu'elle espérait parfaitement calme. Je ne vais pas jouer la reine de la soirée, juste la dame de cœur.

Cara sourit à sa réflexion.

— J'aime bien votre façon de présenter les choses, fit-elle en levant son verre pour trinquer avec Sophia.

— Ah, les femmes, grommela Braydon en haussant les épaules.

Lorsque 20 heures sonnèrent, la fête battait son plein. Venant d'Atlanta, Sophia ne connaissait personne à part quelques-uns des policiers en civil, qui prenaient grand soin de ne pas trop se montrer et de se mélanger à la foule. Il en allait différemment de Braydon qui ne la quittait pas d'une semelle, alors qu'il était constamment sollicité : l'un le félicitait pour sa promotion, un autre voulait son commentaire sur le dernier match de football, un autre encore voulait échanger les derniers potins. La personne que Sophia préféra était une dame âgée nommée Mme Perry. Elle était déterminée à flirter avec l'inspecteur et n'hésitait pas à lui pincer la joue s'il disait quelque chose qu'elle trouvait « adorable ».

— Je vais faire mon discours, prévint Richard alors que la vieille dame s'éloignait à la recherche d'une autre coupe de champagne. Mais d'abord, j'aimerais parler à Sophia une minute, seul à seule.

La question implicite s'adressait à Braydon. Sophia s'agaça de ce procédé et, en même temps, elle ne put s'empêcher d'en être flattée, comme si Richard demandait à Braydon si elle pouvait lui accorder une danse.

— Du moment que vous restez dans la lumière et que je vous vois, c'est d'accord, dit Braydon.

Richard ne parut pas s'en offusquer le moins du monde. Respectueux de la consigne, il emmena Sophia à l'écart sans quitter le périmètre délimité par la lumière.

Sophia, dans l'attente de ce qu'il avait à lui dire, détailla l'homme qu'aimait sa sœur. Il était très beau et très bien habillé, mais elle se prit à le comparer avec Braydon comme elle l'avait fait le jour où elle les avait rencontrés tous deux. Chacun arborait une tenue parfaite pour la circonstance, mais on voyait clairement qu'ils appartenaient à deux mondes bien différents. Richard était l'homme d'affaires dans toute sa splendeur, habillé pour séduire la clientèle et attirer l'argent. Il était beau mais ne la troublait pas. Braydon, au contraire, lui semblait être l'incarnation même de James Bond : suave, sexy, il exsudait une confiance en lui qui la bouleversait. Son costume montrait qu'il était à la fois prêt à s'amuser mais aussi à passer à l'action si nécessaire. Son arme, cachée sous son blazer, était prête à servir elle aussi en cas de besoin.

— Comment tenez-vous le coup ? demanda finalement Richard.

— Honnêtement ? Je déteste toute cette histoire mais j'essaie de garder espoir. Et vous ?

— C'est l'enfer, admit Richard. Cela fait dix fois qu'on me demande où se trouve Lisa. Je passe mon temps à mentir et à inventer des excuses.

Il se frotta les yeux et parut soudain plus âgé que ses trente-quatre ans.

— Je veux la revoir, vous comprenez ? reprit-il d'une voix tremblante.

Sophia ne put se retenir et le prit dans les bras pour une brève étreinte.

— Je comprends ce que vous ressentez, reconnut-elle. C'est pareil pour moi.

Il la serra à son tour contre lui. L'étreinte fut rapide, mais jamais Sophia n'avait fait un aussi grand pas vers Richard.

— Je ne vous l'ai jamais dit, reprit-elle, mais j'apprécie énormément tout ce que vous faites pour la retrouver et je vous en remercie. Je sais que je n'ai pas toujours été très enthousiaste à propos de votre relation, mais je ne vous connaissais mal. Je ne sais pas si cela a la moindre importance, mais vous avez ma bénédiction tous les deux, à présent.

Elle avait accompagné sa déclaration d'un petit sourire d'excuse, mais sur le visage de Richard éclata le sourire le plus sincère qu'elle lui ait jamais vu.

— Merci, Sophia. Cela représente beaucoup pour moi. J'espère seulement que tout va bien se dérouler ce soir. Que Lisa et vous finirez la nuit en sécurité.

Ils regagnèrent la fête sans s'être trop fait remarquer, mais tous les smartphones des invités semblaient biper à l'approche de Richard Vega… Garder un profil bas dans ces conditions était difficile, même si au départ cela semblait plutôt une bonne idée. Et Sophia n'y pouvait pas grand-chose si sa robe la désignait aux regards. Quand les yeux des hommes de l'assistance n'étaient pas fixés sur le riche homme d'affaires, ils se posaient sur sa poitrine ou sur ses jambes, pour ne plus les quitter. Elle allait dire son fait à un des hommes qui la détaillait sans pudeur lorsqu'une impression nauséeuse s'empara d'elle.

Sans même avoir besoin de le voir, elle comprit : Nathanial était dans les parages et l'observait. Sa présence était palpable. Il pouvait se trouver derrière la lisière des arbres qui bordaient la propriété de Richard ou bien encore il avait osé se mêler à la foule des participants, mais, en tout cas, il était dans les parages, attendant qu'elle aille à lui, qu'elle honore sa part du marché.

Un homme d'un certain âge au visage barré d'une épaisse moustache devança ceux qui s'avançaient vers eux et, la saluant d'un bref signe de tête, prit Richard par le bras, la séparant de lui. L'homme eut vite fait de lui tourner le dos et le lourd satin de sa veste devint une barrière très efficace pour la tenir à distance. Il n'était pas le seul à vouloir accaparer l'attention de Richard. Nombreux étaient ceux qui le dévoraient du regard avec l'intensité de chiens affamés découvrant un morceau de viande bien juteux. Peut-être n'était-elle pas celle qui avait le plus besoin de protection policière…

Parmi les gens qui se pressaient autour du buffet, Cara et Braydon se tenaient à l'endroit exact où elle les avait laissés. Leurs regards étaient fixés sur elle, celui de Braydon inquiet, celui de Cara approbateur et souriant.

Sophia voulut aller à leur rencontre, mais Lynda, la réceptionniste du poste de police, l'attrapa au vol.

— Vous semblez bien vous entendre avec Richard…

Lynda portait une robe qui ne cachait rien de ses atouts. Dos nu, largement échancrée, elle remontait haut sur ses cuisses à chaque pas.

Sophia n'était peut-être pas la mieux placée pour émettre un jugement, mais si elle-même portait une robe suggestive, c'était par obligation. Lynda, de son côté, avait choisi délibérément cette tenue à la limite de la provocation et l'accompagnait d'une moue méprisante que Sophia trouva agaçante.

— Oh ! Nous avions simplement besoin d'un peu de tranquillité, expliqua-t-elle en essayant de ne pas fixer les seins de Lynda qui semblaient vouloir jaillir du corsage. Pour parler de deux ou trois choses. De Lisa, notamment.

— Bien sûr, fit Lynda d'un air qui voulait clairement dire qu'à son avis ils parlaient de tout autre chose.

Quelle idée ! songea Sophia. Est-ce que Lynda aurait un peu trop bu ?

— J'ai su que vous aviez passé la nuit ici, reprit Lynda en suçotant l'olive de son cocktail de façon peu élégante. Quel dommage ! Vous savez, on peut vraiment bien s'amuser avec Braydon.

Sophia n'avait qu'une hâte, c'était que cette conversation se termine. Elle n'était pas d'humeur à échanger des propos aigres-doux avec une femme qui ne masquait pas sa jalousie de la voir se rapprocher de Braydon. Et encore, elle ne savait rien de la nuit précédente ! En tout cas, Lynda se comportait comme une lycéenne et, franchement, Sophia en avait assez. Elle eut envie de prendre Lynda à son propre piège.

— Ne vous inquiétez pas, je suis très proche de l'inspecteur Thatcher. Et en ce qui concerne l'amusement qu'il peut procurer, ajouta-t-elle en baissant la voix et haussant les sourcils de façon éloquente, je ne peux que vous rejoindre, car la nuit dernière m'en a donné un assez bon aperçu.

La mâchoire de Lynda en tomba de surprise et, avant qu'elle ait eu le temps de se reprendre, Sophia conclut :

— Excusez-moi à présent, mais Richard va faire un petit discours et je tiens à être bien placée pour l'entendre.

La réceptionniste ne répondit pas, le corps raidi par le choc, ses lèvres rouges pincées de jalousie.

Sophia s'empressa de rejoindre Braydon et Cara, non sans se retourner pour savourer la situation : Lynda la fixait d'un air furieux.

— Qu'est-ce qu'elle voulait ? demanda Cara.

— Oh ! rien ! C'était une petite conversation entre filles, répliqua Sophia d'un ton sarcastique. Et si on allait se placer devant la scène pour le discours ?

Ils approuvèrent la suggestion, et Braydon, prenant sa main, l'aida à fendre la foule tandis que Cara suivait dans sa petite robe noire de cocktail.

— Qu'est-ce que Richard avait à te raconter ? chuchota Braydon.

Sophia n'eut pas le temps de répondre, car Richard montait justement sur la scène. Il s'éclaircit la gorge.

— S'il vous plaît…

Sa voix portait clairement malgré le bruit ambiant, et tout le monde se tourna vers lui, faisant silence.

Braydon le fixait, sourcils froncés. Il n'avait pas lâché sa main et Sophia s'en trouvait rassérénée, aussi calme qu'au moment de sa décision.

— Si vous voulez bien vous rapprocher, demanda Richard, arborant un grand sourire et indiquant du geste les places vides sur le devant. Tout d'abord, laissez-moi vous remercier chaleureusement. Vous êtes très nombreux à soutenir cette levée de fonds pour aider notre cause. Sans vous, sans votre engagement, ce gala n'existerait pas. C'est grâce à des gens comme vous que le monde est meilleur.

Il leva son verre en direction de l'assistance qui l'imita et il but une longue gorgée avant de reprendre :

— Ensuite, je vous remercie par avance des donations et

des achats que vous allez faire ce soir. Ce gala est devenu une tradition. Notre organisation aide d'autres activités caritatives à Culpepper. Tout ce que nous gagnerons ce soir aidera notre ville à emprunter le chemin de la réussite. En parlant de tradition, je voudrais en bouleverser une, à savoir la longueur du discours d'introduction. La plupart d'entre vous n'ont pas oublié sa longueur l'an dernier et je m'en excuse. J'avais dû forcer un peu sur le champagne…

Il fit une pause pour laisser aux rires attendus le temps de s'éteindre.

— Donc, cette année, je ferai court au grand soulagement de tous et je me contenterai de vous souhaiter la bienvenue au septième gala de Culpepper ! Comme d'habitude, la vente aux enchères commencera à 20 h 30. A la vôtre !

La foule l'acclama et but encore une gorgée à la santé de leur hôte.

Sophia leva sa deuxième coupe et la vida, souriant à Richard. Elle était fière de sa sœur, fière que celle-ci ne l'ait pas écoutée quand elle avait sous-entendu que Richard n'était qu'un riche imbécile. Cette épithète serait vite oubliée, espéra-t-elle, car elle avait radicalement changé d'avis sur l'homme qu'aimait Lisa.

Richard lui sourit en retour, avec un petit signe de tête.

Lynda les avait rejoints sans que Sophia s'en aperçoive.

— Et à part ça vous n'êtes pas intimes, grinça-t-elle en tournant les talons. Je crois qu'il est temps pour moi d'aller fumer une petite cigarette.

— Qu'est-ce qui lui prend ? demanda Braydon, l'air assez peu intéressé, en fait, par ce que pourrait être la réponse.

Ses yeux scrutaient la foule, comme s'il la passait au scanner.

429

— Oh ! Mon intimité avec un certain inspecteur lui pose un problème. Parce que, apparemment, elle a été assez amie avec lui, à une époque...

Braydon se figea et Sophia dut se retenir de rire, tandis que Cara regardait ailleurs. Visiblement, songea Sophia, Braydon ne s'attendait pas à ce qu'elle soit au courant de la relation qu'il avait eue avec Lynda.

— C'était il y a longtemps, se défendit-il. Et c'est moi qui suis parti. Cette femme est à moitié folle.

Sophia sourit de sa gêne. C'était la première fois qu'il réagissait ainsi devant elle, et le résultat, curieusement, était plein de charme. Elle posa la main sur son torse pour l'arrêter dans des explications qu'il ne lui devait pas.

— Du calme, inspecteur. Je lui ai simplement dit qu'être amie avec vous était très amusant.

Cara éclata de rire, et Sophia l'imita. C'était bon de rire malgré tout, cela soulageait les nerfs, même si cette parenthèse risquait bien de ne pas durer.

La musique reprit alors que les enchères se préparaient. Si toute cette organisation n'avait pas été une couverture pour attirer Nathanial, Sophia aurait aimé y participer.

Quand elle était arrivée à Culpepper, elle n'avait éprouvé aucune sympathie pour la petite ville et ses habitudes provinciales. Elle préférait de loin la grande cité dont elle venait. Mais, peu à peu, son opinion changeait. Plus elle fréquentait les gens de Culpepper, plus elle trouvait l'endroit charmant. Bien sûr, cette ville avait donné naissance à une mauvaise graine, Nathanial Williams... Mais les liens entre les habitants étaient réels, et, placée comme elle se trouvait entre Braydon et Cara, Sophia avait l'impression d'être un maillon de la chaîne. Ce serait tellement plus fort lorsque Lisa serait de retour et Nathanial hors d'état de nuire !

Elle n'eut pas le temps de s'attarder longtemps sur cette pensée car, alors que la première enchère allait débuter, un cri perçant déchira la nuit. Comme la voix bien placée de Richard, l'effet sur la foule fut instantané. L'orchestre s'arrêta et tous les regards se portèrent sur la lisière sombre des arbres qui délimitait le lieu du gala. Il y eut alors un second cri :

— Il est là !

18

Sophia braqua les yeux sur les arbres. Lynda, en pleine panique, en émergeait et se retrouva dans le halo protecteur des lumières de la fête. Son visage était décomposé par la peur.

— Je l'ai vu ! Il est là-bas !

Pour la plupart des participants, ce cri ne voulait rien dire de précis, mais il en allait autrement pour chacun des policiers présents dans l'assistance et Sophia s'en félicita. Comme un seul homme, ils se dirigèrent dans la direction que Lynda indiquait. Braydon passa, lui aussi, à l'action.

— Sophia, lui lança-t-il, promets-moi de ne pas bouger d'ici.

— File ! l'encouragea-t-elle. Va récupérer Lisa !

Braydon hocha la tête, sortit son arme et se précipita à la suite des policiers qui affluaient en direction du bois. Cara, qui avait pour mission de ne pas la lâcher d'une semelle, quelles que soient les circonstances, lui agrippa le bras. Pendant ce temps, Jordan, l'assistant de Richard, s'était emparé du micro pour tenter de calmer tout le monde. Richard avait disparu, sans doute lui aussi à la poursuite de Nathanial. Sophia et Cara se hâtèrent de rejoindre Lynda, qui tremblait comme une feuille.

— Je voulais juste aller fumer une cigarette tranquillement, fit cette dernière, jetant des regards affolés alentour.

Je ne voulais ennuyer personne, donc je me suis un peu éloignée. Et il était là, avec une grande aiguille à la main.

Des pleurs brûlants roulaient sur ses joues.

— Y avait-il une femme avec lui ? demanda Sophia. Est-ce que Lisa était avec lui ?

— Je n'en sais rien, répondit Lynda d'une voix défaillante. Je… je suis désolée. Dès que je l'ai vu, j'ai eu tellement peur que je me suis sauvée.

Sophia sentit l'angoisse l'envahir. Et si Lisa n'avait pas été avec Nathanial, finalement ? Est-ce que cela voulait dire que leur marché n'était qu'un jeu de dupes ? Lisa était-elle seulement encore en vie ?

— Vous croyez que Richard serait fâché si on entrait s'asseoir un moment chez lui ? reprit Lynda. Nous sommes très exposées ici.

— C'est une excellente idée, approuva Cara, avec un regard vers les arbres.

— Mais…, commença Sophia.

Cara ne lui laissa pas le temps de finir.

— Allons dans le salon, décida-t-elle, faisant route vers l'imposante demeure en entraînant les deux femmes. J'ai mon arme de service dans mon sac en cas de problème.

Sophia céda, non sans prier pour Braydon.

Les trois femmes fendirent la foule et passèrent par l'arrière de la scène qui donnait sur le salon. Jordan, toujours au micro, leur jeta un regard inquiet mais, quand il les reconnut, il leur fit un signe d'approbation. Leur aurait-il refusé l'entrée que Cara ne s'en serait certainement pas souciée, estima Sophia. Cara était impressionnante de professionnalisme et Sophia se promit de ne pas la contrarier.

Cette partie de la maison lui était inconnue. La pièce respirait l'opulence, elle était nette et claire comme le bureau de Richard de l'autre côté du couloir. Tout y était blanc, et des gravures d'animaux décoraient les murs. Ce n'était sans doute pas ce que Sophia aurait choisi comme décor mais, dans cet espace, c'était plutôt bienvenu. Lynda leur tint la porte, le temps d'entrer, puis fila vers la cuisine.

— J'ai besoin d'un verre d'eau.

Cara la retint. Du salon, elle pouvait voir l'extérieur grâce aux baies vitrées.

— Nous ne bougeons pas d'ici. Je serai plus à l'aise si je peux voir ce qui se passe dehors.

Lynda donna une petite tape sur le bras de Cara.

— Allons, c'est juste la pièce à côté…

Cara posa la main sur son bras, là où Lynda l'avait tapée.

— Fais attention, ça fait mal.

— Désolée, c'est sûrement ma bague. Je peux aller boire, alors ?

Cara accepta en soupirant. Sophia aurait bien voulu rester près des baies vitrées mais on ne l'y laisserait certainement pas seule, et elle se résigna à suivre les deux autres. Elles n'avaient pas fait plus de deux pas dans la cuisine que Cara s'arrêta net.

— Mais tu ne portes pas de bague ! eut-elle le temps de dire à Lynda avant de perdre l'équilibre.

Et elle bascula en arrière. Sophia tenta de la retenir, mais Cara était plus grande et plus forte. Elle fut entraînée avec elle, ne parvenant qu'à amortir sa chute.

— Cara ! hurla-t-elle en tombant. Cara ?

La policière était inconsciente et, soudain, les derniers mots qu'elle avait prononcés firent sens pour Sophia. Elle se tourna vers Lynda qui grimaçait de plaisir, une petite seringue à la main.

— Franchement, j'ai cru que ça n'agirait jamais ! Elle a mis des heures à s'évanouir !

Sophia sentit la rage la gagner.

— Pourquoi ?

— Parce que vous portiez la robe, répondit Lynda. Cela veut dire que vous étiez d'accord pour passer le marché. C'étaient bien les termes de l'accord, n'est-ce pas, Nate ?

Sophia contint une nausée alors que Nathanial surgissait dans la cuisine. Il portait un costume noir et une chemise rouge, presque de la couleur de ses cheveux. Sa cravate était aussi blanche que son sourire.

Il récupéra la petite seringue des mains de Lynda.

— C'était bien notre accord, confirma-t-il, sortant de sa poche un sac où il remisa la seringue usagée.

Il en retira ensuite une autre, prête à servir.

Sophia, paralysée par l'horreur, était incapable de se relever.

Lynda dégagea les cheveux de son cou pendant que Nathanial la piquait.

— Vous feriez bien de vous allonger, Lynda. L'effet est rapide, comme tout le monde ici peut vous le confirmer..., précisa Nathanial.

Lynda hocha la tête et s'assit sur le plancher de bois.

— Bonne chance pour votre vengeance, fit-elle avec un sourire mauvais. Et si jamais vous voulez refaire ce genre de chose, faites-moi signe !

Nathanial ne prit pas la peine de répondre alors que Lynda s'affaissait par terre. Elle était encore plus ridicule ainsi, avec sa robe remontée haut sur les cuisses.

— Vous n'étiez pas dans les bois, balbutia Sophia, affrontant le regard froid et noir de « Terrance » Williams. Elle a menti pour vous…

Il la détrompa en faisant un signe de dénégation.

— Pas pour moi, Sophia. Elle a menti pour de l'argent, corrigea-t-il. Ça fait une petite différence.

Il s'approcha d'elle et prit l'arme que Cara avait lâchée en s'évanouissant. Sophia se mit à trembler, mais Nathanial ne fit aucun geste agressif et l'aida à se relever. Il n'avait visiblement pas prévu de seringue pour elle. Il l'entoura de son bras et la guida à l'étage.

Il s'arrêta devant la dernière pièce du palier, qui se trouvait à trois chambres de celle où Sophia avait dormi. Le cœur battant, elle interrogea le tueur du regard.

— L'accord avait prévu que vous disiez au revoir, lui dit-il, j'espère que vous vous en souvenez…

Il desserra son étreinte et sortit de sa poche une seringue encore plus petite. Quelle quantité de produit avait-il encore à sa disposition ? La tenant fermement par le poignet, il ouvrit la porte.

Alors Sophia en eut les larmes aux yeux : Lisa était assise sur le lit, en vie, même si elle avait les jambes et les bras entravés et un bâillon enfoncé dans la bouche.

Que sa sœur soit en vie lui redonna du courage. Elle se retourna et envoya violemment son genou dans l'aine de Nathanial. Il se plia en deux de douleur, lâchant son arme. Sophia se jeta dessus pour la récupérer et réussit à l'atteindre juste au moment où Nathanial lui enfonçait une aiguille dans la peau. Elle pressa la détente…

Il y eut une forte détonation. Nathanial poussa un rugissement de colère et bondit sur elle. L'arme lui échappa, glissant sur le plancher et filant sous le lit. Sophia le savait : il lui restait peu de temps avant de perdre conscience. Elle se tourna vers sa sœur et leurs regards se rencontrèrent enfin. Cela faisait si longtemps qu'elles ne s'étaient vues ! Sophia sentit son cœur se gonfler de bonheur.

— Je t'aime, dit-elle avant que l'ombre ne se referme sur elle.

19

— C'est trop facile, déclara Braydon, s'arrêtant pour reprendre souffle, l'arme pointée, prêt à tirer.

— Comment ?

Richard se tenait près de Braydon depuis le début de la traque, sans se soucier du fait que lui, n'était pas armé. Le reste du bois grouillait de policiers et, pourtant, aucun n'avait signalé qu'il avait aperçu Lisa ou Nathanial.

Braydon fit demi-tour.

— C'est trop simple, reprit-il. C'est une diversion : Nathanial doit être à la fête.

Il se mit à courir dans l'autre sens, redoublant de vitesse, suivi par Richard.

La foule n'avait pas bougé, Jordan ayant réussi à la contenir sur place grâce à son intervention au micro, mais quand il surgit, l'arme à la main et Richard sur les talons, Braydon vit l'inquiétude se répandre. Tout le monde se mit à parler en même temps. Braydon n'en avait cure : il scrutait la foule du regard, à la recherche de Sophia et de Cara. Ni l'une ni l'autre n'était en vue…

Il approcha de la scène avec Richard.

— Jordan ! cria celui-ci. Avez-vous vu Sophia et l'agent Whitfield ?

Face à son patron tout échevelé par la course et lui qui

agitait son arme, Jordan resta bouche bée et ne put que désigner la porte derrière la scène.

— Je passe en premier, gronda Braydon par réflexe professionnel.

Car en cet instant précis, il ne se souciait de personne d'autre que de Sophia. Il ouvrit la porte à la volée et, pour la deuxième fois en l'espace de quelques minutes, l'effroi le saisit : dans la cuisine, Cara et Lynda étaient à terre, inconscientes, et nulle trace de Sophia.

— Allez voir en haut, lança-t-il à l'adresse de Richard.

Il enjamba les deux femmes et, son arme toujours pointée devant lui, fouilla le rez-de-chaussée. Chaque fois qu'il poussait une porte, sa gorge se nouait d'appréhension.

— Braydon, appela Richard d'en haut des escaliers, j'ai entendu un bruit bizarre, comme une chute…

Braydon le rejoignit. Une fois sur le palier, les deux hommes s'arrêtèrent, l'oreille aux aguets. Il s'écoula à peine une seconde avant qu'un bruit sourd ne retentisse, venant du fond du couloir. Braydon se précipita, mais eut la sagesse d'attendre que Richard se positionne de l'autre côté de la porte avant de l'ouvrir d'un coup de pied.

Par terre, au pied du lit, se trouvait Lisa Hardwick. Richard poussa un cri et la rejoignit en un bond.

Je devrais être heureux de l'avoir retrouvée, se dit Braydon, mais il ne parvenait pas à se réjouir en pensant au prix payé…

Richard ôta le bâillon de la bouche de Lisa et, à ce moment-là, Braydon remarqua une tache sombre sur le parquet de bois.

— Il l'emmène au ponton ! cria Lisa dès qu'elle fut libérée du bâillon.

— Elle est… vivante ?

Il fallait que Braydon pose la question car la tache qu'il fixait était du sang.

— Oui, le rassura Lisa. Il l'a droguée, mais elle a réussi à lui tirer dessus avant qu'il ne l'emmène.

— Quoi ? s'étonna Richard en libérant les jambes de Lisa. Tiré dessus ?

Braydon était déjà dans l'escalier.

Nous y voilà. C'est la fin, songea-t-il avec effroi.

Sophia était allongée sur une surface dure, à laquelle l'eau donnait un mouvement de balancier. Contrairement à la première fois où Nathanial lui avait injecté la drogue de sa fabrication, elle n'avait pas la tête dans le brouillard.

C'est peut-être plus facile de revenir à la conscience la seconde fois, songea-t-elle.

— Ah, je suis ravi de vous voir revenue à vous, fit une voix à côté d'elle.

Soudain, tout ce qui s'était produit lui revint à la mémoire. Elle se releva en position assise et voulut s'écarter de Nathanial mais, avant qu'elle ait pu faire un mouvement, il la ramena à lui d'un geste brutal. Il lui enlaça fermement les épaules, hagard.

— Que se passe-t-il ? demanda-t-elle, désorientée par le changement de lieu.

— Que se passe-t-il ? fit Nathanial en écho, éclatant de rire.

Sous la clarté de la lune, son visage paraissait encore plus déformé que dans le sous-sol de l'hôpital. Des ombres jouaient sur sa peau livide, couverte d'une fine pellicule de sueur qui plaquait ses cheveux à son front. Il ne portait plus de veste et avait une tache rouge sur sa chemise, une tache qui allait en s'agrandissant, sur le côté.

— Je vous ai… tiré dessus, fit-elle en tressaillant au souvenir de son doigt sur la gâchette.

Elle ne s'était pas rendu compte qu'elle l'avait touché.

— Et vous ne m'avez pas raté, grinça-t-il en lui agitant un doigt réprobateur sous le nez. Ce n'est pas très gentil de votre part. J'ai dû précipiter un peu mes projets…

— Précipiter quoi ? s'enquit-elle sans perdre de vue l'arme qu'il tenait.

Il balaya la question d'un geste de la main et désigna le paysage qui les entourait.

— C'est ici que tout a commencé, Sophia Hardwick.

Ils étaient assis au bord du débarcadère que l'eau venait frapper à cadence régulière. En face d'eux, c'était une large étendue liquide que délimitait au loin une rangée d'arbres. Sophia se retourna. En se haussant un peu, une maison apparaissait à une centaine de mètres. Trop loin. Elle ramena le regard à la surface de l'eau et, soudain, les mots de Nathanial firent sens.

— C'est ici qu'Amelia a été tuée, comprit-elle à mi-voix.

— Gagné ! Bien que techniquement, son corps ait été retrouvé de l'autre côté, précisa-t-il en désignant du doigt l'autre partie du quai.

En suivant la direction qu'il indiquait, Sophia remarqua une voiture garée non loin de la maison. Celle de Nathanial, à n'en pas douter.

— Et vous voulez me tuer là où elle est morte…

— Y aurait-il un meilleur endroit ?

Sophia eut un frisson.

— Est-ce que ma mort vous aidera vraiment à tourner la page ?

Nathanial rit encore et son rire s'acheva en une grimace de douleur.

— Je n'y compte pas. D'ailleurs, je ne pense pas vivre

bien longtemps. Sans même viser, vous avez fait de jolis dégâts, fit-il en regardant l'endroit où la balle l'avait atteint. Au moins, Braydon n'aura pas la satisfaction de me tuer, pas plus qu'il n'a eu celle de tuer mon frère. Il ne devrait plus tarder, maintenant.

Il consulta sa montre.

— Comment le savez-vous ?

Il haussa les épaules d'un air nonchalant.

— J'imagine que votre sœur lui a dit où nous allions. S'ils l'ont retrouvée, bien sûr. J'ai peut-être joué trop finement pour eux sur ce coup-là…

Sa phrase se termina en un juron que lui arrachait la douleur.

— Pourquoi tout ça ? interrogea Sophia. Pourquoi voulez-vous aller jusqu'au bout ?

— Parce que Braydon doit payer la mort de Terrance, gronda Nathanial, toute sa nonchalance évanouie. Il faut qu'il paye le mal qu'il a fait à ma famille. Après que mes parents ont quitté la ville, ils n'ont plus jamais été les mêmes. Papa s'est mis à boire et, un jour, on l'a retrouvé mort. Maman… elle a tenu aussi longtemps qu'elle a pu, et j'ai bien essayé de l'aider mais… je n'ai pas pu remplacer mon frère.

Sa voix avait baissé d'un ton et il secouait la tête comme un enfant déçu.

Sophia osait à peine respirer.

Il était clair que l'homme avait perdu le peu de raison qui lui restait.

— Est-ce pour cela que vous avez décidé de revenir à Culpepper ?

Quitte à devoir mourir, elle voulait au moins comprendre.

— Oui et non. Il y avait en moi quelque chose qui avait toujours voulu revenir.

— Alors c'est pour cela que vous avez changé votre prénom…

Il se raidit.

— Ma mère disait que ça la rendrait heureuse si je prenais le nom de mon frère.

Sa tête s'affaissa sur sa poitrine. Allait-il s'évanouir ? se demanda Sophia.

Non, il se reprit.

— En fait, ça ne l'a pas aidée du tout… Donc, je suis retourné à l'école.

Nathanial n'avait sans doute pas été le seul membre instable de la famille. C'était horrible de demander à un enfant de prendre le nom de son frère décédé.

Le silence s'installa entre eux.

Mais Sophia avait encore une question à lui poser avant que peut-être il ne meure.

— Est-ce vous qui avez convaincu Lisa d'aller à Dolphin Lot ?

À son nez qui se pinça, la douleur empirait certainement.

— J'avoue, c'est moi, fit-il avec un sourire crispé, comme s'il était fier de sa conduite. J'ai raconté quelques bobards, comme quoi j'allais acheter le terrain et que ça m'intéressait de lui en vendre une partie, mais que je tenais à ce qu'elle vienne sur place pour voir si ça lui convenait.

— Et elle a accepté sans rien dire à personne ?

— Je lui avais demandé de garder l'affaire secrète sous prétexte que tous les papiers n'étaient pas signés, expliqua Nathanial en haussant les épaules. Elle a dit oui parce que toute l'affaire l'excitait. Elle voulait y faire construire un grand local pour ses activités. Quand nous nous sommes retrouvés, je lui ai dit que j'avais l'intention de la tuer. Elle a voulu s'enfuir, je l'ai rattrapée. C'était du gâteau…

Sophia en eut la nausée. Pour cet homme, Lisa n'avait qu'un pion dans un horrible et vicieux jeu d'échecs. Il s'était sûrement montré brillant dans son métier mais, au niveau humain, il n'atteignait pas même le premier degré.

— Et Trixie, et Amanda ? Pourquoi les avez-vous enlevées ? Dans quel but ?

— Trixie a été un heureux accident. J'étais en train de préparer mon poste d'observation pour ne rien manquer lorsque Braydon trouverait le corps de Lisa dans la voiture, comme je l'avais prévu. C'est alors que Trixie a déboulé en faisant son jogging. Elle avait vu la voiture que j'avais installée en place, donc je n'avais d'autre choix que de la faire taire. Et ça a merveilleusement marché ! Ça m'a permis de comprendre les sentiments que Braydon avait pour vous… Quant à Amanda, elle s'en serait tirée sans dommage si elle n'avait pas eu l'idée de suivre ma voiture quand je suis allé tout vérifier. Au début, je ne lui avais parlé que pour connaître quelques détails sur Dolphin Lot. Je l'ai amenée chez Lynda pour qu'elle puisse… me servir de messagère par la suite.

Il s'interrompit, adressant à Sophia un clin d'œil presque complice.

— C'est incroyable à quel point cela a été facile de mettre cette fille dans ma poche. Quelques verres au bar, puis j'ai lancé l'affaire sur le mode de la plaisanterie et tout ce qu'il m'a fallu pour que ça marche, ça a été la promesse d'un peu d'argent…

Combien avait-il promis à Lynda ? se demanda alors Sophia.

Elle ne put poser la question, car Nathanial desserra son étreinte autour de ses épaules. Il porta la main à sa blessure, puis la regarda à la clarté de la lune. Un sombre filet sanguinolent dégoulinait de ses doigts.

— Je crains que Braydon ne se fasse trop attendre pour moi. C'est l'heure de mourir, mademoiselle Hardwick, et croyez-moi, je suis vraiment navré qu'il ne soit pas là pour recueillir votre dernier soupir…

Il lutta pour se mettre debout et pointa l'arme vers elle.

Sophia saisit la seule option à sa disposition. Elle se ramassa sur elle-même et sauta sur lui, mettant tout son poids dans la balance. Surpris, Nathanial appuya sur la détente, puis roula avec elle au bord du ponton et l'entraîna dans sa chute.

Au contact de l'eau froide, Sophia eut une montée d'adrénaline. Ses membres étaient emmêlés à ceux de Nathanial. Celui-ci se débattait comme un beau diable afin de lui échapper. Pour un homme qui se disait si près de la mort, il disposait encore d'une bonne réserve d'énergie, se dit-elle.

Il n'avait plus son arme, mais réussit à reprendre pied sur le fond vaseux du bord. Il la saisit alors par les cheveux et, de sa main libre, tenta de la maintenir sous l'eau. Elle allait mourir noyée ! Déjà la respiration lui manquait. Elle se débattit, essaya de griffer la main qui la tenait, en vain.

Elle se rappela alors sa blessure. Avec ce qui lui restait d'énergie, elle y plongea les doigts. Même sous l'eau, le hurlement de Nathanial lui parvint. Il lâcha prise et, tant bien que mal, elle refit surface.

— Petite ordure ! grinça-t-il, l'eau déjà au niveau du menton.

Sophia ne s'attarda pas pour entendre la suite. A la nage, elle contourna rapidement le ponton et sortit de l'eau aussi vite qu'elle le put, sans se soucier de l'air qui glaçait son corps trempé. L'adrénaline était encore suffisamment présente en elle pour lui tenir chaud.

— Arrête ou je tire ! vociféra Nathanial.

Elle se retourna d'un bloc. Il était debout sur le ponton et avait ramassé son arme. Sophia eu alors un élancement à l'épaule, sa gorge lui brûlait et, plus que tout, elle voulait revoir Braydon pour lui donner un dernier baiser.

Nathanial eut un rictus mauvais.

— Avant que tu meures, je veux que tu saches que c'est la faute de Braydon si je te tue.

— C'est faux, il n'est pour rien dans tout cela ! rétorqua Sophia. Ce n'était pas sa faute il y a onze ans et ce n'est toujours pas sa faute aujourd'hui !

Elle était à deux doigts de l'évanouissement. L'effet de l'adrénaline devait s'être épuisé.

— Quand tu me tueras, Nathanial Williams, reprit-elle, je veux que tu saches que cela n'engage que ta responsabilité, tu m'entends ? Que ta responsabilité !

Elle tomba à genoux alors que la détonation retentissait dans la nuit. Elle attendit le choc, l'extinction définitive des lumières de sa vie. Elle allait mourir, elle le savait, mais la mort ne vint pas.

En revanche, Nathanial tomba à la renverse dans l'eau, une balle en plein front.

Sophia se retourna, éperdue : Braydon abaissait son arme. C'était le plus bel homme qu'elle ait jamais vu.

— En plein dans le mille ! lui jeta-t-elle en souriant.

Mais il ne lui rendit pas son sourire.

Il avait sorti son téléphone et composait un numéro, le front soucieux, la lèvre amère.

Quel drôle de moment pour passer un coup de fil, songea-t-elle.

— On en est où pour l'ambulance ? aboya-t-il au téléphone, s'agenouillant près d'elle mais toujours sans la regarder.

— Il n'a pas besoin d'ambulance, Braydon, il est mort. Nathanial est mort…

Mais Braydon ne l'écoutait pas. Il hurla de plus belle au téléphone puis jeta celui-ci à terre.

— Sophia, il faut rester éveillée, il le faut !

Il se tenait tout près d'elle, mais sa voix était comme assourdie, dans un brouillard.

C'était curieux. Que se passait-il ?

Elle hocha docilement la tête, car elle lui faisait confiance. Avec Braydon, elle se sentait en sécurité.

Il lui posa la main sur l'épaule, et cela déclencha en elle une terrible douleur. Comment cela était-il possible ?

Elle posa les yeux autour d'elle.

— Oh…, parvint-elle à articuler.

Visiblement, Nathanial avait réalisé son dernier vœu.

20

L'univers était brillant, tiède et horizontal. Sophia ouvrit les yeux sous le grésillement des lampes fluorescentes. Un visage féminin se tenait au-dessus d'elle, avec les mêmes yeux verts qu'elle.

Lisa.

Elle était installée sur le bord du lit, lui souriant. De larges hématomes violets parsemaient sa joue gauche et sa lèvre inférieure était ouverte. Elle ne portait aucun maquillage et, cependant, elle était très belle. Sophia en fut particulièrement fière.

— Ton œil…, murmura-t-elle entre ses lèvres sèches.

Lisa, immédiatement, lui tendit un verre d'eau avec une paille.

— Ne t'inquiète pas de mon œil. De tous ceux à qui Nathanial a fait du mal, je suis celle qui s'en sort le mieux.

Malgré ses idées encore un peu embrouillées, Sophia respira de soulagement. Elle but encore un peu pour s'éclaircir la gorge et, quand elle eut terminé, Lisa lui reprit le verre.

— Je suis si heureuse que tu sois en vie, fit-elle d'une voix plus audible. J'ai tellement eu peur de ne pas te revoir !

— Mais je savais que je pouvais compter sur toi. Tu es bien trop têtue pour abandonner !

Lisa rit mais, soudain, son rire s'éteignit et elle poursuivit :

— C'est moi qui ai craint de ne pas te revoir en vie,
confia-t-elle, sourcils froncés et larmes au bord des yeux.
Mon chou, il a tiré sur toi… Et si Braydon n'était pas
arrivé à temps…

Sophia pressa la main de sa sœur en souriant.

— Mais il est arrivé à temps et je vais bien.

Peut-être était-il un peu tôt pour ce genre de déclaration,
elle se trouvait tout de même dans un hôpital.

— Car je vais bien, n'est-ce pas ? reprit-elle avec
anxiété.

L'expression tendue de Lisa fit place à un sourire et
elle hocha la tête. Oh ! Comme son sourire lui avait
manqué ! se dit Sophia.

— Oui, mon chou. Tu es tellement tête de bois que tu
ne te laisses même pas arrêter par une balle dans l'épaule !
Tu n'es ici que depuis quelques heures, reprit-elle plus
sérieusement. Ils ont eu un peu de mal à extraire la balle
et ils étaient inquiets au sujet de la drogue que Nathanial
t'avait injectée, car ils ne savaient pas quelle quantité tu
avais absorbée en si peu de temps. Mais finalement, le
docteur t'a déclarée sauvée ! Et tu vas cicatriser, bien sûr.

Du plat de la main, elle toucha le bandage qui recouvrait son épaule.

Sophia fronça les sourcils, repensant soudain au ventre
d'Amanda. Nathanial l'avait gravé de son nom sans que
cela lui cause le moindre scrupule.

— Nathanial est mort, fit-elle d'un ton de revanche.

Lisa hocha encore une fois la tête, agitant ses cheveux
coiffés en queue-de-cheval.

— Oui, bel et bien mort.

Sophia sourit, soulagée.

— Braydon a dû retourner au poste de police pour faire son rapport au capitaine et s'occuper de la paperasse, indiqua Lisa.

A la mention du nom de l'inspecteur, Sophia sentit son cœur faire un bond. Elle ne l'aurait pas avoué à Lisa, mais qu'il ne soit pas dans la pièce l'attristait.

Le règne de terreur de Nathanial s'achevait, Lisa était saine et sauve, et on savait ce qu'il était advenu des disparues de Culpepper. Sophia songea que sa romance avec Braydon avait commencé sous de bien curieux auspices. Puisque le danger avait disparu, en irait-il de même de leur histoire ?

Lisa lissa le front de sa sœur du bout des doigts, pour en effacer les plis soucieux.

— Arrête de te tracasser. Tu as eu assez de soucis comme cela cette semaine. Essaie de te détendre, d'accord ?

Son brillant sourire s'afficha de nouveau et elle ajouta :

— Autant que tu le saches, j'ai presque dû virer Braydon de ta chambre pour qu'il réponde à l'appel du capitaine.

— Pourquoi, il voulait rester ? demanda Sophia le plus naturellement qu'elle le put.

Elle ne voulait pas révéler à quel point cela la réconfortait, mais Lisa avait sans doute deviné ses sentiments.

— Il voulait être sûr que tu allais bien. Il n'a pas quitté l'hôpital tant que tu as été sur la table d'opération. Et quand tu es revenue dans la chambre, il s'est installé si près de ton lit qu'on aurait cru qu'il voulait y rester collé ! Ça m'a semblé plutôt révélateur, fit-elle alors que son sourire s'élargissait malicieusement.

Sophia n'avait pu se retenir de sourire, elle aussi, et les deux sœurs profitèrent de ce moment de tendresse partagée. Mais Sophia avait des questions à poser et elle ne pouvait plus attendre. Lisa devait s'en douter, car elle se redressa, sourcils froncés, prête à affronter l'interrogatoire.

— Raconte-moi, fit simplement Sophia.

Ainsi, elle recevrait — enfin ! — toutes les réponses dont elle avait besoin.

Le samedi soir, veille de la fête que Sophia donnait pour son anniversaire, Lisa avait reçu un appel téléphonique de celui qu'elle savait être Nathanial. Il se prétendait sur le point d'acheter Dolphin Lot. Lisa ne connaissait pas l'histoire de la propriété Alcaster, mais elle savait qu'il s'agissait d'un bel espace avec un vrai potentiel de développement. L'homme lui proposait de lui céder ensuite une partie du terrain, idéal, selon lui, pour organiser des événements. Mais il voulait que Lisa l'accompagne d'abord pour une visite du lieu.

— J'ai sauté sur l'occasion, expliqua-t-elle. Un demi-hectare de terrain entièrement consacré aux mariages et aux fêtes ! Cela allait multiplier par deux ma base de clientèle. Quand il m'a demandé de taire l'affaire jusqu'à ce que tout soit finalisé, cela m'a paru un très petit prix à payer pour une pareille opportunité. Il voulait qu'on aille faire la visite dès le lundi, mais je lui ai dit que je devais assister à ton anniversaire et, du coup, je lui ai proposé de le retrouver là-bas le dimanche matin avant de partir. Si je n'avais pas eu cette idée…

Lisa agrippa la main de sa sœur et la pressa fortement. Sophia ne dit rien, ne voulant pas la bousculer. Au bout d'un moment, Lisa reprit :

— Je l'ai retrouvé sur la route, il s'est emparé de moi, m'a jetée dans sa voiture et m'a droguée. Je me suis réveillée dans le garage aveugle de Lynda Meyer.

Sophia serra les dents.

— Je n'arrive pas à comprendre qu'elle ait pu l'aider…

Lynda travaillait pour la police et la mettre dans sa manche avait été très malin de la part de Nathanial. Elle était au courant des progrès de l'enquête et savait en permanence où se trouvait Sophia. Evidemment, personne ne pouvait la soupçonner.

Lisa continua :

— Après que Nathanial a laissé Amanda chez l'inspecteur, Lynda a fini par se montrer. Elle m'a dit qu'elle n'avait rien contre moi, que Nathanial lui avait simplement donné beaucoup d'argent en lui promettant que personne ne serait jamais mis au courant de l'aide qu'elle lui avait apportée.

— Alors pourquoi nous a-t-elle montré qu'elle participait à son plan ? Elle ne se doutait pas que Cara et moi allions tout révéler ?

— Elle a sûrement pensé que tu ne vivrais pas longtemps, suggéra Lisa, l'air sombre. Apparemment, Nathanial lui avait juré m'avoir laissée pour morte dans la pièce du haut chez Richard, et il s'était engagé à effacer toutes les pistes, ce qui voulait dire se débarrasser de Cara. Lynda s'est réveillée il y a une heure avec les menottes aux poignets.

C'était une vision bien réconfortante, songea Sophia, que d'imaginer Lynda menottée…

— J'ai du mal à réaliser que tout ceci a vraiment existé, fit-elle dans un souffle.

Lisa avait disparu une semaine plus tôt mais cela lui avait paru une éternité.

— C'est incroyable que tu aies tiré sur Nathanial, commenta Lisa d'un ton presque réprobateur. Imagine qu'il se soit emparé de l'arme et qu'il t'ait abattue !

— Ce n'était pas ce qui était dans ses projets, répliqua Sophia, et tu le sais aussi bien que moi : il tenait absolument à ce que Braydon me voie mourir. C'était pour lui l'indispensable dernier acte de la pièce.

— Heureusement que Braydon est arrivé à temps, murmura Lisa.

— A qui le dis-tu…

Le silence s'installa entre elles de nouveau, lourd de sens. Et les yeux de Lisa s'emplirent de larmes.

— Sophia, fit-elle doucement, tenant les mains de sa sœur et plongeant son regard vert dans le sien, Richard m'a dit ce que tu as fait à l'hôpital, comment tu as pris la seringue alors que tu aurais pu t'enfuir… Comment tu t'es portée volontaire pour te rendre à Nathanial… Tu m'as sauvée. Toi et personne d'autre. Je ne pourrai jamais te rendre la pareille…

— Et heureusement ! Tu ne me dois rien, Lisa, n'oublie pas que nous sommes sœurs et que je t'aime. Pas de dette entre nous. Et ne pleure pas, parce que je vais pleurer aussi ! Dis-moi plutôt s'il me manque encore des détails de cette affaire.

Lisa s'essuya les yeux en riant et répondit :

— En fait, oui, fit-elle en levant sa main gauche à laquelle brillait un beau diamant. Richard m'a dit qu'il l'avait achetée depuis quelque temps et la gardait pour me l'offrir au moment le plus idéal. Après tout ce qui s'est produit, il ne voulait plus attendre. Et j'ai su qu'il avait la bénédiction de *quelqu'un*…

— La bague est superbe, fit Sophia en souriant à l'unisson avec sa sœur.

— Oh ! Je me moque bien de la bague ! C'est l'homme qui me rend heureuse ! Il y a un problème cependant.

Sophia leva un sourcil étonné.

— Lequel ?

— Puisque j'habite pratiquement chez Richard, il

serait raisonnable de vendre ma maison. Mais c'est tellement long et fastidieux, surtout quand on a affaire à des inconnus… Si *quelqu'un de ma connaissance* était intéressé, cela faciliterait beaucoup les choses. Quelqu'un qui, par exemple, ne rechignerait pas à garder tous mes oreillers… Et je pourrais même louer la maison si cela convenait mieux à cette personne.

Sophia comprit parfaitement. Bien sûr, elle avait un appartement à Atlanta et y travaillait, mais Culpepper et un inspecteur très attirant avaient changé son idée de ce qu'elle considérait comme son *chez-elle*.

— Tu crois vraiment que ça va lui plaire ?

Braydon jeta un regard circulaire dans le salon, sceptique devant les serpentins colorés qui pendaient aux quatre coins de la pièce. Le contraste entre les violets, bleus et roses de la fête et la décoration habituelle de la pièce, toute de bois et de cuir, paraissait bizarre. Mais Cara, les mains sur les hanches, fit le tour de la pièce et l'assura de son approbation.

— Elle va adorer, d'autant plus qu'elle a passé son véritable anniversaire à se dire que sa sœur s'en moquait trop pour y participer. Avec cette histoire de kidnapping et tout ce qu'elle a traversé, elle mérite bien une vraie fête.

Sur ce point, Braydon n'avait rien à redire.

Cela faisait une semaine qu'il avait mis fin aux jours de Nathanial, achevant ainsi un cycle de violence et de folie qui remontait loin dans le passé. D'une certaine façon, il avait rendu justice à sa sœur Amelia en supprimant « Terrance ». Mais tout le crédit ne lui en revenait pas, il le savait.

Sophia avait lutté de toutes ses forces et blessé Nathanial.

Braydon avait ainsi eu le temps d'arriver au ponton et d'en finir. Mais, d'une certaine façon, Sophia s'était sauvée elle-même, et seule !

Depuis, Culpepper retrouvait ses habitudes tranquilles, tandis que ceux qui avaient été affectés par cette affaire commençaient doucement à s'en remettre.

Après l'injection qu'elle avait subie, Cara avait repris conscience, un peu groggy mais suffisamment en forme pour aller menotter elle-même Lynda sur son lit d'hôpital.

La réceptionniste devrait affronter au procès un nombre de chefs d'accusation qui la mettraient hors d'état de nuire pour longtemps. L'argent que Nathanial avait déposé sur son compte avait été saisi et employé pour régler les frais d'obsèques de Trixie Martin et de James Murphy.

Au lieu de vendre Dolphin Lot et de s'en aller, Marina Alcaster en avait transféré la propriété à sa fille. Celle-ci avait décidé d'y faire construire et d'y gérer un gîte rural, bien situé au bord de la baie.

Elle allait vendre un hectare à Lisa, que celle-ci payerait de ses économies.

Lisa avait dit à Braydon qu'Amanda était passée voir Sophia à l'hôpital pour la rassurer :

« Ce n'est pas vous qui m'avez marquée à votre nom, donc il ne faut pas vous sentir coupable », lui avait-elle confié en lui montrant les marques qui s'atténuaient.

Elle avait même trouvé le courage de plaisanter, la quittant en disant :

« Sur le moment, j'ai été très heureuse que vous n'ayez pas un prénom plus long ! »

Lisa avait ajouté que Sophia avait finalement appelé

leur mère et que toutes trois voulaient réparer leur relation dégradée.

Braydon s'était alors rappelé qu'il lui fallait appeler ses propres parents.

Quand il eut fini de leur raconter la longue histoire, ils promirent de venir le voir prochainement.

Richard, de son côté, avait annoncé à toute la ville qu'il y aurait un autre gala à Culpepper d'ici à trois mois, étant donné que la fête avait pris fin précipitamment avant que la vente aux enchères ait pu commencer. Un nouveau programme s'y ajouterait, destiné à promouvoir la sensibilisation aux questions de santé mentale. Il s'agissait de donner à ceux qui se débattaient avec ce problème toute l'attention dont ils avaient besoin.

Richard avait profité de l'occasion pour annoncer ses fiançailles et avait invité toute la ville au mariage, prévu à la fin de l'année. Cela promettait d'être l'une des cérémonies les plus extravagantes qu'on ait vues à Culpepper.

En compagnie de Tom, Braydon avait passé la semaine à boucler la paperasserie et à s'assurer que les charges contre Lynda étaient inattaquables. Puis il avait veillé, en dépit de tout, à ce que Nathanial soit inhumé près de son frère et s'était trouvé le seul à être présent à l'enterrement.

Durant ce temps, Sophia avait pu quitter l'hôpital et s'était réfugiée avec sa sœur à Peddlebrook. Braydon lui avait déjà rendu deux fois visite. Une fois qu'il en avait eu terminé avec les formalités de l'enquête, il avait décidé de donner une grande fête-surprise pour la magnifique femme qu'il aimait en dépit d'un entêtement qui aurait pu le rendre fou. Comme le disait Cara, elle le méritait largement. Tout comme les oreillers.

— Lisa vient d'appeler, elles sont en route, annonça Richard en entrant par derrière.

Braydon remercia d'un signe de tête l'homme qu'il en était venu à respecter et fit entrer les invités dans le salon. Ce n'était pas une grande réunion : il y avait là Cara, Tom, Richard, Jordan, le capitaine Westin et John-le-verbalisateur, mais cela ferait plaisir à Sophia, espérait-il. Les participants ne la connaissaient pas tous intimement, mais ils avaient tous de l'affection pour elle.

Quelques minutes plus tard, on frappa à la porte et tout le monde se tut.

— Je rentre, si personne ne vient m'ouvrir, lança Lisa, feignant de ne rien savoir.

Elle ouvrit tout grand la porte et s'écarta pour laisser passer sa sœur. Tous les invités crièrent :

— Surprise !

— Joyeux anniversaire ! ajouta Braydon.

Sophia rougit comme une pivoine et un large sourire s'épanouit sur son visage.

La demi-heure suivante s'écoula en conversations animées, un verre à la main, et en dégustation du buffet. Pas une fois le nom de Nathanial ne vint ternir l'ambiance. Braydon ne quittait pas des yeux la plus jeune des sœurs Hardwick, ravi qu'elle soit manifestement si heureuse. C'était la plus belle femme qu'il ait jamais rencontrée.

— Pourquoi vous ne l'invitez pas à danser ? lui demanda Lisa, s'approchant malicieusement avec une tranche de gâteau à la main. Je suis sûre qu'elle acceptera.

Braydon se mit à rire et sa voix chaude attira l'attention de Sophia qui s'excusa auprès de Cara pour les rejoindre.

— J'ai quelque chose pour toi, au fait.

Braydon haussa un sourcil étonné.

Elle l'entraîna dans la cuisine où elle lui remit le sac qu'elle portait en arrivant.

— C'est pour te dire merci, reprit-elle. Pour tout.

Perplexe, Braydon ouvrit le sac. Il y avait à l'intérieur une poêle et une spatule flambant neuves.

— J'ai remarqué que ta poêle était trop petite pour deux sandwichs au fromage fondu, expliqua Sophia avant qu'il ait eu le temps d'ouvrir la bouche. Je me suis dit que comme j'allais habiter à Culpepper dorénavant, ce serait pratique que tu en aies une plus grande…

— Tu vas… vivre à Culpepper ?

C'était la première fois qu'ils parlaient d'avenir. Braydon avait évité jusqu'alors cette conversation avec elle, car il craignait son retour à Atlanta.

— J'ai décidé de rester, fit fièrement Sophia. Lisa va me louer sa maison.

Braydon eut du mal à cacher sa joie.

— Mais… et ton travail ?

— Il n'était pas aussi difficile à quitter que je le pensais. Lisa m'a demandé d'entrer en partenariat avec elle chez Details et j'ai accepté. Je sais y faire avec les chiffres et je dois dire que ce sera sympa de travailler avec elle et de la voir plus souvent… Donc, je me suis dit que si tu voulais…

Braydon interrompit Sophia en la prenant dans ses bras pour un long baiser, plus éloquent que tout ce qu'ils auraient pu se dire. C'était une promesse de bonheur, un bonheur que jamais Braydon n'avait connu auparavant. Puisqu'il allait passer sa vie en compagnie de Sophia, leur avenir serait un chemin de félicité… parsemé tout du long de sandwichs au fromage fondu.

Retrouvez prochainement, dans votre collection
BLACK ROSE

Les mystères du désert, de Carol Ericson - N°652

PATROUILLEURS EN MISSION - 3/4

Au cours d'une patrouille nocturne dans le désert, Rob Valdez tombe sur une voiture en train de brûler. Intrigué, il s'approche et trouve, dissimulée dans les buissons, une femme blessée, murée dans un étrange mutisme. Pour ne pas l'apeurer davantage, il décide de l'accueillir chez lui et tente d'en savoir plus sur elle. Mais rien n'y fait, elle se tait, et Rob se demande quel sombre secret se cache derrière ce silence...

Pour secourir un enfant, de Nicole Helm

En découvrant Cecilia sur le pas de sa porte, un bébé dans les bras, Brady est désemparé. Mais aussitôt elle lui révèle que l'enfant est celui de sa meilleure amie. Celle-ci, souffrante, lui a demandé de le protéger contre son père, un dangereux chef de gang. Une mission que Cecilia veut partager avec Brady. Brady, son ami d'enfance qui, sans qu'elle le sache, est amoureux d'elle depuis toujours...

Ce souvenir entre nous, de Tara Taylor Quinn - N°653

Le visage fermé, Kerry écoute Rafe tandis qu'il lui explique les raisons de sa visite. Ainsi, la famille Colton est dans les ennuis... Et Rafe, qui a rompu autrefois avec elle, compte sur son influence de lieutenant de police pour disculper son frère, accusé d'un crime qu'il prétend ne pas avoir commis. Tentée de refuser, Kerry accepte finalement d'aider celui qu'au fond d'elle-même elle n'a jamais cessé d'aimer...

Un protecteur indésirable, de Debbie Herbert

La photo est en noir et blanc. Un petit rond rouge est dessiné sur son cœur. Paniquée, Beth se demande qui la menace ainsi, elle, l'héritière d'un juge richissime disparu récemment. Prête à appeler la police, elle hésite cependant. Car pour rien au monde elle ne veut être protégée par Sammy Armstrong, le jeune policier qui, alors qu'elle n'avait que dix-sept ans, l'a injustement inculpée lors d'une fête sauvage organisée par son frère...

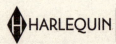

Retrouvez prochainement, dans votre collection
BLACK ROSE

Retour à Jacobstown, de Barb Han - N°654

Désemparée, Courtney fixe le test de grossesse. Aucun doute possible : elle est enceinte. Mais alors qu'elle pense garder pour elle le secret de sa grossesse, le temps de boucler son enquête en cours, elle rencontre Jordan. Jordan avec qui elle a passé une unique nuit d'amour, quinze jours plus tôt. Jordan qui, à n'en pas douter, est le père de son enfant à venir...

La terreur dans tes yeux, de Tyler Anne Snell

Qui est réellement Nina Drake, la jeune femme qui travaille depuis peu sur le ranch des Nash ? C'est la question que se pose Caleb qui, depuis que sa mère l'a embauchée, a bien du mal à refréner l'élan de désir qui le pousse vers la jolie intendante. Une attirance à laquelle se mêle bientôt un intense sentiment de protection lorsque Nina lui révèle, la peur dans le regard, qu'elle est victime d'un mystérieux harceleur...

La maison sans mémoire, d'Adrienne Giordano - N°655

Avec ses allures de flic solitaire, Brent Thompson n'a pas mis longtemps à faire chavirer le cœur de la détective Jenna Hayward. Pourtant, sous son apparente force, Brent cache une terrible blessure : lorsqu'il était enfant, sa mère a été assassinée et on n'a jamais trouvé son meurtrier. À la fois soucieuse d'aider Brent et intriguée par ce *cold case* non élucidé, Jenna décide de rouvrir l'enquête...

Un mystérieux sauveur, de Debra Webb

L'agent Stella Malone est sous le choc : en moins d'une heure, elle vient d'échapper à une embuscade et a perdu toute trace de sa patronne, enlevée par des criminels. Sans l'intervention inattendue d'un certain Dakota Garrett, elle serait morte... Mais qui est son mystérieux sauveur ?

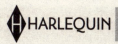

Retrouvez prochainement, dans votre collection
BLACK ROSE

Un jour, on se reverra, de Beverly Barton - N°656

« Un jour, je te tuerai. » Ces mots, prononcés cinq ans plus tôt par le criminel qu'elle a fait emprisonner à vie, Joanna n'a jamais pu les oublier. Aussi, quand elle apprend qu'il vient de s'évader, voit-elle ses pires craintes refaire surface. Bouleversée, elle décide de demander à son voisin, J.T. Blackwood, de la protéger. J.T., un policier qui, sans qu'elle puisse l'expliquer, l'attire irrésistiblement...

Une proie consentante, de Cynthia Eden

L'amour peut être un piège diabolique. Rachel qui était procureur au sein d'une cour martiale l'a compris le jour où elle a appris que Jack, son amant, était un tueur à gages payé pour l'éliminer... Aujourd'hui, c'est elle qui s'apprête à piéger Jack. Car elle vient de retrouver sa trace et qu'elle sait que, quoi qu'il advienne, Dylan, son chef, la protégera...

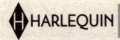

SAGAS
SECRETS. HÉRITAGE. PASSION.

Villa luxueuse en Grèce,
palais somptueux en Italie,
manoir mystérieux en Louisiane, chalet
enneigé en Alaska…
Voyagez aux quatre coins du monde et
vivez des histoires d'amour
à rebondissements grâce aux intégrales
de votre collection Sagas.

4 sagas à découvrir tous les deux mois.

DIVERTIR ◆ INSPIRER ◆ ÉMOUVOIR

OFFRE DE BIENVENUE !

Vous êtes fan de la collection Black Rose ?
Pour prolonger le plaisir, recevez gratuitement

1 livre Black Rose gratuit
et 1 cadeau surprise !

Une fois votre colis de bienvenue reçu, si vous souhaitez continuer à recevoir nos romans Black Rose, cela se fera automatiquement. Vous recevrez alors chaque mois 3 volumes doubles inédits de cette collection au tarif unitaire de 7,90€ (Frais de port France : 2,49€).

➡ **ET AUSSI DES AVANTAGES EXCLUSIFS :**

➡ **LES BONNES RAISONS DE S'ABONNER :**

Des cadeaux tout au long de l'année.

◆

<u>Aucun engagement de durée ni de minimum d'achat.</u>

◆

Aucune adhésion à un club.

◆

Vos romans en avant-première.

◆

La livraison à domicile.

Des réductions sur vos romans par le biais de nombreuses promotions.

◆

Des romans exclusivement réédités notamment des sagas à succès.

◆

Des points fidélité échangeables contre des livres ou des cadeaux.

➡ **REJOIGNEZ-NOUS VITE EN COMPLÉTANT ET EN NOUS RENVOYANT LE BULLETIN**

✂ -

N° d'abonnée (si vous en avez un) ⊔⊔⊔⊔⊔⊔⊔⊔⊔⊔ | I1ZEA3 |

Mme ☐ Mlle ☐ Nom : ....   Prénom : ....

Adresse : ....

CP : ⊔⊔⊔⊔⊔   Ville : ....

Pays : ....   Téléphone : ⊔⊔⊔⊔⊔⊔⊔⊔⊔⊔

E-mail : ....

Date de naissance : ⊔⊔⊔ ⊔⊔ ⊔⊔⊔⊔

<u>Renvoyez cette page à</u> **: Service Lectrices Harlequin – CS 20008 – 59718 Lille Cedex 9 - France**

Date limite : **31 décembre 2021**. Vous recevrez votre colis environ 20 jours après réception de ce bon. Offre soumise à acceptation et réservée aux personnes majeures, résidant en France métropolitaine. Prix susceptibles de modification en cours d'année. Vous pouvez demander à accéder à vos données personnelles, à les rectifier ou à les effacer. Il vous suffit de nous écrire en nous indiquant vos nom, prénom et adresse à : Service Lectrices Harlequin - CS 20008 - 59718 LILLE Cedex 9. Harlequin® est une marque déposée du groupe HarperCollins France – 83/85, Bd Vincent Auriol – 75646 Paris cedex 13. Tél : 01 45 82 47 47. SA au capital de 3 120 000€ - R.C. Paris. Siret 31867159100069/APE5811Z.

RESTEZ CONNECTÉ AVEC HARLEQUIN

Harlequin vous offre un large choix de littérature sentimentale !

Sélectionnez votre style parmi toutes les idées de lecture proposées !

 www.harlequin.fr   **L'application Harlequin**

- **Découvrez** toutes nos actualités, exclusivités, promotions, parutions à venir...

- **Partagez** vos avis sur vos dernières lectures...

- **Lisez** gratuitement en ligne

- **Retrouvez** vos abonnements, vos romans dédicacés, vos livres et vos ebooks en précommande...

- Des **ebooks gratuits** inclus dans l'application

- **50 nouveautés tous les mois** et + de 7 000 ebooks en téléchargement

- Des **petits prix** toute l'année

- Une **facilité de lecture** en un clic hors connexion

- Et plein d'autres avantages...

Téléchargez notre application gratuitement

SUIVEZ-NOUS !   facebook.com/HarlequinFrance
twitter.com/harlequinfrance

OFFRE DÉCOUVERTE !

Vous souhaitez découvrir nos collections ? Recevez **votre 1er colis gratuit*** av
1 cadeau surprise ! Une fois votre colis de bienvenue reçu, si vous souhait
continuer à recevoir nos livres, cela se fera automatiquement. Vous recevrez alo
vos livres inédits** en avant-première.

Vous n'avez aucune obligation d'achat et cette offre est sans engagement de duré

*1 livre offert + 1 cadeau / 2 livres offerts pour la collection Azur + 1 cadeau.
 Pour la collection Intrigues : 1er colis à 17,25€ avec 2 livres + 1 cadeau.
**Les livres Ispahan, Sagas, Gentlemen et Hors-Série sont des réédités.

☛ COCHEZ la collection choisie et renvoyez cette page au
Service Lectrices Harlequin – CS 20008 – 59718 Lille Cedex 9 – France

Collections	Références	Prix colis
❏ **AZUR**............	Z1ZFA6............	6 livres par mois 29,99€
❏ **BLANCHE**.........	B1ZFA3............	3 livres par mois 24,45€
❏ **LES HISTORIQUES**	H1ZFA2............	2 livres par mois 17,09€
❏ **ISPAHAN**.........	Y1ZFA3............	3 livres tous les 2 mois 23,85€
❏ **PASSIONS**........	R1ZFA3............	3 livres par mois 25,89€
❏ **SAGAS**...........	N1ZFA3............	3 livres tous les 2 mois 28,86€
❏ **BLACK ROSE**......	I1ZFA3............	3 livres par mois 26,19€
❏ **VICTORIA**........	V1ZFA3............	3 livres tous les 2 mois 26,19€
❏ **GENTLEMEN**.......	G1ZFA2............	2 livres tous les 2 mois 17,35€
❏ **HARMONY**.........	O1DFA3............	3 livres tous les mois 20,16€
❏ **ALIÉNOR**.........	A1ZFA2............	2 livres tous les 2 mois 17,75€
❏ **HORS-SÉRIE**......	C1ZFA2............	2 livres tous les 2 mois 18,25€
❏ **INTRIGUES**.......	T1ZFA2............	2 livres tous les 2 mois 17,25€

N° d'abonnée Harlequin (si vous en avez un) ⊔⊔⊔⊔⊔⊔⊔⊔

Mme ❏ Mlle ❏ Nom : _____

Prénom : _____ Adresse : _____

Code Postal : ⊔⊔⊔⊔⊔ Ville : _____

Pays : _____ Tél. : ⊔⊔⊔⊔⊔⊔⊔⊔⊔⊔

E-mail : _____

Date de naissance : _____

Date limite : 31 décembre 2021. Vous recevrez votre colis environ 20 jours après réception de ce bon.
Offre soumise à acceptation et réservée aux personnes majeures, résidant en France métropolitaine, dans
la limite des stocks disponibles. Prix susceptibles de modification en cours d'année. Vous pouvez demander
à accéder à vos données personnelles, à les rectifier ou à les effacer. Il vous suffit de nous écrire en nous
indiquant vos nom, prénom et adresse à : Service Lectrices Harlequin CS 20008 59718 LILLE Cedex 9.
Service Lectrices disponible du lundi au vendredi de 9h à 17h : 01 45 82 47 47.